U0096051

洛克伍德
靈異偵探社

空蕩的墳墓

5

完

The Empty Grave

Jonathan Stroud

喬納森・史特勞 ———著　楊佳蓉 ———譯

洛克伍德靈異偵探社 ■書評推薦

《尖叫的階梯》

「從頭到尾充滿樂趣……犀利如鞭子，風趣又機智，有時誠實得令人驚訝……充滿了鬼魂，沒有成人監督的獨立少年，以及一大堆美味的餅乾。」

——《學校圖書館學報》書評家伊莉莎白・柏德（Elizabeth Bird, *School Library Journal*）

「這故事會讓你讀到深夜，不敢關燈。史特勞是個天才，他創造了與我們世界相似且可信度極高的世界，卻又那麼駭人地不同。把《尖叫的階梯》放到你的待讀清單上！」

——《波西・傑克森》系列暢銷作家 雷克・萊爾頓（Rick Riordan）

「史特勞依然才華洋溢，結合冷面笑匠的幽默與刺激的動作場面，洛克伍德偵探社三名調查員的互動更是充滿火花（更不乏嚇人的時刻）。」

——《出版人週刊》（*Publishers Weekly*）

《低語的骷髏頭》

「儘管三名主角會有摩擦對立，但他們組成了一支令人印象深刻的團隊，而以罐子裡的嘲諷骷髏頭骨為首的配角們，為故事增添了豐富的色彩和複雜性……並深入探索最好保留給死者的領域。」

——《科克斯書評》（*Kirkus Reviews*）

《空殼少年》

「……史特勞在這部引人入勝的續集中發揮了他豐富的講故事技巧……敘事節奏出色、描述細膩、幽默感十足。故事的結局會讓粉絲們迫不急待想看到第四集。」

——《書單》（*Booklist*）

《爬行的黑影》

「史特勞的故事設定和敘事能力首屈一指，並善於建構可信且獨特的角色和其中的人際關係，讓書迷們深深為『洛克伍德靈異偵探社』系列瘋狂。」

《空蕩的墳墓》

——《書單》（*Booklist*）星級評論

「史特勞用充滿層次與戲劇性的高潮，為這個複雜系列的故事畫下句點。一流的冒險，充滿令人難忘的原創角色。」

——《書單》（*Booklist*）星級評論

「史特勞無疑是頂尖好手。」

——《金融時報》（*Financial Times*）

「絕佳恐怖故事的高峰之作。」

——*METRO*雜誌

Lockwood & Co.

洛克伍德靈異偵探社 5 空蕩的墳墓　目次

獻給我超會講鬼故事的家人——
吉娜、伊莎貝兒、亞瑟與路易斯。

Lockwood & Co.

第一部
墓穴

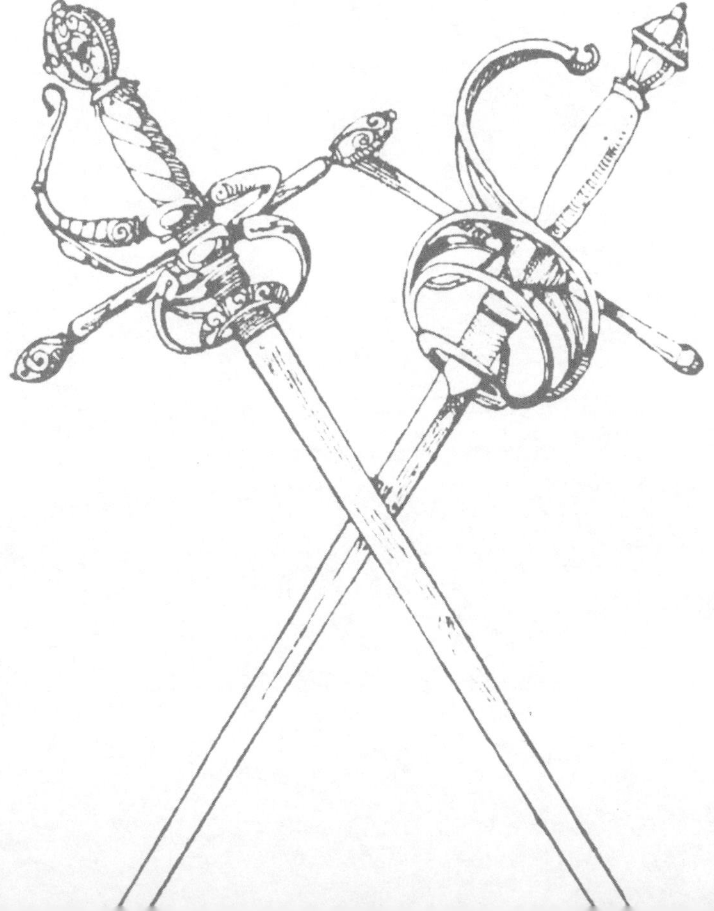

1

想聽鬼故事嗎？很好。我剛好有幾個能分享。

比如說瞎眼的藍色臉龐貼在地下室窗戶上的故事？或是拿著用孩童骨頭製成手杖的瞎眼老頭幻影？還是說那隻從下過雨後的荒涼公園一路跟蹤我回家的邪惡天鵝？不然來聊聊水泥地上敞開的血盆大口？各位覺得倒出鮮血的牛奶罐、天黑後發出溺死前嗆水聲的空浴缸如何？自顧自旋轉的床架、煙囪裡的枯骨；顏色噁心、剛毛豎立、獠牙泛黃的豬幽靈，隔著淋浴間髒兮兮的玻璃門板又蹭又聞？

隨便你選。這些全是我的親身體驗，也是洛克伍德偵探社在那個漫長絕望的夏季中，整整一個月的工作內容。大多由喬治寫進我們的案件紀錄本，他每天早上記錄前一晚的事件，一邊啜飲滾燙茶水，身上只穿四角內褲，盤腿坐在我們的起居室地板上。老實說這幅景象比起上述的所有鬼魂加起來都還要不堪入目。

我們的案件紀錄都會複印一份，由國家檔案館留存，收進新建立的安東尼．洛克伍德資料區。好消息是想知道每一起案件細節的話，不需要忍受夾在正本裡的洋芋片碎片。至於壞消息呢？並不是所有案件都收錄其中。其中一起實在是太過駭人，我們不敢留下紀錄。

你知道事情是如何結束的。大家都知道。最後那天早晨，費茲總部的斷垣殘壁還在屍骸周圍冒著白煙，消息早已傳遍全市。但是開端呢？不，社會大眾仍舊一無所知。若是對隱藏在幕後的凶殺、陰謀、背叛——沒錯，還有鬼魂——感興趣，那只能仰賴事件的倖存者了。也就是說你得要聽我從頭說來。

我名叫露西．瓊安．卡萊爾。我能與活人及死者交談，有時候聊得太入神，已經無法分辨雙方的差異。

□

這就是結束的開端，你可要聽好了。主角是兩個月前的我。我穿著黑色外套、裙子、緊身褲，配上適合踹破棺蓋、爬出墓穴的厚實靴子。我腰間佩戴細刃長劍，胸前掛了一排燃燒彈和鹽彈。外套上有個鬼氣燒出來的掌印。我的鮑伯頭比先前短了一些，但這無法掩飾幾縷剛剛轉白的髮絲。除此之外我和平常沒有兩樣。整裝出門調查靈異事件。盡我的職責。

外頭的世界已經是繁星滿天，白晝的暖意已經散去。現在剛過半夜十二點——正是鬼魂四處遊走，有腦袋的活人乖乖躺上床鋪的時刻。

我呢？我可沒那麼好運。我正趴在地上，高高翹著屁股，在一座陵墓般的紀念館裡緩慢爬行。

這不是我個人的特殊癖好，我的同事也正在做同樣的事。在這座石砌的斗室裡，洛克伍德、喬治、荷莉也四肢著地，壓低腦袋，鼻子貼向石板地，蠟燭掃過牆面和地板。我們不時停下來，用指尖摸索可疑的凹洞，全程默不作聲。我們忙著找出墳墓的入口。

「你們一定要用這種姿勢嗎？」一道嗓音響起。「有夠刺眼。」

瘦巴巴的紅髮青年坐在石室中央的花崗岩平台上，俯視我們。和我們這夥像是來盜墓的可疑人士一樣，他也是一身黑——大靴子、窄管牛仔褲、高領套頭上衣。和我們不同的是他戴著巨大的護目鏡，看起來活像是受到驚嚇的蚱蜢。他叫奎爾．奇普斯，負責幫我們準備破壞墓穴的道具，把撬棍與一綑綑繩索擱在石塊表面。同時他也負責監視周遭環境，盯著每一處陰影。如果旁邊有鬼魂冒出來，他能透過護目鏡看到。

「奎爾，有沒有看到什麼精彩畫面？」發問的是洛克伍德，黑髮蓋住臉龐，拿著折疊刀猛撬石板間的縫隙。

奇普斯點起一盞油燈，拉低遮罩，不讓燈光太過明亮。「你們的姿勢還滿精彩的。特別是在庫賓斯晃進我視線範圍的時候。感覺就像在欣賞白鯨從我眼前游過去。」

「我是說鬼魂。」

「目前還沒有。除了我們這個乖巧的朋友。」他敲敲身旁的巨大玻璃罐。罐裡亮起邪惡綠光，出奇醜陋的幻影面容凝聚成形，穿透鬼氣漩渦貼近罐壁。

「乖巧？」只有我聽得見的虛幻嗓音中滿是憤怒。「乖巧?!放我出去，我要讓這個瘦巴巴的白痴見識一下我有多乖！」

我跪坐起來，撥開遮住視線的劉海。「奇普斯，最好別說骷髏頭乖。它不喜歡。」

罐裡的鬼臉露出鋸齒狀的亂牙。「說得太好了。露西，和那個凸眼白痴說一旦我離開這座牢籠，我就要吸乾他的血肉，拿他的皮囊跳角笛舞。直接這樣說。」

「它生氣了嗎？」奇普斯問。「我看得到那張噁心的嘴巴在動。」

「快說！」

我稍一猶豫。「別擔心，沒事的。它不在意。」

「什麼？我超在意！他幹嘛那樣敲我的罐子？以爲我是金魚喔？我發誓，一離開這裡，我就要逮到奇普斯，扯掉他的——」

「洛克伍德。」我把鬼魂的聲音推出腦袋。「你確定這裡真的有密門？我們時間不多了。」

安東尼·洛克伍德直起身。他跪在石室中央，一手握著折疊刀，另一手漫不經心地撥動頭髮。我們的首領和往常一樣打扮得毫無破綻。平時的長風衣和皮鞋換成深色運動衫與柔軟的平底鞋；這些是他針對闖入國家級追思紀念館的唯一妥協。

「小露，妳說得對。」洛克伍德蒼白的尖臉和平時一樣從容，但眉頭優雅的弧度展現出他的擔憂。「我們已經在這裡摸了一小時，還是沒有半點頭緒。喬治，你怎麼想？」

被花崗岩塊擋住的喬治·庫賓斯掙扎著爬起來，他的黑色T恤髒得要命，眼鏡歪了，淺色頭髮被汗水黏成片狀，翹得亂七八糟。前一個小時他和我們做的事情沒有兩樣，卻莫名其妙沾了一身灰塵、老鼠屎、蜘蛛網，其他人身上乾淨多了。這就是喬治的獨特作風。「關於那場葬禮的文獻都提到密門的存在。我們只是看得不夠仔細。特別是奇普斯，他根本沒在看。」

「喂，我可是堅守崗位。」奇普斯說。「問題在於你有沒有做好該做的事。都是因為你說有門路進去，今晚大家才會在這裡玩命。」

喬治捏掉纏在眼鏡上的蜘蛛網。「當然有。他們從地板上的洞口將她的棺材放入地底墓室。銀棺材。最適合她的頂級貨色。」

很明顯的，喬治不想提及這座墓室的主人名字。同樣明顯的是，光想到那副銀棺材，我就覺得腸胃一陣空虛的刺痛。每當我瞥見石室另一端的架子——看清架上的物品——同樣的感受就會油然浮現。

那是一尊鐵鑄的女性胸像，年歲介於中年與老年之間，神情跋扈嚴峻，頭髮往後梳。鷹勾鼻、薄唇、眼神銳利。這張臉說不上討喜，透出強硬銳利的氣息，對我們來說一點都不陌生。這張臉也印在郵票及偵探社手冊封面上；這張臉打從我們小時開始便如影隨形，魂牽夢縈。

最初同時也是最偉大的靈異現象調查員梅莉莎·費茲擁有許許多多的傳說事蹟。比如說她和搭檔湯姆·羅特威是如何鑽研出那些獵捕鬼魂的技巧，至今我們這些調查員仍舊奉為圭臬。她是如何把扯斷的鐵桿改造成第一支長劍；她是如何與鬼魂對話，彷彿它們是血肉之軀。她創辦了第一間靈異事件調查機構；當她過世時，棺材從西敏寺運到河岸街，半個倫敦的人前來觀禮弔唁，街道上撒滿薰衣草花束，市內所有的調查員跟在送葬隊伍後方遊行。當她的棺材沉入地底墓室時，每一座教堂都鳴鐘緬懷。而現在這間紀念館依然由費茲偵探社看顧維持，是該社的聖地。

那些傳說……

然而我們不相信她的遺體埋在此處。

我們目前的所在地費茲追思紀念館位於倫敦核心地帶，河岸街東端。這是一座小巧的石室，天花板挑高，整體接近橢圓形，以石塊砌成，陰影瀰漫。除了石室中央大小近似棺材的花崗岩塊（頂端只刻了費茲兩個字），裡頭空空如也。沒有窗戶，通往大街上的鐵門牢牢關著。

門外不遠處有兩名守衛。儘管他們還是小孩子，身上卻佩了槍，要是被他們聽見我們的動靜，子彈可能就會往這裡飛來，所以得要無比謹慎。往好處想，這個地方清潔又乾燥，飄散著新鮮薰衣草的香氣，腳邊沒有屍塊散落，比起這個禮拜涉足的其他地點要舒服太多了。

不過有利就有弊，石室裡看起來藏不住什麼密門。

提燈火光閃爍，頭頂上的黑暗宛如女巫的斗篷般籠罩。

「好吧，我們只能保持冷靜、安靜，繼續找。」洛克伍德說。「除非誰能提出更好的提議。」

「我有。」荷莉．孟若在石室另一端摸遍地面。她起身，來到我們這頭，動作像貓一般輕盈安靜。她和大家一樣穿得低調，長長黑髮綁成馬尾，身穿拉鍊高領上衣、裙子、緊身褲。可以花幾百字篇幅來描寫這套全黑裝束有多適合她，可是我幹嘛浪費力氣？很多事情荷莉做起來就是輕鬆寫意。就算她拿斑點圖案的吊帶在肩上掛著垃圾桶，她也有本事讓它看起來超時髦。

「我想我們需要嶄新的切入點。」她說。「露西，骷髏頭幫得上忙嗎？」

我聳聳肩。「我試試看。不過妳也知道它的脾氣。」

罐子裡那張半透明臉龐依然說得眉飛色舞，依稀能看見鎖在拘魂罐底部的棕色老舊骷髏頭。

我調整思緒，接受它的波長。

「……全部吃掉。然後我要把他的腳趾甲凍掉。這樣他就動不了了。」

「喔，你還在扯要怎麼對付奇普斯！還以為你早就說完了。」

那張臉一愣。「妳根本沒在聽？」

「對。」

「太可惜了。我爲了妳舉出各種陰險創新的招數。」

「省省吧。我們找不到入口。有什麼建議嗎？」

「我幹嘛要幫忙？你們完全不信我說的半句話。」

「才怪。我們就是信了你，現在才會來到這裡。」

骷髏頭粗魯地哼了聲。「假如你們還有一點腦袋，你們現在會坐在家裡蹺腳，拿熱茶和巧克力餅乾污染腸胃。可惜你們急著想驗證我的說詞。」

「不然呢？你自己說梅莉莎·費茲沒死，還活得好好的，裝成她的孫女潘妮洛·費茲，掌管費茲偵探社，現在大概是全倫敦最有權勢的人物。這樣的指控非同小可，你不能怪我們決定來此親眼確認。」

那張臉翻翻白眼。「廢話。知道這是什麼的最佳範例嗎？骷髏頭歧視。」

「你在胡言亂語什麼？」

「你們聽過種族歧視。你們聽過性別歧視。好，這就叫作骷髏頭歧視，簡單明瞭。你們以我的外表評斷我的品格，質疑我的說法，就因爲我是個泡在綠油油鬼氣裡的骷髏頭。承認吧！」

我深吸一口氣。這顆骷髏頭謊話連篇，吹牛吹到天上去。它說話的真實度就像喬治綁鞋帶時伸展到極致的褲底一樣岌岌可危。換個角度想，這個鬼魂確實不只一次救過我的命，而且它說的不一定都是謊言——特別是針對某些重要事物。「這個論調真有意思，我很期待晚點和你深入探討。現在先幫個忙吧。我們在找通往地下墓室的入口。你有沒有看到什麼拉環，或是把手？」

「沒有。」

「或者是拉桿？」

「沒。」

「還是滑輪、絞盤之類能打開密門的機關？」

「沒有。當然沒有。你們無計可施了。」

我嘆息。「好吧。我懂了。所以說這裡沒有門。」

「喔，當然有啊。」鬼魂說。「妳爲什麼不直接問我？我從這個角度看得一清二楚。」

我向其他人轉述這句話。荷莉和洛克伍德同時行動，爬到花崗岩上，奇普斯旁邊。洛克伍德拎起提燈，舉在面前，與荷莉一起緩緩轉身，專注地觀察地面。燈光如同流水般掃過地上的石板，一路流到牆角下。

「眞是可悲。連我這個沒有眼珠子的骷髏頭都能一眼看到。很遺憾，你們沒辦法從我口中得到更多——」

「那裡！」荷莉抓住洛克伍德的手臂。他穩穩舉著提燈。「就在那裡！有沒有看到那片大石板中間嵌了一塊小石板？大的就是密門。把小石板掀開就能找到隱藏的拉環或把手！」

喬治和我跑了過去，彎腰湊向她指的位置。聽完她的說明，我知道她說得沒錯。

「了不起，荷莉。」洛克伍德說。「肯定就是這個。各位，準備好工具。」

在這種節骨眼，洛克伍德偵探社的成員總能配合得天衣無縫。我們抽出小刀，迅速刮掉小石板周圍的水泥，拿撬棍將它撬起；洛克伍德翻開石板，沒錯，一個拉環就藏在裡頭，用鉸鍊與大片石板相連。喬治、荷莉和我三個人忙著清除固定大石板的水泥，洛克伍德和奇普斯則是拿幾條繩子綁住拉環，再三確認結打得夠牢，能承受我們的拉扯。洛克伍德滿場跑，輕聲下令，到處幫忙。精力從他身上溢出，刺激我們加把勁。

「沒有人要向我道謝嗎？」骷髏頭擺出作嘔的表情。「看來是沒有。不期不待，不受傷害。」

我們在幾分鐘內就位。洛克伍德與奇普斯負責第一條繩子，由他們拉起石板。第二條繩子往反方向擺放，喬治和我拉著——我們得在石板翻起後支撐它，讓它悄悄落回地板上。荷莉跪在拉環旁，手中握著撬棍。

房裡一片寂靜。提燈的光芒在梅莉莎・費茲的鋼鐵頭像上顫動，彷彿她正盯著我們，眼中閃爍充滿惡意的生氣。

氣氛最緊張的時刻，洛克伍德總是擔任最冷靜的角色。他對我們笑了笑。「大家都準備好了?很好——上吧。」

他和奇普斯使勁一拉，石板瞬間滑順又安靜地浮起，像是固定在上了油的鉸鍊上似地。一股寒氣從縫隙間湧出。

荷莉將幾根撬棍塞到石板下，以防哪個人手滑，不過沒有必要。洛克伍德和奇普斯沒花太大力氣就讓石板垂直立起。現在輪到喬治與我支撐它的重量，繩子繃緊。

連接鉸鍊的石板沒有我想像的那麼重——或許這是某種特殊的空心石。我們讓它慢慢著地。

「輕一點!」洛克伍德嘶聲指示。「別發出聲響!」

我們一點一點放下石板，在著地時只發出老鼠嘆氣般的氣音。

現在地上冒出一個方形的窟窿。

荷莉拿手電筒往裡面照，我們看見陡峭的石砌階梯往黑暗中延伸。階梯外的範圍是純然的黑暗。

雖然看不見，但潮濕的土味湧起，將我們包圍。

「這個洞還真深。」奇普斯悄聲說。

「有誰看到什麼嗎?」

「沒有。」

現場一陣沉默。既然開啟了墓室的入口，接下來就得決定下一步的行動。懸在我們頭頂上的黑暗彷彿在一瞬間悄悄下降幾分。梅莉莎的鐵像在牆邊凝視我們。

我們默默站著，運用天賦感知靈異波動。沒有人捕捉到絲毫動靜。掛在腰間的溫度計停在十二度，我們也沒感受到超自然的惡寒，沒有瘴氣、無力感，也沒有潛行恐懼。沒有半點鬼魂即將現形的跡象。

「很好。」洛克伍德說。「拿好工具。我們照著原訂計畫進行。我先走，然後是喬治，再來是荷莉與露西，奎爾走最後面。我們要關掉手電筒，用蠟燭照明。我會帶著長劍，你們也要準備好武器。雖然沒有必要。」他露出最燦爛的笑容。「我們根本不相信她在裡面。」

然而一股無以名狀的恐懼無聲無息地襲來。有部分是源自那尊鋼鐵塑像，以及刻在底座上的名字。但是從洞裡衝出的潮濕空氣也加劇了我們的不安，在四周翻捲纏繞。我們緩緩收拾。喬治走過我們身旁，用打火機點燃蠟燭。我們排成一列，握緊長劍，此起彼落地清喉嚨，整理腰帶。

奇普斯說出他的疑慮：「我們確定要這麼做？」

「都走到這一步了，當然要執行到底。」洛克伍德說。

我點頭。「已經不能回頭了。」

奇普斯看著我。「露西，妳說得對。或許我是謹慎過了頭。畢竟我們的情報來源是某顆會說話的邪惡骷髏頭，它可能希望我們死於非命，對吧？」

眾人望向我背包敞開的袋口。拘魂罐剛剛才被我放進去，鬼魂的臉現在消失了，只看得到骷髏頭。即使是我也不得不承認它漆黑的眼窩、滿口亂牙的獰笑確實讓人不太安心。

「我知道妳很看重那顆骷髏頭。」奇普斯繼續說下去：「我知道它是妳的最佳拍檔，可是如果它搞錯了呢？」他望向那面牆，嗓音壓得很低。「或許她正在下面等我們。」

氣氛再次反轉。洛克伍德站到我們中間，以果決的語氣說道：「大家都不需要擔心。喬治，你再提醒大家一次。」

「沒問題。」喬治托托眼鏡。「別忘了，所有的紀錄口徑一致，說梅莉莎．費茲下令要人將她的遺體放進特製棺材。那副棺材用鋼鐵打造，外層鍍了銀。就算骷髏頭亂講話，她的遺體確實在這裡，她的鬼魂也被關得好好的，無法騷擾我們。」

「掀開棺蓋的時候呢？」奇普斯提問。

「喔，那只是一秒內的事情，而且我們會設好防護措施。」

「重點是我們往下走的過程中不會遭到鬼魂攻擊。對吧，喬治？」洛克伍德接著說。

「沒錯。」

「很好。那就沒問題啦。」洛克伍德轉向石階。

「是可能有幾個陷阱。」喬治說。

洛克伍德一腳懸在石階頂上。「陷阱？」

「我沒說一定有。只是有可能。」喬治把眼鏡往鼻梁上推，另一手比出請便的手勢。「總之呢，洛克伍德，入口就在你眼前！上吧。」

洛克伍德猛然迴轉，回頭面對喬治。「等等，是什麼樣的陷阱？」

「我對這也很有興趣。」荷莉說。

看來大家想法一致，我們包圍喬治，他的肩膀抖了抖，可能是想若無其事地聳聳肩。「只是一些白痴謠言罷了。我還真沒想到你們會這麼在意。有人說梅莉莎不希望盜墓者來她的墓地搗亂，做了一些防範措施。」他停頓一下。「有人說那些措施可能……牽涉到超自然力量。」

「你怎麼現在才說。」荷莉咕噥。

「不然你要什麼時候才透露這件小事？」我問：「等到某個惡靈掐住我的脖子？」

喬治比了個不耐的手勢。「八成只是胡扯。而且要是我早點說出來只會害大家分心。我的職責就是分辨事實與謠言。」

「錯了，那是我的工作。」洛克伍德說。「你負責告訴我一切，讓我決定。」

瞬間沒有人開口，氣氛凝重。

「你們每次都吵成這樣？」奇普斯問。

洛克伍德假笑。「常有的事。有時我會覺得沒完沒了的拌嘴是我們順利運作的潤滑油。」

喬治抬眼。「你確定？」

「拜託你行行好，不要我說什麼就挑我語病！」

「我以為你喜歡拌嘴！你剛才說——」

「已經多到過頭了！好了，可以請大家安靜一下嗎？」洛克伍德環視全場，一一對上我們的視線，讓我們集中精神，專注在共同目標上。「無論有沒有陷阱，我們都能應付。在兩個小時內確認這座墓室，關上所有的東西，趁守衛換班時溜出去。我們真的想探索潘妮洛·費茲和梅莉莎的真相嗎？當然想！費了那麼多工夫走到這一步，不能亂了陣腳。如果我們想得沒錯，裡頭沒有什麼好擔心的。要是賭錯了，那就好好面對，就和平常一樣。」他笑了笑。「我們不可能出錯。這裡肯定藏著什麼不得了的祕密。絕對不會錯！」

奇普斯悲壯地調整護目鏡。「哪個墳墓裡會發生好事？肯定會出事的吧。」

但洛克伍德已經踏上石階。房間另一端的鋼鐵人像上火光閃爍，它的薄唇似乎勾起笑意，看著我們踏入黑暗。

2

好，往下深入前先暫停一下。沒有任何可怕的玩意兒撲向我們。沒有陷阱彈出來。我們還活得好好的。想到我們五個（如果把骷髏頭算進去的話就是五個多一點）來到這裡，非法闖入全倫敦最知名的陵墓，其實還滿有成就感的。

我指的不是我們進入追思紀念館的手法，雖然這也是一大亮點：喬治熬了好幾夜，觀察守衛的動向；奇普斯跟蹤握有此處鑰匙的警官；偷走鑰匙（可以說是天衣無縫，荷莉引開警官的注意，洛克伍德從他外套口袋摸走鑰匙，按在蠟板上，在三十秒內放回原處）；最後借用我們聲名狼藉的朋友芙洛·邦斯的地下人脈複製出那支鑰匙。我還沒提到我們是如何趁守衛換班的空隙溜進來呢。

重點是我們為什麼要冒這麼大的風險。

答案得要回溯到五個月前，洛克伍德和我到那片黑暗凍結的土地上走了一遭。那趟旅程完全顛覆了我們的行動模式，改變我們看待自己的眼光。

為什麼？因為，就在出其不意間，我們踏出了自己的世界，來到另一個地方。這個地方是哪裡？很難講。有人稱之為「另一邊」；我猜它還有其他名字，保持著古老信仰或是信奉拜鬼邪教的人各有他們的看法。從我的角度來看，它既不是天堂也不是地獄，就是個與我們的世界非常相近的地方，只是冷得要命，安靜到不行，無論走到哪裡都籠罩在漆黑天幕下。死者在那裡活動，那是它們的家——洛克伍德和我是入侵者。在它們無盡的黑夜裡，我們才是超自然的存在。

會闖入那個世界純屬意外，我們只想著要逃離，卻發現還有其他活人刻意踏上那條禁忌道路，四處探索。那個人就是湯姆．羅特威的孫子，史提夫．羅特威先生，同時也是羅特威偵探社的首領。他曾多次實驗，派手下員工（裹著防護用的鐵甲）穿過通往另一邊的開口。我們想不出他真正的目的。當時羅特威出手要我們閉嘴，那場對峙在羅特威喪命、他的祕密研究機構毀滅後畫下句點，後續影響大到難以想像。總之羅特威偵探社被競爭對手費茲偵探社接管，而強大無比的潘妮洛．費茲女士在短時間內成為全國最有權勢的女性。

還有其他更黑暗的後續影響。我們的體驗顯示鬼魂的動態——特別是它們回到我們世界的動機強度——與活人在另一邊的存在息息相關。當死者的領域遭到入侵，它們會變得活躍，更容易入侵活人世界。這項發現非常重要。侵襲英國的靈擾災難持續超過五十年，沒有人能理解它的成因，更別說是阻止它了。現在我們握有解開這個祕密的線索，很想把這個斬獲公諸於世。

可惜我們做不到。我們被下了封口令。

頒布禁令的人正是潘妮洛．費茲。她對洛克伍德與我的那段奇異旅程一無所知（我們只對身旁朋友透露），但她隱約猜到我們在羅特威研究機構發現了什麼，不希望社會大眾得知任何相關情報。比起友善的建言，她的語氣更像是冷酷的威脅。假如我們放棄沉默，恣意而行，後果將不堪設想。

主導對抗靈擾的人物竟然叫我們別探究它的根源，這件事本身就夠荒謬了。我們不清楚她的動機為何，但也想不出有什麼善意的解釋。同時還有一件更讓人不安的事，這要歸功於罐子裡的鬼魂提供的高見。很久以前它曾和偉大的梅莉莎．費茲說過話；等它見到潘妮洛，它給予我們不得了的情報。根據骷髏頭的說法，潘妮洛就是梅莉莎——她們是同一個人。

無論我們對潘妮洛．費茲抱持多少疑慮，要確立這個驚天理論可不容易。不過有件事我們還做得到。

我們可以親眼確認梅莉莎是否還在她的墓裡。

□

石階陡峭狹窄，我們慢慢往下走，每一步都無比謹慎。洛克伍德帶頭，喬治、荷莉、我依序跟上，奇普斯殿後。每個人都把蠟燭舉在腦袋旁，一個個光圈相互交融，像是發光的毛蟲般一點一點鑽進地底。

我們放在密門旁的提燈灑下黯淡燈光，漸漸消失在視線範圍外。右手邊是砌得整整齊齊的石磚牆面，濕氣在表面閃閃發亮。左手邊則是未知的開闊空間，連燭光都無法穿透。洛克伍德曾冒險打開手電筒幾秒，我們只看到駭人的漆黑深淵，忍不住退向右邊的石牆。接著這面牆也消失了，兩側都是無盡的黑暗，伴隨著我們戰戰兢兢地向下走。

在這樣的地方，人的思緒會混亂。雙腿顫抖，難以控制身上肌肉。你會不斷覺得自己即將往旁邊倒下，萬劫不復。更麻煩的是我們還得維持高度警戒，生怕靈異力量從黑暗中竄出。每走幾步就要暫停一下，運用天賦觀察環境，沉默加上高壓讓我更加暈頭轉向。

背包裡的骷髏頭堅持口若懸河地說個沒完，不時提醒我們的處境有多危險。

「喔，這裡不好走。小心點，可別突然踏錯一步，摔成稀巴爛。」還有，「妳想摔進黑暗中會是什麼感覺？」或是單純的：「哎呀，當心腳步！」諸如此類，直到我威脅要把它扔下去為止。

牆壁又回來了，同時石階突然往左拐，斜度還是一樣陡。

掛在我肩上的綠色幽光亮起。「我好無聊。」鬼魂說。「都是洛克伍德的錯。有夠拖拖拉拉。」

「那叫作理智。他要確認有沒有陷阱。」

「他和過馬路的老奶奶沒有兩樣。我看過走得比他快的水藻。」

洛克伍德確實步伐穩健。隔著其他人的腦袋可以看到他的身影，在燭光邊緣俯身，東張西望，耐心地確認每一格石階才踩上去，檢查濕答答的石牆。他總把自己置於那樣的境地——永遠站在前線，以肉身阻擋我們眼前的黑暗。他的舉動是如此沉著優雅。他的存在帶給我勇氣，即便是在這樣的地方。我對他的背影微笑。他當然看不到。但我不在意。

「露西，妳還好嗎？」跟在我後面的奇普斯問道。「聽到什麼了嗎？」

「沒事。」

「只是看到妳表情怪怪的。跟妳說，我的護目鏡都起霧了。希望今天到得了洞底。洛克伍德還真悠閒啊。」

「他只是在做該做的事。」我說。

我們陷入沉默，繼續往下走，蠟燭的煙霧將我們圈在一塊，洛克伍德冷靜地帶路，中途沒有停過。有好一會兒黑暗中只剩下石塊、煙霧和沉默，以及靴子磨擦石階的聲響。

「快走！」

骷髏頭像吼猴般在我耳邊大喊。突然爆發的靈異力量把我嚇得叫出聲。我往前衝了半步，手中燭火直接戳上荷莉的後頸。她跟著尖叫，撞上喬治；喬治一個踉蹌，跪倒在洛克伍德身邊。洛克伍德正彎腰細看下一格階梯，頓時失去平衡，往下摔了六格石階，砰、砰、砰。他丟了手上長劍，蠟燭消失在深淵裡。他整個人倒栽蔥地倒在石階上，長腿在半空中擺盪。

一片死寂。眾人僵著不敢動，豎起耳朵捕捉陷阱觸動的細微聲響，可能是哪邊的石塊挪動，或是裹屍布沙沙摩挲。我個人只聽到骷髏頭啞聲狂笑。什麼事都沒發生。洛克伍德僵硬地起身，撿起長劍。我們快步上前與他會合。

「眞不知道你們在大驚小怪什麼。」過了一會，我們包圍拘魂罐，狠狠瞪著鬼魂，那張臉笑得可樂了。「妳也知道我就是特別愛鬧，要發作的時候根本忍不住？」

「你害我們陷入危險。」我低吼。「要是洛克伍德觸發陷阱──」

「可是他沒有啊，對吧？別這麼悲觀嘛！現在我們知道這十二格階梯很安全，因爲洛克伍德用屁股幫我們測試過了。」

可惜當我轉達它的睿智發言時，其他人似乎不太能接受。

「這次真的太過分了。」荷莉說。「我主張明天就送它去熔爐。」

「別這麼凶嘛。」奇普斯說。「我還滿感謝它的。我很少看過那麼好笑的景象，會一輩子好好珍藏這段記憶。好啦，我想你們帶這個鬼魂出門不是為了聽它說笑。該讓它派上用場了。」

奇普斯說得有道理，獲得全場一致通過。我往前移動到洛克伍德背後，骷髏頭從背包開口往外瞄。

「好極了。全場最讚的視野。我有機會看到洛克伍德再絆倒一次。好好說明一下你們要我做什麼？」

我深吸一口氣。「仔細看剩餘的階梯有沒有圈套、拉桿、鐵絲、突出的石板、鬼魂陷阱，還有任何可能威脅到我們的事物。看到哪裡不對勁就開口。其他時間都給我閉嘴。沒有第二句話。了解？」

「好。」

「那就走——」

「停！」鬼魂的叫嚷比前一次還響亮。

我暗罵一聲。「現在又怎樣？」

「嘿，放輕鬆。我在辦正事啊。我想你們會在下一階找到陷阱。」

正如它所說，拿手電筒一照，可以看到一條細鐵絲橫過我們前方的石階，大概在我們腳踝的高度。

「絆索。」喬治吁了一口氣。

「對，可能不只如此。」洛克伍德指著鐵絲與牆面相連的隙縫。他舉起蠟燭，頭頂上有塊石頭尺寸特別大，看起來沒有嵌得很牢。「要是我們被鐵絲絆倒，這玩意兒會不會砸到我們頭上？」他問。「有可能。」

荷莉嚥口水的聲音清晰可聞。「我們就別探究了吧。」

我們跨過那條鐵絲。這個陷阱透出的未知惡意令眾人渾身發寒。洛克伍德抹去額頭的汗水。

「我們欠骷髏頭一次。」他說。「繼續走吧。目標不會太遠。」

腳下的石階稍稍轉向。骷髏頭保持沉默。眼前沒有其他陷阱。我們的燭光總算變了形狀，打上一座接近半圓形的石砌拱門。階梯底部與拱門緊緊相接，石板地往前延伸。

沒有人開口。我們全都繃緊神經，動用靈異感官刺探前方的黑暗。什麼都看不到也聽不到。我甚至撫過石牆，看能不能用觸覺捕捉到什麼跡象，但這些石塊毫無反應。我們的溫度計顯示七度，很冷，但不會太過誇張。不需要特別關注。

但我們沒有因此收起長劍。洛克伍德和我放下蠟燭，打開手電筒。我們緊握劍柄，緩緩穿過拱門，踏入寬廣的石室。

梅莉莎・費茲的墓室有著挑高的圓頂天花板，橢圓形的輪廓與遙遠上方的紀念館相互呼應。

手電筒光束劃來劃去，照出同樣的曲面石牆，每一塊石磚牢靠相接，乾淨的地面同樣鋪著石板。沒看到門、壁龕、凹槽。在這間石室中央……

我們的光束往內轉，在中央相會。那是用光滑巨大的灰色石塊構成的長方形基座，大約兩、三呎高，一束束乾燥的薰衣草撒在上頭，側邊刻印著費茲兩個字。

在基座之上，在我們的手電筒燈光下閃著冷光的，是一副銀棺材。棺蓋上覆蓋一大塊美麗的銀色罩布，繡著費茲的代表圖樣——舉起前腿的獨角獸。

「先別妄下定論。」洛克伍德低喃：「我們的目標可能就在眼前。」

喬治也壓低了嗓音。這個地方不適合喧譁。「她應該要長眠在這副特製棺材裡，在西敏寺擺了三天，接受大批民眾弔唁。然後運到此處。」

「前提是她真的在這裡。」我說。我再次動用靈異聽力。沒事。沒有半點擾動。

「我們就是來確認這一點。」洛克伍德果決地橫越石室。他乾脆的舉動沖散了我們說不出口的恐懼。「花不了五分鐘，然後就離開這裡。我們練習過了。準備好鐵鍊。」

我們曾在平和安穩的波特蘭街三十五號演練過這一連串行動。我們深知這是關鍵時刻，恐懼可能會害我們忘記要點。因此我們拿起居室的沙發預演幾次，把它用鐵鍊圍繞，末端仔細交疊，往地面撒上鹽巴和鐵粉，以等距豎立薰衣草蠟燭。良好的防護措施，以迅速又妥當的手法執行。我們把基座重重包圍，封鎖那副棺材——以及裝在裡頭的東西。

我們站在鐵鍊圈外待命。

「很好。」洛克伍德說：「現在要來對付棺材了。喬治？」

「正如我所料，這是威爾森與艾德嘉公司的特製品，內嵌鉛條、銀板、雙重釦鎖。這款的鉸鍊應該連接著平衡鎚，一掀就開。」喬治語氣平穩，但汗水流了滿臉。這不是尋常的墳墓，每個人都緊張得要命。荷莉臉色慘白；奇普斯一副想把自己的下唇咬掉的模樣。就連我肩上的骷髏頭也安靜下來，慘綠幽光黯淡得幾乎看不見。

洛克伍德深吸一口氣。「好，那就交給我吧。」他的視線掃過我們。「老梅莉莎開啟了一切——偵探社、與靈擾對抗。沒有人質疑過她遺留下來的一切。但我們知道內情並非如此。一部分的答案就在棺材裡。」

「快點。」我對他說。

他對我笑了笑。「我一向手腳俐落。」

喬治與奇普斯舉著蠟燭。荷莉和我解開腰間的鎂光彈。

洛克伍德跨過鐵鍊圈，接近基座。

棺蓋高度大約在洛克伍德腰際，他輕手輕腳地掀開罩布，像是從熟睡孩童身上抽掉毯子，任由它飄落地面。蓋上一塵不染，在手電筒照明下泛著微光。上頭有兩組雙重釦鎖。洛克伍德一一解開，清脆的喀嚓聲撞得我心臟輕顫。

謎底即將揭曉。如果骷髏頭沒有騙人，棺材裡什麼都不會有。

洛克伍德指尖扣住棺蓋邊緣，往上一掀，同時往後跳出鐵鍊圈。

喬治說得對，蓋子肯定藏了什麼配重裝置，它繼續自顧自地往上翻，順暢又安靜。角度越來越大，最後輕輕停下，往後固定住。

棺材內一片漆黑，幾乎要從邊緣溢出。奇普斯和喬治高舉蠟燭，火光驅趕黑暗。總算看到鋪在棺材內壁的紅色絲絨……裡頭確實有東西。修長的物體，覆蓋著白色亞麻布。

眾人沉默了好幾秒。荷莉與我舉著握著鎂光彈的手。其他人也像是凍結似地肢體僵硬，咬牙吐氣。我們凝視那具披掛白布的形體。感覺就像被詭異的重力壓得無法動彈。

「嗯，看來有人在家。」荷莉小聲說。

奇普斯低聲咒罵。「這顆骷髏頭還真是信誓旦旦啊。」

聽他這麼說，我頓時清醒過來，敲打拘魂罐。「骷髏頭！」

「幹嘛？」微弱的綠光在玻璃罐裡閃爍。「最好是很重要的事。我待不住。這裡太多銀製品了。」

「管你那麼多！你看棺材裡面！」

它停頓一下。「喔，這個啊。裡面擺的可能是隨便哪個人的屍體。說不定是裝在布袋裡的磚塊。有件事很清楚：那個不是梅莉莎。掀開外面那層布看看下面是什麼。」

幽光消散。我向其他人轉述鬼魂的說詞。沒有人露出好臉色。

「我想我們最好仔細看一下。」我說。

洛克伍德緩緩點頭。「對……反正也不難。」

棺材裡悶不作聲的不明人士的裹屍布沒有纏緊，只是用白布鬆鬆蓋著。想掀開這塊布的話就得踏進鐵鍊圈，湊向棺材裡。

「不難……」洛克伍德又說了一次。「不過是屍體，我們看過的還不夠多嗎？」

他望向我們。

「好吧。」他嘆息。「讓我來。你們好好守著。」

他毫不猶豫地跨過鐵鍊圈，往棺材內伸手，捏住那塊布的邊角，迅速掀開。然後他往後跳開，我們也跟著瑟縮。正如洛克伍德所說，我們見識過不少腐敗的屍體，如果眼前即將出現那樣的景象，自然會想離得越遠越好。

確實很可怕。只是和我們預期的方向不同。

這具屍體完全沒有腐化。

濃密的灰色長髮披在象牙色的枕頭上。髮絲間是消瘦蒼白的臉龐，燭光下的皮膚宛如蠟像。這是女性的面容——滿臉皺紋的年邁女性，顴骨突出，堅挺的鼻梁活像是猛禽的尖喙。嘴唇緊閉；雙眼也是。看得出和上頭的鐵像長得一模一樣，只是更加蒼老瘦弱。最可怕的是它一點都不像死去多年，感覺只是睡著了。這具屍體的保存狀態堪稱奇蹟。

沒有人開口。沒有人動彈。直到一團熱蠟從奇普斯的蠟燭滴到他手上。他的痛呼打破了魔法。

「梅莉莎．費茲……」喬治小聲說。「真的是她。」

「關上棺材！」荷莉叫道。「快關上！不然——！」

她沒把話說完，但我們都懂她的意思。不然梅莉莎．費茲的鬼魂就要跑出來。我也想著同一件事。同時怒氣從我心底湧現——我們冒了天大的風險卻什麼都沒得到。「該死的骷髏頭！」

奎爾．奇普斯喃喃咒罵。「我們簡直是蠢貨！博命演出就為了這個。」他對著石室比手畫腳。「趕快離開吧。長眠之地被我們打擾，她肯定不會開心。洛克伍德，快走！該出去了。」

「好啦、好啦……」洛克伍德看起來完全不因棺材裡的死者動搖。他傾身越過鐵鍊，盯著那張毫無血色的臉龐。「她的表情看起來很放鬆，但她其實已經死透了。真想知道他們用了什麼方法把她保存得這麼好。」

「木乃伊化。」喬治說。

「和埃及人一樣？現在還有人在做這個嗎？」

「喔，當然。只要準備恰當的藥草與油膏，還有碳酸鈉，這是某種鹽巴。把她泡進去，吸乾她身上的水分——別忘了取出內臟，從鼻孔勾出腦袋。很麻煩的。想像小露重感冒的模樣，就是這麼麻煩。在那之後，還要把她體內的各個空間——」

「很好，所以說木乃伊化是可行的。」奇普斯打斷他。「了解。」

喬治托托眼鏡。「多知道一點細節沒有害處。」

「無論如何，我沒聽說過像這樣的木乃伊……」洛克伍德口中喃喃唸著，再次跨過鐵鍊圈。

「洛克伍德，你要幹嘛？」我問。

「她看起來就像昨天剛死。」他伸手撫上她的臉頰。

「喂！別碰她！」

「哎唷！洛克伍德！」

「啊，沒錯……」棺材裡傳來物體剝落的噁心窸窣聲，像是什麼東西的表皮與內容物分離。荷莉掩嘴。喬治發出如同被掐死的貓的怪聲。奇普斯箝住我的手臂。

洛克伍德退回來，指尖夾著老婦人的臉皮。

「你們看，不過是面具。」他對我們微笑。「塑膠面具……看看這個……」他揚起另一手，沉重濃密的灰色假髮掛在他手上，如同從排水孔裡挖出來的髒東西，看不出原本的形狀。「面具和假髮。」他笑了聲。「是假的。都是假的……你們還好嗎？」

我們的情緒緊繃到超越極限。大家僵了好一會，直到震驚和寬慰漸漸消散。奇普斯哈哈大笑。荷莉愣愣站著猛搖頭，掩著嘴巴的手沒有放下來。我發現自己一直緊緊握著鎂光彈，手指好痛。我把鎂光彈收回腰帶上。

「洛克伍德，真是太噁了。這是我看你做過最噁的事。原來你是這種人。」我說。

「其實沒有很噁心啦。」洛克伍德看看棺材裡的物體。「只是假人罷了。你們自己過來看。」

我們走向棺材。沒錯，撕掉表皮後，擱在絲質枕巾上的根本不是人頭，而是用蠟做出的替代品。形狀相似，有個鼻梁的雛型，眼睛的位置微微凹陷，但上頭沒有真正的五官，只有泛黃的蠟塊，某些區塊光滑，其他地方布滿氣泡和孔洞。

「太厲害了！」喬治彎腰貼近，托高眼鏡，狐疑地打量假人。他把薄布往下拉開，露出蠟做的軀體，粗糙的手臂在胸前交疊。「等身大小，重量八成也相同，不讓抬棺材的人起疑心。就算有人要瞻仰遺容，還有面具擋著。」

「她不在這裡。」洛克伍德說。「整座紀念館是用謊言蓋成的。」

「不敢相信。」奇普斯自顧自地輕笑。他以指節敲敲蠟人的胸口，發出空洞的聲響。「竟然是假人！我們還怕成這樣……」

我也想笑，釋放累積一整晚的張力。每一個人都有同感。荷莉掏出巧克力，傳給大家。我們找到用保溫瓶裝的咖啡，背靠著棺材休息。

「一定要揭露這件事。」喬治說。

洛克伍德皺眉。「或許吧。別忘了，我們只解開一半的祕密。梅莉莎不在這裡。那她到底在哪？」

「骷髏頭已經告訴我們了。」我說。

咚、咚……奇普斯在蠟人身上敲出輕快的節奏。「假人！這事可瞞不得。亮出這張面具、向靈異局報告、找媒體記者過來這裡。」他伸手討巧克力。「謝了，荷莉。不介意分我一塊吧？」

荷莉把最後一片巧克力遞給他。「難就難在能相信誰。」她說。「半個靈異局都在潘妮洛的掌握之中。」

「伯恩斯沒問題。」

「對。他沒問題。但現在伯恩斯還剩多少影響力?」

咚、咚……

「明天再來決定。」洛克伍德說。「現在要回到上面，不然守衛就要換班了。」

咚、咚、咚、咚咚咚……

「夠了，奎爾。」我說。「別再敲了。越聽越煩人。」

「我已經沒在敲了。」奇普斯說。「我正在吃巧克力，跟妳一樣。」

眾人看向奇普斯，他和我們一起靠著基座，舉起雙手以示清白。敲打聲持續不斷。我們面面相覷，一同吞下巧克力，然後回頭一看。

某個物體從縐巴巴的薄布下探出，敲打棺材側面，發出咚咚聲響。是蠟人半握拳的手掌，抽搐似地彎曲又伸直。就在我們眼前，顫動的範圍擴大到整條手臂，突然間整具蠟人抖了起來，彷彿是在對墓室裡浮起的鬼魂霧氣抗議。

3

如果是在十分鐘前，這只是小事一樁。甚至五分鐘前的我們也能輕鬆應付。剛踏進墓室時我們上緊發條，準備拿五支長劍戳穿第一個現身的鬼魂。至於棺材呢，要是有什麼東西在掀開棺蓋的那一刻跳出來，它會在搞清楚狀況前就遭到支解。然而發現棺材裡竟然擺著假人的震驚——以及隨之而來的反高潮——令我們洩了氣。這是致命的反應，我們任由自己鬆懈下來，導致我們觸犯了三條靈異現象調查員的禁忌：我們不再運用天賦、我們踏進鐵鍊圈內、我們背對著敞開的棺材。就連最菜的七歲實習生也知道要避免這些錯誤。這些再粗淺不過的規則。

因此，當我們看到假人動起來，一縷縷鬼魂霧氣朝我們襲捲，在這個關鍵時刻，我們全都嚇得愣住了。我們的腦袋比平時多花了一秒鐘才反應過來。

光是這一秒鐘就夠我們失控。

霧氣濃到彷彿棺材裡裝滿了白色液體，積在假屍體四周，捲向它的輪廓，翻騰打轉，好似有幾隻隱形的手在攪動。僵硬泛黃的蠟人被霧氣動作感染，震動幾下。手指鉗住棺材邊緣，蠟塊劈啪裂開，假人猛然坐起。

「退後！退後！」

是洛克伍德的呼喊。我們同時逃離基座和棺材。但是恐慌孕育出恐慌，錯誤不斷累積。洛克伍德做得很好——他在跳起的同時扭身，從腰間抽出一顆燃燒彈，然後輕盈地踏上鐵鍊圈的另一側，舉起右臂準備投擲。其他人呢？我們沒他這麼優雅，連滾帶爬地四處逃竄。奇普斯撞翻一根蠟燭。我像貓一樣拱背躍過鐵鍊圈，笨拙地滾過滿地鹽巴與鐵粉。荷莉和喬治更加狼狽，他們直接輾過鐵鍊圈，把連接處狠狠壓到錯位。

交纏的末端分開，鐵鍊圈出現破口。

寒風從那道縫隙間吹出來，掃過整間墓室。

我翻成蹲姿，以腳跟為支點轉身，握住燃燒彈。與此同時，洛克伍德的燃燒彈從我頭上飛過，劃出拋物線，落向棺材。一道沒有臉的單薄身影從棺材裡坐起，身上包著裹屍布，光滑變形的頭顱緩緩轉向我們。

那顆燃燒彈擊中棺蓋邊緣，在假人背後炸開。

基座上的一切被明亮的白色火光吞噬。

不知道是不是墓穴構造的影響，爆炸聲感覺比平時還要響亮。光芒也更亮了。我移開目光。奇普斯大聲慘叫——他離爆炸中心最近。我的耳朵嗡嗡作響，熱浪頓時奪走我的行動能力，接著流過我身旁，往外擴散。寒意再次來襲。

我睜開眼睛。高溫的鐵粉如同千百根針般撒落，在石板地上彈跳，滋滋作響。棺材邊緣起火。紅絲絨內襯的碎片像海草般飄盪，隨著火光舞動。

一道深色形體僵立在火焰之上，往後彎折，包裹在燃燒的裹屍布內。

「鐵鍊！」我撈起鬆開的兩頭奮力接起，其他人也做出同樣的反應。可是從棺材裡吹出的寒風凍住一個個鐵環，把它們吹散。霧氣已經從棺材邊緣溢出，一縷縷白色觸手悄悄往外流動，沿著地面朝我們翻捲而來，逼退忙著連接鐵鍊的我們。如果想修復鐵鍊圈，我們會被慘白霧氣掃過。這不是無害的尋常鬼魂霧氣。密度更高，也更濃稠；面對這樣的現象，絕對不能冒險。

「別管鐵鍊了！」洛克伍德大叫。「退開！用燃燒彈砸它！」

棺材裡的形體突然動了，像是不知道如何運用四肢般笨拙。它一個踉蹌，傾身跌出棺材，一頭栽在石室地板上，激起大片鬼魂霧氣。下一刻，它被兩顆鎂光彈擊中，消失在白色火光中。第三顆鎂光彈（我猜是喬治的）完全失了準頭，在另一頭的牆角炸開。巨響讓我們難以動彈，劇烈的銀光將我們包圍。

「那是什麼玩意兒？」奇普斯踉蹌著跟上，一邊耳朵滲血，運動衫被鎂粉燒得破破爛爛。

「亡魂。」洛克伍德驚呼。「一定是。」

「它不是蠟——」

「骨頭藏在蠟做的外殼下。這個鬼魂能控制骨頭，讓蠟人動起來。」他又從腰間抽出一顆投擲彈。「快！往地上撒鹽。」

銀色火焰間沒有動靜，但洛克伍德帶著我們把鹽彈砸在眼前的石板地上。我沒有加入，只是一動也不動地站著，手中還握著原本那顆鎂光彈。方才我的靈異感官因為震驚而麻痺，現在等到爆炸的回音止歇，那些感覺瞬間湧回。我聽見如同烏鴉叫聲般嘶啞空洞的嗓音。它不斷呼喊一個名字。

「梅莉莎．費茲……梅莉莎……」它說。

「退到樓梯那邊。」洛克伍德說。

我們鑽過拱門，盯著逐漸燒完的火焰，地板上只剩一具扭曲的俯臥屍骸。

「我們好像打倒它了。」荷莉擠出氣音。

「沒有。」我說。那道空洞的嗓音還在我耳邊迴盪。

「我想我們成功了。」奇普斯說。「沒錯……它不動了。」

那道形體抬頭起身，緩慢僵硬的動態格外詭譎。

「它怎麼能那樣？」奇普斯慘叫。「不公平！鎂光彈應該夠把它燒光才對！」

「可能是有那層蠟保護。」洛克伍德一邊說，一邊比手勢要我們繼續跑；已經快到樓梯口了。「保護骨頭和鬼氣。不過它撐不了太久，只要一動就會破壞外殼。你們看——已經裂開了。」

確實，蠟人光滑的表面漸漸碎裂。一道裂縫環繞頸部，碎屑撒落。肩關節、膝蓋、雙腿與臀部連接處的表面已完全分解。它以怪異的姿勢艱辛站起，細碎的蠟塊落入翻捲的鬼魂霧氣間。它朝我們一拐一拐地走過來。

「梅莉莎……」

混雜了悲傷與憤怒的嗓音讓我忍不住倒抽一口氣。熾烈的黑暗情緒淹沒我的腦袋。

「它在呼喚。」我說。「呼喚梅莉莎。」

我們越過拱門，在樓梯口集合。喬治擦掉鏡片上的鎂粉殘渣。「真的？妳想骨頭的主人是不是遭到謀殺？會不會是梅莉莎殺了它們，然後把它們塞進去？」

「不知道。那個東西很不高興。」

「假如我被人殺掉、包上一層蠟、戴著老太婆的面具躺進棺材下葬，我的心情肯定不會太好。」荷莉說。

「有意思……」喬治回頭望向石室，那道跛行蹣跚的身影似乎開始加速。「真想知道是誰……」

奇普斯重重靠上牆壁。「是啊，這個鬼魂的身分超級吊人胃口。」他氣喘吁吁。「但我更在意它正在發火，正好追在我們後頭，而且我們還要爬上這段到處是陷阱的樓梯。」

「你說得對。」洛克伍德說。「打開手電筒。排成一列。動作快，留意陷阱。喬治，特別是你。」他抽出長劍。「我走最後面。」

奇普斯和喬治毫不猶豫，他們已經踏上石階。荷莉遲疑半秒，也跟著往上走。只有我沒動。

「小露，妳快走。」

「你要做蠢事。我懂你。我看得出來。」我說。

他撥開遮住眼睛的劉海。「彼此彼此。妳的愚蠢計畫是什麼？」

「與平常一樣。我打算和它說話，讓它冷靜下來。你呢？」

「我想砍斷它的腿，拖住它的腳步。」

我對他咧嘴一笑。「和我的計畫沒差多少嘛。」

我們站得近一些。現在蠟人離我們不遠，速度也加快許多，關節已經完全脫離外殼的束縛。可以看清臀部與腳踝的骨頭是如何運作。腳趾骨從腳掌尖端刺出。看久了會覺得有點可悲，它翻滾撲騰，有如暈船的水手，狠狠撞上拱門的支柱。

「我想妳還是先走吧。」洛克伍德說。「再過一分鐘它就要開始爬樓梯了，看來它短時間內沒辦法冷靜多少。我給妳二十秒。」他對我露出最燦爛的笑容。「慢慢來。」

「你真大方。」我深吸一口氣，再次運用天賦捕捉那道響徹墓室的寂寞空虛嗓音。我壓下恐懼，敞開心胸迎接靈異力量。「你是誰？」我問。「梅莉莎對你做了什麼？」那道身影沒有回答，也沒有放慢腳步。「我們可以幫你。你叫什麼名字？」

我給對方一點時間消化我的提問。假人的外表已經慘不忍睹。剛才的火焰燒融了幾處外殼，流下的蠟滴閃閃發亮，軀幹處處是剝落的坑洞。腦袋一側凹陷，不知道是它自己摔出來的，還是燃燒彈造成的損傷。可以從那個大洞看到下顎骨，幾顆牙齒穿透蠟殼。可以說是體無完膚，裝在裡頭的鬼魂肯定很不好受，軀殼遭到禁錮，再加上原因不明的憎惡，它的怒氣不斷飆漲。我朝它伸手，給予我能給的憐憫與理解。

「我們可以幫你……」我再次開口。

支離破碎的蠟人越來越近。空洞的眼窩填滿蠟液。

「我們可以幫你復仇。我們與梅莉莎為敵。」

「梅莉莎……」

「最後一次機會了，小露。」身旁的洛克伍德擺出攻擊姿勢。「我覺得妳說得太委婉了，它根本聽不懂。讓開。」

「我總要試試。它是如此淒涼……」

僵硬的手臂、裹著蠟的手指往前伸，彷彿是在示愛。

「小露，讓開！」

「梅莉莎……」

「再給我一秒——哎唷！」

洛克伍德把我撞開——就在蠟人撲上來的那一瞬間。它突然變得出奇敏捷，洛克伍德沒空瞄準它的雙腿，劍刃擊中軀幹中心，深深插入，馬上就被硬梆梆的蠟塊卡住，劍柄脫離洛克伍德的手。寒風在周圍呼嘯，麻木我們的感官。不斷掉屑的手指抓向我的喉嚨。我叫出聲，試圖扳開那隻手。洛克伍德趕過來拉扯它僵硬的手臂，閃避另一手的襲擊，讓鉗住我的手指鬆開。他往蠟人身上一踢，把它踢到牆邊，長劍依然插在它胸口。蠟塊大片大片脫落，露出幾處肋骨與脊椎。

「小露，我們走！」洛克伍德抓住我的手，拉著我跑上石階，一邊抽出腰間的手電筒，將光束往上照。「妳那樣沒用。」他邊喘邊說。「和鬼魂說話什麼的。妳差點害死自己！」

「你自己說要砍斷它的腿！結果呢？」

「結果就是我失去了最好的長劍。除此之外還滿成功的。」

「或許我們有爭取到一點時間。」我回頭瞥了一眼。「喔。沒有……完全沒有。」背後的階梯傳來啪搭聲響。蠟人現在四肢著地，手肘外凸，像是得了狂犬病的瘋狗一樣往上衝刺。撒落的蠟屑宛如脫皮。從祖露骨頭的破洞可以看到閃爍的鬼氣。

「沒關係。」洛克伍德說。「它快，我們更快。我們還有機會跑贏它，只要前面沒有……天啊。現在是怎樣？」

隨著我們腳步震盪的手電筒光束照亮踉蹌退回的奇普斯、荷莉、喬治。

「你們在幹嘛？」我吼道。「快回頭！它就在我們後面！」

「前面也有一個！」荷莉大叫。

「什麼？怎麼會？」

「喬治觸動陷阱。直接踩上鐵絲。一塊石頭動了——鬼魂跑出來。」

「另一個鬼魂？喬治！」

「抱歉。我在想別的事。」

「我們在鬧鬼的樓梯上逃命，你竟然還在想別的事？」奇普斯怒吼。「怎麼可能？」

「那個新來的鬼魂在哪？」洛克伍德擠到最前面。「好啦，我們終究要往上走，不可能回頭了。」

設置鐵絲陷阱的階梯不遠。旁邊牆上有一塊挖空的石頭，淡淡的人影飄浮在階梯上空，離我們只有幾呎。依稀可以看出它擁有老婦人的外表，穿著及膝裙、襯衫、外套；一頭長長的灰髮和讓人發毛的笑臉。她身上一片灰，除了那雙晶亮的黑眼。

洛克伍德搖搖頭。「就這個小老太婆？也太恐怖了吧。你們手上不是有劍？怎麼不拿來用？」

喬治朝著階梯邊緣外的黑暗深淵。「我們試了……它讓這裡颳起風，差點把我們吹下去。」

洛克伍德咒罵一聲。「我們是邦喬屈偵探社嗎？劍拿來。」他從喬治手中搶過長劍，跳過鐵絲陷阱。鬼魂的頭髮突然飄起，在腦袋周圍飛舞。冷風沿著階梯吹下來，從側面擊中洛克伍德；他拚命掙扎，勉強逃過跌落階梯的命運。他頂著狂風，好不容易貼上牆面。

我肩上閃過慵懶的綠光。我意識到骷髏頭總算回到現場。「好啦，狀況如何？」它隨口問候。

「你覺得看起來如何？」我反問。洛克伍德正頂著靈異氣流，一點一點逼近鬼魂。

「我看看……我才離開五分鐘，你們已經觸動了兩個鬼魂，被它們包夾，旁邊還是深淵邊緣。無論以什麼標準來說都很糟。我猜你們會需要解決眼前問題的妙計。」

我往後看，牆壁轉彎處泛著異界光芒，胸口插著長劍的蠟人快要爬到這裡了。

「如果你有什麼建議的話……」我裝出輕快的語氣。

「當然。但妳要先回答我：什麼時候會放我離開這個罐子？」

「現在不適合討論這件事。」

「最適合不過了。」

「才怪。我說過了。回家再談。」

「啊，可是在家裡妳從來沒有跟我說過話，無視我的存在，把我塞在角落，與鹽巴鐵粉還有裝備放在一起。嗯，或許我現在也該無視妳。」

「我會跟你談啦！我答應你！明天！好啦，你的忠告是……」後頭的亡魂步步進逼。包在手指外的蠟塊全數脫落，可以聽見骨頭喀、喀、喀地刮過石階。洛克伍德在前方攻向第二個鬼魂，它灰白的身影變形扭曲，避開他的劍刃。

「簡單到我都要哭了。我眞的很不想講。我們後面的鬼魂把源頭帶在身上——你們可以看到那些骨頭。可是上面那個鬼魂呢？它的源頭在哪？」

我轉頭怒目而視。「喔，我怎麼會知道——？」話才說出口，我已經望向牆上的石塊空洞，裡頭一片漆黑。我咬住手電筒往上跳，抓住石頭縫隙，往裡頭看去。這個小小凹槽裡嵌著薄薄的銀板，上頭放了一副假牙，塑膠做的粉紅色牙齦反射燈光。

「假牙？誰會拿假牙當源頭？」

「管它那麼多。趕快處理掉。」

我已經握住那個可怕的玩意兒，光滑冰冷的表面讓我忍不住皺起臉。我跳回階梯上，把源頭丟進深淵。沒有聽到著地的聲音。老婦人的惡靈瞬間像是腰間綁了繩子似地被扯向側邊，以腹部為中心往旁變形。它只停留了幾秒，黑眼冒出灼灼怒火——然後消失得無影無蹤，隨源頭一起墜入洞裡。洛克伍德對著空氣揮劍，鬼魂掀起的怪風平息。台階上只剩下我們五個。

還要加上後頭追上來的鬼魂。洛克伍德的長劍還卡在它胸口。它手臂與雙腿的蠟已經完全脫落。我們的手電筒光束掃來掃去，照出這個訪客的身影，亂七八糟的骨頭用一縷縷鬼氣固定住。手指頭現在只剩枯骨——少了蠟殼的隔絕，一碰到它就得承受致命的鬼魂觸碰。它變形的臉龐對我們露齒獰笑。

它朝我們撲來。喬治大叫，奇普斯尖叫。荷莉首當其衝——她的長劍往旁掃去，劍尖俐落地劃過它的頸子，一刀兩斷。蠟人的腦袋垂落，落向牆面，沿著階梯往下滾。

我們暫停幾秒，祈禱身軀也會跟著滾落，沒想到它還站著。淡淡的頭顱虛影從頭骨原本的位置浮現。我猜是男性，臉很長，線條明顯，頭髮亂七八糟。

「它還沒鬧夠嗎？」喬治咕噥。「饒過我吧！」

我們邁開腳步往上逃離。喬治走最前面，我在最後面，背包在我肩上彈跳。

「記住！」骷髏頭在我耳邊說。「明天！說好了！」

「如果我能活到明天……」

通往紀念館的活門就在眼前，投下灰暗的錐狀燈光。我的雙腿像是灌了鉛，費盡力氣才舉得起來。

「梅莉莎……」空洞的嗓音緊追在後。「梅莉莎……」

「它眞的很想抓到妳。」骷髏頭評論道。「鬼氣正在脫離束縛，隨時都會離開骨頭，一個不小心就完蛋囉。露西，妳最好加快腳步。」

「我在努力了！」

有什麼東西扯住我的背包，把我往後拉。我放聲大喊，向前使勁，狠狠撞上奇普斯。他差點壓住忙著推荷莉與喬治前進的洛克伍德。在那個可怕的瞬間，我們幾乎摔成一團，大家慌亂地揮舞雙手，好不容易穩住腳步。我們跳上最後一段階梯，令人膽寒的趾甲刮地聲緊追在後。

我們一一鑽過密門，回到昏暗的紀念館；我是最後一個，奮力一跳，轉過身，看到那張慘白的臉龐從黑暗中朝我飄來。

洛克伍德和奇普斯已經搬起那片石板，在我滾到一旁時，他們幾乎是用甩地關上密門。連著鉸鍊的石板砰地闔起。提燈火光閃爍。巨響在石室裡迴盪。

洛克伍德皺起臉。「守衛……」

我把背包甩到地上，上頭冒出白煙，印著三道參差的爪痕。

我們跌坐在那片石板邊緣，喘得像是故障的滾筒風琴。

「逃過一劫。」荷莉喘息道。

「真的。謝天謝地。」奇普斯說。

拘魂罐從背包開口探出一角，骷髏頭和藹地點頭。「做得好。及時關上門……」它裝模作樣地停頓幾秒。「所以石板內側嵌了鐵線，對吧？算你們走運！」

我幾乎說不出話。「沒有、那種東西……」

「那就是銀囉？」

「沒有……」

骷髏頭咯咯輕笑。「也是——看我說什麼蠢話！成本太高了。不過這裡想必有什麼防範措施吧。」它對我咧嘴而笑。「不然……」

不然……喔。「洛克伍德……」我開口。

我已經手腳並用地往後退開。青白薄冰從石板中央擴散。我們連滾帶爬逃向四面八方，長劍刮過地面。與此同時——彷彿被我們用隱形的絲線拉扯——鬼魂穿透石板，緩緩浮起。它把它的骨頭留在另一邊了。先是那顆纏滿蜘蛛網的萎縮頭顱，接著是森森利齒、只剩枯骨的頸子，其餘的部位包裹在迴旋的鬼魂霧氣中。它的異界光芒蔓延開來，我們就像伐木工扛起樹幹時僵在下面的木蝨般無法動彈。

奇普斯離我比較近，他正在努力拔出腰間長劍（可惜失敗了，因為劍刃壓在他屁股下）。洛克伍德跪坐起來，不知道從哪裡摸出一顆鎂光彈。我呢？我繼續後退，因為鬼魂的注意力似乎全在我身上。於是我以屁股著地的姿勢往後挪，鬼魂飄得更高，雙臂宛如被裹屍布纏住般緊貼身側。

「哎，這傢伙可厲害了。」骷髏頭的語氣帶著淡淡的純粹的好奇心。

我的背撞上石室冰冷的牆壁。

那道身影微微顫動，下一秒，它就像是用尾巴推進的鯊魚般撲到我的上空。沾染塵土和蜘蛛網的臉龐湊向我。我聞到蠟與墓穴的霉味，嚐到深埋地底的孤寂。一隻枯瘦手臂伸出，鬼氣構成的手指朝我抓來。

有人大吼大叫，但我的注意力不在那裡。我努力捕捉那嘶啞的嗓音，來自遠方的呼喚。

「梅莉莎．費茲……」

「對！」我啞聲回應。「她怎麼了？」

洛克伍德從鬼魂背後現身。他手中的鎂光彈準備丟出。「露西！」他大喊：「閃開！」

「等等。」

我繼續凝視那些塵土和蜘蛛網……

「露西！快閃！」

「梅莉莎……」鬼魂說：「帶她來見我！」

那道身影在眨眼間消失，彷彿它從未存在。原本充滿整間墓室的龐大壓力散去；我上身猛然前傾，頭髮蓋住臉。與此同時，剩餘的提燈一齊熄滅，陷入伸手不見五指的黑暗。

有人拿手電筒掃射。灰塵懸浮在我周圍，蜘蛛網沾上我的膝蓋。

「露西？」洛克伍德在我身旁彎下腰。

「我沒事。」

「它對妳做了什麼？」

「沒事。洛克伍德……」我不太確定要如何啟齒。「我們以前有收過鬼魂客戶嗎？」

他直瞪著我。「當然沒有。怎麼了？」

我往後靠上牆壁。「我想我們剛剛接到委託了。」

Lockwood & Co.

第二部

無情妖女

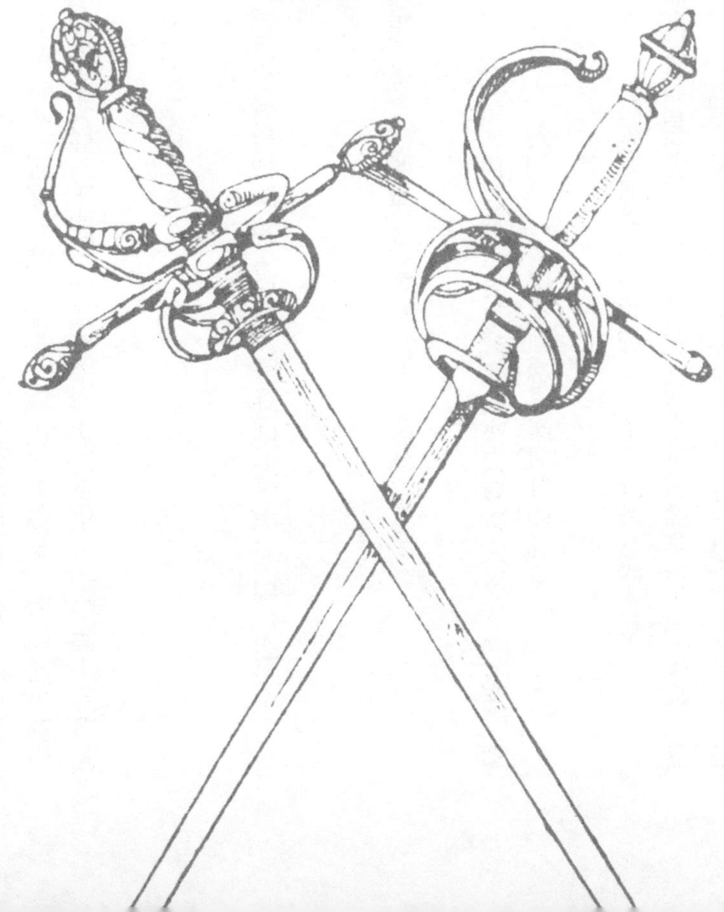

4

波特蘭街三十五號是我們的家兼洛克伍德偵探社的總部。此地對我們來說別具意義，一進屋，關上老舊的黑色前門，看到鑰匙桌上的阿茲提克水晶骷髏頭提燈散發溫馨的光芒，原本壓在我肩上的重擔就會像魔術師一彈手指就讓斗篷飛上天似地瞬間消失。我會把長劍丟進充當傘架的花盆，掛起外套，穿過擺滿展示架的走廊，架上淨是稀奇古怪的收藏品，像是陶壺、面具、塗成彩色的葫蘆。如果是白天，我會往起居室探頭，看看有沒有人在裡頭休息或工作；若是晚間，我會瞄一眼書房，通常結束工作後我們會癱在這裡。假如四下無人，我就越過通往二樓的樓梯，鑽進廚房，根據殘留的吐司（洛克伍德）或配茶的小圓餅（喬治與奇普斯）香味判斷誰待過此處。偶爾看到綠茶茶葉罐開過的跡象，或是流理台上落了一、兩顆葵花子，代表荷莉來過，八成正在辦公室忙碌。這點不一定準，身為最愛乾淨的成員，她很少留下蛛絲馬跡。鹹魚乾的臭味，以及蹭在後門門板邊緣的河岸泥巴——顯示是芙洛．邦斯近期曾經大駕光臨。

這棟屋子是我們的庇護所，替我們阻擋鬼魂與其他更黑暗的事物。最愉快的時光是成功解決案件後的豐盛早餐，通往院子的窗戶開著，陽光斜斜流入。

今天也是如此，前晚我們造訪過費茲紀念館。洛克伍德、喬治、我坐在餐桌旁，荷莉去亞利夫的小店補貨；打開的果醬罐、蛋杯、奶油碟、吐司碎屑散了一桌，但我們依然餓得要命。桌子另一端擺著拘魂罐，透過百葉窗照進來的一道道陽光圍繞著它。我們捧著馬克杯。吃過第一輪早餐的喬治大腿上擱著一個醜陋的木頭面具，他拿沾濕的抹布擦掉表面灰塵。洛克伍德握著筆，在思考布——我們記錄各種點子的桌布——的角落塗鴉，同時盯著他架在拘魂罐上的報紙。罐裡的鬼魂蟄伏著，鬼氣在接近中午的陽光下懶洋洋地攪動，宛如長滿藻類的深潭。

我靜靜坐在洛克伍德隔壁，享受舒適的沉默。渾身肌肉痠痛，腦袋昏沉。洛克伍德左側太陽穴上有一處擦傷，喬治的眼鏡鏡片沾滿來自墓室的塵土。疲憊感沉甸甸地壓在我們身上，但沒有人提起昨晚的驚險歷程。

「今天早上的新聞不少。」洛克伍德指著報紙。

我睜開一隻眼睛。「好消息？」

「不是。」

「壞消息？」

「小壞和大壞，對我們來說都不太妙。」

「先從小壞開始吧。」喬治說。「我偏好循序漸進，讓我慢慢適應悲慘的處境。」

洛克伍德伸手拿茶杯。「小壞消息還滿普通的。這回是都洛普與崔德。他們和費茲偵探社簽約。都洛普老先生要退休了，公司將被費茲吸收，整個過程超有效率。」

「崔德有什麼意見嗎？」我問。

「沒有。他幾年前被獨行者殺死了。」

我皺眉。「又一間小偵探社遭到併吞……」望向窗外，晴朗的藍天籠罩在鄰近屋舍上空。「已經不剩多少獨立偵探社了。」

「亞當．邦喬屈還在死撐。」喬治說著，擦拭木頭面具的牙齒。「你們有沒有聽說上禮拜的事？他們開了挺優渥的條件要他收攤，但他大發雷霆，揪著費茲派來的人的耳朵把他丟出去。」

「沒想到他這麼有骨氣。」洛克伍德靠上椅背，小心翼翼地伸懶腰。「不太確定他能公然反抗到什麼時候。啊……我的背快痛死了。露西，都是妳那顆骷髏頭害的。」

「那才不是我的骷髏頭。我只是和它說話而已。你說還有大壞消息。」

「喔。對。你們一定猜不到。他們把溫克曼放出來了。」

喬治震驚地放下抹布，我瞪大雙眼。「朱里斯．溫克曼？他不是被判了十年嗎？」

「對啊！」喬治大叫。「他非法販賣靈異物品！還有教唆施暴！還有破壞墓地！他還沒在牢裡待上兩年吧！公理何在？」

喬治發出不平之鳴。沒錯，公理正義是很重要，但我掛記的不是這個。我們的證詞讓朱里斯．溫克曼入獄。而溫克曼這個人一向有仇必報。

「我猜他是因為『表現優良』得以提早假釋。」洛克伍德說。他往報紙輕輕一彈。「這裡說他太太雅德萊和寶貝兒子雷歐帕來接他出獄。然後他開車離開，發誓要洗心革面，再也不做黑市交易的勾當。」

「他會找上我們。」我說。「他要宰了我們。」

洛克伍德咕噥一聲。「要殺我們的人可多了。說不定他會低調一點。」

喬治一臉狐疑地翻動面具。「我不這麼想。」

我們沉默了好一會。不過呢，今天早上風和日麗，昨夜的勝利感尚未消散，沖淡了我們的疑慮與恐懼。

「洛克伍德，你在畫什麼？」我看著思考布。「看起來像是一團憤怒的花椰菜。」

「什麼？妳在污辱我的畫技嗎？這明明是披頭散髮的鬼魂。」洛克伍德丟下原子筆。「繪畫或許不是我的強項。我想畫出那個亡魂的面貌。昨晚在它脫離骨頭衝出來的時候，我有好好看清它的長相。如果有圖片輔助，說不定喬治可以查出它的身分。」

「拿那張只會追蹤到蔬果攤。」我一閉上眼就能看到鬼魂震怒的面容浮在我面前。「那是介於中年到晚年之間的男性。臉上皺紋很深。長長的灰髮。我只記得這些——我更在意他說的話。喬治，你又要去檔案館了？」

「晚點。一小時後有客戶要來。」喬治把木頭面具放在奶油碟和玉米片之間。除掉表面的灰塵，總算能看清鮮艷的色彩。陌生的鳥類羽毛插在面具頂上，宛如凍結的塵煙。「你們覺得這個寶貝如何？」他問。「玻里尼西亞巫醫的面具。從潔西卡房間拿的。」他望向洛克伍德。「昨天我開了最後一個箱子。希望你不介意。」

洛克伍德點頭。「很好。有什麼收穫嗎？」

「或許有。其實有幾樣東西想給你們看，等我們吃完第二頓早餐再說。」

我盯著那個巫醫面具，它的眉骨突出，嘴巴呈現凶狠猙獰的弧度。「你覺得這東西有什麼力量嗎？」

「我認為裡頭有某種靈異能量。」喬治說：「但我沒有妳那麼敏銳。露西，如果妳不介意的話，等一下可以看看。」

「當然……」我憋不住了，這個疑問不吐不快。「洛克伍德、喬治，我們接下來要怎麼辦？」

他們自然懂我的意思。整個早上，紀念館之旅的經歷壓在我們心上。被崩解中的亡魂追趕著衝上階梯已經夠驚人了，但這並不是昨晚印象最深刻的部分。棺材裡缺席的那個人縈繞在我們心頭。

「我一直在思考梅莉莎的事情。」洛克伍德開口。「我想我們能做的就只有照常過日子。還有太多事情要釐清。若是沒有掌握關鍵情報就承認我們闖進她的墓室，肯定會引來風險。所以我們姑且安分守己，辦普通的案子，別去惹麻煩。同時追蹤所有的線索。特別是喬治，你好好調查梅莉莎和我們口中的潘妮洛之間有什麼關聯。」

喬治點頭。「費茲家族從一開始就是對抗鬼魂的核心勢力。如果想解決靈擾，我們也得要面對這個謎題。至於昨晚那位身上塗滿蠟的朋友呢，我去檔案館的時候會特別看一下梅莉莎晚年時期的報紙。說不定能找到她的哪個熟人在那個期間失蹤。那個鬼魂一定認識她，對吧，小露？」

「一定的。而且它超不爽。」我說。

「那就是跟她很親近的人。遭到她背叛、殺害。」

「老實說那個鬼魂只是餘興節目。」洛克伍德再次端起馬克杯，對著裡頭冷掉的茶水皺眉。「我們的首要目標是查出原本該在那座墓穴裡的女人出了什麼事。究竟二十年前死掉的人是誰。露西，妳看能不能讓那個白痴骷髏頭好好說話。畢竟我們正照著它的提示行動。我還是覺得它是一切的關鍵。」

「叫我嗎？」拘魂罐裡混濁的液體深處掀起漣漪。鬼魂的臉龐浮現。它的樣貌一向不怎麼討喜，今天更是令人作嘔，像是被人踩過的泡水屍體。

我瞪著它。「你就不能把自己打理得好看一點嗎？牛奶都要酸掉了。」

「我也累了啊。」骷髏頭說：「我也熬了一晚，不是嗎？和你們一樣。你們看起來挺狼狽的嘛。洛克伍德渾身瘀青，庫賓斯得了某種怪病，下巴長出黃色腫塊。」

「喬治剛才吃過蛋。」我說。「那些都不重要。我們需要談談梅莉莎。」

鬼魂瞇細雙眼。「錯了。我們需要談談我的自由。我們已經說好了。」

我遲疑幾秒才接話。「時間地點都不對。晚點再跟你說。」

「晚點？什麼意思？六個禮拜？一年？我很了解女人的話術。」

「天啊。我是說再過幾分鐘。」

那張臉皺起眉頭。「當然，這種話我聽多了。到時候你們被新來的危機吸引注意力，我只能繼續困在這裡，用手指敲打這個玻璃監獄。」

「你又沒有手指。」我低吼。「而且你都死了，時間對你來說有多大的意義？而且才幾分鐘時間，怎麼可能旁生枝節？別再抱怨了！」我抬起頭。「嗨，荷莉。」

走廊上傳來動靜，荷莉・孟洛現身，揹著她的棉質購物袋。她掃了我們一眼，撥撥她的黑色長髮。

喬治盯著購物袋。「荷莉，有買到甜甜圈嗎？」

「有。」她的嗓音有些古怪，繞過餐桌，把購物成果放到餐具櫃上。她的動作俐落，用力放下所有東西。她板著臉，緊緊抿唇。

「荷莉，妳還好嗎？」我問。

「不太好。」購物袋被她揉成一團，放上流理台。她從瀝水籃拿了個玻璃杯。「我在亞利夫碰上魯波・蓋爾爵士。」

我們的注意力瞬間集中到她身上，魯波爵士是潘妮洛・費茲的同夥，劍術高超，非常危險。他這個人不擇手段，願意為她做各種骯髒事，向她的對手施壓的人也是他。先前我們曾與他交手過。

「看吧。」骷髏頭嘆息。「危機降臨。」

我關上拘魂罐的安全栓。「他在那裡幹嘛？」

「他在等我。」荷莉倒水喝了一大口，彷彿是想沖掉什麼怪味。「噁！他真是卑劣！」

洛克伍德坐得直挺挺的。「他威脅妳嗎？」

「他沒多說什麼，但言外之意很清楚。你們也知道他是什麼德性。貼在你身旁，笑容可掬，散發超濃的鬍後水味道。他只是想確認我們沒有『越線』——這是他的說詞。『專心辦安全的案子』和『簡單的鬧鬼事件』。換句話說就是不准調查潘妮洛。」

「喔，這是當然。」洛克伍德說。「他還說了什麼？」

「都是些拐彎抹角的警告。要是我們經手任何太過『艱難』的事務，肯定不會有好下場。『我們可不希望這間親愛的小偵探社出事。』哈！」她放下玻璃杯。「喔對，他還想知道我們昨晚去了哪裡。」

洛克伍德和我互看一眼。「昨晚的什麼時段？」

「十二點過後。他說有線報指出我們不在家。」

「他們又在監視我們了。」我說。「妳怎麼回他？」

「我說我不知道，那時候我早就回家了。」荷莉說。「他出其不意地冒出來，我沒有答得很好。」

「沒事。」洛克伍德語氣從容。「我們不是已經編好一套說詞了嗎？就說我們去肯迪什鎮幫一對夫婦解決超無聊的投石怪。喬治可以偽造相關文件。」

「已經弄好了。」喬治說。「荷莉，既然妳這麼喪氣，來吃個甜甜圈吧。」

「謝了，我吃蘋果就好。」

他悲傷地搖搖頭。「妳要知道在心情不好的時候，吃蘋果是沒用的……仔細想想，我也受到很大的衝擊。」他的視線飄向餐具櫃。

「對，喬治，你去拿盤子。」洛克伍德說。「大家一起吃。」

我們聽命開動，連荷莉也拿了甜甜圈。喬治說得有道理：甜甜圈是一帖良藥，幾乎能讓世界恢復正常。只是幾乎，還不到完全。因為這個世界本來就不正常。梅莉莎不在她的墳墓裡。溫克曼出獄。荷莉遇上的小插曲絕非偶然。

□

基本上，所有的靈異調查機構都受到靈異現象研究與控制局（簡稱靈異局）的監督，總部位於倫敦中區的蘇格蘭警場。靈異局有權懲處違規者，確保偵探社提供極度專業的服務。有時候科處罰金，在極度罕見的狀況下，它們會勒令偵探社停業。不過比起干擾在前線奮戰的調查員，靈異局更在乎靈擾相關的研究。

然而就在潘妮洛．費茲接管羅特威偵探社後，情勢漸漸改變。現在全倫敦有四分之三的偵探社人力落入費茲女士的掌握，剩餘的勢力也迅速加入她麾下。費茲偵探社的人員漸漸占據蘇格蘭警場的諸多高階職位，設置嶄新的規則。因此資源有限的獨立偵探社只能對付小規模的鬧鬼事件。不只是如此，還得接受靈異局的定期視察，確保他們恪守專業標準。一旦違反規定，偵探社就要關門大吉。說好聽點是為了公眾安全著想，但實際的用意是監視眾人的一舉一動。

身為規模最小的偵探社，最讓我們困擾的是游擊般的關注。靈異局人員不定時上門查訪。走在街上不時被人叫住，要求出示文件，證明我們正在辦理什麼案件。出門工作也會遭到跟蹤。他們並不是一直在門外站崗，我們時時回頭，卻什麼都沒看到，但事情註定要發生——某天，某個一臉不懷好意的小男生尾隨我們到貝克街車站，或是戴著帽子的男人站在亞利夫小舖外頭，毫不掩飾地盯著我們出勤。有時候一個禮拜內發生過幾次這樣的邂逅，有時候兩個禮拜都毫無動靜。若有似無的監視也是他們刻意而為。讓我們意識到他們認為我們幾乎不值一顧。

我們察覺這一切的幕後主使是潘妮洛．費茲。她想盯緊我們。不過我們可是洛克伍德偵探社，沒那麼容易被她嚇倒。

比如說當靈異局人員突襲波特蘭街三十五號時，他們會看到喬治靠在地下室的水槽旁努力刷掉牛仔褲上的鬼氣殘渣。洛克伍德披著睡袍，頂著一頭亂髮，臉色蒼白，一邊喝茶一邊記錄前一晚解決的訪客。荷莉和我慢吞吞地整理亂放的裝備，或是打包準備要送去熔爐的源頭。簡單來說就是疲憊與紀律的寫照；運作順利但人力吃緊的小偵探社。靈異局人員會看看我們的案件紀錄，帶走近期請款單、鬼魂紀錄、客戶評價的副本，享受過熱茶和餅乾，並欣賞頂著一頭亂髮的洛克伍德，轉身離開。

他們一走，我們馬上鎖門，回頭做正經勾當。對外，我們維持假象，只接小規模案件。除此之外，我們檯面下還有事情要忙。這種雙重生活是極大的挑戰，我這幾位同事各顯神通來應付。

荷莉面對任何阻礙都用同一套招數：以超高的效率正面迎擊，眼睛連眨都不眨一下。無論是闖入費茲紀念館還是在街上面對訊問，她總能維持招牌的從容風範。難以想像她會放下這份矜持，不知為何，這點讓我深信最糟的事情不可能發生。她泰然自若的氣質曾讓我怒火中燒，但現在已經成為我的心靈支柱。就算天要塌了，我知道荷莉的頭髮依然飄逸；她的衣服永遠輕盈地包裹她的曲線；她咖啡色的皮膚總是泛著用礦泉水和青豆沙拉養出來的光彩，和成天吃漢堡餅乾的我形成強烈對比。沒錯，荷莉永不改變，這點讓我心情雀躍。

喬治則是端出另一種風格的冷硬。外人可能看不出來。他太過柔軟，太過邋遢。就算他在房間裡擺了梳子，這東西的存在感非常地低。他圓潤平凡的臉龐欠缺個性和強烈的個人主張。即使敵人知道他擅長挖掘情報，也不會把他放在眼裡。他們以為他只是消極地吸收資訊，成天埋首於廢紙堆裡；比起到現場面對恐怖的超自然現象，他更安於書桌前的位置。

他們錯得徹底。喬治對研究的熱情，花上無數時間踏遍一間間圖書館尋找最細微的線索，這是源自他猛烈的決心與堅定的意志。要是他想找到什麼，他一定能找到；只要被他找到了，他就會像㹴犬般狠狠咬住，用力搖晃，抖出一切相關資訊。他永不退讓，把揭發鬼魂流竄的真相視為己任。費茲偵探社越是施壓，阻止我們調查這件事，喬治就挖得更深。他不容許任何人否決他的研究。

然後是洛克伍德。最了不起的洛克伍德。

我們繞著他運轉——每一個人，包括以往的對手、現在的盟友奎爾．奇普斯；就連河岸的惡夢、全倫敦最出眾（至少在氣味上是如此）的盜墓者芙洛．邦斯也不例外。在鬼魂橫行的倫敦街道間，幾乎沒人察覺奇普斯與芙洛正悄悄幫我們跑腿辦事。他們願意這麼做，是因為洛克伍德開口請求，只要有他一句話就夠了。

他擁有龐大的吸引力及抵擋費茲偵探社窺探恐嚇的韌性，背後的祕密是源源不絕的精力與超凡的冷靜。少有事物能令他動搖；他總是稍稍退後幾步，挑眉，勾起嘴角，再將壓力轉化成迅速確實的行動。以往他的魄力全拿來對付鬼魂，現在連活著的敵人也無法倖免。他帶給身旁朋友滿滿的活力，同時又拒我們於千里之外。

或許不是每一個人。

在所有人之中，他最信任我。我們一向走得很近，但自從我五個月前重回偵探社後，我們更加親近了。與彼此相處的時間超過以往。我們一起工作，一起歡笑。我在他面前感到無比舒適，他對我也是如此；我想我們都很清楚我們在彼此身上獲得了超越旁人的平靜與喜悅。這是好消息。

至於壞消息呢？那就是我不太確定為什麼會產生如此的轉變。

那段一起披著一件神靈斗篷，走過冰天雪地死者境地的旅程改變了我們，使得我們與其他人產生差別。沒有人能完整想像出我們見到的景象。那段記憶仍舊不時干擾我們的夢境。我們花了好幾個禮拜才恢復體力。我長出斑斑白髮，洛克伍德的劉海微微泛灰。老實說那段經歷太過強烈，讓之後的一切蒙上陰影。站在陰影中，有時候難以判斷我們關係的改變究竟是源自這件事，還是其他的種種。

所以呢，洛克伍德看著我時眼中閃過的脆弱，還有我們在旁人背後悄悄露出的表情——這份親近感究竟是從何而來？單純是我們自己的心境嗎？是我們的本質？還是那起事件的餘波，是我們共享的經驗？

那起事件改變了一切。

別誤會，我很慶幸走了那一趟。只是想把事情搞清楚。

洛克伍德從未多提這些情緒，而我一直找不到輕鬆提起這個話題的契機，因此我的煩惱無從破解。況且我們都忙得要命，應付鬼魂、應付靈異局、應付靈擾的謎團。

還要應付提早半個小時來敲門的客戶，應付他們帶來的嶄新怪談。

5

門前小徑的喚人鈴響起時，我們才剛吃完甜甜圈，回音漸漸消散。

洛克伍德皺眉。「他們來得太早了吧。我們準備好見客了嗎？」

「咖啡桌上有可樂。」荷莉說：「起居室和平常一樣，亂得像垃圾場。」她起身往前門移動。「喬治，請幫我再燒一壺水。洛克伍德、露西——給你們三十秒把環境整理到可以見人。」

這點我們倒是駕輕就熟，二十八秒後，沙發上的靠枕已經拍鬆，鹽彈收進櫥櫃，起居室開著窗，迎入早秋的晴朗空氣。喬治在廚房裡拿杯盤弄出恰當的聲響。客人進門時，洛克伍德與我已經在咖啡桌旁待命。

這兩人令人第一眼就產生強烈印象。年長那位矮小粗壯，身穿刺眼的黃色格紋外套，看起來穿一陣子了，手肘上縫了羊皮補丁。裡頭搭的是灰色背心，被他極度突出的肚子撐得幾乎炸開，還有那件亮白襯衫，領口開得很低，灰白色胸毛像夏季的荊棘叢般鬈曲四散。燈心絨長褲是奔放的深紅色，和他的臉色一樣紅；代表這個人與酒瓶的交情匪淺。那頭極度鬈曲的灰髮非常搶眼，硬是塞在老舊的綠色毛氈帽下；扁扁的鼻子，靈活的闊嘴；明亮的小眼睛轉來轉去，從不對上其他人的目光。

他身旁跟著一名瘦成皮包骨的少年，看起來嚴重營養不良。穿了很久的牛仔褲和大尺碼運動衫藏不住身形，反而更加突顯他單薄的身板。他的鼻子很大，鼻梁帶勾，在蓬亂的黑髮下，膚色慘白到讓人為他的健康捏一把冷汗。他面無表情，與同伴相反，雙眼直視前方。感覺他的注意力完全不在這個房間。

「這位是路易斯．特尼爾先生。」荷莉說。「特尼爾先生，以及……」她看著隨行的男孩。

「查理．巴德。」特尼爾先生說。「查理，過來。」

路易斯．特尼爾先生輕快地走上前，點頭又眨眼，再三輕觸帽沿；少年如同遭到催眠般拖著腳步跟上。這兩人看起來真怪，但直到他們挪過半個房間後，我才看清究竟是哪裡不對勁。

男子用一條鍊子牽著男孩。

這條鍊子不引人注意，乾乾淨淨，一個個金屬環閃閃發亮，但都不是重點。這可是鍊子啊。鍊子的末端連上環繞男孩手腕的繩索。

我瞥了洛克伍德一眼，看他是否也注意到了。光是一眼就知道他和我看到一樣的景象。而且不只是他。喬治端著托盤進門，突然煞住腳步，愣愣張著嘴。帶客戶進屋的荷莉則是在他們背後瘋狂比手畫腳。

我們的客戶來到咖啡桌旁。沒等我們招呼，特尼爾先生逕自坐上沙發。那名少年起先杵著不動，但特尼爾先生毛髮旺盛的手壓上他的肩頭，鼓勵他坐下。鍊子發出輕柔的磨擦聲，接著安靜下來。

我們一個接著一個坐定。

洛克伍德清清喉嚨，還沒從震驚中恢復過來。「呃，早安。我是安東尼．洛克伍德。那麼，特尼爾先生——」

「叫我老路就好！」男士揮了揮飽經滄桑的綠色帽子，打斷洛克伍德的話。「老路．特尼爾！我喜歡人家這樣叫我。我這個人不擺架子的。特尼爾劇場的老闆，特尼爾驚奇秀與特尼爾巡迴遊樂園也是我一手打造。不過呢，重點是我現在已經束手無策，因為我的事業遭到邪靈詛咒，即將走向破滅之路。」他誇張地嘆氣，接著看到桌上荷莉做的茴香籽蛋糕。「喔，這是為我準備的小點心嗎？真是貼心！」

「嗯，我們是比較希望能分著吃啦。」喬治說。

洛克伍德揚手。「在討論蛋糕或詛咒之前，有件更重要的事……」他刻意頓了一下，希望客戶察覺到他的暗示。「我們無法忽視那條鍊子……」

特尼爾先生一愣，表達出輕微的訝異；臉上隨即浮現虛弱笑容。「你說這條鍊子？這個？喔，這只是為了保護查理．巴德本人。各位請別多慮。」

洛克伍德皺眉。「我是不在意。但——」

「可憐的查理傷不了你們的。」特尼爾先生空著的那手揉揉少年的頭髮。「可是他對自己可就沒這麼謹慎了，不知道你們有沒有聽懂。有沒有看到那把蛋糕刀？要是我不提防點，他會在一眨眼間握起來，插進自己的心臟，毀了你們漂亮的地毯。」

我們盯著腳邊的地毯，接著視線集中在蛋糕刀上，最後望向靜靜坐在自己世界裡的男孩。

「他會拿刀捅自己？」我問。

「沒錯。」

荷莉靠著喬治那張沙發的扶手，她開口道：「說真的，特尼爾先生，如果他……如果他病了，應該要送去醫院才對。讓醫生來——」

「小姐，醫生幫不了他。」老路·特尼爾悲傷地搖搖頭。「醫生？藥物？哈！要是有用的話就好了。他們會拿藥放倒他，把他綁在床上什麼的，但他的生命仍舊繼續流失，過了一、兩天又成為另一具喪失靈魂的屍體。醫生？浪費時間。不，小姐，我們需要你們。所以我們才會來這裡。」

房裡一片寂靜，從廚房傳來水滾的聲響。「抱歉，我沒聽懂。」洛克伍德開口。「不確定我們能幫上他什麼。既然你說你的遊樂園有邪靈——」

「那個鬼害查理變成這樣。」特尼爾先生說。

我們再次凝視他身旁的少年，看著他一動也不動，毫無主動性，眼神茫然。

「你的意思是他遭到鬼魂觸碰？」喬治問。

「不是直接被碰到。雖然也很接近了。他遭到誘拐。她把他的靈魂抽出來，害他越來越虛弱。我敢說再過一天，最多兩天，他就會跟著她進入另一個世界。」男子的雙眼第一次不再游移，直視洛克伍德。「假如你們能摧毀她，或許就能切斷他們之間的連結。或許他就能回來。我也說不準。」

洛克伍德蹺起長腿，放棄反駁，表現出公事公辦的態度。他依然對那條鍊子有意見，但已經下定決心。「建議你仔細從頭說起。」

我起身。「我想我們先喝點茶比較好。」

「我覺得應該要把這把蛋糕刀收回它該待的位子。」喬治跳到我身旁。

「真是太好了。」特尼爾先生說。「我很喜歡蛋糕。不過不用幫查理·巴德張羅什麼。他已經不再進食了。」

我鑽進廚房，忙著擺弄沸水和茶壺。喬治負責切蛋糕，對於客戶飽滿的肚子投以擔憂的表情。在這個空檔，特尼爾先生的視線不斷飄過我們每一個人。我發覺他看著我與荷莉的時間最長。

我將茶杯遞給他。「喔，妳真是個美人兒。外表整潔，活力四射，眼神討喜。要是在這裡做不下去了，我可以幫妳在秀場找到一、兩份工作。」他露出奉承的笑容，牙齒亂得像碾碎的餅乾。「換上漂亮的裙子，在恰當的地方貼一點亮片和流蘇……妳馬上就可以登台啦。」

「感謝你的建議。」洛克伍德說。「喬治會牢牢記住的。現在來討論我們這間專業靈異事件偵探社能幫你些什麼吧。」

「請描述這個邪靈的狀態。」荷莉語氣乾脆。她把筆記本翻到新的一頁，握好原子筆。「它是什麼東西，長什麼樣子——還有它是如何影響這個可憐的孩子。」

特尼爾先生把自己那盤茴香籽蛋糕擱在一邊大腿上。「受到影響的不只是查理。已經死了一個人了。多虧了她，劇場與遊樂園已經不再是年輕小伙子能安全享樂的場所。」他咬了一大口，鼓動臉頰咀嚼。「我就長話短說吧。我很忙的，沒空整天坐著啃蛋糕，和你們不一樣。簡單交待一下背景。各位想必知道特尼爾的巡迴遊樂園，是我們這個百年家族的事業。我家老爹法蘭克·特尼爾以前會帶著所有的家當全國到處跑，可是靈擾發生後，旅行的難度就提高了。因此過去二十年來，我們駐紮在倫敦東區的斯特拉福。遊樂園境內有間老劇場——大家叫它皇宮劇院，據說已有兩百年歷史了——我們把這個空間留給魔術秀和馬戲表演，還有特尼爾驚奇秀。整個遊樂園圍繞著劇場搭建。花上十英鎊就能進場玩到底，帶給親愛的各位充滿奇觀的饗宴，永遠沒有無聊的一刻。小孩在禮拜天入園還能領到免費熱狗。可惜現在好景不再。」

洛克伍德一直盯著窗外。「確實。你剛才提到鬼魂的事。」

「沒錯。它半夜會在劇場走廊走動，看起來是披著斗篷的女性，身形曼妙，很有吸引力，卻有一副蛇蠍心腸。」特尼爾先生顫抖著嘆了一大口氣。「她已經奪走了我的一個手下，查理·巴德也撐不久了。不管是哪個小伙子，只要被她遇上了就準備進棺材。他們都叫她……」他突然湊上前，嗓音低到極點。「他們都叫她……無情妖女。」

他的低語餘音散去。他身旁被鍊子綁住的少年，臉色蒼白的查理·巴德，原本沉默得像是一尊石像，這時卻發出低沉呻吟，顫抖的喉音中充滿恐懼，我手臂上的汗毛紛紛豎起。

特尼爾先生拉緊鍊子，不過男孩沒再做出任何反應。

我們安靜了好一會。

「無情妖女……」荷莉小聲說：「是濟慈詩裡魅惑騎士的精靈……他們如此稱呼那個鬼魂？」

「是的。」

「因為它展現致命的女性誘惑力嗎？」

「不，那是她的本名。不懂嗎？我們知道那個鬼魂的身分。剛才我沒提到？無情妖女。她算是上個世紀末的演員，曾經紅極一時，既邪惡又美麗。看來她已經爬出墳墓，重新登場了。來，你們看看。」他從外套內袋抽出一張皺巴巴油膩膩，摺起來的泛黃紙張，遮遮掩掩地遞向咖啡桌另一側。「拜託，別讓查理．巴德看到。」

洛克伍德接過那張紙，攤開來。我湊了過去，喬治與荷莉也離席繞過咖啡桌，越過我們的肩膀端詳紙上的內容。

這是一張劇院傳單，用黑色和金色的墨水印製，畫著金髮女子擺出慵懶姿態，背景是一片片翻捲的金色煙霧。她身上那套迷人裝束難以用文字描述，可能是因為布料用得太少了。風格略帶東方色彩，露出大片胸口的領子，位置巧妙的縫隙，緊緊包裹她的曲線。看起來超脫現實、遠離凡塵。女子修長纖細的手臂掛上一個個手鐲，頭戴后冠，美麗的長髮在背後飛揚，融入煙霧中。她的眼皮半闔，眼珠被長長的黑色睫毛掩蓋。她仰著腦袋，嘴唇微啟，不確定是誘惑還是低能的姿態，或許兩邊都有吧，她背後的煙霧上印著詭異字體，內容是：

無情妖女

魔術高手

演出

蘇丹的復仇

傳單最下方還有皇宮劇院的字樣與地址，以及九十多年前的日期。

特尼爾先生趁機又拿了一塊蛋糕。「各位眼前的傳奇美女正是無情妖女。」

「是喔。」喬治說。

「我倒是認為她有點太成熟了。」荷莉說。「露西，妳不覺得嗎？」

「真的。」

劇場老闆咕噥幾聲。「據說她生前相當殘酷，美貌讓她掌控見到她的每一個人，她的鬼魂也有同樣的力量。」

洛克伍德對著傳單皺眉。「讓你們困擾的就是她？特尼爾先生，你怎麼能如此確定？你怎麼知道是她？」

「因為無情妖女在這間劇場的舞台上迎來駭人聽聞的結局。她擅長逃脫魔術。來自倫敦各處的觀眾跑來看她表演精彩的技倆，看她一次次死裡逃生。最知名的特技就是傳單上的這齣〈蘇丹的復仇〉。她被關在像棺材一樣的直立箱子裡，再用鐵鍊掛起箱子。接著助手會拿長劍刺穿箱子，她的慘叫聲從箱內傳來。當然都是造假的。她早就從箱子底部的活門逃到舞台下方，等到抽出那些長劍後再鑽回箱子裡。直到那一夜，出了天大的紕漏……」

特尼爾先生停頓幾秒，吞吞口水。他的語氣充滿熱情，內容活靈活現，同時也沒忘記往嘴裡塞食物。輕飄飄地撒落一桌的蛋糕碎屑也暫停片刻。「有人說是蓄意破壞。」他悄聲說：「某個極端愛慕者的報復。也有人宣稱負責操控活門的小伙子喝醉了，忘記表演的節奏。總而言之，無情妖女沒有藏到舞台下。當長劍插入箱子時，她人還在裡頭。那一夜，舞台上的慘叫聲毫無虛假。」

「很慘的死法。」我說。「觀眾也很不走運。」

「一開始劇場裡沒人知道發生了什麼事，他們以為湧出的鮮血也是舞台效果。可是血流個不停……」特尼爾先生喝了點茶。「希望沒有掃了你們的興。」

洛克伍德瞪著桌上沾著口水的蛋糕屑。「還好。嗯，聽完她以前的故事，請告訴我們鬼魂是怎麼一回事。」

我們的客戶點點頭。「現在劇場都在下午表演。當然不會有晚場的秀——觀眾要在太陽下山前散場。是老派的馬戲團節目：空中飛人、雜耍、小丑、特技表演。表演者多半是成年人，不過我請了小孩子在散場後幫忙清掃。其中兩個跑來向我報告說他們在掃舞台時看到一名女子從後門走進劇場。時間差不多是傍晚。他們以為她是莫名闖入的觀眾，想找卻沒有找到人。幾天後，另一個小女生在鎖門前經過後台的更衣室，她的眼角餘光瞥見穿著黑色連身裙的人站在那裡。可是等她退回去一看，發現那裡空無一人。」

「有點毛骨悚然。」洛克伍德說。「你們做了什麼處置？」

「沒有。天黑後劇場裡不會有人，對吧？只在大白天進去。我以為這樣就夠安全了……直到查理和可憐的席德．莫里森出事。」特尼爾先生深深嘆息，摘下帽子，耙梳糾結的鬈髮。

「特尼爾先生，查理怎麼了？」

「事情發生在三天前的傍晚。外頭的驅鬼街燈才剛亮起。我們的舞台經理莎拉．帕金斯把大衣忘在劇場，回頭去拿，在一條走道上看到查理．巴德，他一邊走著，臉上露出茫然的笑容，像是中邪似地。她看到疑似女性的身影在走道盡頭對他招手。她說明明燈都開著，那道身影周圍卻是一片黑。他就這樣直直走過去。」特尼爾先生看著我們。「嗯，莎拉毫不遲疑，衝上去抱住查理的腰，把他壓倒在地。與此同時，走道盡頭的黑暗一陣波動，然後消失不見，燈光又恢復了。查理還活著——只是陷入各位現在看到的狀態。」

「這位舞台經理真是勇敢。」我說。

「是的。」特尼爾先生點頭。「莎拉是個和妳一樣健壯的小姑娘。不像那位小姐，軟綿綿的像棵柳樹。」他對荷莉笑出一口亂牙。

「露西和我都有辦法妥善完成任務。」荷莉說。

「所以說查理驚險逃過一劫。」洛克伍德說。「現在來聊聊可憐的席德．莫里森吧。」

劇場老闆雙肩一垮，垂頭凝視自己的掌心。「席德是我們魔術師的學徒。昨天傍晚他人在舞台上，設置今天表演的機關。我們有個女生，她叫崔西，當時在觀眾席掃地。一瞬間她覺得好冷，抬起頭，看到台上不只席德一個。他旁邊有個女人。女人算是面對崔西，但她看不清對方的臉——即使劇場裡燈火通明，那女人仍像是站在陰影裡。當著她的面，女人滑回陰暗的側幕後面。崔西說她不是用走的，也沒有轉身，感覺像是往後飄移。席德跟了上去，他腳步不快，但一點也不猶豫，消失在舞台側邊的簾幕間。」

「崔西有沒有大叫，或是試圖阻止他？」我問。

「她說她想開口，但莫名地說不出話。席德一消失，她又能動彈了。她跑上舞台側邊的台階，鑽進簾幕。接下來的部分可沒那麼好聽了。」

「喔，請繼續說。」荷莉應道。「你知道我們對付過多少鬼魂嗎？別客氣。」

特尼爾先生沒有抱怨，乖乖吃下這個軟釘子。他放軟嗓音，先前的高昂情緒不知去向。「崔西進入舞台側邊，又看到女人和席德。他們像是在擁抱——或者該說是女人用瘦瘦的手臂環抱他，她的臉埋在他的頸窩。可怕的是，席德明明身材高大，看起來卻像是渾身癱軟，骨頭全沒了，讓那個女人撐著。沒錯，等到她鬆手——她的手臂穿透他的身體——他就直接癱倒，不成人形，彷彿是一團髒抹布。他死透了。崔西把他翻過來時，他冰冷蒼白的臉上掛著恐怖的笑容。」

洛克伍德的手指輕敲膝蓋。「那個女性鬼魂後來怎麼了？」

「席德還沒倒地，她就已經消失了。」

「特尼爾先生，你來得太遲了。在查理逃過一劫的時候就該——」

「我知道。」他對自己的雙手露出失望的表情。「我知道。只是——如果這種事傳開……誰會來看表演？我們只能關門大吉了。」

「總比繼續死人好。」荷莉皺眉。

「查理是什麼樣的孩子？」喬治停頓一下，補充道：「我是說他原本的個性。」

「滿文靜的。身體說不上健康。他的肺有問題，沒辦法做全職工作。大部分的雇主連宿舍都不會給他。我這個人比較慷慨，讓他有點事情做。」

「席德也生病了嗎？」

「完全沒有。身材魁梧。精神百倍。他是個戲法專家。」

又是一陣沉默。洛克伍德點頭。「是喔？真的嗎？真有意思。很好啊。」

「你不知道這是什麼意思吧？」

「完全不懂。」

「意思是他很會變戲法，手巧得很。嚴格來說他只是個學徒，但他格外擅長近距離的小技倆。他會走進觀眾席間，從某位女士的耳朵裡掏出雞蛋，撕掉二十鎊紙鈔然後從哪位男士的袖子裡抽出來。行雲流水，毫無冷場，把場子炒熱。他原本幹得不錯——直到他愛上我們的俄羅斯空中飛人。」

「有什麼問題嗎？」

「她沒有回應他的感情。我想說服她對他有點好臉色，這對我們的事業最有利，可是她不吃這一套。席德得了相思病，在她篷車的窗戶下徘徊了好幾個禮拜，不睡也不吃，整個人越來越憔悴。他的技術也因此走下坡，把蛋捏破、弄掉硬幣、紙牌到處亂飛。沒救了。就算他沒死，我也打算叫他走路。」

「嗯，他替你省了點麻煩。」洛克伍德再次敲打膝蓋。「這位俄羅斯空中飛人——她叫什麼名字？」

「卡蘿．布萊爾。」

「聽起來不太像俄羅斯人啊。」

「她外婆是白俄羅斯人。是她自己說的。只要她的大腿能勾著大男人在十呎高的半空中飛舞，我不會管那麼多。好啦，這蛋糕還真不賴。要是你們沒有意見，我很樂意收下最後一片。」特尼爾先生無視喬治呻吟抗議，履行他的預告。他坐回原處。「你們可以幫我嗎？這個鬼魂快把查理折磨死了，還害我胃潰瘍，把我的手下員工嚇跑。」

洛克伍德仰望天花板。「特尼爾先生——你被困擾多久了？」

「鬼魂，還是胃潰瘍？」

「鬼魂。」

「兩個禮拜，可能三個禮拜吧。」

「了解。除了這位查理．巴德、席德，以及你提到的兩名女員工，還有誰真正目擊到這個鬼魂？」

「幾個帶位員、化妝師凡妮莎，我想還有某個賣冰淇淋的女孩子。」

「他們都沒事嗎？」

「他們至今依然活在恐懼中。凡妮莎的頭髮全都變白了。」

「換句話說，無情妖女的被害者都是男性？」荷莉問。

特尼爾先生點頭。「沒有人能抗拒她的魅力。無論她是死人還是活人。洛克伍德先生，你和這個小伙子可要當心了。」

洛克伍德輕笑一聲。「喔，我想喬治和我擋得住無情妖女的一切招數。喬治，你說對不對？很好，特尼爾先生，我們會幫你調查此事。請給我們二十四小時。你想查理撐得了這麼久嗎？」

客戶看了看身旁套著鍊子的男孩，他毫無動靜，雙眼空洞。「希望可以，洛克伍德先生……不過請你行行好，別花更多時間。」

送走客戶時，我心裡一陣雀躍：我討厭其中一人，對另一個人又憐憫不已。簡單來說，他們讓我心情煩亂。我領著他們到門邊。

我打開門，讓路給他們時，特尼爾先生對我鞠躬，不小心鬆開手中的鍊子。查理．巴德立刻奮力往旁邊衝撞，掙脫束縛。他撞上對側牆面，旁邊是我們拿來裝雨傘與長劍的大花盆。他的雙手依然綁在一起，以笨拙的姿勢握住洛克伍德第二好的長劍，抽出來，劍刃在晨光中閃閃發亮。接著他把劍尖往內猛刺，想把長劍插進自己的肚子。他的手臂太短，劍刃又太長，刺到他的腰帶就卡住了。

趁著他與長劍搏鬥的空檔，我已經撲上前，想抓住劍刃。特尼爾先生揪住他的手臂，狠狠拉扯鍊子。少年拚命掙扎，力量大得驚人。我們撞上衣帽架，接著是鑰匙桌。他悶不吭聲，我們默默扭打好一會，他慘白的臉離我很近，我們四目相交。特尼爾先生用力搥打他的太陽穴，我搶過長劍。

像是觸動開關似地，查理．巴德再次停滯不動。他的面容平靜，毫無表情，乖乖讓特尼爾先生牽著走出門外，迎向陽光。

「真是不好意思。」特尼爾先生在柵門前回過頭。「妳應該能理解找到那個鬼魂是他僅存的機會吧？請盡全力協助我們。」

說完，他舉起毛氈帽行禮，拉扯鍊子，帶男孩走上人行道。

6

就算我們對特尼爾先生的說詞無動於衷——他油腔滑調又閃爍其詞，實在不怎麼吸引人——查理．巴德明顯的困境讓我們印象深刻。洛克伍德聽說過這種狀況，他說這是稀有的超自然禁錮案例，被害者的心智遭到鬼魂誘捕。

「類似鬼魂禁錮，只是在這個案例中，被困住的不是身體，而是心智。生存的意志漸漸消失，被害者朝死亡邁進。特尼爾說得對——摧毀那個鬼魂或許是切斷雙方聯繫的唯一方法。」

「可憐的孩子。」荷莉正在清理玄關的殘局。「想對自己做那種事真是太可怕了。」

「你們有沒有看到他毫無表情的臉？」喬治在旁邊幫腔。「有夠詭異。」

「他的眼神超空虛。」我說。「和他扭打的時候，我什麼都看不出來。」

「顯然有個強大的鬼魂把他箝制住了。」洛克伍德說：「我們得要準備好才能上陣。喬治，你去檔案館的時候可以查一下故事裡的往事嗎？我要多訂一點明天用的裝備。我們一半的家當都留在紀念館啦。」

「事情真不少。」喬治說。「梅莉莎、靈擾，還有無情妖女。我該出門了。不過呢，洛克伍德，我想給你看看在你雙親的箱子裡找到的東西。能借我一點時間嗎？」

我們跟著他上樓。靈異局的人員只會到地下室的辦公室確認我們的一舉一動，但他們從未想過要查一查二樓。幸好是如此，因為二樓有個黑暗恐怖的祕境，擺滿了威脅常人身心健康的物品，我指的不只是喬治的臥室。還有一個房間曾經屬於洛克伍德的姊姊潔西卡——同時也是她喪命之處。她的死亡光輝依舊懸浮在空蕩蕩的床鋪上，戲劇效果十足，不過沒什麼害處。牆邊擺了一堆堆木箱，上頭印著來自陌生國度的出口許可章。房間中央的空曠處用鐵鍊圍出一個圈，圈內放著從木箱裡挑選出的物品：特別奇異、危險的禁忌道具。

刻成野生動物和醜惡鬼魂形貌的面具。兩件另外翻出來的斗篷，一件縫滿羽毛，另一件則是毛皮。用骨頭、珠子、動物內臟組成的奇妙物品，洛克伍德說這是爪哇人的捕鬼工具。還有用鉛和蠟牢牢封住的陶壺，我們格外留意這類東西。潔西卡．洛克伍德七年前就是因為打破了其中一個而丟了小命。

房裡的怪東西多到讓人眼花撩亂。那些在特拉法加廣場舉牌遊行的文青拜鬼邪教徒肯定會對這些玩意兒下跪。費茲偵探社的研究員會為了看它們一眼，把自己的祖母賣掉。富有的收藏家會扭打成一團，盜墓者會趁我們睡覺的時候割斷我們的喉嚨摸走好貨。靈異局的伯恩斯督察會直接逮捕我們，沒收所有的東西。因此我們謹慎保密，除了我們四個、奇普斯、芙洛之外，無人知曉它們的存在。

我們站在門邊往內看。喬治指著鐵鍊圈內一排布滿灰塵的綠色玻璃瓶。「我昨天找到這些。」他說。「用來捕捉煩人或不受歡迎的祖先靈魂。老薩滿會往瓶裡塞入源頭——通常是小片骨頭——封起來，然後呢，鏘鏘！鬼魂就上鉤啦。玻璃內側鑲了鐵，不讓鬼魂跑出來。」

洛克伍德點頭。「所以說類似骷髏頭的罐子？」

「差不多。」喬治說：「只是從某些角度來說，這些玻璃瓶更勝一籌，因為你不會看到恐怖的鬼臉。跟你說，我越來越相信你爸媽帶回來的一切都是不得了的靈異物品。就連掛在樓下的那些裝飾也不例外。他們是非常優秀的學者。我想我會很喜歡他們。」

「相信你一定會的。」

我盯著洛克伍德的臉。一如往常，每當提及他的家人時，他都端出冷靜的外表，但雙眼會暫時失焦，凝視著空無一物的地方，又或者是凝視著過去。

瑟莉亞．洛克伍德和唐納．洛克伍德專心研究各地民俗傳說中的鬼魂，他們的專業領域是異國信仰。他們不但在世界各地遊走，還打包許多相關物品寄回來。某些內容物成為波特蘭街三十五號牆上的裝飾品，但絕大多數還收在箱子裡，因為它們是在洛克伍德夫妻意外身亡後才送達英國。

先前才剛開始拆箱，我們就找出兩件精緻的羽毛斗篷，那是印尼薩滿在和祖先對話時披的神靈斗篷。洛克伍德和我發現這些斗篷的防護力並非虛構，當我們走在另一邊的冰霜道路上時，它們保住了我們的性命，多虧有這兩件斗篷，我們才能好端端地站在這裡。其中一件斗篷弄丟了，另一件還在，藏在地下室的儲藏室裡，旁邊就是可樂和燉豆還有薯片。

「問題在於有一半的瓶子裂了。」喬治繼續說明。「相信不用我說，大家都知道要格外小心。」他望向洛克伍德。「如果你希望的話，可以送去熔爐。這或許是最安全的做法。」

「先不要……說不定之後會派上用場。只要放在鐵鍊圈內，應該不用太擔心。」

「好吧。別靠得太近。這是我的忠告。這些東西放在一起就像是有一堆鬼魂聚集在這裡。想像一下如果它們全都跑出來的話……」

「嗯，要是它們跑出來……」洛克伍德的視線集中在他姊姊多年不散的死亡光輝上。接著他關掉燈，關上門。

□

那天晚上沒有排任何工作。這是好事，我們得要為了明天的無情妖女做準備。荷莉和我花了整個下午填寫近期案件的紙本資料。洛克伍德打電話給穆雷刀劍行，訂了新長劍與鐵鍊。他似乎比平時還要安靜內斂；我想或許是潔西卡房間造成的影響。喬治去檔案館了。到了晚餐時間，我匆忙把喬治留在冰箱的燉肉重新加熱，端到辦公室吃完。

我收拾廚房時，洛克伍德從門外探頭。喬治還沒回來。荷莉先回家了。波特蘭街三十五號只剩洛克伍德與我。

「露西，我要出門一趟，妳想不想一起來？」

「辦案？」

「算是。」

「你要現在去？」

「如果妳沒別的事情要忙。」

我當然不忙。幾秒鐘後，我和他在玄關會合。「要我去拿背包嗎？馬上就來。」

「沒關係。妳帶長劍就夠了。我會帶上我第二好的劍。」

所以說不是棘手的鬼魂。我們走上波特蘭街。「很遠嗎？」

「不會，挺近的。」

暮色漸深，我們往東走了兩個路口，往北轉上馬里波恩路。我納悶是不是要在這裡的計程車駐點叫車，不過還沒走到十字路口，洛克伍德在生鏽的鐵板圍牆前停下腳步，牆內是馬里波恩墓園。

「這裡？」我問。這是個廢棄的小墓園，已經撒上厚厚的鹽巴，圍上銅牆鐵壁。

「對。」

「我沒聽說這裡出了問題啊。」

他微微一笑。「如果妳的腳往旁邊那叢常春藤挪一下，就會踩到能踏腳的木樁，然後抓住鐵板頂端翻上去。後面有一道磚牆。看好了──我示範給妳看。」

不到幾秒鐘，他像貓一般蹲下來，蹬地翻過圍牆。「妳可以嗎？還是要我拉妳上來？」

我哼了聲。或許我沒他那麼敏捷，掙扎攀爬的過程中伴隨了幾聲咒罵，但我很快就爬到他身旁，離人行道十呎遠，俯視宛如深綠色競技場般雜草蔓生的墓園。

我們腳下是墓園原本的磚牆，後來才從外側加上鐵板。馬里波恩路黯淡的燈光在我們右側。下方則是搖曳的沉默與陰影。此處原本是舊式的市區內墓園，空間利用到極限。墓碑幾乎相互交疊，大多掩蓋在荊棘叢下，位於最高處的石龕與天使雕像宛如航行在洶湧的綠色海洋上的船隻。常春藤攀上圍牆內側。像是融化蠟燭般的老杉樹散在各處。完全看不見地面。這座墓園顯然已經廢棄多時。

眼前的風景讓人感傷，而不是害怕。這也不是揮舞長劍的好地方。「是哪一種訪客？」我問。

我們站在牆頂，一陣涼風從附近屋舍間吹來，洛克伍德背後的風衣下襬翻飛。他似乎沒聽到我的疑問。「下去很簡單。」他柔聲說。「那邊的圍牆坍了，和樓梯差不多，只是要踩好。走吧。」

「洛克伍德，你怎麼會知道這些事？」我快步跟上他。

「以前來過。」當我踏入及腰的灌木叢間，他又說：「好，我們走這條小路。」他指著墓碑間疑似獸徑的通道。

我乖乖跟著他走，低頭閃避從上空垂落的荊棘枝條。小徑在墓碑間蜿蜒，沒一會就通到一小塊空地，滿地落葉踩出一條路，常春藤被人用長劍斬斷。

兩座墓碑矗立在空地中央，最後一縷陽光照亮灰色墓石，它們都是現代產物，邊角分明，沒受過風雨摧殘。上頭沒有任何裝飾，左邊那座稍微大了些。墓碑表面刻著披了兜帽的美麗女子，她面容哀戚。下方的基座以清晰有力的字跡拼出墓中死者的姓名：

瑟莉亞・洛克伍德
唐納・洛克伍德
知識讓我們自由

另一座墓石只是一塊普通石板，上頭刻了一組姓名：

潔西卡・洛克伍德

我張嘴想說些什麼，卻什麼都擠不出來。心裡塞得太滿，腦袋天旋地轉。我緊盯著兩座墓碑。

「小露，我有時候會問自己這一切到底都是為了什麼。」洛克伍德開口。「為什麼要做這些事。比如說為什麼要度過像昨晚那樣的夜晚——為什麼要逼自己承受這一切。或者是當特尼爾那樣的蠢貨上門廢話連篇的時候，我們為什麼要乖乖坐著逗他開心。每當我起了這樣的念頭，有時候會繞過來這裡。」

我看著他。他站在我身旁的暮色中，臉龐幾乎被豎起的風衣領子遮住。我不時會納悶他的家人葬在哪裡，只是一直都不敢問出口。現在他和我分享最隱私的場所。為他難過的同時，我心中浮現奇特的喜悅。

「靈擾就是這麼一回事。」他繼續說。「這就是它帶來的影響。有人喪命，親愛的家人朋友無法安享天年。我們把死者藏在鐵牆裡面，任由荊棘藤蔓吞噬。露西，這等於第二次失去他們。最糟的不是死亡，而是我們選擇轉頭不看。」

空地另一頭還有一塊更老舊的墓碑，幾乎已經平躺在地了。洛克伍德走上前，盤腿坐在墓碑上，荊棘枝條在他身旁翻捲。他那身黑衣與陰影交融，蒼白的笑臉飄浮在微光中。「我常坐在這裡。墓碑的主人叫德瑞克．湯姆斯金—龐德。看來他並不介意。至少他從沒現身叫我滾。」他拍拍身旁的石頭表面。「妳想的話就過來吧。不過要留意那排鐵桿。」

確實，我差點被黑沉沉的鐵桿絆倒，它不比我腳踝高，被雜草蓋住。我知道它的用處是標記墓地邊界。現在我才看清洛克伍德一家的墓碑設在鐵桿圈出的範圍內。同時也發現潔西卡的墓碑位於墓地中央，他們雙親的墓碑在左側，右手邊是空著的。

我看著那片空蕩蕩的草地，與此同時，所有的聲音都消失了——我自己的心跳、吹過藤蔓的細碎風聲、遠處馬里波恩路上夜間計程車的聲響。

我凝視那一處。那片空無一物的土地。那座等待某人下葬的空墓。

過了一會，我才意識到洛克伍德正在說話。「我姊姊過世那時，他們已經為了安全考量封閉這座墓園。費了點工夫才讓她葬在這裡。這是家族墓園，一家人就該葬在一起，大家認為應當要尊重死者的期望。」

我們都知道背後的原因。讓死者開心。別給它們返回人世間的理由。

我跨過鐵桿，橫越草地，在他身旁坐下。

「不覺得全家人葬在一起很棒嗎？」他停頓一下。「總之我不想被他們排擠。所以有時候會來這裡。」

我點頭。我的視線對著踏平的落葉，支離破碎，被人粗暴地掃開。總算找回自己的聲音：「謝謝你帶我來這裡。」

「不客氣。」

我們默默坐了一會，在墓碑上緊緊挨著彼此。我終於鼓起勇氣。「你一直沒說過他們怎麼了。」

「我爸媽？」洛克伍德停頓許久，我以為他打算拒談此事，就和平常一樣。但他最後開口時語氣柔和，不帶任何尖刺或警告。「還滿有意思的，事發地點離這裡不遠。」

「什麼？在馬里波恩？」

「在尤斯頓路。妳知道那條地下道吧？就在那裡。」

我瞪著他。「你都沒說過。」那條水泥地下道很短，很難看，尤斯頓路鑽到地底下避開另一條大馬路。夜間計程車成天載著我們經過。他從未給過我任何暗示。「是車禍嗎？」我問。

他縮起一邊膝蓋，以雙手扣著。「很特別的車禍。那時候我還很小。我爸媽要去曼徹斯特出席很重要的演講。講題是他們所有的研究之旅的總結，介紹他們所有的發現。但他們連車站都到不了。他們的計程車在地下道被拖板車撞到，漏出來的汽油起火，花了幾乎一小時才滅掉。火場溫度太高了，他們還得重鋪一段路。」

「老天，洛克伍德……」我在黑暗中觸碰他的手。

「沒事的。已經過很久了。我幾乎不記得他們。」他對我勾起一邊嘴角。「說起來很怪，有時候我最難過的是他們的講稿也沒了。我很想看看上頭寫了什麼……我只記得那天夜裡從妳的閣樓窗戶往下看，看到鐵甲車堵住波特蘭街，警示燈閃個不停，到處都是調查員，警察在樓下和潔西卡還有我們的保母說話。碰巧來的也是費茲偵探社的人。他們深灰色的外套讓我印象深刻。」

漫長的沉默。周圍暮色越來越深。樹葉飄落；我們的手沒有放開。我沒有說半句話。

「那個時候他們告訴潔西卡發生了什麼事。」洛克伍德繼續說。「但沒有人跟我說，直到隔天早上——毫無意義，我前一晚在樓梯上聽見了。而且口頭告知更沒有意義，因為在警察上門前的幾個小時，我早就看到爸媽的虛影從院子裡望著我，知道他們出事了。」

我並不驚訝。他以前曾經提過，他們是他第一次看到的鬼魂。「你知道他們死了？」

「當時我無法完全理解。或許在我心裡深處是知道的。後來仔細一想，我是在事故發生的同時看到他們……總之事情就是這樣。我姊姊的事情妳已經知道了。現在……只剩下我了。」他身上彷彿在瞬間流過強大的能量，像是一陣寒顫，或是電擊。他從墓碑上一躍而起，離開我身旁。

「聊這個也沒用。我們該回去啦。」

我深吸一口氣。正如被雜草荊棘占滿的墓園，我的腦袋現在也塞得好滿，被洛克伍德的回憶占據。這和我透過觸碰獲得的靈異迴響沒有兩樣。感覺不像二手的情緒，我身歷其境，親身體驗過那段往事。我緩緩起身。「洛克伍德，我很遺憾。」我說。「那件事真可怕。」

「沒辦法，事情都已經發生了。」他對著黑暗皺眉，情緒驟然降溫。現在他急著想走。

「很高興你帶我來這裡。很高興你告訴我一切。」

他聳聳肩。「小露，我很慶幸能和妳分享這件事。雖然我只覺得命運為何如此不講道理。鬼魂殺了我姊姊。我父母死於車禍。為什麼死的是他們，不是我？相信我，我一直在追求這個不存在的答案。這一切都沒有意義。」他的臉陷入陰影。他轉身背對我。「我們還沒有活過幾年。既然我們還活著，那就只能繼續奮鬥。努力做出貢獻。說到這個，我們明天還得對付鬧鬼的劇院，現在天色暗了，如果妳準備好就走吧。」

「既然我們還活著？」我重複他說過的話。

然而他已經鑽進小徑，長劍在微光中閃爍，身影迅速消失在鋪天蓋地的深綠之中。他呼喚我的嗓音帶著平時的從容：「小露，妳要留在這裡嗎？」

「才不要！」但我的目光離不開那塊等待下一個死者的墓地。

7

「妳和洛克伍德進展如何？突飛猛進？」

隔天早上，我第一個踏入廚房。拘魂罐還在昨天的位子，安全栓關閉，無人理會它的哀怨。我忙到沒空去娛樂它。即便如此，一直對它置之不理還是讓我起了一絲愧疚。我翻開蓋子上的安全栓，從櫃子裡拿出馬克杯，開火煮水。無論如何，如果非得在早餐前聽附在骷髏頭上的鬼魂說話，你需要來杯茶。

「對，和平常沒有兩樣。」

我一直想著洛克伍德，想他如此信賴我（這是好事），以及失去家人驅使他不斷前進（這就沒那麼好了）。想他是如何投身於對抗靈擾的大戰，秉持著接近無可救藥的熱情。我很想知道最後將如何收場。昨晚我睡得不太好。

「沒什麼……我察覺到你們有了進展。昨晚我看到你們兩個一起溜出去。」

「又在窺探我們了？你該培養別的嗜好。」我試著擺出兼具嚴肅、若無其事、冷峻苛刻的表情。「那不重要。我們還有案子要辦。」

鬼魂點點頭。「喔，你們要辦案？」

「沒錯。」

「好吧。我接受這個解釋。」骷髏頭平靜地看著我。「來聊點別的吧。」

我遲疑一下，清清喉嚨。「呃，好……關於——」

「如果妳想找乾淨的茶匙，水槽旁邊有一支。」

「謝了。」

我開冰箱拿牛奶，關上冰箱門時罐裡那張臉突然擺出誇張的吃驚表情，害我差點鬆手弄丟牛奶瓶。鬼魂的眼珠子亂轉，鼓起鼻孔，嘴唇扭曲。「喔，我聞到燒焦味……等等——是妳的褲子！妳這個大騙子，褲子都要燒掉啦！你們才不是去辦案！」

「別亂講！我們去了墓園，然後——」

「墓園？」鬼魂低聲輕笑。「不用再說了！根據我的經驗，不只是抓鬼，在墓園能做的事可多著呢。」它慢條斯理地對我眨眨眼，表情令人作嘔。

「不知道你在說什麼。」但我感覺臉頰發燙。

邪惡的臉龐咧嘴一笑。「看吧，被我說中了。別對我辯解說你們是去打擊鬼魂。你們沒有帶上任何裝備。」

「我們帶了長劍！」

「我感覺得出劍刃上有沒有沾到鬼氣。不，妳和洛克伍德是去說悄悄話，對吧？妳回來的時候頭髮上還卡了荊棘刺。」

我以最輕巧的語氣回應：「墓園裡雜草很多。」

「這是當然了。」

我用力哼了一聲，表達強烈的鄙夷，骷髏頭沉默片刻。我泡完茶，把茶匙丟進水槽，坐到餐桌另一端，與拘魂罐透出的綠色異界光芒保持距離。現在天色尚未大亮，我狠狠瞪著罐子，思考下一步該怎麼走。要給出多少、要探查多深……和骷髏頭討價還價一向是耗費腦力與脾氣的差事。

我最主要的天賦——靈異聽覺——長久以來都是調查員這一行最不入流的技術。通常只能聽見不祥的音效，例如屍體拖過樓梯口的磨擦碰撞聲，或是破碎的指甲刮過地下室牆壁的沙沙聲。有時候還能捕捉到鬼魂的話語，但都是些反反覆覆的隻字片語、記憶的回音，缺乏真正的意志。當然也有例外。梅莉莎·費茲擁有最強大的靈異聽覺，她在《回憶錄》中提到確實存在著更能與人溝通的訪客。她把它們分類為第三型鬼魂，有辦法與其完整對話。不過這類鬼魂極度稀少，少到在她死後（不管是真死，還是假死）還沒有其他人遇過。

除了我。我有眼前罐子裡的骷髏頭。

雖然骷髏頭生前的經歷成謎，雖然它連名字都拒絕透露，但我推敲出它的少許情報。在十九世紀末，他年紀尚輕，曾經協助信奉邪教的醫生艾德蒙·畢克史塔打造「骨頭鏡子」，第一個留下紀錄的窺視另一邊的窗口。畢克史塔本人在鏡子完工後隨即喪命，但這個年輕人逃過一劫。不過他仍舊遭逢厄運，在半個世紀後，他再次留下紀錄，這回他成了卡在蘭伯斯下水道的骷髏頭。費茲偵探社看出它具備源頭的力量，把它困在這個罐子裡，害鬼魂在此受盡委屈。梅莉莎·費茲曾與它短暫交談。在那之後沒有人做過同樣的事——直到我出現。

我瞪著餐桌另一頭的拘魂罐。那張鬼臉回瞪我。

「我們之前談到梅莉莎。」我開口。

「我們之前談到我的自由。」

蒸氣從馬克杯冒出，翻捲扭曲，宛如自由伸展的鬼氣。「喔，你才不想要那樣。」我說。「自由有什麼意義？就算你真的逃離這個罐子，你還是被綁在這顆發霉的骷髏頭上面，不是嗎？假設我放你出來，你打算幹嘛？」

「我要飛來飛去。我要伸長我的鬼氣。可能會先勒死庫賓斯吧。時不時對人施展鬼魂觸碰。如此單純的小嗜好。視野肯定比縮在這裡好上幾倍。」

我對他咧嘴一笑。「說得真好，我還真想幫你打破罐子。就算我能信任你——當然這是不可能的——你也不會希望我這麼做。要是沒有我，你能跟誰說話？」

「跟妳啊。我會黏在妳旁邊，偶爾幫點小忙。」

「喔，是啊。同時你還要勒死我的朋友。」

「我也會勒死妳的敵人。我很好說話的。這個條件很棒吧？」

「一派胡言。聽好了，你想和我談條件？那我就開出我的條件。交出更多梅莉莎．費茲的情報，幫我們解開整個謎團——或許還能查出靈擾的成因——我就想辦法放你自由。不能害喬治或其他人橫死。我會想想辦法。」說完，我喝了一小口茶。

鬼魂一臉狐疑。「沒有死人？聽起來不太好玩。以前我們討論過這件事，我還能擠出什麼情報？」

「哈！」挫折感在我心中冒泡，我把馬克杯狠狠往桌上放，茶水濺到思考布上。「這就是重點！你什麼都沒告訴過我！沒有任何確實的資訊。關於梅莉莎、關於你的真實身分、關於另一邊的本質……你滿口酸言酸語——跟你說話根本沒有意義！」

「等變成鬼，妳就會發現大家都太過重視事實。」骷髏頭裝出和藹的語氣。「感覺就像把事實與肉身一起拋下了。我們這些鬼魂只剩情緒和欲望，相信妳也見識過。『我失去了財產！』『我要復仇！』『帶梅莉莎．費茲來見我！』這些陳腔濫調。妳知道我想要什麼嗎？」它突然對我笑得燦爛。

「肯定不是什麼好東西。」

「我想要活著，露西。活下來。所以我才要跟妳說話。所以我才背棄了在另一邊等待我們的事物。」

「那是什麼？」我語氣輕盈，握住馬克杯的手卻加了把勁。這才像樣，我追求的就是這樣的細節。

一如往常，我大失所望。「我怎麼會知道？」

「你是死人啊。還以為你能有點用處呢。」

「喔，今天還滿嗆的嘛。妳也去過另一邊。妳在那裡看到什麼？」

我看到大片大片大片的黑暗，還有許許多多的冰雪。那個地方是現實世界的鏡射版本，但是氣氛詭譎、天寒地凍。現在躺在床上，我常想起那幅光景，被夢境嚇得尖叫醒來，睜著眼睛躺到天亮。

「妳在那裡有聽到天國的美妙音樂嗎？」骷髏頭步步進逼。

我什麼都沒聽到。那裡安靜得讓人心慌。

「我忙著求生，沒空仔細調查。」我照實回答。

「哈，我也是。」鬼魂說。「我過去一百一十年就是這樣度過的。要不是有這個可愛的源頭——」它憐愛似地縮向罐底的棕色骷髏頭，使得枯骨彷彿長出有血有肉的臉龐，沒有平時那麼扭曲，「我早就和其他白痴一樣在那個黑暗世界遊蕩。哈！我不適合那種生活。我努力看著光亮處，跟妳說，這並不容易，還要忍受活人源源不絕的愚蠢疑問。」

「你以前在費茲總部的時候，梅莉莎問過你什麼問題？」我不抱太大希望，但現在似乎是個恰當的切入點。

鬼魂眼中燃起微弱的光芒。「太久以前了……應該和妳差不多，問我另一個世界、鬼魂的本質——我們都在幹嘛，爲什麼要做那些事……她對鬼氣非常感興趣。」

「鬼氣？為什麼？」

「因爲鬼氣很迷人啊。」那張臉扭曲反轉，鼻梁與眉骨往內縮。「它能聽話，能和外界溝通，還能弄成低級好笑的形狀。不然妳想我這五十年是怎麼過的？要我表演幾招拿手絕活嗎？有一招叫作快樂農工。」

「不了，謝謝。我完全不懂梅莉莎為什麼對這玩意有興趣。」

「老實說她沒有。逗趣的摺紙把戲她看不上眼。不過這很重要：鬼氣象徵你還活著的一部分——從另一個世界進入這個世界。要稱之爲你的本質，你的生命能量都行。它不會消退。不會死去。不會變質。所以我才會知道潘妮洛．費茲其實就是梅莉莎。」那張臉緊貼玻璃。「因爲她們的本質一模一樣。」

「即使她們的長相差那麼多？」這是骷髏頭的指控中讓我們疑惑的一個層面。潘妮洛．費茲光彩奪目，是個三十幾歲的黑髮女子；梅莉莎過世時已是遲暮之年，面容憔悴枯瘦，抵擋不住歲月的摧殘。

「長相？誰管這個？那只是表象。我對外表毫無興趣。不然我幹嘛跟在妳身邊？」他咯咯輕笑。「我無意冒犯，這是我比任何一個人都超然的原因，除了庫賓斯。」

「他不太在意旁人長什麼樣子，妳沒注意到嗎？」

我一愣。「什麼？為什麼？干喬治屁事？」

門邊傳來耙抓聲。我坐在椅子上轉頭——看到睡眼惺忪的喬治晃進廚房。他開燈，一手猛抓睡衣上的破洞。「骷髏頭說了什麼？和我有關？」

「別在意。一點都不重要。」我關上罐子的安全栓。「要喝茶嗎？你昨天查到什麼？」

「在檔案館？喔，收穫還不少。晚點再好好跟你們說。吃早餐前我的腦袋動不了。」

「我也是。」特別是今天。現在還沒七點，我已經被方才的對話搞得頭昏腦脹。

洛克伍德下樓的時間比平常晚，荷莉都已經來上班了，他才翩然露面。他看起來心情不錯，我們相視而笑，但沒有提到昨天的墓園之旅。焦點很快就轉換到今天的業務上。

我們先前約好在傍晚五點抵達特尼爾先生的劇院，到時候還剩一兩個小時的日光可以利用，先把劇院與週邊設施好好巡一遍。在那之前，洛克伍德要去龐德街的穆雷刀劍行拿新訂的長劍與其他補給品。今天貨運會送鐵粉過來，荷莉和我有一堆靈異局的文件要處理。我們還打算在練劍室試試幾套新招。待辦事項大排長龍，不過——正如每一次接到大型案件時——要先聽喬治的簡報。我們在地下室集合，等他發表高見。

「先簡單說一下梅莉莎的事情。」喬治從破破爛爛的皮箱裡抽出一疊筆記本。「你們也知道我一直在探究靈擾的起源，還有費茲與羅特威發跡的緣由。昨天我追著一條看起來很美味的線索繞去哈迪曼圖書館，這就向各位報告我在那裡挖到的情報。」

「哈迪曼不是在禁止名單上嗎？」荷莉問。根據靈異局的新命令，他們對某些邪教圖書館設下規制。表面上是為了防止危險的拜鬼邪教流傳，不過我們猜或許也是為了抵擋像喬治這樣過度好奇的研究者。

「嚴格來說我要取得許可才能進去。」他說：「但那裡的館長是我朋友。放我進去只是小事一樁。這事晚點再說。我大部分的時間都泡在檔案館，調查帝國劇院的歷史。我在那裡也有不少斬獲，你們看……」

喬治坐上他的椅子，翻開筆記本，把一張泛黃的劇場廣告傳單攤在我們面前，看起來和特尼爾給我們過目的那張很類似。上頭是同一名金髮女子，擺出另一套嫵媚姿勢，這張傳單上的劇目是〈絞刑手的女兒〉。女兒的「女」被畫成了帶著邪氣的繩結。

洛克伍德讚賞地拿起傳單。「啊哈，你找到更多那位當紅鬼魂無情妖女的資訊了？」

「要是有她的本名就好了。」我說。

「這裡有寫。」洛克伍德指著傳單角落。「有沒有看到？『由我們的蛇蠍美人瑪莉安．德賽夫演出。』真時髦。她一定是從巴黎來的。」

「也可能是盧頓鎮。」喬治抓抓耳朵。「瑪莉安．德賽夫只是藝名。她本來叫作朵莉絲．布洛爾。最早的登台紀錄是一百年前義本鎮的某個三流秀場。不到五年，她已經風靡斯特拉福的皇宮劇院。特尼爾說得對，她當年的確紅極一時，累積名氣的方式很單純——結合了華麗裝扮、煽情演出，以及悽慘死狀的暗示。」他意味深重地看著我們。「這也是她舞台下生活的寫照。」

「特尼爾先生說她既殘酷又邪惡。」荷莉說：「把男人放在掌心耍弄。我想他的言外之意是這樣。」

「差不多就是這樣。」喬治說。「當時熱門的報紙上成天都是哪個有錢男人為她傾倒，還有那些對她心懷怨恨的妻子——甚至當街攻擊她。她從未在哪個情人身旁停留，將他們當糖果紙隨手丟棄。傳聞指出不只一個男人為她自殺。當無情妖女聽到這些消息，只會哈哈大笑，說人生如戲。她的每一場秀的劇情都是這種故事。」

「迷人的女性。」我說。

「現在成了迷人的女鬼。」喬治看了看自己的筆記。「難怪她會在皇宮劇院現身，畢竟那是她的老巢。她演過許多魔術秀，全都是有故事情節的短劇。每一場秀都透過最精確的安排，以主角之死收場。她唯一沒有逃過死劫的那場〈蘇丹的復仇〉，說的是出軌的王后背著她的丈夫做盡荒唐事。最後國王拆穿謊言，把她關進棺材，用五十支劍刺穿。」喬治托托眼鏡。「應該有點娛樂性吧。」

荷莉作嘔地哼了聲。「這個故事有夠爛，誰會想去看？」

「很多人。當年要的就是這種刺激情節。她的另一齣熱門作品是〈被囚禁的美人魚〉。他們在舞台上打造一個巨大的玻璃水槽，裡面裝滿水。無情妖女下半身套著魚尾，在水中游來游去；她扮演的是天真無邪的美人魚，遭到嫉妒的對手捕捉起來，承受種種折磨。最後她被綁上沙袋，然後——」

「希望是倖免於難。」荷莉冷冷回應。

「我猜是『丟回水槽裡等死』。」我說。

「露西得一分。」喬治說。「沒錯，這是很有名的魔術。她在水底掙扎許久，渾身癱軟，接著拉下黑幕遮住她的身影。下一刻——鏘鏘！——美人魚又從幕後登台，活蹦亂跳的。嗯，說蹦跳也不對，她下半身是魚尾巴。」

「大家跑來看這個？」荷莉抱起雙臂。「根本沒道理啊。美人魚怎麼可能溺水。」

「票房好得很。大家都來了——男人前來欣賞她的身影，女人則是為了絞刑手、水槽、處刑者的長劍喝采。」喬治往後靠上椅背，擺出話題結束的神情。「你們還想知道什麼？另一齣常駐劇碼叫作〈絞刑手的女兒〉，劇情是——」

我揚起手。「先別說。是在說漂亮女生為了愛情上吊自殺？」

「嘿，妳又猜對了。妳很有天分耶。」

荷莉皺眉。「她飾演的女角有活到最後的嗎？」

「就我所知沒有。她們不是溺死、被刀捅死、中毒而死，就是從高處摔死。重點是她們看起來死了——然後無情妖女又跳回台上，接受觀眾熱烈的掌聲。」喬治眨眨眼。「從某個角度來說她們都活下來了。」

荷莉哼了聲。「我個人認為不算。真是個驚世駭俗的女人。」

「現在她化身為致命鬼魂再次登台，還會用吸血鬼的招數。今晚我們要格外小心。」

「我一直在想這件事。」我說：「你應該要讓荷莉和我出馬。」

洛克伍德盯著我們。「就妳們兩個？放喬治跟我待在家裡玩手指？」

「不行嗎？」

「不可能。太危險了。」

「我贊成露西的提議。」荷莉說。「顯然無情妖女對年輕男性特別有一套。露西和我比你們安全多了。」

「喔，這可不一定。喬治跟我以前也對付過充滿魅力的女鬼……」洛克伍德輕笑一聲。「喬治，記得霍克斯頓的公共浴室那次嗎？」

喬治摘下眼鏡，打量鏡片。「我嗎？沒有印象。」

「更何況目前的兩名被害者沒有任何隱情。」洛克伍德繼續道。「查理．巴德與席德．莫里森都擁有典型的弱點。」

「確實。」喬治說。「妳們沒有發現嗎？根據特尼爾的說法，死掉的男生為情所困，快把自己活活餓死。要是把木桶套上裙子從他旁邊滾過去，他用爬的也會追上去。至於查理．巴德呢，他身體虛弱，或許因此下意識地渴望解脫，所以他才會跟著鬼魂走。換句話說，他們的身體或是精神都不夠強健。」

「我不懂。」荷莉說。「你的意思是這個鬼魂能偵測到他們的弱點？」

喬治點頭。「沒錯。大家都知道訪客能察覺人類的憤怒與悲傷，接近散發強烈情緒的人。或許它們也會受到虛弱與絕望吸引。這兩個小伙子在不同層面上都居於弱勢……與生命的連結變得薄弱。他們顯然都難以抗拒超自然魅力的降價大拍賣。」

「我們就不一樣了。」洛克伍德幫腔道。「就這樣。喬治跟我不會有事。對吧，喬治？」

「對，我們是冷靜的專家。」喬治說。「露西，傳單可以還我了嗎？我想做成摺頁，貼進我的案件紀錄本。謝了。」

會議就此解散。洛克伍德出門去穆雷刀劍行，我們三個留下來對付紙本作業。荷莉和我練了一會劍，練到我們又熱又渴，掛在地下室天花板上的稻草假人千瘡百孔。稻草碎屑飄在半空中。下午一分一秒過去。在倫敦某處，有個雙手綁上鍊子的男孩急著赴死。天際浮現最初的幾顆星星。

8

斯特拉福的皇宮劇院位於東區，我們得要搭乘在天黑前收班的地下鐵。快到四點時，喬治、荷莉、我套上工作腰帶，長劍固定在腰際。我們鎖好家門，扛著一袋袋鐵粉，走到貝克街站。拘魂罐蓋子封住，靜靜待在我的背包裡。洛克伍德還在穆雷那邊，會直接去劇院與我們會合。

這是個舒爽的早秋午後，先前六個禮拜的大熱天殘留濃濃暑氣。街上依然人來人往，只是帶著接近傍晚時隱約浮現的緊張氣氛。路人加快腳步，面色凝重，一心只想在死者的時刻來臨前回到家。日光已經西斜，屋舍被切成一片片光影。

接近馬里波恩路時，我們經過一條暗巷，從堆在巷口的垃圾袋間冒出一道詭異身影。它展開雙臂，朝我們撲來，披在上頭的骯髒布料翻動，飄出下水道和腐屍的氣味。

荷莉嚇得跳起來，我反射性地握住劍柄。

「哈囉，芙洛。」喬治說。

儘管一般人很難一眼就看出來，這個人其實是女性，年紀可能不比我大多少。她的圓臉沾上泥巴，懾人的藍眼惡狠狠地瞪著我們。那頭髒兮兮的黃色頭髮毫無光澤，與草帽參差的邊緣幾乎融為一體。她穿著橡膠靴，那件藍色鋪棉長外套無論任何天氣都套在她身上。藏在外套之下的事物成了旁人耳語的素材。

這位是芙洛倫絲．邦納德小姐，也是惡名昭彰的盜墓者芙洛．邦斯。盜墓者不分男女，都是專業的拾荒高手，其中不少人擁有差強人意的靈異能力，在墓園、垃圾場之類的社會邊緣地帶尋找普通調查員忽略的源頭。然後找地方賣掉——賣給邪教徒、黑市收藏家，甚至連靈異局都是他們的客戶；管他是誰，只要能開出最高的價碼就成交。芙洛以泰晤士河畔的泥地為據點，扛著散發邪氣的大布袋橫行無阻，天知道袋裡裝了什麼濕答答的可怕物體。她喜歡甘草糖、喬治、洛克伍德，排序不明，而我算在她勉強可以容忍的範圍。和奇普斯一樣，她是洛克伍德偵探社極為重要的地下盟友。

「嗨，庫賓斯。」芙洛對喬治咧嘴而笑，露出一口出奇亮白的牙齒，隔了幾秒才不太情願地對荷莉和我點頭示意。

「妳有一陣子沒來找我們了。」喬治說。「最近很忙？」

芙洛聳聳肩，震掉外套肩上乾涸的泥塊。「也沒有啦。」

巷口安靜了好一會，顯然芙洛的焦點全在喬治身上，而喬治也滿懷期待地凝視她。荷莉與我的視線在兩人身上掃來掃去。

「好啦，我拿到那個東西了。」芙洛往鋪棉外套內側翻了一陣，摸出一個用骯髒細繩捆起的油布包裹。

「好極了。芙洛，謝啦。」喬治拉開外套拉鍊，將包裹塞了進去。

「小事一樁。」芙洛抓抓鼻翼。「你最近過得不錯？」

「嗯，挺好的……妳呢？」

「很好。」

「太好了。」

「嗯。」

我不確定這段令人屏息的對話持續了多久。直到前方人行道上出現一點動靜，芙洛轉頭看了一眼。「該死。」她啐道。「又是那夥人。」說完，她矮身退開，消失在暗巷裡，雨靴踩地的聲響迅速遠去。

四名男子從另一條小路轉出來，往我們這裡張望。裡頭最瘦的一個打了個手勢，四人一同走上前。我們打直背脊。我們知道他們的身分。

領頭的年輕男子頂著一頭金色短髮，鼻子下留了一抹鬍鬚。他身穿綠色燈心絨套裝，步伐流暢輕盈。即使隔了一段距離，這人依舊能吸引眾人目光；近看會讓你心裡警鈴大作，彷彿看到狼獾悄悄穿林而來。他身上瀰漫強勢的瀟灑氣息，潛在的戾氣——隨時都可能出手。證據就掛在他腰間。若不是經過核可的調查員，沒有人能佩戴長劍，魯波．蓋爾爵士不屬於任何一間偵探社，但他是潘妮洛．費茲身旁令人畏懼的打手，不用理會這些規定。他的長劍在陽光下閃閃發亮。

跟在他後面的三個人穿著費茲偵探社的深灰色外套，身材高大壯碩，神情淡漠。感覺他們的人格已經替換成單純的威脅性。

魯波爵士和往常一樣笑出一口牙，刺鼻的鬍後水味將我們包圍。「是洛克伍德愉快的小幫手，出門做晚上的活。剛才和你們廝混的臭東西是什麼？」他瞥向暗巷。「我猜是乞丐。你們不認識那種東西吧？」

「對。如你所說，是個乞丐。」我說。

「我還聞得到那傢伙的臭味。如果被那種東西纏上，你們應該要狠狠把它踹回老家。幸好有靈擾在，它沒辦法在街上存活太久。某天早上會看到它躺在陰溝裡。」他細細打量我們的反應，那雙眼猶如盜獵者。我們沒有回話。「你們寶貝的洛克伍德呢？希望他沒死。別告訴我他走上他家人的老路。」

我整天想著墓園裡留下的空位，想著洛克伍德僵硬地坐在我旁邊，想著比任何鬼魂都還要令他動搖的悲傷。怒火從我心底燃起。我的手懸在劍柄上，要是開口不知道會說出什麼話。喬治也氣炸了；感覺得到他反光的鏡片後醞釀著長篇大論的酸言酸語。不過荷莉很擅長應付這種場合。她維持著毫無瑕疵的禮儀，從容平靜的美貌似乎又更上一層樓。她的視線隔著微微垂落的眼簾，散發出絕妙的厭煩與鄙視。相較之下，魯波爵士那套昂貴的燈心絨套裝突然顯得太過花稍寒酸，黃色鬍鬚下的臉龐泛紅，冒出汗珠，一臉猴急。

「他去斯特拉福的劇場對付一個惡靈。」荷莉說：「現在我們要去與他會合。感謝你對我們的工作如此感興趣。」

「嗯？就為了一個惡靈？你們要派出四名調查員？」魯波爵士吸了吸齒縫。「你們有相關文件嗎？」

荷莉點頭。「有的。」但她無意取出。

「可以讓我看看嗎？」

「可以。當然沒問題。」

魯波爵士的嘴唇微微扭曲。「那就麻煩妳了。」

「或者你可以信任我們的口頭說明，蓋爾。」當荷莉慢條斯理地打開袋子時，喬治說：「不過或許你對這個概念不太熟悉。」

「你很清楚新的規則，庫賓斯。」魯波爵士以戴著手套的手接過文件，翻來翻去。「調查員辦案時必須獲得客戶的同意。現在有太多未經規範的偵探社，危害倫敦的善良老百姓。簡直像是沒人管。每個禮拜都有人因為被長劍割傷、被鹽彈灼傷送醫。至於燃燒彈造成的損害……」

「別看著我們。」喬治說：「我們已經很久沒燒掉別人家了。」

「狗改不了吃屎，戴眼鏡的縱火胖子永遠是那副德性，這是我的信條。好吧，文件看起來沒問題。」他把那幾張紙遞還給荷莉。「希望你們不會因為這個危險的案子關門大吉。喔，還有一件事。」我們才剛邁開腳步，他又補上幾句：「庫賓斯，昨天有人看到你接近哈迪曼圖書館。你沒有進行非法調查吧？」

「我？才沒有。」

「因為你沒有取得相關許可。對吧，葛里夫？」

他左手邊那人格外高大，就算把制服掛在公廁的排糞管上，看起來還是比他有腦袋。「是的，長官。」

「就連葛里夫也知道這點道理。」魯波爵士說：「即使他幾乎認不出自己的名字。」

「我確實去敲過門，為了今晚的斯特拉福案件。可是他們不放我進去——正如你所說——我沒有獲得許可。好啦，現在我扛著一堆鐵鍊，很想早點抵達任務地點，而不是被你這種見錢眼開的麻煩鬼擋下來說廢話。」

眾人沉默好幾秒，潛藏的敵意緩緩地、悄悄地轉化為災難。「見錢眼開？」魯波爵士走上前。「麻煩鬼？或許我上了年紀，耳朵不靈光了——」

「荷莉，我們是不是和人家約五點到？」我擠出開朗的語氣。「該走了吧？」

荷莉活像是發現自家小小孩坐在朋友家廚房地上吃貓飼料的母親。「沒錯！喬治，走吧！」

喬治一副不情願的模樣。

「你想進一步說明嗎？」魯波．蓋爾問道。

「當然可以，但幹嘛浪費力氣？我們都知道你是什麼東西。你自己也清楚得很。」他摘下眼鏡，在毛衣上抹了抹。「在趾高氣揚的姿態背後，你對自己的道德淪喪既沾沾自喜又怕得要命。你永遠無法擺脫這種心境，變成現在這樣乏味的模樣。喔，我跟你一樣清楚靈異局的規矩，如果在合格調查員前往辦案的途中挑釁他們，伯恩斯會把你倒掛起來一路拖到蘇格蘭警場。你不如去騷擾別人吧？」他對著陽光舉起眼鏡，微微傾斜，檢查是否還殘留污漬。「很好。有時候看得太清楚了會有點可怕。」他重新戴上眼鏡，彎腰提起袋子。「荷莉，走吧。斯特拉福，我們來囉。」

我們繼續前進。我後頸冒出雞皮疙瘩，可能是被魯波爵士的視線掃過。我以為他會叫住我們，但他遲遲沒有開口。

走了整整兩條街，我們三個都沒有開口。荷莉和我步伐輕鬆，長劍晃來晃去，但我們把喬治夾在中間，像是把囚犯押進牢房的獄警。我們橫越一處安靜的廣場，路上撒滿落葉，走到沒有死角的空曠處才停下腳步。

「你以為你在幹嘛？」荷莉壓低嗓音質問。「你想害我們被逮捕嗎？」

「你想害我們被揍爛嗎？」

喬治聳聳肩。「他沒有逮捕我們，也沒有揍我們。」

「還真是謝謝你喔！」我低吼。「他只是在找碴，看有沒有機會下手。」

「對，我們沒給他任何藉口。」喬治說。「我們只有給他警告，這是必要之舉。我只是要警告他如果想找我們麻煩，他絕對不會好過。」他看著我們，一副大事底定的模樣。「還有啊，妳們有沒有聽到他用什麼語氣提起芙洛？太不應該了。好啦，我們快遲到了，快去趕地鐵吧。」

□

特尼爾的巡迴遊樂園在斯特拉福站東側不遠處，才走了五分鐘就聽見微弱的手搖風琴音樂聲，聞到熱狗的香味。

或許正如特尼爾先生再三強調，他的生意確實不錯。但現在接近傍晚，影子越拉越長，感覺不到什麼繁榮的氣息。皇宮劇院是一棟大房子，矗立在大片荒地邊緣。此處想必曾經紅極一時，正面的幾根柱子讓人想到羅馬神殿，柱頂還有悲劇喜劇場景的浮雕。但是水泥已經斑駁破裂，一半的雕塑都不見了。正門釘上木板封死，看起來要從旁邊的遊樂園進出。園區由好幾頂褪色的帳篷構成，帆布被風吹得劈啪作響。臨時架設的鐵柵欄環繞四周，速食的包裝紙卡在欄杆間，宛如纏上蜘蛛網的蟲子。擴音系統播放廉價旋律，這是關園的通知。最後幾名垮著臉的觀眾手持棉花糖的棍子，活像是拿著手搖鈴的痲瘋病患，拖著腳步穿過生鏽的柵門準備回家。

洛克伍德就站在柵門內，奎爾．奇普斯跟在他旁邊。

「不覺得很炫嗎？」等到我們加入，奇普斯說：「我看過比這個還讓人心曠神怡的戰俘營。」

「奎爾，我都不知道你要陪我們調查這個案子。」我說。

「我也不知道。在穆雷那邊遇到洛克伍德。他說你們可能需要幫助，反正我也沒別的事要忙，所以就……」

我點頭微笑。「原來如此。」

奇普斯最近過得不算順遂，因為太常協助我們而遭到他以前在費茲偵探社的某些同事排擠。再加上他與生俱來的臭脾氣，心中殘留了一絲憤恨，像是喬治的蔓越莓蛋糕裡夾的苦黑巧克力醬。除此之外，他在邁入二十大關時喪失了靈異天賦，儘管有我們給他的護目鏡，讓他可以看見鬼魂，他很清楚歲月的摧折。這些經歷使得他變得更加圓融，甚至是謙虛。然而他現在還是和鋼絲絨做的內褲一樣扎手，可以看出他以前有多難相處。

「幸好奎爾今晚很閒。」洛克伍德說。「這次的案子人多好辦事。」他興致勃勃，開始辦案時他通常會是如此，迫不及待想展開獵捕，使命感全開，就和掛在他腰間的新長劍一樣銳利。昨晚對我坦承心事的內斂少年不見蹤影。他渾身上下散發出能量與期待。「我們進劇場吧，找人帶我們參觀環境。」

我們經過幾頂條紋帳篷與一座高空滑梯，踏入建築物的陰影中。海報和旗幟貼在大片磚牆上，寫滿各種廣告詞，像是特尼爾驚奇秀、老少咸宜的特尼爾魔術秀等表演項目。一道雙開門扉開著，身穿帶位員制服的臭臉女孩正準備關門，忙著轉動鐵栓，串上鐵鍊。

女孩看到我們。「今天的表演已經結束了。可以給你們明天的戲票。」

「我們不是來看秀的。」洛克伍德說。「老路．特尼爾在嗎？」

他露出最好看的笑容，通常能發揮熱水融化冰塊的效果，然而女孩的表情絲毫不變。「他在舞台上。」她遲疑一會，把玩手中的鐵栓。「現在時機不對。你們不該進去。」

「我相信他忙得很。是他找我們過來的。」

「我說的不是他。這個時段不適合進劇場。她很快就會在走道間走來走去。」

「妳是說無情妖女？」我問。「妳見過她嗎？」

女孩打了個哆嗦，回頭看了一眼。她還來不及回話，熟悉的嗓音響起，從黑暗中向我們招呼。特尼爾先生現身，格子襯衫的袖子捲起，背心依然鼓脹。「請進！請進！」他的臉色比先前還要紅潤，灰色鬈髮間冒出晶瑩汗珠。他擠出虛弱的假笑。「我正在幫舞台工人整理。席德與查理出事後，我們人手短缺。崔西！動起來！別擋著門，讓他們進來！」

我們擠進另外裝潢成前廳的空間，四周淨是爆米花、香菸、黴斑的味道。裡頭有個售票亭，還有賣巧克力棒、罐裝飲料的賣店。女孩退到一旁讓我們進屋。她身材瘦小，膚色白皙，頭髮帶了點紅，大我一歲左右，神情緊繃。我想對上她的視線，但她完全不看我們，很快就溜了出去，丟下還沒關好的門。

特尼爾先生很有精神地鞠躬，與洛克伍德握手。「很榮幸能請到各位！請進，我帶你們看看舞台。我們正在準備明天的表演。」

他帶著我們走過一條寬敞的走道，天花板低矮，燈光昏暗，牆上妝點著廉價的金色鏤空花窗。兩側還有別的走道，其中一條走道口掛著「特尼爾驚奇秀」的看板，以略顯破爛的金色繩子擋起。

「可憐的查理．巴德狀況如何？」荷莉問。

「還活著。」特尼爾先生說。「但恐怕活不久了。我把他鎖在我的篷車裡。今天下午他開始狂叫，擾亂大帳篷裡小丑可可主持的幼童派對。很遺憾，我得要退更多票錢給客人。」遊樂場老闆用力嘆息。「我等一下得去照顧查理。各位應該不介意天黑後我不待在屋裡嗎？我很想留下來，但我只會礙事。」說完，他推開鋪著鮮紅絨墊的沉重門扉，我們則走進觀眾席。

□

基本上洛克伍德偵探社的成員不會進劇場兜轉。確實今年夏天我們在倫敦守護神劇院旁的小巷追捕一個惡靈，拿燃燒彈炸碎它。就我所知，劇院牆上還留著戴著高禮帽的男士的焦黑輪廓。這是我們與高尚文藝活動最近的距離，所以我沒預料到眼前的景象。

皇宮劇院的觀眾席和慘淡的外觀是兩個世界。這是個金光閃閃的巨大空間，我們站在座席間，牆上包著最深沉的黑色絨布。頭頂上與背後掛著燈泡蠟燭，照亮弧形的二樓看台，往無法想像的高處延伸。兩側的金色燭台標示出每一個包廂的等級。沿著中央走道往前就是由聚光燈照亮的潔白舞台，被血紅色的簾幕包夾。兩三個小伙子在台上走動，掃地、挪動五顏六色的方塊和籐籃。他們沒有說話，但我聽得見他們急促的呼吸聲。音響效果極佳——就連耳語也能傳遍漆黑的觀眾席。

特尼爾領路，我們的靴子踩過走道的木頭地板。隱約看得見高高的天花板上掛著幾條繩索，有的綁住高空鞦韆，有的連接固定在看台邊緣的圓環。我想像它們在空中擺盪，表演者高高飛起、瞬間脫離重力。光想就讓我手心冒汗。難以估測整個劇場的尺寸，要瞇起眼才能看清二樓看台的細節。天花板消失在朦朧的金色燈光間。

我們踏上陡峭的台階，從側邊上了舞台，走到聚光燈下。

「就是這裡，洛克伍德先生。」特尼爾說。「無情妖女就是在這裡喪命。」他對著那些小伙子揮揮手，他們停下作業，轉頭看他。「好啦，你們可以回去了。直接出去，別磨磨蹭蹭的。原因你們很清楚。」

舞台工人離開劇場。我們在舞台中央丟下袋子。舞台邊緣排了幾個大小顏色各異的木頭方箱，裝設可以翻開的蓋子和活門。後方是一大塊藍色的防護墊，大概和人的膝蓋一樣高。除了這些東西，舞台上空蕩蕩的，看得到經年累月的刮痕與膠布標記。

洛克伍德往四周張望，瞇細雙眼，神情平靜。我知道他正在運用靈視能力，尋找死亡光輝或是其他靈異擾動的跡象。「這片防護墊有什麼用途？這些箱子呢？都是演出道具嗎？」他問。

特尼爾點點頭。「我們用空中飛人開場。特技演員最後會降落在墊子上。箱子是給魔術秀用的。道具都在裡面，鴿子啦，金屬環啦，什麼東西都有。還有很多隱藏的儲藏空間。我們的舞台經理設計的。她很有一套。不過你們一定想先看看席德死掉的地方。在舞台左邊的側幕後面。」

「謝謝，就從那裡開始吧。」洛克伍德說。

其他人往布幕走去。我留在原處，打量這個地方。很久以前，蘇丹的棺材就放在這裡，被長劍戳穿，鮮血流到舞台上。我低頭看看腳邊光滑的木頭地板。我望向上空朦朧的燈光，想像座無虛席的劇場，鴉雀無聲，第一道駭人的尖叫……

現在時機正好。我可以好好運用我的天賦。沉默陰暗的劇場散發出奇異的期盼。我蹲下來以指尖觸碰地板。閉上眼睛，側耳傾聽……

就像是打開了封死的門，我瞬間被詭異的騷動音浪包圍，上千個席位傳來觀眾的低語，如同巨人的呼吸般湧起又消失。我靜靜等待，但沒有任何變化。

我縮手，聲響還在。特尼爾在舞台側邊對洛克伍德說話的聲音悶在音浪之下。兩組聲音沒有相互影響，而是互相穿透，被一個世紀的時光隔開。

我緩緩起身，轉向左側。此時一股惡寒竄過我的脊椎，彷彿有人用手指劃過我的背。

我停下腳步，凝目望向黑暗。受到舞台燈光與朦朧頂燈的影響，什麼都看不清楚。然而，當我的視線移向一樓後方的某個座位時……

是不是有人坐在那裡？

眼睛聚焦太久，開始痠痛。我瞥向旁邊，看其他人是否發現了什麼，可是他們都不在我的視線範圍內。

「……然後崔西推開布幕，」特尼爾正在說明。「看到席德在這裡，被鬼魂緊緊抱住！她衝上前……」

我又往座位區看了一眼，後面那個位子空無一人。

「……可惜已經太遲了。他就像個布娃娃躺在地上！無情妖女抽乾了他的生命！」

我抽出用魔鬼氈固定的長劍。

腦中的低語越來越響亮，突然化為熱烈的掌聲。從四面八方湧上，起點是一樓座位，漸漸擴散到二樓看台和包廂。我仰起頭，觀察迷濛的燈光。

聲音瞬間中斷。

什麼都不剩。彷彿整座劇院屏住了呼吸。

我又低下頭，中央走道上有個物體，就在我的另一頭，籠罩在看台的陰影下。黑暗將它層層包圍，但我看得出那是一副巨大的棺材，邊緣圓潤，形似女性。它直直豎立，側邊和中央布滿無數的突起與尖刺。是插入棺材的劍柄與劍刃。

有什麼東西從棺材緩緩冒出。一條黑色細線，沿著走道伸長。另一條線伸出，又一條。它們流入燈光中，順著緩坡流向舞台。

我緊握劍柄，緩緩走上前。

那些絲線在金黃燈光中熠熠生輝，交纏又分開，編成一片巨網覆蓋走道，越來越長，速度越來越快。永無止盡。我僵在舞台邊緣，目光離不開座位間的一道道鮮血。

9

「她在這裡！」我的叫嚷在劇院裡迴盪。「洛克伍德！她在這裡！」

接著我跳下舞台，越過滿地鮮血，長劍反射燈光。我重重踩上前排座位，馬上站直，踏著一個個椅背往後方跳過去，展開雙臂保持平衡。我絕對不能碰到地板。深色液體流過我身旁的走道，看不到邊際。眼前的黑暗如海浪般起伏；我看不到那個棺材，但寒意狠狠撲向我的臉。

就在陰影之中！一名女子的身影朝我大步走來。

我瘋狂大喊，跳出最後一步，揮舞長劍——

「妳瘋了嗎？」身材高䠷的女子踏進燈光下。她穿著牛仔褲、運動鞋，搭配亮藍色的連帽外套，背後跟著一名矮小一些的女孩。這是我在轉換方向並丟下長劍後，以不太優雅的姿勢在她們身旁著地時觀察到的。現在走道上沒有半點血跡。有菸屁股、口香糖包裝紙、爆米花——可是那些絲絲縷縷的鮮血不見了。

我直起腰，氣喘吁吁。跟在後面的女孩很眼熟，是剛才見過的帶位員崔西。我不認得她的同伴。她們背後的走道一直到出入口都沒半個人影。現在也沒那麼冷了。訪客已經退駕。

雜亂的腳步聲響起，其他人追了過來，洛克伍德跑在最前面。他按住我的手臂。「露西——」

「她剛剛在這裡。」我說。「我看到那個棺材了。你們都沒看到血跡嗎？」

奇普斯撿起我的長劍，將劍柄遞向我。「我們看到妳，在椅子上玩跳格子。」

「可是無情妖女——」我狠狠瞪著剛進劇場的兩個人。「妳們剛才沒有坐在後排的椅子上嗎？」

崔西搖頭，高個子女生冷冷看著我。「不是我。我才剛進來。」

「妳沒看到走道這裡有什麼異狀嗎？」

「只有妳。」

她年紀輕輕，寬肩方頷，金髮隨意紮成辮子。她身形高大，怒氣沖沖，真實無比。

「鬼魂剛才就在這裡。」我又說了一次。「我對它採取行動。就這樣。」

「露西，沒有人質疑妳。」洛克伍德對那兩個女生笑了笑。「妳是崔西對吧？很高興能再見到妳。請問妳是……？」

特尼爾先生總算從舞台上趕過來，他上氣不接下氣地為我們介紹：「這位差點被你的朋友砍下腦袋的女士是莎拉·帕金斯，我們的舞台經理。前天就是她救了查理·巴德。」

我對她皺眉打招呼。「幸會。」

「幸會。」她勾起嘴角。「特尼爾先生，我來通知你查理·巴德又開始號叫了。他讓大家很不安。要請你過去一趟，看能不能安撫他。」

劇場老闆拿一條蕾絲手帕吸去髮際的汗水。「老天！我要靠奇蹟才能再撐過一晚。好，好，我馬上就出去。洛克伍德先生，我得要讓你們自行作業了。崔西，妳這個傻孩子，真不知道妳為什麼老跟著莎拉。外頭沒其他雜事要做了嗎？」

他的斥責令女孩微微瑟縮。她悶聲應道：「聽到那個尖叫聲，我自己在外面很怕。莎拉說我可以進來——」

「違背我的指示！再有下次妳就等著吃我的耳刮子。」

「妳們來得正好。」洛克伍德從容地打圓場。「有幾個問題想問問妳們。兩位都見過無情妖女，是這個鬼魂的目擊者。」他的態度無比和藹。「有什麼相關的資訊可以告訴我嗎？妳們在哪裡看到它？它讓妳們感覺如何？無論多麼細微，任何情報都可能幫上我們的忙。」

「相關細節我都告訴你了。」特尼爾說著，眼睛沒有離開手錶。

「崔西？」洛克伍德繼續詢問。「相信妳看得最清楚。在舞台上——還有在舞台側邊。妳看到它和可憐的席德．莫里森在一起。」

女孩憔悴的臉龐毫無血色。「是的。」

「那個惡靈長得很美，對吧？」

「我不覺得。」她別開臉。「可是我想在席德眼中是這樣吧。她在那邊的舞台上，被金色燈光包圍。」

「說不定舞台本身就是源頭。」荷莉說。「那個女人就是死在上面。」

舞台經理莎拉．帕金斯搖搖頭。「我覺得不可能。這已經不是原本的舞台了。在無情妖女死後，染血的地板馬上全部剷掉燒光，蘇丹的棺材也是。講劇場歷史的書中都有提到。」

「啊，我們的莎拉真的很聰明。」特尼爾先生說。「就算遇上這麼多麻煩，她依然對我這個表演事業忠心耿耿。儘管我說不該如此，她對可憐的席德格外中意。遇上這樣的悲劇，我很佩服她還能繼續撐住。對吧，莎拉？我們真的該走了。」

「好吧。」洛克伍德說。「如果沒別的事——」

「你們該查的不是舞台。」在轉身離開前，莎拉·帕金斯說。「我在更衣室的走道看到那個鬼魂。也有人在看台上、在地下室看到它……」她朝昏暗安靜的觀眾席擺擺手。「小心點。沒有人知道它下一次會在哪裡現身。」

□

不久，鬧鬼的劇場裡只剩我們五個人，小心翼翼地展開調查。我們很快就發現皇宮劇院占地廣闊，格局複雜。場內有三個獨立區域，以好幾道樓梯和走道相連，每一處都有引發靈異現象的疑慮。

劇場的核心就是觀眾席，總共有三層座位區——一樓座位、二樓下半部的看台，還有接近屋頂的陡峭高層座位。我們在每一個樓層進行靈異跡象偵測，各處都出現些許蹤跡：稍縱即逝的惡寒、微弱的瘴氣、隨機浮現又消失的不安感受。

第二個區域是「前區」。包括一樓的前廳；二樓的另外兩個公共空間，要由此進入看台座位。這邊有兩道樓梯，地上鋪著褪色的長毛地毯。其中一道樓梯莫名地比另一道還要冷。前廳旁邊是黑暗狹窄的空間，特尼爾驚奇秀就在這裡展出，擺了好幾台機器，只要投錢就會動起來。以前曾經遇過被鬼魂占據的自動機械，因此我們在這裡格外小心，不過包括最可能出問題的幾座機械小丑在內，展示廳裡相當平靜。

最後就是舞台與後台。舞台上有一個溫度特別低的冰點，接近我先前聽見往昔觀眾反應的地方。比劇場其他地方低了四度。洛克伍德下令在附近設置鐵鍊圈，我們把燃燒彈和鹽彈堆在圈內。我們也仔細搜查整個更衣室區域，以及舞台下充滿霉味的地下室，裡面塞滿一架架戲服與破損的布景。沒有找到其他低溫冰點，但我們還是在這兩處擺了鐵鍊圈。

之後就是狩獵的時間了。

或許各位會認為面對神出鬼沒的惡靈，洛克伍德偵探社的成員會盡可能待在一塊。但我們選擇緩緩分散到劇場各處，在其他人的視線範圍內，盡情發揮各自的靈異天賦。是的，這種做法風險很高，不過確實是標準策略之一；當遇到範圍廣大的鬧鬼事件，尚未確定鬼魂最終的消失點時，可以試試這一招。一邊追蹤鬼魂，同時也扮演餌等它上鉤。我們的計畫是稍微示弱，把它引誘出來。以長遠的角度來看，這會勝過在固定地點煩躁地待機數小時，期待訪客會碰巧經過。

我選擇一樓，沿著中央走道漫步走向我看到染血棺材的位置。荷莉在舞台上，奇普斯在後台某處，喬治與洛克伍德散在一樓座位區兩端。大家離得不遠，可是我需要額外的夥伴，不管它有多惱人。於是我打開背包，轉開拘魂罐頂上的安全栓，讓它能和我溝通，下一秒就被從早餐時間悶到現在的憤恨不平超自然碎唸包圍。

「這算什麼好朋友？」骷髏頭大叫：「妳開開心心地要我閉嘴幾個小時？妳從來沒有拿軟木塞堵住洛克伍德的嘴，或是拿運動鞋塞進荷莉的嘴巴叫她安靜。眞是太可惜了，我願意捧著大把鈔票見識這樣的奇觀。」

「他們不會一直說廢話讓我分心。」我低吼。「你需要一點安靜的思考時間。你有沒有趁這個機會解開梅莉莎的謎團了？」

「沒有！隔著這層銀玻璃，我只能偷聽你們在罐子外的私人對話。」骷髏頭的鬼氣憤怒地翻捲。「爛透了。不過我還是很努力。根據我聽到的內容，你們正在辦案？」

我簡短敘述來龍去脈，同時確認周遭的靈異跡象。這一帶很平靜，溫度只比二樓看台低一點點，也可能是從出入口吹進來的冷風影響。

骷髏頭聽得很專心。「所以這個鬼魂經過將近一個世紀，還可以憑空冒出來大展身手。」它思索一會。「有意思……附近有誰心懷怨恨嗎？」

「很多鬼魂都會莫名活躍起來。」

「沒錯，沒錯。這個特尼爾……我猜他挺受歡迎的？」

我無法想像誰會對特尼爾有好感。「他對崔西不太好。」

罐裡的鬼臉露出沉思般的表情。「說不定她經歷多年虐待，打算復仇。她從某個地方找到源頭，希望鬼魂會逮到她的老闆，掐住他，直到他的眼珠子噴出來……這個假設不好嗎？妳怎麼一臉懷疑？」

「真好笑。」我說。「並不是每一個人都和你一樣成天想著要報仇。無情妖女就在這裡。你感覺得到她的存在嗎？」

骷髏頭沉默一會，我感覺到它正和我一起觀察四周狀況。

「這個鬼魂很凶狠。」它總算開口。「我感覺到了，在黑暗中閃現。凶狠，不過沒那麼強大……它的脆弱令它憤怒。它羨慕活人的生機。」

「要是被它抓到了，它會吸走那個人的生命力。」我說。

「有道理。它想重振旗鼓，補足能量。可是它做不到，因爲它早就死了，身上千瘡百孔。」骷髏頭發出讓人不快的笑聲。「我要奉勸它別浪費力氣。把活人吸乾，那些能量只會透過你流到另一邊。當然能吸收到一點點，我沒說不行，但那只是空熱量。到頭來還是一場空。」

「有夠噁心。你曾經用這種方法殺過人？」

「就一、兩次吧。喔——妳有沒有感覺到？」

「沒有。什麼？」

「她出手了。」

我的心臟在胸中震盪兩下。鬼魂語氣中的揶揄顯而易見。「我沒有——」

「耐心點。等等……啊，對，來了。」

尖叫聲劃破沉默的觀眾席。聲音從舞台後方傳來。我衝了過去。是誰？荷莉？奇普斯？沒看到這兩個人。洛克伍德同樣從座位區遠處奔來，風衣下襬飛起，我們幾乎同時跳上舞台，衝過厚重的紅色簾幕，來到舞台側邊。這裡很暗，牆面漆成黑色，舞台道具堆在角落。頭頂上是一條條如同巨蛇般懸掛在金屬架間的繩索。荷莉正仰望上頭的陰影，長劍握在手中。她轉頭看我們，臉上血色盡失。

「沒事了。」我們在她左右兩側煞住腳步。她說：「它消失了。」

「是什麼東西？」我拿手電筒照向天花板。只有繩索、蜘蛛網、飄浮的灰塵。

荷莉咬咬嘴唇。「我聽見頭頂上傳來可怕的笑聲。一抬頭……原本以為是綁在繩子末端用來挪動布景的重物。我用手電筒往上照，然後……有個女人吊在那裡。繩子綁著她的頸子，她慢慢轉過來，衣裙垂落，她的腿就像蠟燭般又細又白……我嚇到弄掉手電筒。等我再次抬起頭，那個東西就不見了。」

「聽起來真可怕。」洛克伍德說。「肯定是無情妖女。妳有沒有看到她的臉？」

「跟你說，」荷莉說，「我很慶幸我沒看到。都被頭髮遮住了。」

喬治比洛克伍德還有我慢了好幾步爬上舞台。他東張西望，眼鏡鏡片反射燈光。「看來她在測試我們的膽量。」他說。「像是露西看到的染血棺材——」

他還沒說完，另一聲尖叫把我們嚇得跳起來。比荷莉的叫聲還要高亢淒厲，是奇普斯的聲音。我們正要邁步，他已經從舞台側邊的門衝進來，滑了一下才煞住腳步，一邊扯掉護目鏡，一邊指著自己背後。「在那裡！那裡！」他大聲嚷嚷。「水槽裡面！你們有沒有看到她？那個淹死的可憐女孩！」

我們快步擠到門邊。「奇普斯，這裡沒有水槽。」洛克伍德說。「通道上什麼都沒有。」

奇普斯深吸一口氣。「我知道。我當然知道。我聽見荷莉的聲音，往舞台的方向跑，就在轉彎的時候看到那個東西。高大的水槽，裡面泡著一個人！她的腦袋在水面下，手臂軟綿綿地漂動，長髮散開有如水草……」

洛克伍德不耐地點頭。「不用說得這麼文雅。她有跳起來攻擊你嗎？」

「沒有，可是她很蒼白，看起來死透了。相信我，光是這樣就夠糟了。」

「看來你遇到的是〈被囚禁的美人魚〉。」走回舞台的途中，喬治如此說道。「我們的靈異感知沒有捕捉到任何動靜，目前鬼魂暫時消失。「荷莉看到的是〈絞刑手的女兒〉，我們知道露西看到了〈蘇丹的復仇〉。無情妖女正在回溯她的完整劇目。」

「她讓我們見識她的拿手絕活。」洛克伍德說。「無論那些影像有多噁心，都是舞台效果——不，連舞台效果都說不上，不過是過去演出的迴響。鬼魂在玩弄我們的意識。問題在於接下來它要出什麼招？」

我望向黑暗的觀眾席，回頭看著洛克伍德。「你，或是喬治有看到什麼嗎？」

「沒有。」

「只有你們兩個還沒看到。」

他聳聳肩。「或許我們對這類現象有抵抗力。」

「這些都沒有改變現況。」喬治說：「我們還是要找到源頭，查清楚這個鬼魂怎麼有辦法回到這裡。」

「不只是它如何辦到。」洛克伍德瞇細雙眼，打量觀眾席。「還有為什麼……動機是什麼？」

「無情妖女滿懷惡意。」我說。「我想目前知道這個就夠了。」

「對，但我想的不只是這個鬼魂……」洛克伍德飄向遠處的思緒總算回到現實。「很好，我們繼續搜查這間劇場。她每次現身都持續不久。遲早會讓我們逮到機會，到時候再來對付她。有問題嗎？」

沒有人提出異議。大家分了巧克力，喝了熱茶，展開下一輪巡邏。

□

時間悠悠流過。外頭一片黑暗；劇場裡瀰漫柔和的金色燈光。在現身三次之後，鬼魂似乎已經無計可施。我離開觀眾席，踏著柔軟的地毯，沿著皇宮劇院的走廊閒晃。爬上長長的弧形階梯時，我偶爾感覺自己遭到跟蹤，回頭卻只看到固定在牆上的燈泡式蠟燭嗡嗡閃爍，以及停滯在舊海報上的一張張笑臉。

我不時遠遠瞥見其他人：洛克伍德踏著篤定的步伐橫越舞台，荷莉在最高處的座位區記錄溫度。起先我們沒有離得太遠，等到夜越來越深，劇場裡依舊風平浪靜，我們開始往各處分散。我稍微放鬆了些，就連稍早那些零星鬧鬼現象也漸漸被我拋到腦後。

在某個未知的時間點，骷髏頭和我（第二次或第三次）轉進特尼爾驚奇秀的自動機器展示廳。這是一條曲折的黑暗長廊，兩側玻璃櫃裡鮮艷的機械玩具一字排開。有的構造簡單——裝了鉸鍊的熊、小丑、樣貌古怪的警察玩偶，會活動手腳或是跳舞；其他的稍微複雜一點，做成小型的場景，演出真實的悲劇事件，比如倫敦大火，只要投錢就能看到一段齒輪推動的短劇。我照著平時的習慣，測量各處的溫度，運用天賦掃描全場。和前一次一樣毫無斬獲。我細看展品，一段記憶掙脫束縛，湧入腦中。「小時候我在鄉間市集看過這種東西。我姊姊瑪莉給我錢，讓我玩一次……」

「都不知道妳有姊姊。」骷髏頭說。

「我有六個姊姊。」我沒提到已經幾年沒見過她們；現在只有瑪莉還會從英國北部寫信給我。我努力忽視這個想法帶來的悶痛，尋找分散注意力的事物。「喔，你看這個。」

展示廳盡頭接近出口的地方擺了一個方形玻璃櫃，櫃裡是全場最繁複的玩具，外表類似傳統旅人的篷車，有著拱形車頂、大大的木輪，側邊漆上活潑的紅色與金色。整個裝置座落在一片假草皮上，背景貼著深色樹木與一輪滿月。展示櫃正面開了個窗口，蓋上紗幕。我隱約看到有個人影藏在幕後。篷車上的標示寫著：一鎊硬幣。解讀命運。下方嵌著投幣口，旁邊裝設一個銀色取物口。

我盯著這組玩具看。我口袋裡有一鎊。

「上啊。妳知道妳想玩。玩一下又不會怎樣。」

「不過是個白痴機器。」

可是我無聊又寂寞，滿心盼望會發生什麼事。我放下背包，擱在地上，拘魂罐探出半個罐身。接著我從口袋裡摸出硬幣，丟進投幣口。

篷車裡馬上亮起燈，照亮像是巫婆般的詭異剪影，看得到尖鼻子和尖下巴，傳來瘋癲的嘎嘎笑聲。在一陣節奏固定的震動後，篷車側邊敞開，偽裝成蠟燭的燈泡懸在車頂，塗裝差勁的駝背老巫婆盤據在桌邊，她指節粗大的雙手握著一顆水晶球。過了幾秒，水晶球裡亮起朦朧的幽光。又是沙啞的笑聲。一隻機械貓在算命師後面追逐機械老鼠，窗框上的機械烏鴉大聲嘎嘎叫。燭光閃爍；櫥櫃的門打開又關起，讓我看見藏在裡頭的骷髏頭與惡魔。水晶球裡的光變亮又熄滅。某處響起輕巧的鈴聲，有個東西窸窣落入展示櫃前方的取物口。齒輪旋轉運作，篷車慢慢關起。

我往凹洞裡摸索，不知道是不是故障，竟然摸出了兩張紙條。我就著算命師窗口透出的燈光細看內容。

第一張紙條寫著：

他將進入黑暗。

第二張則是：

他將爲妳犧牲性命。

我盯著兩張紙條看了好一會，狠狠揉成一團。什麼算命師？這才不是命運。爛透了。這台爛機器。

「上面寫什麼？」骷髏頭問。「肯定很糟。」

「喔，閉嘴。你怎麼不能安靜一下？真是的，整天說個沒完。」

骷髏頭沒再說話。我等它像平常一樣回嗆。沒有。就算在盛怒躁動之下，我也覺得有點怪。低頭看看罐子，發現鬼魂的面容生動極了，凸出的雙眼轉個不停，嘴唇急促蠕動。但我什麼都沒聽到。這時我才注意到蓋子上的安全栓關著，阻擋我們的靈異接觸。

我沒有動安全栓。

一股氣流把我的裙子吹得纏在腿上；寒氣劃過我的頭皮，沿著頸子往下掃。柔和的白光沿著地板擴散，玻璃展示櫃閃閃發亮，宛如冬季黎明的日光。亮度不強，緊貼在我背後的女子也笑得很溫柔。我一邊轉身，一邊摸向長劍，然而一看到這名綻放光彩的女士，我就意識到這個舉動是多麼愚蠢又不合宜。我的手在劍柄上稍一猶豫；猶豫，然後鬆開。

10

她長得真好看，全身閃閃發亮，珍珠白的束腰連身裙緊貼大腿，裙襬如同浪花般散開。她袒露雙肩，修長纖細的手臂如同砂糖般雪白甜美。她不是僵硬地站著，身軀左右搖擺，雙臂和上身以不同的方向和頻率晃動，如同在水流中飄盪的蘆葦。她白金色的鬈髮順著肩頸流洩而下，跟著我聽不見的音樂節奏飄動。那張臉真是充滿魅力！我不是病懨懨、求愛若渴的小男生，自然不是無情妖女的主要目標，即便如此，凝視那雙深沉黑眼時我還是感受到強烈的渴望。

為什麼我一心只想走上前？為什麼我想把自己託付給她？不只是因為她長得精緻美妙。是的，她嘴邊掛著溫柔笑意，她的雙唇柔軟而豐滿，鼻梁筆直又可愛。我完全不在乎這一切。任何一本時尚雜誌都能找到同樣漂亮的年輕男女，但她也不是完美無瑕。妙就妙在這裡。她顯得相當樸實，平凡的臉部線條使得她更加可親。可以瞥見瑪莉安．德賽夫背後的朵莉絲．布洛爾，察覺她其實能夠理解不完美的感受。她能理解你對愛情的需求。

「來吧……」輕柔的嗓音響起。「跟我來。」

彷彿她是直接對著我最深沉的悲傷呼喚，直擊我不讓外界觸碰的部分。想起姊姊時的心痛，和洛克伍德並肩坐在空墓地旁的焦躁——她有辦法撫平這些猜疑。與她分享這一切，讓她聆聽我心中恐懼的衝動排山倒海而來。我很樂意對她敞開心胸，任由她的同情湧入。

「忘記那些煩惱。忘了吧。跟我來。」

我愣愣地盯著鬼魂看。彷彿是被我探詢似的眼神嚇到，它以受驚嚇的小鹿般姿態往後飄了一點。我心頭一揪，好想跟著它到天涯海角。我搖搖晃晃地朝她邁出一步。

「喔，真是讓人失望透頂。」

我一愣，轉過頭。喬治從前廳進入展示廳，來到我身旁。他頭上沾著蜘蛛網，一手握住鹽彈，隔著眼鏡鏡片皺眉。看到他這副模樣，一股怒氣油然而生——這個邋遢的蠢蛋，竟然在如此重要的時刻擺出這種白痴表情。我不希望他待在這裡。「什麼意思？」我的聲音聽起來好怪，有點大舌頭。「你在說什麼？」

「醞釀了那麼久，我很期待她真正現身時會使出什麼招數。」他說。「來點特效，一點高檔的花招……至少要有華麗的靈異幻象吧。沒想到才這點本事。」

我回頭望向長廊盡頭，鬼魂搖曳的身形在那裡等候，宛如冬天的柳樹般哀愁又苗條，腦袋歪向一側。

「她還不夠漂亮嗎？」我問。

「不夠漂亮？小露，她只是一團皮包骨的膿包，我的標準已經很低了，但她完全不及格。」

女子直盯著我，長長的黑色睫毛隨著我的心跳眨動。我再次感到那股企盼，再次對喬治粗俗的話語冒出火氣。我啞著嗓子乾笑。「喬治，你在亂說什麼？膿包？」

「好吧，準確來說是『清澈透明的鬼氣，形塑成半固體的物質』。可是等到鬼氣融化，黏答答地從骨頭上滴落，我想膿包這個詞就很貼切了。它的影響力差不多就這樣。」

「喬治，閉嘴。」

「小露，它就是膿包。」

我真想揍他一拳。「給我閉嘴。」

「不要。看著她，露西。看仔細了。」

與此同時，他湊過來掐住我的手臂，力道比我預期的還要大。很痛，我忍不住叫出聲——體驗過這個短暫、尖銳的不適，矇住我大腦的幻影瞬間崩解，有如被風吹開的窗簾。

在幻影下——閃閃發亮的衣裙呢？那不過是迴旋打轉的鬼氣。

曼妙的手臂？原來是發黑的枯骨。

豐滿的臀部？萎縮的深色皮肉，表面還有許多孔洞。

柔和的臉龐？那只是光禿禿的骷髏頭。

我眨眨眼。那片窗簾又蓋回原處。聰穎甜美的女子就在眼前，對我招手。

我凝視著她。表面上和剛才沒有不同，但這回我乖乖正視現實。

就算我有這個意願，還是很難做到。那身影催眠似地擺盪再次引誘我放下戒備；我再次感受到心智與身體被她拉扯。不過現在我的注意力放在自己身上，專心想著自己的實體與重量與疑心，而不是那個飄搖晃動的發光物體。

「跟我來。」它再次呼喚。「跟我上舞台……」

我硬擠出嘶啞的聲音：「不要。」

我的拒絕就像拿剪刀剪斷細線般。一瞬間，彷彿覆蓋雕像的白布飄落，彷彿掀開覆蓋頭臉的斗篷，幻影化為烏有，留下滿臉獰笑，扭曲變形的軀體朝我們衝刺。我抽出長劍，擋在面前；鬼魂立刻退開，咬牙切齒，比出下流的手勢。

喬治與我並肩而立。「要我再捏妳一把嗎？」

「不用。」

「來嘛。手臂、大腿、屁股——看妳喜歡哪裡，說就是了。」

「不用。沒事了。現在我看到了。」

他點點頭。「那妳應該不會介意我這麼做……」他丟出鹽彈，在鬼魂腳邊炸開。明亮的綠色光點灑了它滿身，它痛得嘶聲咒罵，退向展示廳外的走道，在那裡停留一會，身上滋滋作響，冒出白煙。看得到它如豆的雙眼從黑暗中直視我；感覺得到它的惡意在我腦中膨脹。接著它消失無蹤，那股誘人的魅力也不知去向，我心中頓時一片空虛。

「不知道它跑哪去了。」喬治說。「小露，妳不如陪我回前廳一趟吧？我們需要重新集合，思考下一步對策。」

前廳是個好地方。斑駁的金色裝潢和明顯的爆米花加香菸味，與鬼魂的超自然魅力形成對比。喬治從賣店拿了一根巧克力，拆開包裝吃了起來。我靠上售票櫃台，手握保溫瓶，背包擱在腳邊。罐子裡的骷髏頭以眼神投來消音的譴責。我幾乎說不出話，自我厭惡令我頭昏腦脹。最後才擠出一句：「謝了，喬治。」

「不客氣。」

「下次如果我又這樣，別浪費時間說話，直接揍我就好。」

「沒問題。」

「揍哪裡都行。越大力越好。」我用腳跟往牆面猛踢。「可惡！」

喬治聳聳肩。「不用太在意。鬼魂施展魅力就是為了這個目的。任何人都有可能受到影響。」

「你就沒有。」

「對。這次沒有。輕飄飄的鬼氣不是我的菜。」他聳聳肩。「小露，沒想到妳會被它唬弄那麼久。就算不用我幫，妳明明可以掙脫它的控制。」

「或許吧。只是我突然覺得……有點脆弱。她似乎感應到了，趁虛而入。」我喝了點水。

「你比我還要健全。」

「這個嘛，今天我確實比平常有活力。好消息是我不認為無情妖女喜歡正面衝突。它要的是被動的被害者，精神上有破綻的對象。只要我們維持強勢的態度，它就會保持距離。壞消息是它似乎掌控了整間劇場，說不準它接下來會在哪裡現身。」

方才的遭遇帶來的驚恐逐漸消退，留下悶悶的躁動——那種心裡有事卻想不起來究竟是什麼的感受。「你覺得整間劇院就是源頭嗎？這是有可能的吧？」

「就算是這樣，它之前為什麼一直沒有露面？我認為新的鬼魂總是比較活躍……」喬治若有所思地又拿了一根巧克力棒。「應該沒什麼可疑之處。」

「骷髏頭覺得背後有問題。確實是如此。」

「洛克伍德也這麼想。」喬治說。「假設近期有人把某樣物品帶進劇場，和無情妖女悽慘死狀有關的源頭。這個東西藏在某處，使得鬼魂每天晚上都能作亂。會藏在哪裡……？」他迅速咀嚼，得出結論。「最有可能的地點是舞台下的陳年儲藏室。我要下去好好搜一遍。妳呢？要一起來嗎？」

我幾乎就要答應了。喬治今晚格外可靠，然而那份難以捉摸的躁動硬是浮上腦海。

「我打算去看看其他人的狀況。警告他們我碰上了什麼事。」

「喔，不會有事的。」喬治走向通往觀眾席的門。「我們可是洛克伍德偵探社的精銳。包括奇普斯在內。告訴妳，只要看到那個護目鏡，無論是哪個鬼魂都會逃得遠遠的。」

我幾乎與他同時動身，朝樓梯的方向移動，踏著地毯爬上二樓看台。我和喬治一樣有信心——這是當然了——心臟卻跳得好沉。

在喬治介入前，鬼魂和我產生了超自然的連結。受到她的魅力支配，我乖乖對她敞開心胸。也就是說她看過我的心思，知道我最在乎什麼。

她知道我在乎誰。

我想起最後那一眼，她的眼珠在黑暗中發亮。

我總算想通她的意圖。

二樓看台外的走道沒人，牆上的燈泡光線昏暗。

上回見到洛克伍德時，他說他要巡邏劇院上層——也就是二樓看台與包廂。他應該就在附近……可是這裡有那麼多相互連接的樓層、那麼多階梯和走道……我打算從最上層開始一路往下找。

它要的是被害者……精神上有破綻的對象……

走到第二段階梯時，我看到荷莉從上面走下去。

「洛克伍德呢？」她問。

我停下腳步。「什麼？我正要問妳呢。」

「他有說要去哪裡嗎？」

「什麼時候說的？」

「剛才跟妳在一起的時候啊。」

我盯著她看。「我沒跟他在一起。荷莉，我已經好一陣子沒見到他了。」

她的臉一垮，黑色大眼凝視著我。「可是……妳幾分鐘前才跟他一起待在二樓看台那邊啊。真的。」她的語氣帶著控訴，不過我聽出其中的驚愕與恐懼。「我很確定是妳。妳對他招手。他跟著妳走向出口。」

「荷莉，那不是我。」

我們面面相覷，我抽出長劍，荷莉也做了同樣的動作。我們拔腿狂奔，撞開通往二樓看台的門。

「是什麼時候的事？」我慌忙追問。「多久了？」

「一、兩分鐘前而已……我在最高層的包廂區。看到你們兩個在下面……」

「嗯，可是那不是我。拜託，妳為什麼會覺得是我？看起來像我嗎？長相？衣服？」

「我、我沒看到妳的臉。它的臉。或是衣服。頭髮好像是黑色的……或者是被影子遮住了。」

我低聲咒罵。「天啊，荷莉。」

「它看起來很不一樣。不知道是站姿還是手勢。和妳超像。」

好吧，那個東西曾經是演員。我們來到二樓看台的陡峭階梯，再次被觀眾席龐大又柔軟的沉默包圍。看台扶手下燈光閃爍，高空鞦韆的繩索懸在陰影中，舞台在坑洞般的黑暗座席彼端，散發微弱的白光。我們轉來轉去，掃視沿著斜坡設置的座位，尋找洛克伍德可靠的身影。可是什麼都沒有看到。

「他可能從別的出口離開了。」荷莉伸手一指。「走不同的樓梯。這個地方和迷宮沒有兩樣。」

我沒有回應。黑暗的恐懼從我心底湧起，像是從地面湧出的石油。

他將進入黑暗……

我用力咬牙，硬把恐慌壓下。荷莉說得對。這座劇場是迷宮。到處亂跑碰運氣無濟於事。洛克伍德可能就在任何一個地方。它可能就在任何一個地方。

真的嗎？雖然鬼魂在屋內隨處顯現，它想以超自然力量魅惑旁人時確實有固定的模式。它想引誘我走向舞台。查理．巴德也是在前往舞台側邊途中獲救……

還有席德．莫里森，只有他真的踏上舞台。

所以落得那樣的下場。丟了小命。

她想讓我們進入那個範圍。不然呢？那可是她慘死的地方。

我衝向看台欄杆，從高處往下看。

起先我沒看到半個人，想想當晚有這麼多偵探社成員在劇場裡活動，就會發現無情妖女的誘敵策略有多成功。她耐心等到我們全都遠離她的主場。我們散在各處，無能為力：荷莉和我在二樓；喬治鑽進地下室；奇普斯呢，天知道他在哪。還有洛克伍德——他就在那裡，沿著中央走道緩緩前進。他的動作流暢，同時又顯得太過平穩緩慢。我依稀看到他前方浮現一抹陰影，以同樣的速度移動，領著他跨出一步步。

我呼喚他的名字。放聲尖叫。荷莉同樣撲到欄杆上，和我一起叫嚷。舞台上的收音效果絕佳，但觀眾席這邊的一切聲響都遭到吞噬。洛克伍德連頭也沒回。或許那道陰影聽見了，它似乎舞動得更加狂野，引導他往舞台階梯走。

「小露！快！」荷莉拉扯我的袖子。她得出和我一樣的結論。「我們趕快下去！」

「好——」然而在回應的同時，我早已知道我們絕對趕不上。太多樓梯，太多出入口與走道。來不及的。「不，妳去。」我說。「用最快的速度跑過去。」

「那妳要——？」

「荷莉！快跑！」

她離開看台，只留下一抹香水味。她是優秀的調查員，即便她有多想從我口中問出我的計畫，但仍沒有繼續和我辯。

老實說我也不確定自己有什麼計畫。

或者該說是我的大腦不知道。要是它知道了，我肯定會爬到最近的座位下躲起來。不過我的潛意識技高一籌，盤算過整體情勢。把荷莉趕走後，我的注意力轉向看台欄杆。

在下方遠處，洛克伍德正踏上一階階通往舞台的台階。他的長劍插在腰帶上，雙手無力地垂落。就算他在抗拒那股衝動，我們也看不出來。從這個角度看過去，他是如此消瘦，如此孱弱。我見識過的朦朧陰影還在他前方帶路，舞台的燈光讓人難以看清它的所在，但我現在懶得管它了。我爬上欄杆，旁邊掛著幾條空中飛人表演用的繩索，末端綁在一組突出的金屬框架上。繩索橫越可怕的高度與距離，往遠處的天花板延伸。

我抓住金屬框，保持平衡，拒絕往下看觀眾席。離我最近的繩索看起來頗有希望，它在半空中劃出大大的弧線。特尼爾曾提到空中飛人的開場方式，所以從這裡跳過去是可行的。

這並不代表這是個尋常的想法。

遠處雪白的舞台上，洛克伍德已經走到正中央，某個散發點點幽光的物體在他面前匯聚成形，那個物體穿著白色的連身長裙，長髮飄逸。它是如此璀璨美好，對他歪歪腦袋，揚起纖細的手臂招啊招的。我聽見空氣中響起沙啞的低語。

「跟我來。」

洛克伍德走上前。

跟你們說，他的反應讓我超火大。他怎麼敢走向她？我左手將繩索拉過來。觸感沉重粗糙。我握住繩索，緊緊纏繞自己的手腕與手臂，另一手揮劍砍向繩結；像是切斷花莖一般輕鬆，繩索的重量拉扯我的手臂。

我往後靠去，輕輕一跳，把其餘的麻煩事交給重力。

不要逼我描述在空中飛躍的感覺。前半段的關鍵字是墜落。我直直往下掉，一部分內臟彷彿還留在看台上，而一樓座位浮起來迎接我。接著我以高速越過一排排椅背，假如有人坐在上面，我說不定可以踢掉他們的帽子。左手手臂幾乎被扯得脫臼，繩子磨得手指灼痛，握在右手的長劍反射燈光。然後我再次飛起，舞台迎面而來，眼前就是纏繞著異界光芒的女鬼，以及走向她懷抱的洛克伍德。

「來吧……」

大家都知道我這個人最聽話了。我盪過舞台上空，直接滑過洛克伍德和女鬼之間，掠過一團酷寒的空氣，皮膚凍得發疼。我的劍尖也劃過什麼東西：基本上就是那個輕聲細語、滿臉傻笑的女子的頸子，乾淨俐落地砍下它的腦袋。我繼續往上飛，離她而去，來到防護墊上方，我想這差不多是放手的好時機。

下一刻——屁股重重著地，整個人往後滾了大半圈，腳踝翻到耳朵旁——這部分就不多說了。墊子一點都不軟，不過我沒摔斷什麼，也沒在墊上躺太久，瞬間直起身，跳到舞台前方，緊咬牙關，像公牛般喘著大氣。

洛克伍德站在原處，手臂放鬆地垂在身側。即便我從他鼻尖盪過去，他也沒有多大反應，不過他已經停下腳步。被我拋開的繩索往回甩，差點把他撞倒。他連眼皮都沒動一下。

無頭女鬼就在一旁。好吧，不該說它沒有頭——它的腦袋飄在半空中對我皺眉。角度沒有差太多，但明顯與身體分離。它的飄逸長髮纏繞在頭顱周圍，掃過蕾絲連身裙，努力想把頭連回頸子上。

就算到了這個地步，它還是不肯罷休。它的嘴唇勾起類似笑容的角度。

「來吧……」

「跟妳說，要是像妳這種人能乖乖躺好，接受自己已經死掉的事實，就能省下很多麻煩。」

我丟出一顆鐵粉彈，彈殼在舞台地板上摔碎，無數鐵粉噴上鬼魂腳邊，細小的粒子燒起來，無情妖女頓時被一圈綠色火焰包圍。女子激動得跳來跳去，把頭顱撞歪。一縷縷髮絲匆忙纏住光裸的雪肩，以蜘蛛般的動態將腦袋撐回身體上。

我沒差。我手中有的是燃燒彈。再丟出一顆，點燃更大片的鬼氣。幻影不住顫抖，模糊失焦，固定在臉上的笑容漸漸垮掉。

遠處傳來門板砰地甩開的巨響。是荷莉，她沒有慢我太多步。

女子展開雙臂。「來吧……」

「給我滾。」或許我不該用上鎂光彈，但這時我已經受夠這個鬼魂了。它太自私、太黏人、太空洞。我不想和它繼續共享超自然空間。它還想從我手中奪走洛克伍德。特尼爾總有辦法整修舞台。爆炸威力從它腳邊往上竄——火焰燒穿它的身軀，頭顱像是茶壺蓋子般高高噴起。一半的鬼氣瞬間燒乾，剩餘的也變得極度微弱，幾乎看不出輪廓，鬼魂的鬼魂。我看它在舞台上逃竄，存在感越來越淡，幾絲鬼氣連接腦袋與頸子。那套燦亮的連身裙消散，雪白的四肢萎縮，身上的劍孔如同黑色星星般發光。它撲向其中一個大木箱，融入方塊中，消失無蹤。

「它在哪裡？」荷莉的黑髮飛揚，她跑過起火的舞台。「在哪裡？它跑去哪裡了？」

我沒有看她。「黃色那個！源頭就在裡面！找出來！封起來！」說完，我把鬼魂的事情趕出腦海，站在洛克伍德面前，抬頭直視他，握起他的手。他的皮膚蒼白又冰冷，眼神接近茫然；接近，但還沒完全喪失。可以看到他的意識如同一縷清煙，在深處飄盪。

「洛克伍德！」我狠狠甩了他一巴掌。

背後傳來激烈的碰撞聲。是荷莉，正在把木箱徹底翻遍。

「洛克伍德……」我嗓子啞了。「是我。」

「小露！」荷莉再次叫喚。「我找到東西了！我要拿銀鍊網……」

我放軟語氣。「是我。是露西……」

我猜荷莉在這個時間點鋪下銀鍊網只是巧合。我猜是我的名字把他帶回現實。不然還會是什麼？無論如何，他的神智越來越清醒，意識總算浮上眼珠表面。接著是理智；理智和認知——不只是如此。他對我微笑。

「嗨，小露……」

我往他兩邊臉頰各補一記耳光。說真的，哭得亂七八糟的時候很難掌握準頭。

Lockwood & Co.

第三部
街上的屍體

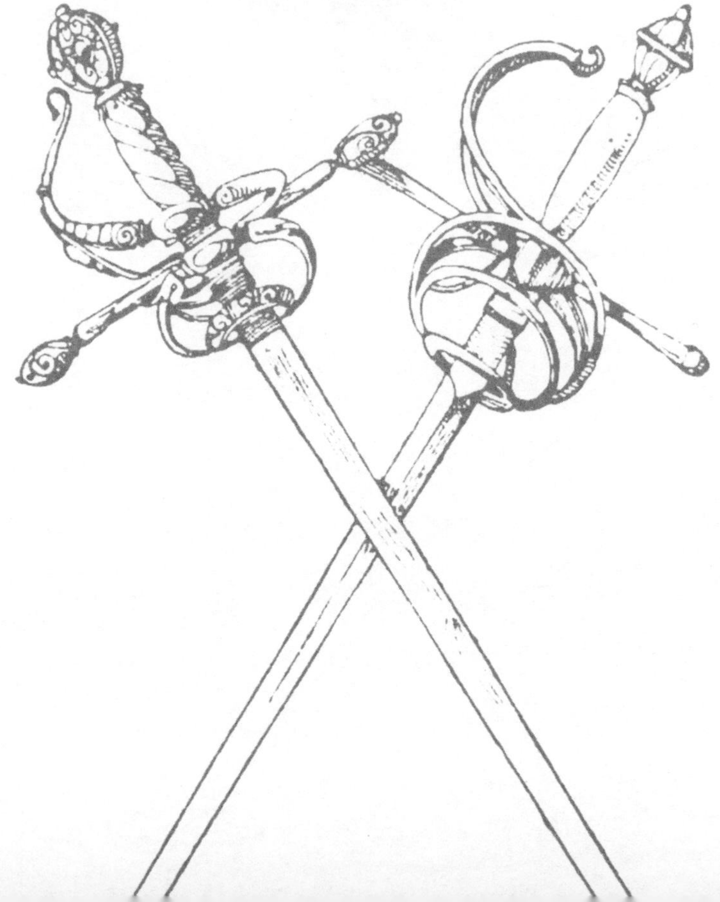

11

後來才知道就在荷莉拿銀鍊網裹住藏在盒子裡的染血后冠的那一刻——就在那一刻，園區另一側特尼爾的篷車上，查理．巴德不再號叫，坐起來討雞湯喝。因此劇場人員馬上就知道我們達成任務，消滅鬼魂了。他們小心翼翼地踏入劇場，時機恰到好處，我們正在與被我點燃的舞台搏鬥。大家連忙來幫忙。等到天亮時，火滅了，劇場恢復平靜，后冠打包好準備送去熔爐銷毀。舞台經理莎拉．帕金斯隨即承認是她打造那個木箱，把源頭藏進去。特尼爾先生將她關在她的篷車裡，派兩名最壯碩的空中飛人盯著，等待靈異局的車輛抵達。

對特尼爾先生來說，這件事可說是圓滿落幕，雖然他對舞台中央那個鎂光彈燒出來的洞頗有微詞。莎拉．帕金斯的犯行同樣令他目瞪口呆。「沒想到她竟然是幕後黑手！」他大聲嚷嚷，整張臉漲得通紅。「叛徒！惡棍！我明明把她當女兒照顧！」

「其實不是針對你。」洛克伍德看起來沒受到先前的魅惑影響，親自揪出凶手，說服她自白。事後他和莎拉在篷車裡談了半小時。「莎拉告訴我發生了什麼事。全都與席德．莫里森有關。特尼爾先生，你也曾提到莎拉對他懷抱好感，但你又說他被那個大腿很厲害的俄羅斯空中飛人迷得神魂顛倒。莎拉遭到拒絕，心碎轉為憎恨。她想復仇。恰好她在整理道具的時候找到無情妖女最後一場演出遺留下的物品——她在〈蘇丹的復仇〉劇中戴的后冠。多年來，它一直存放在一個鐵盒裡，想必這就是鬼魂被抑制這麼多年的原因。莎拉不知道上頭附著靈異力量，之後得知其他人目擊惡靈——以及它對年輕男性的偏好——讓她意識到它的潛力。她把后冠藏在舞台上，等待後續發展。沒過多久查理．巴德中招了，可是莎拉不想害死他——所以才救下他。席德．莫里森就沒那麼幸運了。」

「等等。」荷莉開口。「為什麼她不在席德死後拿走后冠？為什麼要害其他人涉險？」

洛克伍德搖搖頭。「很難講。莎拉宣稱她沒機會回收。我猜測或許是她把個人的情傷轉化成針對整個世界的麻木憎惡。又或者是她單純愛上了這股神祕力量……不過這是伯恩斯督察的工作，與我們無關。他來了，我去向他報告。」

看著洛克伍德邁開大步與靈異局一行人會合，風衣下襬翻飛，如此自信又從容，很難想像一、兩個小時前他曾淪落為鬼魂的玩物。他的笑容依然燦爛，四射的活力點亮整座舞台。一小群人圍過來聽。老伯恩斯督察和平時一樣頹喪，專心聆聽他的說明。喬治與奇普斯也站在旁邊，享受眾人的好意。

只有荷莉和我退在後方。除了疲憊，現在才陷入為了拯救洛克伍德而採取的激烈手段帶來的震撼。我無意加入他們。荷莉沒事，但她看穿我的狀況，想陪在我身邊。

我隔著疲憊的迷霧注視洛克伍德。他一醒來馬上就恢復老樣子，可是我知道那雙遭到迷惑的眼睛中蘊藏了什麼。

當時他的眼神和查理．巴德沒有兩樣。喬治對查理——以及其他被害者——的評論是什麼？

他們與生命的連結變得薄弱。遇上原本就以某種方式直視另一個世界的人，魅惑的力量格外有效。鬼魂也曾對我施展魅力。我動搖過，感受過那股拉扯。可是洛克伍德呢？他遭到鬼魂虜獲，真是不得了。無論他現在有多生氣蓬勃都不重要。在那短短的幾分鐘內，他的心回了那座廢棄墓園一趟。他曾走向那座旁邊有他家人的空墓。

□

一小時後，我們站在特尼爾巡迴遊樂園的大門邊，等待夜間計程車送我們回家。奇普斯從一名長了鬍鬚的女士手中接過熱茶（她好像對他有意思）。他、喬治、荷莉擠在一塊，捧著塑膠杯小口喝茶。我稍微保持距離，拉起外套緊緊裹住身子，往南眺望泰晤士河。從這裡勉強可以看到一點反射燈火星光的河道，被工廠煙囪切成碎片。這是個寒冷的清晨。

洛克伍德來到我身旁。我們默默並肩站了一會，看著灰暗的城市輪廓越來越鮮明具體，迎向新的一天。

「我還沒好好向妳道謝。」洛克伍德說。

「別在意。」

「我知道妳為我做了什麼。」

我抿緊嘴唇。「洛克伍德，我抓著該死的繩子從二樓盪下來。」

「我知道。」

「我討厭高處。」

「我知道。」

「我討厭高空鞦韆。」

「嗯。」

「別再逼我做出那種荒謬又危險的事情。」

「露西，不會有下一次了。我答應妳。」他勾起一邊嘴角。「聽好——妳做得非常好。荷莉有跟我說。奇普斯也說了——他看到妳落在防護墊那一幕。」

「喔，竟然是那一幕。天啊。」

「妳救了我的命。」

「對。」

「謝謝。」

我用戴著手套的手揉揉鼻子，吸入清晨的冷空氣。「洛克伍德，我們不該像昨晚這樣分頭行動。你們本來就不該出現在那裡。出門前我早就和你還有喬治說過了。你們在那個鬼魂面前特別脆弱。」

他緩緩吁了一口氣。「聽喬治說妳也中招了。」

「確實。我那時候在想我姊姊——還有其他類似的事情。它感應到我的悲傷，想把我扳倒。」我看著他。「它接近你的時候，你在想什麼？」

洛克伍德翻起領子保暖。他不太擅長應付這種直接的提問。「我記不太清楚。」

「在我趕上的時候，你已經陷得很深，忘記自我。到最後，就算我砍掉那個鬼魂的腦袋，你還是無法回神。」

靈異局的廂型車穿過柵門，煞車聲嘰嘰作響，閃著警示燈揚長而去。還有伯恩斯，他開著自己的車子跟上，垮著臉向我們揮揮手。

直到周圍又安靜下來，洛克伍德才開口：「小露，我知道妳在擔心我。可是真的沒有必要。身為調查員，隨時可能會遇上這種事。妳以前不是也被鬼魂催眠過？像是那個踩出血腳印的鬼，還有在艾克莫百貨公司地底隧道裡的玩意兒。沒關係的——之前我幫過妳，現在妳幫了我。我們可以幫助彼此，這樣就能度過各種難關。」

他說得真好，讓我感到一絲暖意。我得要努力期盼這是真的。

□

回到波特蘭街，我們恢復常態——包括爭執誰來付計程車費、每個人吃三份早餐、喬治獨占浴室的熱水。奇普斯與荷莉各自回家了；喬治、洛克伍德、我到了八九點才睡下，等我醒來，已經過了中午。我睜眼看到的第一個東西是拘魂罐，從背包開口探出頭，早上我把背包擱在臥室椅子上就沒再動過。底下墊了一大堆髒衣服，讓罐子歪歪斜斜的，鬼魂的表情活像是我剛射殺了它奶奶。

說來也真是奇怪，這景象讓我莫名安心。我翻開安全栓，睡眼惺忪地坐在床尾，頭髮亂七八糟，在半夢半醒間任由它淒厲的抱怨將我淹沒。

「這次不是我把你關起來的。」我總算找到插話的時機。「是那個鬼魂。」

「又怎樣？還是妳的錯！妳不能讓隨便哪個女鬼跑來動我的罐子。妳有責任顧好它。不然我有辦法嗎？我接受妳的照顧，這叫業務過失，毋庸置疑。」

「你又不是小孩子了。別一直放在心上。」我搔搔頭，之前的白頭髮看不出消退的跡象。可能我得把頭髮染深。「骷髏頭。」我突然開口。「我很擔心洛克伍德。」

鬼魂一副訝異的模樣。「洛克伍德？」

「對。」

「嘿，妳很了解我，我把他當兄弟看。」那張臉擠出虛偽滑頭的關切。「有什麼問題嗎？」

我伸展雙腿，在床緣輕輕搖晃上身。我想到墓園裡的洛克伍德，又想到他走向鬼魂的模樣。我也想到艾克莫地底下偽裝成他的學人鬼，將近一年前，它預言了洛克伍德的死，說他將為我而死。喔，還有昨晚的算命機器。這些想法沒辦法讓我的心情好到哪裡去。我嘆了口氣。「我不懂他當時受到什麼驅動。基本上他看起來好得很，可是他心裡……我不確定他真正在看的是什麼。有可能是沒那麼……沒那麼健康的事物……」原本的衝勁漸漸洩掉。沒有用。我說不出口。

「感謝妳精闢的分析。」等到確認我說完了，骷髏頭答腔：「就和一桶爛泥一樣透澈。」

我搖搖頭，頓時對自己感到不耐。我在想什麼？不能對這顆纏著鬼魂的骷髏頭提到洛克伍德的雙親或墓地的事。這個主意太荒謬了。「我知道你不在乎，只是想知道你有沒有注意到什麼狀況……」我站起來，伸手拿毛巾。「沒事。一點都不重要。」

「我的同理心又沒有憑空長出來。」鬼魂說：「我離活著的日子已經很久了，早就忘記一般人的動機是什麼東西。而且我當然和洛克伍德很不熟。」

「沒關係。這不是重點。」

「除了他的魯莽、根深柢固的個人失落感、輕微的自溺、他對家人的執著，還有他一心求死的衝動，我沒辦法和妳分享更多了。妳和我一樣毫無頭緒，對吧？就這樣囉。」

我握著毛巾，愣在原處。「你說什麼？少亂講話。他才沒有一心求死。」

「嗯，妳對這個想法有疙瘩，這我能理解。就別深入討論了。」骷髏頭哼起輕快的小調。「才怪。有眼睛的人都看得出來。他一直都是如此。根本可以寫進他的名字了。多虧你們兩個的經歷，這股衝動現在說不定更強了。別忘了，你們都去過另一邊。妳很清楚那段旅程的影響有多大。」那張臉對我咧嘴一笑，瞇細雙眼。「不然妳想爲什麼昨晚無情妖女要對妳出手？妳又不是男生。」

我還沒有從這個角度想過，但確實有道理。在她的下手目標中，只有我是女孩子。不過無論真假，骷髏頭的見解總讓我火大。「早該知道跟你討論只是白費力氣。」我彎腰湊向拘魂罐。

「洛克伍德多的是活下來的理由。超多。」

那張臉對著我。「是嗎？真想知道是什麼。妳隨便舉一個吧。」

說完，鬼魂對周圍的鬼氣動了手腳，罐裡的光線暗了下來，透明度下降，反射出我自己扭曲的臉龐。

「有什麼高見嗎？」骷髏頭說。

我罵了句髒話，轉身離開。「我不需要對破骨頭解釋！也不需要你放馬後砲，推測洛克伍德的動機！」

「是喔？」鬼魂提高嗓音。「這可是妳最大的嗜好啊！仔細想想——要是妳真的放我自由，妳就不用再跟我說話了！」

我用浴室的門彈開它的叫嚷。

□

我下樓的時候，喬治與洛克伍德都在書房。洛克伍德窩在他最愛的扶手椅上看報紙，修長的四肢從椅子邊緣垂落。喬治在旁邊駝著背細看一小疊紙張，他腳邊地板上有一張攤開的油布和一條髒兮兮的細繩。說來真是好笑——與魯波爵士的對峙讓大家完全忘記前一刻芙洛．邦斯交給喬治的包裹。他沒有提起，我也早就忘得一乾二淨。

我重重坐上一張椅子。書房挺冷的，壁爐燃起火焰。

「又有重大消息了。」洛克伍德的臉埋在報紙後。

「小壞還是大壞？」

「小壞，又壞又有意思。有時候這兩者密不可分。」

「你就快說吧。」

「記得前天喬治提到老亞當．邦喬屈嗎？」

「說他因為費茲偵探社逼他關門氣得要命嗎？」

「沒錯。嗯，他沒命了。」

「什麼？鬼魂觸碰？」

「不是。他昨晚遭到襲擊。事發經過尚未釐清。當時他去羅瑟希爾處理完潛行者的案子，走在回家路上。自己一個人。有人埋伏在那一帶，把他痛揍一頓，放著不管。直到隔天早上才有人看到他，將他送進醫院，可惜不治身亡。」

我瞥了喬治一眼。「沒有線索指出是誰幹的？」

洛克伍德沉默一會。「或許警方會逮捕嫌犯。不知道。」

我沒有回話。這個可能性感覺很低。

「另一件事也很不妙。」洛克伍德丟開報紙。「我們收到靈異局的正式信函。他們要求所有小型獨立偵探社的社長明晚要去費茲總部，潘妮洛．費茲有事要宣布。傍晚六點。」他的視線投向我。

「叫我們關門不幹？」

「上面沒寫。」

「肯定會發生什麼大事。」喬治嘴上說著，依然沉浸在那堆紙張中。

「一定的。」洛克伍德說：「說到這個，有件事要跟你們兩個說。今天清早在劇院，伯恩斯督察跑來跟我握手。」

「不像他的作風。」我說。「他生病了嗎？」

洛克伍德垂眼盯著自己的掌心，往膝蓋上抹了抹。「希望不是。沒有啦，他來感謝我們卓越的貢獻。但不只是這樣。他還給了我一樣東西。」

他伸手遞來一張紙條，上面寫了一排字：

西北區艾瑪排屋十七號，今晚八點

「他約你見面？」我問。

洛克伍德勾起嘴角。「是密會！要不是用伯恩斯潦草的字跡寫在靈異局的公用便條紙上，想必會更有儀式感。」

「你要去嗎？」

「我想我們三個都該去。喬治，你認為伯恩斯的目的是什麼？」

「嗯？」喬治抬起頭，眼鏡下雙眼發亮，但他的心思飄到遠處去了。「喔，他會叫我們別惹麻煩，別管跟我們無關的事情……」他盯著手中的文件。「嗯，已經來不及了。」

「好吧，喬治，這些是什麼東西？」我問。「芙洛怎麼會交給你？」

「她最近在幫我四處調查一些小事。我不一定進得了某些圖書館，可是芙洛掌握某些厲害的人脈……這些是死亡證明書。」他抓抓鼻子。

「和你對梅莉莎．費茲的研究有關嗎？你找到了什麼？」

喬治有些躊躇。「現在還不能說。我還在思考。明天再問我吧。」

□

伯恩斯督察指定的碰面地點艾瑪排屋，原來是倫敦西北區的一排染上煤灰的狹窄房子。北側立了幾盞生鏽的老舊驅鬼街燈，在低垂的暮色中徒勞地閃爍。我們在光影間穿梭，尋找十七號。

好幾扇一樓窗戶掛起網紗窗簾，透出溫暖的燈光。住戶還沒拉下百葉窗，不時能看到隱約的人影在室內走動。他們已經切換到晚間的居家模式，那是與我們無緣的生活規律。這些窗簾把我們這些調查員擋在外頭。

蒙特古．伯恩斯督察在十七號的柵門外等我們。這間屋子剛好位於兩盞街燈中間，是街上的暗點；我們走上前，在街燈明滅間看到他皺巴巴的身形。他背後的屋子與左鄰右舍沒多大差異，只是小院子特別整齊，草地上還擺了小矮人陶偶。

「督察，你好。」洛克伍德說。「抱歉我們遲到了。」

「本來就沒對你們抱多大期望。」伯恩斯說：「你們只晚了半小時，我該心懷感激才對。」

接下來是和往常一樣的尷尬沉默，打扮青春時尚的我們對他微笑，他則是擺出中年人的不屑表情。今晚他有點古怪。是哪裡不對勁？他的外表沒變，那臉大鬍鬚沉甸甸的，彷彿乘載著全世界的悲傷。接著我發現這是第一次沒看到伯恩斯穿著風衣與領帶。他的襯衫袖子捲到手肘下，領口釦子也開著。

「呃……這裡就是十七號？」喬治打量這棟屋子。「看起來瀰漫著不祥的氣息。我敢說這裡發生過可怕的事情。」

「真的。伯恩斯先生，你正在執行驅魔任務嗎？」洛克伍德問道。「或許直接敲掉房子比較快……」他停頓幾秒。「幹嘛這樣瞪著我們？」

「因為這是我家，好嗎？」伯恩斯重重嘆氣。「你們還是進來吧。」

他幫我們開門，與其說是歡迎我們進屋，更像是準備把門板甩向喬治的腦袋。我們以最快的速度鑽過門縫。關門之前，督察仔細看了看街道兩端。驅鬼街燈在寧靜的黑暗中閃爍，外頭看起來沒有半個人影。

伯恩斯帶我們沿著狹窄走道來到狹窄的用餐室，中間擺了張橢圓形深色木桌。

「很舒服的小窩。」洛克伍德說。

「對啊，這塊棕色地毯真可愛。」喬治答腔。「牆上那排陶瓷鴨子……這種裝飾是不是重新流行起來了？」

「夠了，你們就省省力氣吧。」伯恩斯低吼。「隨便坐。我想你們都想喝茶吧。」他踏著沉重的腳步踩進廚房。

我們魚貫坐下，椅背直挺挺的，坐起來很不舒服，顯然很少使用。桌面上積了一層灰塵。除了那些鴨子，牆上也掛了幾張照片，拍出柔美的綠色山丘、霧氣瀰漫的山谷、破舊的鄉間小屋，寬闊的空間和大自然。讓我想到自己在離倫敦很遙遠的地方度過的童年。

廚房傳來水滾的鳴笛聲，茶匙鏗鏘作響；伯恩斯用托盤端來一堆東西。沒想到他還準備了巧克力消化餅。大家照著慣例傳遞杯盤，面對坐在主位的督察安靜了好一會。乍看之下是個溫馨的私人聚會，主題不明，感覺等一下就要一起禱告或打牌賭錢，或是其他差不多的事情。沉悶的正式感加上尷尬氣氛，彷彿是那些在城郊舉行降神會，試著召喚鬼魂的寒酸婦人。

「伯恩斯先生，我真的很喜歡那些照片。」我說。「沒想到你對鄉間風光這麼有興趣。」

督察盯著我。「怎樣？妳以為我會放警棍或是手銬的照片嗎？我也有其他嗜好。」他臭著臉搖搖頭。「真的有。找你們來不是為了討論我的照片。我要警告你們。」

用餐室裡陷入沉默。洛克伍德啜飲茶水。「伯恩斯先生，你說警告嗎？」

「沒錯。」督察稍一猶豫，到了這個節骨眼，他似乎還是心懷恐懼，最後才靠上椅背，一臉堅決。「情勢正在改變。你們也知道吧？靈異局、偵探社——全都受到控制。現在掌管一切的是那些厲害的組織：費茲偵探社、日出公司——藉由靈擾賺大錢的傢伙們。像你們這種獨立偵探社受到排擠。這些不需要我來說。今年夏天的種種相關公告讓你們越來越難生存。」

「相信明天還要宣布新的政策。」洛克伍德說。

「對，在費茲總部。我不認為你們會比其他偵探社好過。不過他們約了每一間偵探社，無論訂下什麼新規矩，也不會是只衝著你們來。我關注的是另一件事。」伯恩斯銳利的目光一一掃過我們。「透過靈異局的情報網，聽說某位大人物對你們越來越沒有耐性了。」

「某位大人物？」荷莉問。

「我想你指的是潘妮洛．費茲？」喬治問。

伯恩斯緊緊抿唇，嘴巴埋進鬍鬚下。「這就任由你們判斷了。我沒有必要明說。」

「喔，確實。請繼續。」喬治說。「這裡沒有人在聽你說話，除非他們藏在這個茶壺裡。」

「謝謝你，庫賓斯先生。你闡明了我無法清楚表達的想法。」伯恩斯嚴厲地看著我們。「就是這種目中無人的輕浮態度讓你們惹上麻煩。無論你們對現行的新規矩有什麼看法，不能否認我們全都受到比以往還要嚴密的監視。保持低調沒有壞處。洛克伍德偵探社不斷遭受關注。我要說的只有這些。」

洛克伍德笑了笑。「這是當然。我們又沒有越線違規。」

「沒有嗎？如果真的沒有，靈異局的職員為什麼要奉命去波特蘭街監視你們？為什麼魯波．

蓋爾那個花花公子對你們如此感興趣？為什麼潘妮洛．費茲要求定期回報你們的動向？」

「她真的這麼做？」洛克伍德說。「真是倍感光榮。」

「才怪。你們陷入加倍的風險中。或許你們聽說了邦喬屈先生的『小意外』。出事的不只他一個。我不想看到你們碰上這種事。不管你們有什麼盤算，給我收手。我要說的只有這些。」

「督察，我們沒有違反任何規定。」洛克伍德應道。「我們乖乖繳稅。做足防護措施。保住大部分客戶的性命。」他露出最燦爛的笑容。「記得昨晚劇院的案子嗎？我們做得很好。」

伯恩斯臭著臉點頭。「邦喬屈也沒有怠慢他的工作。」

「話不能這麼說。」喬治插嘴。「老實說他有點沒用，對吧？」

「這不是重點！」督察突然大吼，毛髮旺盛的拳頭往桌上一搥，茶杯在碟子上一震，濃茶濺了出來。「這不是重點！他惹毛了他們，所以才會喪命！」

我們震驚地看著伯恩斯氣喘吁吁的模樣。就連喬治也一臉訝異。

「督察，你的茶灑出來了。」洛克伍德遞上手帕。

「謝謝。」伯恩斯猛擦桌面。他的語氣平穩多了。「你們知道我已經無法完全掌控靈異局了。過去兩年來，潘妮洛．費茲在組織裡面安插了許多她的人手，慢慢滲透進來，干涉我們的行事。當然了，局裡還有很多好人，只是我們沒辦法影響大方針。我在表格上蓋印章，簽署命令，淨是些例行公事。我干涉不了現況，但我看得很清楚。就像我看得出你們正在撒謊，全都寫在你們的眼睛裡。光看庫賓斯坐在這裡，得意洋洋，像隻青蛙般膨脹，我就知道了。我看得一清二楚。既然我看得見，相信其他人也不會被騙。」

他擦完桌子，把手帕交還給洛克伍德。

「伯恩斯先生。」洛克伍德語帶猶豫。「我們只是……只是稍微研究下。可以向你透露內容。希望你能提供寶貴協助。」

督察凶狠的目光隔著濃眉射來。「我不想知道。」

「很重要。我是認真的。」

「我不想知道。洛克伍德先生，這幾年來你讓許多人印象深刻。我個人以為你早就會遭到鬼魂觸碰，但你的偵探社蒸蒸日上，令我刮目相看。」伯恩斯粗壯的手指摸上茶杯把手，在碟子上緩緩旋轉。「低調點。讓他們忘記你們。」

我們在布滿灰塵的陰暗房間裡，圍著餐桌默默坐著。

「讓他們忘記你們。」伯恩斯又說了一次。「或許現在還不算太遲。」

12

我懷疑伯恩斯督察的警告對喬治來說根本不痛不癢。隔天早上，在下樓途中，我看到他房間的門開著。考量到衛生安全，進他房間是不智之舉，但是從樓梯口就能看見那張完全沒整理的混亂床鋪，以及地板上成堆的紙張。

來到廚房，思考布上留著隨手寫下的留言：

出門查東西。回來吃午餐。等我！

不過還不到午餐時間，喬治已經回來了。荷莉、洛克伍德、我在地下辦公室，被廚房傳來的碰撞巨響嚇得匆忙上樓。喬治站在餐桌旁，剛把水果盆掃到地上，將一大疊文件堆上桌。他咬著原子筆，以驚人的速度翻動紙張，挑出地圖，攤開那堆文件。

「呃，能跟你說話嗎？」洛克伍德試探道。

喬治比出驅趕的手勢。「還沒！還有幾件事要弄清楚！給我一小時！」

「呃……你要吃三明治嗎？」荷莉詢問。

「不用！沒空。」喬治緊盯著一份舊簡報的影本，皺起眉頭，然後放到一旁。「喔對，洛克伍德……」

「嗯？」

「你可以找奇普斯過來嗎？他也該在場。一小時後。」

「好。我們讓你專心到那個時候。」

喬治沒有回話，他已經陷入自己的世界，挖掘新知的興奮感流遍全身。在這樣的時刻，他的身體彷彿起了實質變化，過多的體重消失，動作變得敏捷，腳步輕盈——就連能優雅靈活如同獵豹的洛克伍德都要自嘆弗如。他的眼鏡反射從院子照進來的光線——讓人聯想到戰鬥機飛行員操縱機體在高空做出奇蹟般的特技時，被陽光照亮的護目鏡。就連他的髮絲都散發嶄新的能量，往後貼著頭皮，露出蒼白的額頭，宛如挑戰髮夾彎的賽車手。彷彿隱藏在他軟綿綿身軀中的紮實智識頓時袒露在外；他的手指高速翻動紙張，在餐桌上飛舞，偶爾停下來在思考布上寫字。洛克伍德後來說那就像欣賞藝術家的創作過程，那個晴朗早晨應該要賣票讓人看他表演。

荷莉自告奮勇出門找奇普斯，洛克和我退進練劍室，我們的稻草假人漂浮老喬與艾美拉妲夫人懸在半空中。洛克伍德捲起袖子，對著艾美拉妲練習招式。我則是對漂浮老喬下手。一如往常，單調的動作讓我們的情緒大幅好轉，我們之間的緊繃氣息煙消雲散。興奮感從心底浮起；我們越來越期待喬治即將分享的研究結果。過了一會，我們放過掛在天花板上搖晃的假人，和彼此對招，面向對方兜圈、閃躲、做假動作，劍刃撞擊，劃出花俏圖樣，臉上掛著難以壓抑的笑容。

一小時過去了。洛克伍德和我滿身大汗，爬上樓想喝杯茶。進了廚房，餐桌和其他平面幾乎被紙張淹沒。喬治坐在桌邊等待。他看起來也是汗流浹背。

「我準備好了。」他說。「燒水吧。」

水槽旁的拘魂罐四周也疊了好幾份文件。骷髏頭對我們翻白眼。「謝天謝地，妳終於來了。他根本是一道胖嘟嘟的龍捲風。當他彎腰撿迴紋針的時候，我瞄到最不忍卒睹的粉紅色皮膚。要不是我已經死了，我真的會有性命之憂。」

就在我們擺放茶壺與茶杯時，荷莉帶著奇普斯回來了。我們的核心成員齊聚一堂。洛克伍德關上通往走廊的門，拉下百葉窗。廚房裡的昏暗光線帶了點藍色調，增添神祕氣氛。我們拉好椅子，拘魂罐裡的鬼臉變得若隱若現；就連鬼魂也是迫不及待的模樣。倒好茶，每個人分到三明治和餅乾後，輪到喬治開場。

「首先呢，你們看看這個。」喬治以誇張的手勢掏出一張照片，放在桌上。「認得這位朋友嗎？」

黑白照片上的中年男子身穿深色套裝，風衣掛在手臂上。這張照片是在他鑽出轎車時拍攝的，其他人圍在他身旁。不過讓我們震驚不已的是他的臉；皺紋很明顯，頂著一頭長長灰髮。半張臉蒙在陰影中，雙眼幾乎被濃密的眉毛遮住。這都不重要。我們見過這張臉。

「梅莉莎墓裡的亡魂！」洛克伍德說。「他追著我們跑上階梯，還跟小露說過話。就是他！小露，對吧？」

「是他沒錯。」閉上眼，我看到那個一頭亂髮的鬼魂從紀念館地板冒出來。我睜開眼——這個古板又陰沉的紳士就在眼前。毋庸置疑。他們是同一個人。

「喬治，你太厲害了。」洛克伍德說。「他是誰？」

喬治假裝沒那麼自鳴得意。「這位是尼爾．克拉克醫師。關於他的資料不多，但可以知道他是梅莉莎．費茲的個人醫生，照顧她直到她因病過世。他替梅莉莎簽死亡證明書，也在發給媒體的報告中證實她的死因。」他拎起芙洛幫他找到的文件，隔著眼鏡細看。「根據克拉克醫師的說法，梅莉莎死於『令全身器官衰竭的疾病，她的身體展現出過早的衰老現象』。聽起來很可疑，梅莉莎是在費茲總部樓上養病，沒去過醫院，只有克拉克醫師能見到她。」喬治放下那些紙張。「我四處調查，可是在她死後就沒有他的任何紀錄，也沒有人聽說他的下落。」

「沒什麼好意外的。」荷莉低喃。「畢竟他就躺在她的棺材裡。」

洛克伍德吹了聲口哨。「梅莉莎沒死。知道這件事的人，幫她偽造正式紀錄的人，事後立刻遭到滅口。」

「難怪他氣成那樣。」我還聽得見那聲低語的回音：帶她來見我。

喬治點頭。他把照片放到一旁。「墓裡那位朋友的身分之謎解開了。下一個問題是梅莉莎如何以『潘妮洛』的身分重新登場。我想我們都認同真相是如此？」

拘魂罐裡傳來叫囂聲。「現在總該承認了吧！」骷髏頭大喊。「早就跟你們說了！天啊，那些消化餅的智商都比你們高。」

「閉嘴。」我說。「喬治，我不是說你。是那個骷髏頭。」我狠狠瞪著忿忿不平的鬼魂。

「老實說我還沒查清楚梅莉莎轉換身分的手段，不過等一下要和各位分享絕妙的線索。」喬治說。「大家都知道梅莉莎老太太死後，她的女兒瑪格莉特接管偵探社。」

他抽出另一張照片，上頭是一名黑髮年輕女子。她主持某個偵探社活動，看起來不太樂意。她的臉色蒼白又悲傷。

「瑪格莉特只領導了費茲偵探社三年。」喬治說。「她很文靜孤僻，從各個層面來看都不適合擔任經營者。嗯，她也不需要在那個位置待太久，因為她也死了。」

荷莉皺眉。「她是怎麼死的？」

「沒有人知道。我找不到相關的死亡證明書。接著『潘妮洛』躍上檯面。表面上她是確實存在的人。我有她的出生證明、醫院紀錄——什麼都有。一切看似毫無瑕疵。但事實上並非如此。不可能是。因為這不符合骷髏頭的說詞。既然我們認識的女人就是梅莉莎，用了某種手段偽裝成自己的晚輩，這些紀錄肯定都是捏造出來的。」

「那怎麼可能是梅莉莎呢？」我問。「她是如何把自己變成現在這副模樣？」

喬治隔著鏡片上緣環視餐桌。我們靜靜等待，就連奇普斯的馬克杯也懸在半空中。喬治小心翼翼地抽出另一張紙。

「我在肯特郡的舊報紙裡面找到這篇報導。」他說。「日期是六十年前，梅莉莎和湯姆·羅特威才剛組隊應付靈異事件。當年幾乎沒人相信鬼魂這個荒謬的概念。他們被當成怪人看待。靈擾尚未開始擴散。一名記者找他們訪談，寫了一堆爛笑話。不過你們聽聽這一段……」他調整眼鏡，唸出以下內容：

「梅莉莎．費茲這個女孩子瘦巴巴的，頭髮剪得很短，散發不尋常的強烈氣場。她以乾脆自信的語氣道出兩人奇異的超自然體驗。『死人就在我們之間。』她說：『它們帶來智慧和過往的祕密。』她無視我的懷疑，說她已經寫好針對鬼魂本質的著作，並冠上『鬼氣』這個稱呼。『這是每個人體內都有的永恆物質，理解它將能對人類大有助益。要是我們能揭露它的革命性力量，或許就能掌握生死。』她惋惜地承認目前沒有人能接受她的概念。她找不到願意刊登這篇作品的雜誌，只能自費印刷出版。」

喬治喝了點茶。「看吧，打從一開始梅莉莎就對控制生死充滿興趣。我認為她不知道用了什麼手段達成了自己的理想。」

「聽起來全是胡說八道。」奇普斯說。「鬼氣的革命性力量？可以解釋一下是什麼意思嗎？」

洛克伍德皺眉。「她後來出版的著作中完全沒提到這個概念吧？根據我的記憶，她從來沒把鬼氣說成『永恆物質』。」

「沒錯。」喬治說。「她絕口不提這件事。因此我花了許多工夫追蹤這篇亡佚的『著作』，幾個月的時間只嗅到一點端倪。不過我想我今天總算能解開這個謎。」他投來得意的眼神。「今天早上，我在一間偏遠的圖書館找到有人引用一本無名氏撰寫的《奧祕理論》。上頭沒有梅莉莎的名字，但它是在肯特郡出版的私人印刷品，時間大致吻合，我敢說就是這本。目前只知道有三本存在於這個世界上。一本在費茲總部的黑圖書館；一本被我們在奧菲斯結社的老朋友收進他們的私人閱讀室；還有一本位於格林威治的靈性研究博物館。前兩本顯然無法弄到手，但我想我可以用點技倆潛入格林威治的博物館。事實上我打算晚點就去一趟。只要能找到這篇論文，或許就有辦法把幾個謎團拼湊在一起。」喬治往後靠上椅背。「總之我會試試看。」

我們紛紛對這項斬獲表達道賀之意，除了罐子裡的鬼魂，它打了個呵欠，鼓起臉頰拙劣地模仿喬治，不過沒有人理會它。我們各自多拿了幾片餅乾。

洛克伍德開了一包消化餅。「真是太好了。一旦拼湊出梅莉莎的目的地，我們就去找伯恩斯——或是報社記者——公開一切。現在只差具體證據而已。」

喬治點頭。「我們還得探討這和整個靈擾的關聯。我想這個謎題也被我破解了。」他輕笑一聲。「要從五十多年前的禁忌之舉開始說起。」

「拿個枕頭給我。」奇普斯說。「肯定要說上好幾個小時。」

喬治托托眼鏡。「好吧，奇普斯，既然你這麼急，我很樂意長話短說。以下是我的分析：我認為梅莉莎．費茲與湯姆．羅特威正是引發靈擾的元凶。就這樣。故事結束。」他收起滿桌文件，在桌上敲了敲。

洛克伍德咧嘴一笑。「好啦，喬治，相信奎爾的意思不是要抹滅你辛苦研究的努力。對吧，奎爾？」

「對。純屬巧合。」

「看吧？皆大歡喜。喬治，再吃一片果醬餅乾，讓我們跟上進度。」

「好吧。」喬治說。「我們都知道費茲和羅特威是從肯特郡發跡的靈異現象研究者。我翻過所有的地方報紙，他們的名字最早是在六十年前登上檯面，說他們在各處調查。剛才也看到了，沒有人把他們看在眼裡。但是幾年後，情勢完全不同。」

「因為靈擾爆發。」荷莉說。「開始往外擴張。」

喬治點點頭。「對，這就是關鍵。梅莉莎的《回憶錄》裡面提到靈擾在三月突然開始，只有他們兩人挺身奮戰。大家漸漸接受他們提出的手段。鹽巴、鐵器、長劍……一切對付鬼魂的技術都是他們的創舉。」

「有幾起知名案件。」我說。「泥巷幻影、海格墓園恐怖事件……」

「沒錯。費茲的傳說就此展開。」喬治屁股往後挪，占滿整個椅子。「不過可以從不同的角度來解讀——為此我得要在地圖上標出梅莉莎和湯姆活躍的地點。那些知名的事件——換句話說就是那些突然冒出來的新鬼魂——其實是跟隨著梅莉莎，還有湯姆的腳步而生。只要這兩個人在某個區域活動，隨後很快就會出現好幾起新的鬧鬼事件。這不可能是巧合。」

「所以你認為他們做了某些事，引發鬼魂作祟？」荷莉問。

「對。」喬治看著我們。「目前我們知道哪件事真的能刺激鬼魂？」

我望向洛克伍德，他的臉龐蒙上陰影。「造訪另一邊。」我輕聲回應。「你覺得梅莉莎和湯姆幾十年前就在做這種事？」

「是的，雖然對梅莉莎而言難度可能比較低。等會再解釋這部分。」喬治以指尖敲敲桌上的一個資料夾。「正如露西所說，他們調查過的案子眾所皆知。那兩個人搭檔了四到五年，接著——毫無預警——他們決裂拆夥了。從來沒有正式說明背後原因。梅莉莎隨即開了自己的偵探社。過了兩個月，湯姆．羅特威也展開自己的事業。兩間偵探社從此就是競爭對手。」

「直到現在。」洛克伍德說：「兩間偵探社都在潘妮洛掌控之中。」

「我們幾個月前見過羅特威的孫子。」喬治說。「當時他在幹嘛？他要打造出通往另一邊的入口。記得他那些設備嗎？偷來的源頭、爬行黑影穿的笨重鎧甲……肯定策劃好幾年了。這是一個大規模的行動，同時也很笨拙。感覺他知道自己要幹嘛，卻刻意兜了個大圈子。我想他是打算複製他的祖父與梅莉莎曾經做過的事情。」

「造訪另一邊？」

「對。羅特威知道這套理論，但他沒有技術。他費了千辛萬苦做出夠大的密門——我們知道他一年多前在艾克莫兄弟百貨公司地底下幹了什麼好事，藉此觸發切爾西區鬼魂群聚事件。之後他又在鄉間弄出類似的通道，很快就造成當地村莊遭到鬼魂侵襲。算他運氣不好，兩次實驗都被我們破壞了。」

「我們真是惹人厭啊。」洛克伍德勾起嘴角。

「真的，他的手下用來防護的鎧甲也爛透了。」喬治說。「完全比不上你和露西穿的神靈斗篷。你們的腳步靈活多了。斗篷幾乎完全是用羽毛做的。可以說羅特威正在努力縮短技術力的差距，但是有個人不是走這條路。」

「梅莉莎？」

「正是。她另有一套招數，我認為她背地裡用了好幾年，一直沒有人發現。她找了一個夠私密的好地方，同時又處於核心位置——鬧鬼事件的擴散中心一直都是那個地方。」喬治摘下眼鏡，一副準備說出結論的模樣。「不用瞎猜了，我沒有獎品給你們。那正是你們今晚要去的地方。」

「費茲總部。」洛克伍德說。「就在特拉法加廣場旁邊，倫敦的中心地帶。」

「我是這麼想的。」

「為什麼？」荷莉驚呼。「沒有人為我解釋這個問題！為什麼要冒這麼大的風險？為什麼要刺激鬼魂？既然他們知道後果不堪設想，為什麼不肯停手？」

「無論她的目的為何，總之作法奏效了。她有錢有勢。從發跡開始耕耘了六十年，她依然穩穩坐在寶座上。」喬治說。

我起身重新燒水。站在水槽旁，我突然有股衝動，想確認院子裡沒有人在偷聽。我隔著百葉窗眺望太過茂盛的草坪、對面的屋舍、牆邊的老蘋果樹。腦中突然浮現年幼的洛克伍德看到死去的雙親站在樹下的光景。現在樹蔭下什麼都沒有，只有長長的青草和幾顆爛蘋果。院子裡很安靜。四下無人。

等到每個人的馬克杯裡重新裝滿茶水，洛克伍德再次開口：「喬治，剛才你說比起湯姆·羅特威，梅莉莎可以更輕易地來去另一邊。為什麼？」

「她的天賦是聽覺。」喬治說。「除了她，只有一個人能達到那樣的境界。」他看著我。

我皺眉。「什麼意思？我又沒辦法隨隨便便就踏進另一邊。」

「對。雖然妳去過那裡。我一直很納悶梅莉莎究竟占了什麼優勢，答案同樣簡單。她能和鬼魂交談。我們知道這代表什麼：讓人更接近它們。在我們之中，誰與鬼魂最接近？誰和骷髏頭交談，帶給我們最關鍵的線索？」

洛克伍德、荷莉、奇普斯的視線緩緩轉向我——他們眼中透出的不是控訴，而是若有所思。真讓人不爽。更糟的是拘魂罐裡的鬼臉也對我拋媚眼，以過度裝熟的姿態蹭了蹭玻璃。

「露西，我說了很多次啦。」骷髏頭說。「妳和我，我們是好搭檔。天啊，不只是搭檔。我們已經綁定了。大家都知道。」

「才不是。」我低吼。

「別嘴硬了。」

「你慢慢作夢吧。」我狠狠瞪著其他人。「不要問它說了什麼。和任何事情都沒有關係。」

喬治托托眼鏡。「這就是絕佳的範例。梅莉莎和鬼魂說話的方式與妳類似。不過她可能不只跟鬼魂打情罵俏。天知道它們向她傳遞了什麼祕密，解開了什麼生與死的謎團。」

我搖頭。「如果是的話，算她走運。就算什麼生死奧祕就擺在這顆骷髏頭屁股下，它也完全說不出來。」

「喂，我給過妳一大堆有用的情報！只是以妳的智商沒辦法解讀而已。」

「喔，給我閉嘴。」

洛克伍德靜靜打量骷髏頭好一會才開口：「很高興我們的朋友今天精神極佳。我想問他幾件事。」他注視拘魂罐。「骷髏頭，你常說你多年前是如何跟梅莉莎交談……」

鬼魂翻翻白眼。「對啦，我跟她聊過一次。這件事我不是說過很多次了嗎？」

我轉達重點。「它說有。」

洛克伍德點點頭。「只是想釐清一下，你們雙方都有發言？是完整的對話？」

「沒錯，老弟。就跟現在一樣，只是有趣多了。」

「對，是完整的對話。」

「那梅莉莎為什麼沒把你留在身邊？」洛克伍德問道。

罐子裡的鬼臉一驚。「什麼？」

「它說：『什麼？』」我說。

「它沒聽見我的話嗎？還是聽不懂？」

「更像是惱羞成怒。洛克伍德，你踩到它的痛腳了。」

「才沒有！」

我點頭。「骷髏頭慌了。絕對是。」

「我才沒有慌！」鬼魂說。「一點都沒有。我只是無法理解這個問題有什麼關聯。」

我轉達它的想法。洛克伍德又說：「這個嘛，每次重讀梅莉莎．費茲的《回憶錄》，都會看到她刻意提到自己能與第三型鬼魂交談。她不斷描述這是多麼罕見又美妙的體驗。」他對鬼魂笑了笑。「所以啊，骷髏頭，我很納悶為什麼在那次對話後，你會被關進拘魂罐，在地窖裡藏了五十年。」

「沒什麼好納悶的。」我感同身受。「我早就想這麼做了。」

「不過妳懂我的意思。她知道這個鬼魂的價值。它有辦法向她透露許多另一邊的祕密。但她選擇無視它。為什麼？」

「骷髏頭？」

「你問我，我問誰？」骷髏頭仍舊一臉不爽，眼中的光芒減弱成綠色餘燼。接著，彷彿從很遠的地方飄來不帶情緒的細小聲音：「我只能說她對於我有辦法說話這件事毫不意外。或許她沒料到我講話如此實在，還有我對她個人提出的高檔建議。梅莉莎早就習慣與鬼魂對話了。」

我盡力重複這番話。洛克伍德點點頭。「還記得喬治剛才唸的報導嗎？梅莉莎是怎麼說的？死者『帶來過往的祕密』。她曾經與其他第三型鬼魂交談過。」

「有可能。」骷髏頭咕噥。「無法想像那傢伙有多大的魅力，掌握的情報遠遠超越我。」

「好啦，說不定《奧祕理論》這本神祕小書能帶來一絲曙光。」喬治說。「今天晚上從圖書館回來就能告訴你們了。」他開始收拾紙張。「現在先這樣。希望對你們來說是值得等待的情報。」

「喬治，你創造了奇蹟。」洛克伍德說。「如果少了你，真不知道我們該怎麼辦。」

13

身為偉大的費茲偵探社社長，潘妮洛．費茲其實很少公開露面。即使名滿天下，她大多數的時間都把自己關在河岸街費茲總部樓上的私人寓所裡。沒錯，她偶爾會出席重要典禮，比如說到騎兵衛隊閱兵場後方的聯合墓園參加殉職調查員的年度追思儀式。偶爾也有人看到她束起黑髮，戴上墨鏡，開著那輛銀色勞斯萊斯穿梭在首都大街上，前去日出公司或是費爾法鋼鐵公司開會。最多就是這樣了。私下求見的請求通常難以如願。因此當晚到費茲總部聽潘妮洛宣布公事的邀請不容忽視，就算對她沒半點興趣也一樣。而我們本來就對她抱持著極深的興趣。

話是這麼說，只有洛克伍德和我出席，因為荷莉安排了其他要事，喬治忙著趕去圖書館。「今晚就來對答案。」離開前他這麼說：「我等一下就回來，希望能帶上那本書。你們就去見潘妮洛——或是梅莉莎，管她是誰。直視她的雙眼，告訴我你們看到什麼。」

在傍晚的暮色中抵達河岸街那棟雄偉的灰色建築時，我們見到川流不息的同業。大家都來了，葛林堡的淡紫色夾克、唐沃斯的天藍色制服、梅林康的粉紅色條紋套裝外套等等。迎接我們的是好幾片花床，以百合花排成一隻隻抬起前腳的獨角獸圖樣。眾人緩緩穿過蝕刻玻璃正門。根據以往的經驗，找來這麼多不同偵探社的調查員，簡直就像是把一打公貓塞進一個布袋，期望牠們能乖乖地窩成一團。偵探社之間的競爭意識根深柢固，這是大家生存的動力；過去光是在大街上碰頭就常會引發爭吵，甚至是單挑。今晚，當我們的獨立性遭受威脅，氣氛完全不同，變得謹慎又內斂。替過往宿敵開門、悄聲寒暄。在諸多身穿銀色外套的費茲調查員的炯炯目光下，我們拖著腳步走過前廳，來到接待廳。

費茲女士選了這個極有魄力的場所來宣布重要事項。這是倫敦赫赫有名的聚會廳，富麗堂皇，大理石地板和華貴的天花板展現偵探社累積的財富與歷史。九根銀玻璃打造的柱子如同樺樹般矗立在場地中央，每一根柱子內都鑲著梅莉莎．費茲和湯姆．羅特威在靈擾初期收集的強大靈異源頭。在白天，電燈照亮那些遺品，讓參訪者仔細欣賞；到了晚間，困在柱內的鬼魂會靜靜地飄移。天色漸漸暗下，它們正要開始蠢動。

洛克伍德和我從安靜的服務生手中接過果汁，挪到人潮邊緣處，仔細打量整個空間。另一端的牆邊掛起布條，上頭以斗大黑字寫著「費茲同盟」。下方是小小的平台與講壇，覆蓋著繡了銀色獨角獸的簾幕。和我們在同一條路上的地下墓穴裡梅莉莎棺材上看到的那塊布幾乎一模一樣。

不久，每一間獨立偵探社的成員紛紛抵達（包括邦喬屈在內，由兩名一臉驚恐的少年代替他們的社長）。廳內幾乎客滿。門關上了，燈光調暗。發亮玻璃柱裡黯淡的身影像深海魚般掙扎竄動。侍者現身，用銀托盤端上開胃菜。

洛克伍德拿了一小塊春捲，愉快地咀嚼。「露西，忘了特尼爾的遊樂場。」他小聲說：「妳看，貨真價實的劇場就在我們眼前。」

我沒辦法和他一樣冷靜——接下來要宣布的肯定不是什麼好事——但我很清楚他的意思。這裡是達成目標的最佳場所，震懾賓客的氣燄。調查員人多勢眾，身上色彩繽紛——筆挺的制服，長劍在吊燈光芒下閃閃發亮——然而面對接待廳散發的穩健魄力，感覺要被一口吞下，顯得俗氣又渺小。挑高天花板的壁畫展現早期的傳奇調查員事蹟、費茲偵探社的偉大殉道者。身旁的玻璃柱宛如國王的寶庫。

「小露，妳放下包包吧，擱在這邊的地上，讓它好好看清楚。」洛克伍德說。

與倫敦其他偵探社不同，洛克伍德偵探社從來沒想過要打點制服，在這個場合顯得格外突兀。洛克伍德還是那套俐落的套裝和風衣，我則是選了平時的工作裝束。我也想稍微打扮，只是還得顧慮到我扛著的大背包。要是有人問起，我就說晚點還有案子要處理，這其實不算謊話。我們打算在回家路上繞去蘇活區處理兩起簡單的委託。

我放下背包，袋口的束繩巧妙地鬆開，露出不顯眼的黑暗隙縫。

「哇。」骷髏頭的嗓音在我腦海中響起。「挺豪華的嘛。比我上次來的時候還要氣派。之前只有兩個破爛展示櫃與一張老沙發。梅莉莎在哪？那個不是她。只是個狂吃香腸捲的痘痘男。我以為就連你們也看得出來。」

「我知道她還沒來。」我低喃。「大家還在等。有沒有看到那個講壇？她等一下會出現在那裡。」我用鞋尖推了推背包，轉向洛克伍德。「骷髏頭比平常還要神經病。它很緊張。我也是。」

「沒必要緊張。」洛克伍德說。「身旁都是朋友。」

他往一名身穿噁心綠色套裝的人影歪歪腦袋，那人倚著講壇附近的牆面。魯波・蓋爾爵士一臉漫不經心，懶洋洋地打量滿廳的調查員；他對上我的目光，朝我輕輕揮手。

「把他狠狠撞飛就能解決一切了。」我壓著嗓子埋怨。

洛克伍德笑了笑。「真的，不過會弄髒這麼乾淨漂亮的地板。」他從路過的侍者手中又拿了一杯果汁。「小露，要續杯嗎？」

「不用了。你怎麼可以這樣放鬆？」

「我們就隨波逐流，好好享受一番吧。」洛克伍德的肢體語言和魯波爵士一樣放鬆，但他的視線從未停在哪個定點，不斷觀察大廳各處。「我們移向那根柱子吧？直接靠在上面，要是潘妮洛講得太久，還可以打個盹。」

那是離講壇最遠的柱子，位於人群的邊緣，裡頭散發淡淡的藍光。玻璃柱內的鋼鐵支架上擱著一把看起來殺氣騰騰的短刀，邊緣帶著奇特的鋸齒，五十年前，克萊姆少年屠夫就是用這把刀引發恐慌。只要仔細觀察，從某個角度可以看到那個男孩的鬼魂飄浮在凶刀周圍。困在柱子裡的九個鬼魂中，它不太活躍，但每次都會害來校外教學的小孩子尖叫。當年逮到他的時候，他遭到憤怒群眾動用私刑，雙眼被挖掉了。

某處傳來關門聲，群眾的喧鬧化為緊張低語，如同落葉般輕柔乾燥。

魯波爵士望向大廳側邊，輕輕點頭。

高跟鞋敲打地面的聲響穿堂而來。

「哎呀。」骷髏頭說。「她來了。」

洛克伍德迅速湊到我身旁。「小露，仔細聽她說話。我不想錯過任何內容。」

「什麼？那你要——？」

話還沒說完，潘妮洛．費茲已經踏進大廳。

她從對向的門走入燈光下，身材纖瘦高䠷，黑色長髮披在肩頭。她身上那套深綠色及膝連身裙散發出幹練氣息。在艷光四射的同時也兼顧了方便性；她的一舉一動都無比沉靜精確。被吊了那麼久的胃口，她與常人無異的身形令我略感訝異。接著她站上平台，挪到講壇後面，露出耀眼的笑容。

「各位好。」

是的，就是這道嗓音：低沉又充滿魄力，絕對錯不了，我一聽就渾身僵硬。就是她，潘妮洛．費茲，費茲偵探社的總帥，羅特威偵探社的代管者，全倫敦靈異事件偵探社實質上的龍頭。這幾個月來，她一直是我們投注心力的焦點，占據我們的思緒與恐懼，我們的夢想和計畫。一切都由她而生——源自她的力量，以及祕密——一切也都得回到她身上。

光是跨過那扇門，她就在一瞬間成為全場焦點。上百個酒杯、那九根弧形的銀玻璃柱子、吊燈上的數千顆水滴狀水晶映射她的身姿。柱裡的鬼魂是否紛紛轉身看她昂首闊步走到木頭講壇後方？就算真是如此，我也不意外。站在大廳邊緣的費茲調查員全都立正站好，甚至有一、兩人向她敬禮。周遭的同業沒有敬禮，不過他們也站得直挺挺的。廳內陷入寂靜，只有魯波．蓋爾爵士保持輕浮大度的姿態，然而就連他眼中也只有潘妮洛，注視她喝了點水，放好講稿，對沉默的群眾燦笑。

「感謝各位今晚撥冗前來。我知道各位都是大忙人。」她看著每一個人，頭髮斑白的年長監督員，一身菜味的年少調查員，拈拈我們的斤兩。「這正是我邀請各位的主因。不過在進入正題前，我要先感謝靈異局的主管委託我主持這場聚會。這間大廳見證過許多重要時刻。我祖母梅莉莎經常在此……」

她祖母梅莉莎。這是我們近期奮力探究的謎團核心。我皺起眉頭。即使隔了好一段距離，依然看得出潘妮洛渾身洋溢活力，看起來絕對沒有八十幾歲。

「骷髏頭，你有沒有看到她？」我小聲問。

「在這麼低的位置太難了。我的視野被好幾雙腿擋住，還有一個調查員的大屁股晃來晃——」

「你到底有沒有看到？」

「有。是她。是梅莉莎。不用懷疑。」

我狐疑地搖搖頭，看向洛克伍德。「你怎麼想？」

可是柱子旁只剩我一個。洛克伍德不見了。

他每次都這樣。我不該訝異，或是過度擔心——可是這一晚我的神經格外緊繃。我在心裡暗罵，從會場後方張望，尋找他的蹤影，但毫無收穫。

「我說我知道大家都很忙——」潘妮洛不浪費一分一秒，直接進入正題，「不過『忙』不足以形容目前的狀況，對吧？」她繼續說。「『過勞』這個詞更加貼切。我們都在這個威脅著要淹沒全國的超自然洪流中拚命求生。」她優雅地揚起纖細的手臂。「有沒有看到這些柱子？這些眾所皆知的柱子，裡面記錄著早期對抗靈擾的艱辛歷程。九件惡名昭彰的源頭！當我的祖母制服大盜修．韓瑞提與克萊姆少年屠夫這些鬼魂時，她以為自己贏了。當她把莫登區騷靈壓制進銀茶壺裡的時候，她想像不到在兩個世代後，將有許多勇敢無私的年輕人每夜挺身而戰。就算在幾百根柱子裡封裝鬼魂，我們面對的恐怖力量仍舊沒有盡頭。看看我們付出了多少代價！」

她又喝了口水，將長髮往後甩。她戴著一條金項鍊——上頭可能鑲了鑽石，在聚光燈下閃閃發亮。眾人咬牙等待。我們早就知道接下來的發展。

「各位都記得艱辛的黑色冬季。」潘妮洛說：「靈擾爆發後最漫長、最可怕的一段歷史。死者人數飆升——特別是資源吃緊的小型偵探社的調查員。」她的黑眼掃過安靜的聽眾。「回想一下當時的景況。在那幾個月內，各位的偵探社內有多少年輕英雄為了守護這個國家而殞落？」

「我們可沒有折損任何一個成員。」我小聲說。「洛克伍德偵探社好得很，多謝關切。」我瞥了一眼，正如我所料，洛克伍德還沒回來。

「下一個冬季即將到來。」潘妮洛．費茲繼續說下去。「根據預測，不會比去年好過。我們想看到騎兵衛隊閱兵場後再增添一排墓碑嗎？各位希望自己的員工躺在那裡嗎？當然不想。這是很正確的想法。不能容許同樣的死亡率再次出現。幸好靈異局將此事列入考量，作出一個決定。」潘妮洛．費茲仰頭看著她身旁的布條，優雅地比畫。「是的，他們將之稱為『費茲同盟』。與其讓靈異局勒令各位停業，我同意讓每一間小型偵探社在冬季期間接受費茲與羅特威聯合集團的保護。我們將提供額外的人手、金錢、資源，協助各位解決困難的案件。這項協議從十月底開始，持續到明年三月，到時候將再評估……」

眾人忍不住長嘆。大家都知道她的言外之意。不管我們喜不喜歡，最後終將受她控制。不難想像等到冬季結束，這樣的安排會持續下去。

我察覺身旁有些許動靜。是洛克伍德嗎？不，騷動的來源在銀玻璃柱子裡。我回過頭，看到克萊姆少年屠夫透明的大頭緊貼玻璃，下頷顫動，嘴巴大張。要不是它的眼睛被人挖掉了，它現在肯定正盯著我看。我嚇得往後一縮。

「喂！魚臉男！去找你自己的人類！」骷髏頭的嗓音響起。「露西，妳對它們眞有吸引力啊。就算隔著厚厚的監牢，就算像它這樣又聾又瞎，它就是知道。它聞得出誰曾經去過另一邊。」

我打了個寒顫。「它怎麼會知道？」

「妳身上帶著印記。它會永遠跟著妳，已經無法擺脫了。洛克伍德也是。不過你們都比不上站在那裡的梅莉莎。她全身瀰漫著那股味道。」

「另一邊？」

「在你們眼中或許她看起來好好的，可是我可以告訴妳，她絕對不是靠著瑜伽維持如此年輕的外表。」

「嗨，露西。」身旁又有動靜，這回不是少年屠夫，而是洛克伍德——和剛才沒有太大差別，只是臉頰微微泛紅，耳朵旁邊冒出汗珠。他還端著那杯果汁，喝了一口。「我錯過什麼了嗎？」

我狠狠瞪著他，焦慮醞釀成氣惱。「沒什麼，只有她的整場演說罷了。」講壇後的潘妮洛以幾句俗濫的客套話結束她的發言。她笑了笑，隨意揮揮手，走下平台，輕盈地離開大廳，鞋跟敲出喀、喀、喀的輕響。與此同時，台下陷入死寂。幾名侍從跟著她離開。一扇門關上。她走了。

周圍的同業人士總算開始躁動，憤恨不平的低語匯聚成吵雜的埋怨，越來越激烈。

「看來大家都和預料的一樣開心。」洛克伍德說。

「對啊，不出我們所料。」我板著臉，簡單總結。「她又要拿我們開刀。她竟然有膽提起殉職的調查員。這和偵探社規模無關吧？重點在於團隊合作。總之呢，我們再怎麼不情願也逃不出她的掌心了。你剛跑去哪？」

洛克伍德的笑容活像是還沒從睡夢中醒過來般。他沒有回答。「骷髏頭怎麼說？」

「和之前一樣。對，她是梅莉莎。外表不一樣，可是內在本質就是幾十年前和它說過話的那個人。還有她身上散發濃濃的另一邊的臭味。」

他漫不經心地點頭，似乎對這件事毫不意外。他退到一旁，讓路給兩名梅林康的臭臉調查員。賓客往門邊移動，多數的人急著想走，只有少數幾人留下來掃蕩剩餘的食物飲料。我們在柱子的陰影中晃盪，瞎了雙眼的鬼魂飄動，從它淡藍色的監獄裡凝視我們。「真是喪氣，一切事物的解答幾乎是近在咫尺。」洛克伍德說。

「你看到什麼了？」

「沒有。我努力過了。就是找不到。」

「那你怎麼知道——？」

他不耐地擺擺手。「因為喬治說得對！這裡是費茲總部！她把一切留在身邊——所以才能牢牢掌握。她不像史提夫．羅特威那個笨蛋，在田野裡蓋怪裡怪氣的實驗室，誰都能闖進去破壞他的瘋狂實驗。這裡是她的老巢。一直都是。喬治在這裡工作過一陣子，奇普斯有好幾年的年資。他們都說有很大的範圍幾乎沒有人進得去——整個地下樓層，還有樓上潘妮洛的公寓。妳見識過黑圖書館了——裡面也藏了很多祕密。不過我想去的地方是樓上，潘妮洛的住處。我們能在那裡找到真相。」他對著通往內部的寬廣門扉點點頭。「過去就是電梯，在殞落英雄的長廊。五座黃銅電梯與一座直通她房間的白銀電梯。我願意付出一切，只要能進去十分鐘就好。」他嘆了口氣。「可惜沒辦法。」

我直盯著他看。「別告訴我你剛才就是在……」

「感覺時機正好嘛。」洛克伍德咧嘴一笑。「潘妮洛人在這裡，大家都忙得團團轉，費茲偵探社的人眼裡只有他們的主子。我大搖大擺走出去，避開幾個人，繞了一、兩次路。進殞落英雄的長廊簡單得很。可惜此路不通，有幾個壯漢守在電梯前面。我只能回頭。」

「不然你早就搭上銀電梯了？」

「當然。」

怒火在我心中灼燒。魯莽演變到什麼地步會成為真正的找死？「洛克伍德，你給我小心點。真不敢相信你會自己跑去做這種事。我作夢也沒想到要自己——」

另一端傳來快活的呼喊：「洛克伍德，你這頭老獵狗！我還以為你在後頭打獵呢。」魯波．蓋爾爵士大步走向我們，一邊喝光手中的香檳。「你們還待在這裡啊？以為你們看潘妮洛鬧完脾氣，迫不及待要離開呢。」他對我笑著眨眨眼。「卡萊爾小姐，要不要打包剩菜？我可以幫你們拿紙袋。」

「不了，謝謝。」我說。「我們正要出去。」

「或許這是最好的選擇。我們可不想把你們當成垃圾掃出去。恕我無禮，妳的隨身包體積還真不小。」

「我們還要去辦幾個案子。」我說。「你要看文件嗎？」

「不，不用了。就當我看過了吧。」魯波爵士對著玻璃柱裡渾身是血的鬼魂舉杯，它正隨著我們的腳步緩緩轉身接近。「卡萊爾小姐，看來好像有誰很中意妳啊。受人崇拜的感覺不錯吧？」

「魯波爵士，還不知道你能把鬼魂看得這麼清楚。」洛克伍德說。「你應該已經過了這個年紀了吧？」

輕微的不悅掠過男子的臉龐，像是犯了點小錯被人逮個正著。「喔，這個嘛，我的長相比較顯老一點。門在這裡……」他以過度殷勤的態度送我們穿過接待區，來到費茲總部的大門。走出門外，一批批調查員在外頭閒晃，有人等計程車，有人三五成群步行離開。「庫賓斯在哪？」我們走下階梯時，魯波爵士突然發問。「該不會又跑去哪間圖書館調皮搗蛋了吧？」

「我想喬治在家。」洛克伍德答得輕鬆。「大概正在烤玉米雞肉派吧。他是個很居家的人。」

魯波爵士露出讚許似的微笑。「聽起來真美味。我得找個時間去波特蘭街打擾。」

「沒問題。」洛克伍德說。「歡迎。」

「祝兩位晚安。」

「晚安。」

我們踏著輕快的腳步走上河岸街。

「總有一天我要宰了他。」洛克伍德說。「現在還不是時候，但遲早要除掉這傢伙。」

□

蘇活區的兩個案子實際上花不了多少力氣，一間中國餐館樓上的潛行者，還有沃德街巷子裡的皮包骨。兩個鬼魂沒兩下就被我們制服，只是多花了點時間找出源頭（一把古董紙扇與一塊老舊的砂岩里程碑）妥善封起。我們接近十二點才回到波特蘭街。起居室的窗戶透出燈光。

「看來喬治正抱著他的成果等我們回來。」洛克伍德說：「他一定憋到要爆炸了。」

我笑了出來。「我們去解救他吧。」

我們打開門。荷莉站在衣帽架旁，像是站不穩似地一手扶著那些大衣。她的姿勢很怪，既僵硬又微妙地失衡。她看著我們，一言不發，一副深受打擊的表情。

我們站在玄關，感覺像是突然踏入另一個不同的夜晚。我不知道自己身在何方。

「荷莉？」

「你們快來。出事了。」

龐大的重量壓住我的脊椎，雙腿一軟。我就知道。

「喬治？」洛克伍德開口。

「有人在街上找到他。他被人攻擊，受傷了。」

洛克伍德的嗓音聽起來好陌生。「他還好嗎？」

「不好。」荷莉搖搖頭，我腳下的世界天旋地轉。「洛克伍德，狀況很糟。」她說。

14

幾個月前，洛克伍德和我曾一同穿過用成堆源頭搭建成的入口，鬼魂在永不停歇的旋風中打轉尖叫，空氣冰寒刺骨。我們踏入那扇門，來到另一個世界。那裡表面上與我們的世界一模一樣，但其實差得遠了；那裡無常理可循。轉變在瞬間來到，讓人頭昏眼花，摸不清東西南北，後續的效應近乎致命。

當時的體驗與我現在的感受同樣混亂。

玄關看起來沒有兩樣，可是顏色不對勁，屋裡的物品不斷滑離原本位置。荷莉離我又近又遠。她在說話，聲音像是輪船的汽笛般響徹我的腦袋，同時又微弱到聽不見。

喬治。

喬治。

喬治。

「他在哪裡？發生了什麼事？」另一個人開口。我想是洛克伍德，然而衝過耳朵的血液宛如浪潮般把我帶到別處。我努力抵抗，瘋狂打水，想回到當下。與荷莉一樣，我也得要緊緊抓著什麼東西。我的手指鉗住牆壁。

「聖湯瑪士醫院。」荷莉說。「一位夜間計程車司機找到他。你們也認識，傑克，我們常搭他的車。洛克伍德，他在夜鶯步道口轉彎，只是碰巧抄了這條捷徑，洛克伍德，不然他就不會在那裡，然後要等到天亮才會有人看到喬治。到那個時候——」

「所以傑克找到他。」洛克伍德打斷她。「原來如此。他在哪裡？到底發生了什麼事？」

「他倒在人行道邊緣，一半的身體卡在排水溝裡面，傑克還以為——」荷莉努力憋住眼淚，「以為他只是被人丟在路旁的破衣服，洛克伍德。一堆破衣服！然後他認出喬治的外套。他說他心想喬治已經……畢竟旁邊那麼多血，他無法想像喬治怎麼可能還——」

「血？」我一手用力摀嘴。「血？喔不……」

「他是怎麼倒在地上的？」洛克伍德的語氣好陌生，像是開槍般射出提問，逼迫荷莉回應。「是躺著還是趴著？」

荷莉抹抹眼睛。「我想是趴著。」

「他被人打了？」

「我——我想是這樣——」

「他意識不清？」

「對。」

「他中途有恢復意識嗎？」

「沒有。他被送去醫院。傑克叫了夜間救護車，幸好附近就有一輛。他和他們一起過去。喬治現在在那裡。」

「有人告知他的狀況嗎？」

「沒有。」

洛克伍德往屋內走。他的表情苦澀，下頷緊繃。他走過荷莉身旁，像是沒有看到她似的。接著他停下腳步。「妳怎麼會知道這件事？我以為妳回家了？」

「我原本在家裡。傑克知道我住哪，他以前送我回家過。他先來這裡，然後繞去我家。我回來這裡等你們——」

「好，我去打幾通電話。」洛克伍德走向廚房。

我開口：「洛克伍德，我們不是該——？」

「我去打幾通電話。在這裡等著。」

他鑽進廚房，過了一會，我們聽見他踩著鐵樓梯下樓的聲音。

荷莉和我被他丟在玄關。我們看著彼此，但目光相接實在是太難。擁抱容易多了。這樣我們可以靠近一點，卻又不必注視什麼地方。現在我們能做的只有這件事。

□

即使到了現在，經歷過其他光怪陸離的事情，那個恐怖夜晚的種種事件在我腦海中幾乎是一片模糊，順序亂七八糟。時間變得好怪。我不確定自己在什麼地方待了多久，或是先做了哪些事——在醫院；與荷莉在玄關；後來（肯定是後來，因為我們去聖湯瑪士醫院卻毫無斬獲，還是不知道喬治的傷勢）和她一起裹著毯子坐在沙發上，毫無睡意，說不出話，等待洛克伍德回來。不知道為什麼，我記得最清楚的是燈光：玄關的水晶骷髏頭提燈；起居室櫃子上的流蘇檯燈；印象最深的還是醫院等候室的燈管，像是一排排負數標記，像是通往死巷的道路分隔標示，鐵做的驅鬼護符在旁邊搖搖晃晃，隨著空調飛舞。燈光，一直都是燈光；無論是強是弱，是刺眼還是柔和，永遠亮著，不顧你的心情。那是沒有黑暗的一夜；沒辦法關掉那些燈或是別開臉。

我是怎麼到醫院的？又是怎麼回來？記不得了。洛克伍德在我身邊，至少一開始在。我腦中留著他坐在車裡的影像，驅鬼街燈的白光（又是燈光）照亮他毫無表情的蒼白面容。醫院不准我們探望喬治。沒有人告訴我們他的狀況，或是所在位置。我記得有人（洛克伍德？我？）將等候室的椅子踢飛，但我對於後續發展與結果毫無印象。在某個時間點，伯恩斯督察也在，還有奎爾．奇普斯，只是他們都沒有待太久。然後——莫名其妙地——我和荷莉回到波特蘭街，一碗爆米花塞在我們中間，白色的曙光從拉上一半的窗簾間露臉。

白晝降臨，洛克伍德沒有回來。他整天待在醫院，派奇普斯傳話。奇普斯每隔一會就繞過來，眼神陰鬱，鬍子沒刮，簡單轉述目前進展。進度是零。無法中止在我腦中鳴響的尖銳噪音（太過尖銳，已經超越尖叫的範疇）。喬治依然昏迷不醒。他頭部受傷，背部與四肢也有多處挫傷。醫院放洛克伍德進去探望他，可是時間很短暫。去醫院也沒用。我們只會被請出來。

荷莉和我掙扎著處理我們做得來的雜事，專注在一點都不重要的細節上，努力將我們的存在合理化。我取消了那晚的幾個約。荷莉試著做一些行政工作，但很快就放棄。我們在屋裡到處走動，分裝鹽彈，往彈殼裡填充鐵粉。荷莉出門買東西，帶回來一大堆甜甜圈與奶油餐包，可是我們都無法直視這些美味甜點，全部收進廚房櫃子裡。那天的時間緩緩流逝，我們都睡不著。

不知道是出自扭曲的同理心，或是強烈的求生欲望（後者的可能性比較高），拘魂罐裡的骷髏頭沒有找我搭話。腦中少了它的超自然干涉，真是太好了。老實說我腦子裡什麼都沒有。我整個人被掏空了，只能默默等待。

到了晚間，奇普斯傳來洛克伍德的最後一條口信。訊息內容讓我燃起希望，正如快溺死的人眼巴巴地望著朝他伸出的小樹枝。喬治首度有了反應。他還沒完全清醒，但身體開始活動了。洛克伍德會在醫院再待一晚。

即便如此，我還是花了好長的時間才睡著。經過三十六個小時的折騰，或許各位覺得我會瞬間喪失意識。但我體內的線路拒絕斷電。我躺在床上，什麼都不看，什麼都不想，好不容易打盹又馬上醒來。在凌晨的某個時間點，我爬起來，將長劍深深插入臥室牆壁。

我一定是在天還暗著的時候昏睡過去，等我睜開眼睛時，驚覺陽光斜斜地打進我的房間。拘魂罐裡的臉默默注視我。長劍劍柄從五斗櫃旁的參差牆縫中伸出。快要中午了。我還穿著前一天的衣服。

我機械性地梳洗更衣，下到一樓。屋裡靜得像教堂，看起來乾淨整潔。昨天荷莉甚至把樓梯側邊和樓梯口牆上的各種驅鬼護符撢了一遍灰塵。走向廚房途中，我聽見她在裡頭忙碌。舒適的居家生活雜音，餐具與碗盤，宛如來自某個快樂時光的訊息。

「嗨，荷莉……」

我推開門，看到洛克伍德站在窗邊。他穿得和平常一樣，黑長褲、白襯衫，沒繫領帶，領口釦子沒扣。他捲起袖子，露出精瘦手臂，頭髮沒梳，也看不出他有沒有睡。他蒼白的臉色與平時無異，眼中閃著不太健康的奇異光彩。但他轉身看到我時，臉上還是帶著笑意。

「嗨，露西。」

這個瞬間大概持續不到一秒，我卻覺得與他對望了一輩子。我等了一輩子，等洛克伍德說出我想聽的話。

我搶先開口。「他還——？」

「喬治沒事。」洛克伍德說。「他還活著。」他修長的手指擱在椅背上，看著自己雙手的神情彷彿這雙手不屬於自己。接著他離開那張椅子，繞過餐桌，雙臂環繞我，把我拉向他。時間感再次出了差錯。我們站了不知道多久。我很希望能再持續一會。

「所以說他沒事？」等到我們稍稍退開，我問道：「真的？」

洛克伍德嘆息。「呃，不算沒事。他的頭部遭到多次撞擊，但我們都知道他的頭殼有多硬。」他對我微笑。「他會活下來的。他已經恢復意識，不用太擔心。」

「他醒了？他真的有跟你說到話？」

「對。他有點睏。不過至少已經回到家了。」

「家？什麼？他在這裡？」

「別太大聲。他在樓上。說得準確一點是在我床上。」

「不是在他房間？」我停頓一下。「也對。的確不能讓他睡他房間。」

「不然他肯定會得敗血症。這樣就好。我睡沙發。」

「了解。洛克伍德——我真的很開心你們都回來了。」

「我也是。要喝茶嗎？看我問什麼蠢問題。我去幫妳泡茶。」

「告訴我發生了什麼事。」我說。「他什麼時候醒來的？你當時和他在一起嗎？他說什麼？」

「他說的話不多——還沒辦法說太多。現在他太虛弱了。其實醫生不希望他這麼早出院，但今天早上他不得不承認喬治脫離險境了，所以……」洛克伍德握住湯匙，視線在半空中飄移。

「茶包放到哪裡去了？」

「在架子上，從來沒有動過。你有睡一下嗎？」

「睡得不多。我還沒準備好……我現在要做什麼？」

「你要泡茶。好啦，我來弄。荷莉在哪？她還沒來？」荷莉昨晚回家了，和我一樣尋求虛幻的睡眠。

「還沒，大概吧。」洛克伍德遲疑一下。「她還好嗎？」

「喔，應該和我們一樣。」我一邊攪拌茶水，眼角餘光瞟向他。「你離開的時候，我在想……你對她很嚴厲——就是一開始在玄關，她和我們說喬治出事的時候。」

洛克伍德默默接過馬克杯。「我想知道所有的細節，想看見喬治的身影，就像我人在現場一樣。」

「洛克伍德，不是你的錯。」

「不是嗎？伯恩斯認為是。」

我記得那名督察在醫院走廊和我擦身而過，裹著風衣，整個人像是一根布滿皺紋的棕色柱子。腦海中的影像支離破碎，毫無邏輯。沒有細節。「伯恩斯跟你說話的時候態度如何？」

「還算客氣。」

「他說什麼？」

洛克伍德嘆息。「他什麼都不用說——光是看他那張臉就夠了。反正他也不能在旁人面前發言——他身旁跟了幾名員警。喬治的醫生也在場。」洛克伍德搖搖頭。「我不信任他。伯恩斯說他同時替費茲與羅特威偵探社服務。或許他人不壞，只是……總之呢，從現在起，不能讓喬治離開我們的視線範圍。所以我才帶他回家。」

我仰望天花板。「嚴格說來，現在他也不在我們視線範圍內。」

他再次搖頭。「有人陪他。」

「誰？不是荷莉。當然也不是奇普斯。還是說奇普斯來了？」

「芙洛。」

「什麼？芙洛？讓她陪伴傷患？」我瞪著他。「這樣符合衛生標準嗎？」

「她很堅持。」

「她怎麼會知道這件事？」

「不知道。她一小時前上門，直衝上樓。她用一個鍋子帶了某種黑色的東西來。」洛克伍德揉揉後頸。「我向上天祈禱，希望那是葡萄，可是芙洛總是出其不意。」

我喝下熱茶，讓暖意流遍全身。和平時一樣，這種感覺讓我能專注在事物的本質上。一切變得更簡單，我的需求更清楚。

「洛克伍德，我想見喬治。」我說。「現在就想見他。」

□

臥室的門開了一縫，不用發出聲音就能推開。洛克伍德的房間在喬治房間對面，乾淨整齊，只放了最低限度的家具。我沒進來過幾次，但這個房間總讓我聯想到陽光、平整的白色床單、薰衣草香味。芙洛．邦斯如同劇毒蘑菇般蹲踞在扶手椅上的畫面毀了我腦中的美好形象。她稍稍掀起草帽，狠狠比出要我們閉嘴的手勢。多虧了芙洛，在消毒藥水之外還夾雜一絲爛泥味。窗簾掀開一半。床鋪被陰影籠罩，床單亂七八糟，幾乎看不見躺在床上的人。

我們悄悄走近。芙洛跳下椅子，鋪棉外套沙沙作響。

「不要打擾他！」她嘶聲警告。「他需要休息！」

「我知道。」洛克伍德悄聲說。「芙洛，他狀況如何？醒著嗎？」

「他一直在自言自語。他說要喝水。我倒水給他喝。」

「沒事，只要妳有洗手就好。仔細想想，在我們面前，妳要脫靴子也沒關係。」

「小洛洛，我沒在開玩笑，我的襪子只會把你的地毯弄得更髒。」儘管語氣一樣衝，芙洛的嗓音壓得很低，當我繞過她，走向床邊時，她一直盯著我看。她極少在我們乾燥、有屋頂的世界多待一刻，平時偏好住在星空和橋梁下，有河水拍打她的雨靴，獨自一人過著兩棲生活。現在她拋下那些，在我們危急之時來到這裡。她為了喬治來到這裡。

第一眼，我想到的是喬治看起來好小隻，被子下的隆起是如此低矮淒涼。目光全被成堆的枕頭或是一半掉在床下的被子吸走，差點就要錯過他。不——床邊桌上小心翼翼地擺著他的招牌眼鏡，一邊鏡片乾淨俐落地斜斜裂開。還有，擠在枕頭之間的——我忍不住屏息——圓滾滾物體，上頭黑白交織。白的是繃帶，幾抹軟綿綿的黃色頭髮從縫隙間擠出。黑的是瘀青，除此之外的面積不大。

「喔，喬治。」我說。

那團物體虛弱地顫動，把我嚇了一跳；他呻吟一聲，說了些沒人聽得懂的話。一隻手臂冒出來，掛在被子上。

「妳這頭蠢豬，看妳做了什麼好事！」芙洛低聲咒罵。「直接把他吵醒！」

但洛克伍德和我已經撲到床邊，彎腰湊向他。

「喬治！」

「嗨，喬治。是我，露西。」

喬治試圖發出聲音。他虛弱的細語把我嚇傻了。比起布滿傷痕的臉，或是床上縮水的身體，他的聲音更是讓人懸心。他又試了一次，嘶啞、急促，根本聽不清內容。我們伸長脖子。喬治沒有睜開腫脹的眼皮。他的手胡亂抓住洛克伍德的手臂。

這次他的聲音總算構成一串低喃：「他們拿走了。」

「什麼？」

「梅莉莎的書。我拿到了，可是……」他沒把話說完。

洛克伍德的表情嚇到了我，但他的嗓音輕快。「喔，別擔心那種事。」他拍拍喬治的手。「重要的是你人在波特蘭街。小露在這裡，我也在。你知道你的老朋友芙洛也來陪你了。」

喬治的手垂下來。「嗯……很好。」

「對。所以你現在要好好睡一覺，喬治。」

那顆纏滿繃帶的腦袋彈起來，我們忍不住往後閃。「不行！我明明都拿到了！梅莉莎的書！證據！洛克伍德——！」接著他輕聲咳了起來。

芙洛衝上前。「很好。你刺激到他了。探病時間結束。」

「才沒有，芙洛。喬治，是誰？誰對你做了這種事？你有沒有看到？」

「沒有。可是……」

「可是什麼？是魯波．蓋爾爵士嗎？」

他過了好久才回話。我還以為他昏睡過去了。他的聲音輕到幾乎聽不見。「我聞到他的味道。他的鬍後水。就在我倒地的時候……」他越說越小聲。「抱歉……」

「不用道歉，喬治，你好好休息就好。」洛克伍德拍拍他虛軟的手，緩緩直起腰，眼神茫然。「芙洛，我們要出去了。如果需要什麼東西就叫我們。」

她點點頭。她已經湊到床邊，把毯子拉好。以她平時睡在河岸和泥濘卵石上的習性，她的舉動讓我頗為驚艷。喬治重新陷入枕頭間，恢復成床鋪上的低矮隆起。

我們離開臥室，輕輕關門。

「我要宰了他們。」我說。「洛克伍德，我發誓我要宰了那些人。」

他一言不發，直挺挺地站在樓梯口的陰影中。我猛踢扶手，腳趾撞得好痛。我得要活動手腳。我得要痛揍什麼東西。心中的怒火燒得太過旺盛。

「魯波．蓋爾爵士跟他那票大個子打手！我要拿劍出去追殺他們，讓他們付出代價。」

「露西，妳不用這麼做。」

「我要去。我要宰了他們。」

「不行。」

「為什麼？」

「因為這樣只會搞砸。這也不是我們的作風。我們要做得更好。而且要大家一起上。」

我壓下試圖毀了他房子的衝動，凝視著他。窗外照進一束陽光，在光線下，洛克伍德顯得不太真實，彷彿成了彩繪玻璃上的人像。「我們的敵人以為我們很弱。但其實我一直在隱藏實力。」他對我笑了笑，眼神冷硬如燧石。「就到今天為止。我們要襲擊他們最意想不到的地方。露西，我們一出手就要扳倒他們。」

15

洛克伍德的誓言聽起來很棒，那一刻的打光更是完美，但我還是注意到他沒有透露任何細節，話說得有夠模糊。對此我不太在意——我知道他心裡已經有了構想。我猜他只是要花點時間擬出具體計畫。

我完全猜錯了。洛克伍德不只想好了計畫，也早就開始實行。後來我才發現幾乎是在得知喬治遇襲的那一刻起，他已經忙著規劃各種應變措施。在醫院漫長的等待期間，最初的震驚轉化成專注的怒火。他有足夠時間鑽研各種選項，作出決定，設定策略。但我一直到那天下午奎爾．奇普斯拎著巨大的塑膠袋露面時才意識到這點。

「洛克伍德，你要的東西來了。」他把內容物倒在餐桌上。「四頂黑色頭套、四組黑色薄手套。在白教堂區的某個破爛小店買到的。我從一堆可疑的衣物裡面挖出這些東西，東區有不少罪犯要等下次進貨了。」

「很好。」洛克伍德拎起一個頭套翻看。「這款在嘴巴的地方有開洞，這樣說話比較輕鬆。這個功能總有一天會派上用場。奎爾，幹得好。監視進展如何？」

「很順利。」奇普斯拍拍他的背包。「我還拍了照片。」

「好極了。我們的構想能實行嗎？」

「在最糟的狀況下，我們可能要痛毆幾個領年金的長輩。」

「我想這我們還做得來。」

荷莉和我像在看網球賽似地旁觀奎爾與洛克伍德的對談，腦袋困惑地轉來轉去。荷莉舉起手。「要是你們不趕快為我們說明，那痛毆的場面可能現在就要上演了。請不要含糊其詞。告訴我們到底是怎麼一回事。」

洛克伍德咧嘴一笑。「沒問題。我們要幫喬治完成他的研究。有誰願意陪我偷點小東西？」

□

假設有一隻蒼蠅攀在牆上，打算再來偷嚐一口荷莉的蛋糕，牠肯定不會發現那天下午在起居室的會議內容有什麼古怪之處。我們在這裡討論過許多次任務——今天究竟哪裡不同？完全不一樣。首先，桌上沒有蛋糕——感覺不該在喬治病奄奄地臥床休養時吃蛋糕。沒有蛋糕，沒有茶，也沒有喬治。而且我們討論的也不是鬼魂。我們壓低嗓音，面色凝重。

由奇普斯開場。他抽出一疊畫質很糟的黑白照片，攤在桌上。照片裡大多是一扇優雅的黑色門扉，兩側各有一根刷成白色的柱子。一群衣冠筆挺的年邁男女從屋裡走出來。其中一人引起我的關注。

「我看過他。」我指著那名白髮男子。他有著寬大突出的額頭，背有點駝；他的黑色長外套是上一個世代的款式。

洛克伍德點頭。「是的。奧菲斯結社的祕書。這是他們的正門。」

奧菲斯結社是倫敦中區的一間封閉式俱樂部。會員主要是卓越的工商界大佬。他們對外宣稱正在研究靈擾的本質，但我們碰巧得知他們的研究方向其實相當務實。奇普斯身上的護目鏡讓已經二十二歲的他還能看見鬼魂，而這正是奧菲斯結社的產物。還有潘妮洛．費茲——或是梅莉莎，我逼自己把她們當成同一個人——與他們檯面下的活動關係匪淺。我們一度造訪過他們的總部，那間時髦花稍的豪宅牆上掛著油畫，走廊擺著大理石像，以及一扇扇緊閉的房門。

洛克伍德繼續道：「不用我多說，當喬治遭到襲擊時，身上有一本《奧祕理論》，那是梅莉莎早年的重要著作。魯波．蓋爾搶走他身上那本。就我們所知，目前世界上只剩下兩本。一本在費茲總部的黑圖書館，那裡戒備太過森嚴，我們根本進不去。不過另一本存放在奧菲斯結社，今天晚上我要偷的就是這本。不需要有罪惡感，因為奧菲斯那夥人肯定與梅莉莎的勾當脫不了關係。還記得那個老祕書上次跟我們說的話嗎？他說他們的宗旨是在戰役中獲勝——要對抗的不只是鬼魂，還有死亡本身。這完全符合我們對梅莉莎的猜測。」

「一開始就是她成立這個結社。」我說。

「沒錯。」洛克伍德的視線掃過每一個人。「你們都願意參加這次行動？」

「當然。」荷莉說。「還用問嗎？」

奇普斯往前挪了挪。「好，我過去兩天一直在調查結社總部，監視有誰進出，觀察保全流程。每天晚上十一點整封鎖，在那之後就不可能從二樓窗戶進出——他們會放下阻擋鬼魂的鐵窗。另一個阻礙是屋裡一直都有人在。看起來大多聚集在一樓，不過幾乎整夜都看得到有人在活動。」

「什麼樣的活動？」我問。

「不知道。可能在開會、進行詭異的邪教實驗，或者是在壁爐前打瞌睡。成員幾乎都上了年紀，從他們早上離開總部的照片可以看出來。」

我們仔細打量照片。「有點模糊。」荷莉說。

「要是喬治在這裡，我們會拿到這棟樓的平面圖、登記在案的成員名單，還有這個組織的簡史。」我說。

奇普斯瞪著我。「挑人毛病誰都會。知道我是怎麼拍到這些照片的嗎？我打扮成工人，在對面的屋子給扶手刷油漆。」他搖搖頭。「跟你們說，趁人不注意的時候從口袋裡掏出相機拍照真的很不容易。」

「你做得很好。」洛克伍德說。「嘿，我認出幾個人了。這不是日出公司的雙胞胎老闆嗎？結社成員身分顯赫。通常會有多少人在總部過夜？」

「我猜四到五個人吧。祕書一直都在。看來他是住在裡面。」

洛克伍德指尖相抵。「好，雖然不是闖空門的好地方，他們不過是一群老傢伙。要是哪個人來礙事，就把他敲昏、綁起來，繼續動手。這不是最周全的計畫，但老實說我現在也沒心情思考更多細節了。有什麼問題嗎？」

荷莉舉手。「我不太確定我們要怎麼進屋。」

「喔，別擔心，奇普斯安排好了。還有其他問題嗎？」

「喬治怎麼辦？」我問。「能放心交給芙洛嗎？」

洛克伍德點頭。「她可以把他看得牢牢的。我想他不會有事。」

就在此時，樓上傳來無法形容的淒厲聲響。我沒聽過鬣狗遭到獻祭支解的慘叫聲，但現在聽到的可能比那還要難聽。我們嚇得縮向椅背。

「我想是芙洛在笑。」洛克伍德小聲說。「她一定是想逗喬治開心。老天，今天還真是精彩。」

□

奧菲斯結社所在的聖詹姆士區對於死者的進犯可說是做足準備。天色一暗，一排排驅鬼街燈就會照亮每一條街道，小渠沿著人行道邊緣流動，總部的黑色大門前擺了一個個焚燒薰衣草的火盆。我們爬上屋頂，等待呼吸平息，看到下方紫色的餘燼散發微光，薰衣草的香味隨風飄揚。遠方某處警鈴聲大作。洛克伍德站在屋頂邊緣，眺望西側。一道微風把他的頭髮往後吹，大衣下襬沙沙飛起。他一手擱在劍柄上，一副若有所思的模樣，彷彿正注視著未來，瞥見感傷的事物。看著他，我感到一陣揪心。

「他還眞會演。」背包裡飄出噁心的嗓音。「只是在追求視覺效果。他根本沒理由站那麼高。我們又不是要往那個方向走。」

「是啦。這排屋頂直通奧菲斯結社。他在確認途中沒有阻礙。」骷髏頭嗤笑一聲。「當然不會有阻礙！不然你們幹嘛爬上來？可能會遇到幾隻鴿子，可能踏到死貓屍體。除此之外，這條散步路徑輕鬆得很，只要我們別再扭扭捏捏的，直接走就是了。」

到目前為止，一路爬上來確實不算困難。我們走到聖詹姆士區，奧菲斯結社的總部近在眼前，接著依照奇普斯的指示繞到隔壁街一棟整修中的屋子。門面被鷹架覆蓋，我們爬梯子到最高樓層，然後迅速爬上屋頂。月光打在四面八方的瓦片上，排水管陷入陰影，宛如凍結的海面，高低起伏，往地平線延伸。

洛克伍德向我們打手勢，他溜下另一側的屋頂，從遠處的煙囪旁探頭。我們揹起背包，悄悄跟上，到處都是站不住腳的斜面，得要努力忽略一滑下去就會直達人行道的可怕高度。沒有鴿子，也沒有死貓；過了幾分鐘，我們來到頂帽繫著藍色布條的煙囪旁，上頭還緊緊綁著繩子，尾端整齊地捲起。這是昨夜奇普斯做的事前準備。

「到了。」洛克伍德說。「這裡是奧菲斯結社總部的屋頂。」他確認折疊刀固定在工作腰帶上，從口袋裡掏出頭套。「時間差不多了。把臉遮起來吧。」

奇普斯忙著調整護目鏡。「你們覺得這要戴在頭套外面還是裡面？」

「當然是外面。」荷莉說。「不然你會看起來更畸形。」

「我也這麼想。洛克伍德，你還需要什麼嗎？」

「不用。」洛克伍德的臉藏在頭套下。他拋出繩子尾端，雙手握住，倒退著走向屋頂邊緣。「你們仔細盯著。可以下來的時候我會拉拉繩子。」

他來到屋瓦的盡頭，往後倒向虛空，下一瞬間，他的腳離開屋頂，慢慢爬下去，在幾秒鐘內離開我們的視線範圍。

我們像是排水的石像鬼似地蹲在屋頂上，蒙著臉，扛著背包，星光照亮劍刃。夜風吹起荷莉從頭套邊緣露出的髮梢。某處傳來玻璃碎裂的輕響。我們繼續等待，緊盯著繩子，一動也不動。

「他八成是摔下去了。」骷髏頭說。「那是他撞破溫室的聲音。」

繩子猛烈一抽——隔了幾秒又抽了一下。我離得最近。雖然高度讓人頭皮發麻，但重點在於別想太多。我學著洛克伍德的模樣，握住繩子往下攀爬，努力無視拉扯肩胛骨的沉重背包，以及空無一物的高空。

我把注意力集中在靴子——看著它們穩穩踩在某處，先是屋瓦，接著是黑色排水管、粗糙的深色磚牆，不斷往下走。

不久，我看到靴子下方出現白色窗框和玻璃窗，上推式的窗子開了一縫。還有提燈的微光，洛克伍德在下面打信號。我遵從他的手勢，走到窗框旁邊，接近敞開的窗戶。他伸出雙手抓住我，把我拉進屋裡。

他在黑暗中咧嘴一笑。「小露，這段路走得開心嗎？」他再次拉扯繩子。「我得要打破窗框邊緣，不過應該沒人聽到。」

他的提燈亮度調到最低；即便如此，還是看得清目前所在房間的內部配置。房裡有一張橢圓形桌子和四張椅子，一個擺滿水瓶與玻璃杯的矮櫃。桌上是一個小座鐘和插滿原子筆的杯子。牆面貼著深色壁紙，掛上裱框相片，全是奧菲斯結社的歷年成員。四處瀰漫濃濃的家具亮光劑和薰衣草味。我本能地運用天賦，雖然原本就不期待這裡會有任何靈異擾動。確實沒有。這是間私人會議室；我在倫敦各處的辦公室看過夠多類似的格局。

我回頭到窗邊幫洛克伍德拉其他人進來。沒多少工夫，荷莉與奇普斯依序垂降下來。沒有任何差錯；我們一同站在小房間裡，耳邊只有座鐘的滴答聲。

洛克伍德從背包裡掏出另一根繩子，綁住一根桌腳。「如果得要匆忙離開，就把這個丟出去，往下走。不要花時間爬上去了。總之這個房間是我們的出口——了解嗎？若是走散了，就直接回這裡。」

「現在要去哪？」我問。「閱讀室在二樓，對吧？」

「對，可是喬治要的書不一定在那裡。我們要按部就班搜索。最重要的是保持低調。希望沒有其他人來礙事。」

我們把提燈留在窗邊，橫越會議室，手電筒掃過牆面。洛克伍德緩緩開門，外頭是一條貫穿整棟建築的寬闊走廊，裝潢和燈光都很暗，不過遠處盡頭亮著燈，再過去是樓梯。厚厚的紅地毯悶住我們的腳步聲，從別處冒出時鐘滴答聲；除此之外屋內一片寂靜。

「骷髏頭，有沒有感應到什麼？」我悄聲問。

「只有妳心臟亂跳的聲音，還有妳恐懼的滋味。妳要問的是這個嗎？」

「我是說比較超自然的跡象……有的話跟我說。」

走廊上的房門大多都開著，我們很快就摸透這些都是會議室、廁所，甚至還有一間小臥室。裝潢和家具都很高級，但沒什麼特別之處。裡頭比較有意思的是荷莉推開的某一扇門。她的手電筒掃過黑暗的房間，馬上低喊一聲，抽出長劍。

不到幾秒時間，我們全都衝到她身旁。

「沒事。」她小聲說。「只是——一瞬間我以為裡頭都是人。」

洛克伍德把門推得更開，儘管荷莉說沒事，我還是冷不防地嚇了一跳。我們四個的手電筒往上照亮一排像是戴著兜帽的人影。早期調查過的阿什福特市血腥修士案子出現很類似的場面，那排鬼魂散發同樣詭譎的銀光——除了染血的部分。但這些不是鬼魂。就算起了雞皮疙瘩，雙腿求你快逃，大腦依然看得出那是一排平凡無奇的衣帽架，掛滿了一件件長袍。旁邊還有幾個堆得整整齊齊的紙箱，每個都印上象徵奧菲斯結社的希臘豎琴圖騰。

屋裡沒別的動靜，這個房間太過有趣，雖然裡面顯然沒放半本書，我們還是無法轉身離開。我到衣架前撫過那些銀色長袍，沒想到它們的材質不是棉布或絲綢，而是數不盡的細小鱗片，和蜘蛛絲一樣輕盈，細細地縫成一片。布料如同流水般滑過我的手指。

「洛克伍德，這些斗篷有沒有讓你想到什麼？」我問。

他點頭。「只是差在我們的神靈斗篷是用羽毛做的，其他部分完全一致。妳看他們把薄薄的銀片固定在網紗上的手法。」我看不到他的表情，但從他的嗓音中聽出疑惑。「真的很像……」

「你們看，更多和我同款的護目鏡。」奇普斯說。

他打開其中一個紙箱，裡頭擺了一頂奇異的頭盔，同樣以銀製薄片製成，軟軟的無法直立，厚重的護目鏡直接固定在上頭。

「不用太意外。」我說。「你這副原本是從某個結社成員那邊偷來的……洛克伍德——他們穿戴這些東西進入另一邊……？」

「那些白痴和羅特威懷著同樣的心思。」洛克伍德說。「插手他們不該多管的事物。嗯，這不是我們來此的目的。不能繼續浪費時間了。」

話是這麼說，我們還是逗留了好一會。其他紙箱裡收納了保護手腳的銀手套與靴套。大多數的紙箱外都寫了名字，應該就是它們的所有者。有的名字挺熟悉的，包括幾位工業龍頭。我們帶著頭套面面相覷，大家眼中帶著得意，同時也有恐懼。這項發現意義重大。太重大了。感覺得到腳下出現深淵，只要一個沒走好就會摔到世界盡頭。

我們離開房間，悄悄來到走廊盡頭。金色吊燈照亮樓梯，梯階同樣鋪著紅地毯，牆上幾組厚實畫框裡的大鬍子男性肖像板著臉怒瞪我們。從樓梯頂上可以看到一樓的走廊，我們探出頭，下面幾個樓層的樓梯口掛著閃爍的提燈，除此之外還是沒有動靜。不過也不是毫無聲響。時鐘運轉聲在這邊更加響亮，可以聽見滴答聲從屋子的核心傳來。看來這裡的人很在意時間。

「那來試試看下一層樓吧。」洛克伍德小聲說。「準備好了嗎？」

我們三個點點頭。四人躡手躡腳地貼著牆下樓梯。這次我們輕裝簡行，帶上長劍和爆炸性武器，捨棄了鐵粉、鍊子這些笨重的裝備。地毯吸去所有的聲響。繞過樓梯轉角，我們看到三樓的樓梯口，與四樓一模一樣。一根基座上擺著某個五官深邃的女性石膏胸像，以不悅的眼神凝視我們。還有幾個羊齒草盆栽。再過去是一條走道及更多門扉。屋子深處某扇門開啟，對話聲逸出，又在下一個瞬間截斷，一切再次重回寧靜。我們僵立在樓梯上。沒再聽到什麼聲音。最後洛克伍德比了手勢，我們踏上三樓。

迅速掃了一眼，確認這條走道與樓上那條同樣昏暗，同樣裝潢得很高雅。這裡沒人。洛克伍德走向離我們最近的門，聽了一會，輕輕推開。他輕聲驚呼。「說不定不用繼續搜了。這間看起來是圖書室。」

我們馬上潛入房裡，反手關好門。荷莉點燃提燈，就著燈光，我們發現洛克伍德的信心並非無的放矢。這個長方形大房間位於靠街道那側，兩扇高高的窗戶看出去就是對街的高級住宅。牆壁漆成深栗色，裝設一座座內嵌式的白木書櫃；書櫃間懸掛舊地圖與畫作。厚實的閱讀桌散在各處，搭配皮革扶手椅，每張桌子都配上一盞落地燈。某張桌上放了一座男性胸像，表情嚴峻，戴著護目鏡。旁邊還有一座以無數各色木塊鑲嵌製成的美麗地球儀。

「一定在這裡的某個地方。」洛克伍德轉動銀色支架上的地球儀。「我們要的是《奧祕理論》這本書。開始找吧。」

荷莉把提燈放到桌上。我們各自挑了一座書櫃搜索目標。架上的書大多都包著黑色皮革，封面印上奧菲斯豎琴。書背壓印作者姓名，依照字母順序排列，然而《奧祕理論》的作者沒有正式掛名，搜尋的難度不變。時間一分一秒過去，我不時湊到門邊豎耳傾聽，但一切彷彿陷入停滯。

最後荷莉從窗邊的書櫃小跳步地走過來，手中拿著薄薄的書本。「找到了！」她低聲呼喊。「《奧祕理論》！一定就是這本。」

我們聚集到她身旁。「沒錯，就是它。」洛克伍德說。「做得好，荷莉。喬治一定會很高興。」

「他一定會愛死這個房間。」我說。「那麼多怪書。你們看這本，《黑暗倫敦，過渡時期的製圖學》。這是什麼意思啊？」

「不知道，可是——」

「你們有沒有聽到聲音？」荷莉問。

我們看著她。「什麼聲音？」

「不知道。某種鏗鏘聲。」

我離門最近，悄悄走上前，開門，往走廊瞄了一眼。和剛才一樣，燈光昏暗，地毯泛著柔和的光芒。我豎起耳朵，卻只聽見時鐘的滴答聲。

「骷髏頭？」我問。

「沒有靈異擾動。風平浪靜。超級平靜。」

「很好。」

「幾乎要說是安靜到詭異的地步……」

我縮頭，關上門。「我們該趁這個機會趕快離開。」

洛克伍德點頭。「回家再來研究這本書。走吧。」

我們拎起背包，悄悄檢查房間一圈，以防我們掉了什麼東西在這裡。荷莉把地球儀轉回原本的位置。「最好別留下任何痕跡。」她笑著說。我們在門邊集合。

除了洛克伍德。他緊盯著身旁的書櫃，在眨眼間衝上去抽出什麼東西。那是一本包在黑色皮革裡的小冊子。

「又是和梅莉莎有關的資料？」我問。

「不……」他把書背轉向我們，上頭印著燙金的洛克伍德。「是我雙親的著作。」洛克伍德說。「還記得去年見到結社祕書的時候，他說了什麼嗎？他說我父母曾在這裡發表過演說。這肯定是演說內容的逐字稿。」他把小冊子翻到第一頁。

我的背包傳來輕微鼓動。「我聽到聲音了。」骷髏頭說。

「聲音？從哪來的？」

「很深的地方。由下往上傳遍整棟房子。」

「洛克伍德——該走了。」

「沒錯……」洛克伍德漫不經心地回應。他凝視著手中的冊子。

「洛克伍德?你還好嗎?」我問。

他沒有回話，他根本沒聽見。他身上彷彿有什麼開關被觸動，瞪大雙眼，像是著了魔。他的表情變了，嘴巴微微張開。

奇普斯守在門邊。「沒空瞎耗了!我們麻煩大了!」

現在我也聽見了，奇怪的碰撞和金屬鏗鏘聲沿著樓梯往此處接近。

「關掉手電筒!」我跑向洛克伍德，拉扯他的手臂。「洛克伍德!走了!」

「這是他們的最後一場演講。」他說。「他們出事前準備要發表的內容。」

「很好啊。你想要對吧?那就一起帶走啊!」

「可是日期——」

自由活動的時間結束。門外的走廊傳來巨響，我們紛紛瑟縮。接著是刺耳難聽的金屬搔刮聲。房門被一股力量撞開，一道醜惡畸形的身影撲了進來。

16

眼前的身影——反射燈光的灰色巨人——宛如夢魘。它太過高大，得要矮身才能進門，雙眼是兩顆燈泡，腿部形似昆蟲般細長，關節角度詭異，手臂末端是巨大的爪子。走道的光線從它背後打過來，勾勒出它的輪廓。它進門的同時往奇普斯身上揮出右手，他驚險閃過，外套被抓破一個大洞。它的左手攻向荷莉，但她已經趴倒在地，只有幾縷從頭套後方伸出的頭髮被爪子割斷。

它在圖書室裡打直身子，站在洛克伍德和我面前，活塞嘶嘶作響，金屬零件嘰嘰嘎嘎。手電筒光束在走道上掃來掃去，但這個玩意兒身上一片黑。我們的大腦努力分析看到的事物。不是鬼魂——它明顯有實體，而且身上太多鐵製零件。很巨大，沒錯——但不是怪物。它的核心確實是人類。

「泰倫斯，怎麼了？」一道尖利的嗓音高喊。「裡面有什麼？」

「小偷！」形貌怪異的物體大叫。「強盜！」

我認得這嗓音，而我的猜測很快就獲得證實，洛克伍德打開手電筒，直接照向面前的物體，強光照出奧菲斯結社的祕書。他的白髮從一副巨大的護目鏡周圍散出，鬆垮垮的鏈甲罩在他的黑色大衣上。他的腳掌與小腿包覆著一套氣壓式鋼鐵高蹺，隨著他的活動發出嘶嘶聲。他戴著金屬手套，指尖連接一呎長的鋒銳爪子。手電筒光束令他目眩，他放聲慘叫，舉起一隻手臂遮住臉。

「小偷！」他再次叫嚷。「研究圖書室裡有小偷！」

「那就不要擋路，你這個老蠢貨！」另一人大喊。「讓我們解決他們！」

機器零件嘶嘶作響，祕書以驚人的靈活動作跳到一旁。從他背後的門口擁入另外四個畸形人影，全都是頭髮斑白的男女，身穿古典晚禮服，頭戴護目鏡，銀鏈甲沙沙晃動。兩名女性帶著獨特的黑色槍枝——槍管很短，後端的橡皮管連接固定在槍身上的電鍍瓶子。一名男性手持形似魚叉槍的武器。他的同伴則是揹著一個大箱子，長長的銅管從箱頂突出，繞過他的肩膀，末端連接大大的漏斗。這些道具看似粗製濫造，上頭布滿焊接痕跡。雖說是粗製濫造，看起來還算堪用。

四人在門邊排成一列，祕書矗立在他們身旁。荷莉跑到圖書室的另一角，旁邊是那顆地球儀；奇普斯的外套半邊垂落到膝蓋上，退往另一邊。我抽出長劍，往洛克伍德瞄了一眼，可是他的臉被陰影遮蓋，無法解讀他的情緒。他把那本冊子塞進大衣內側，雙手垂在身旁。

霎時，房裡沒人動彈。其中一把武器發出如同吸塵器的吵雜嗡嗡聲，除此之外一片寂靜。

「你們是誰？」一名婦人發問。她身材矮小，銀鏈甲壓在綠色燈心絨連身裙與外套上，使得她更像是一塊樹樁。她看起來像是全心投入學術研究，長長的灰髮要是好好修剪造型一番會更體面。但不能當著她的面指手畫腳，畢竟她手中的槍比她的腦袋還大。「回答！」她語氣凶狠。「報上名來。」

我們怎麼可能會回答。

「調查員！」抱著魚叉槍的男性大叫。「小孩子！看看他們的劍。」

祕書踩著高蹺變換姿勢；活塞嘶嘶叫，鐵爪鏗鏘撞擊。「放棄抵抗！」他說。「丟下長劍！想保命的話就乖乖聽話。」從他的語氣聽得出他不打算放我們生路。背後原因很清楚：奧菲斯結社要保護他們的祕密。這夥人不可能饒過我們。

「我的耐性用完了。」魚叉男說。他頂著大光頭，滿臉皺紋，皮膚乾硬。或許他曾被奇普斯拍到，但我不太確定。記憶中大多數的成員長得都像他。相較之下，他的男性同伴那狂野的鬍子活像是棉花工廠爆炸的瞬間，這人以充滿威脅性的方式舉起漏斗對準我。

祕書舉起鐵爪。「喬福瑞，不能在這裡動手。」他喃喃唸著：「這些書……」他狠狠瞪著我們，伸展爪子。「最後一次機會！你們有話要說嗎？」

場內安靜幾秒。「有的。」洛克伍德開口道。「我確實有話要說。」

他的發言令我訝異。我原本以為我們會保持沉默——畢竟祕書曾見過我們，光聽聲音就可能認出我們；再來是他的語氣，低沉中帶著冷淡，毫無畏懼，不慌不忙，表達出純粹的漠然。與此同時，奇普斯與荷莉就像被逼到角落的老鼠般冷靜，而我踮起腳尖，急著要閃避隨之而來的攻擊，汗水滲入頭套，洛克伍德卻是一副等公車般的神情。他沒有拔劍，沒有朝身上任何一件裝備伸手，魚叉尖端咻咻旋轉，眼睛看不見的機械裝置滋滋作響。洛克伍德只是從容地站在原處。

他說：「給你們兩條路，轉身離開這個房間，回到樓下，或是繼續待在這裡。你們選哪一個？」

另一名婦人同樣嬌小，穿得一身黑，皺紋多得像果乾，她困惑地歪歪腦袋。「抱歉——他在跟我們說話嗎？」

「對我們下通牒？」魚叉男把槍握得更緊了。

「你們上了年紀。」洛克伍德說：「或許腦袋轉得沒那麼快。如果這樣還不夠清楚的話，我可以換個方式說明。趁你們還動得了的時候乖乖滾出去，不然就等著吃苦頭。很簡單。選擇權在你們手上。」

嬌小婦人情緒激動，在銀鏈甲下抖個不停，氣得不斷呼氣。那個大鬍子——喬福瑞——似乎急著動用他的肩揹式漏斗。魚叉男與燈心絨女士也朝我們邁步，卻被高他們一截的祕書擋住。

「不行。」他甩著一條腿向前。「讓我來。」

「砍掉他的腦袋，泰倫斯。」臉上皺紋密布的婦人下令。

排除與鬼魂對峙的場面，很少有如此讓人膽顫心驚的時刻——踩著高蹺的瘋癲老頭步步進逼，朝我們揮舞牛排刀般的手指。可怕中帶著些微的荒謬；洛克伍德從容的反抗成功傳遞到我們身上，我們評估現況，意識到祕書的發言內容透露出某些對我們有利的跡象。

在這個房間裡，奧菲斯結社的成員就不敢隨意動用武器，生怕會損壞收藏的書籍。

我們可沒有這層顧慮。

我們摸向腰帶。洛克伍德動作最快——快到我的眼睛跟不上。等到祕書回過神來，那顆鎂光彈已狠狠擊中他的胸口，在鏈甲上炸開，他被炸得往後仰，一片銀色光幕在他面前飄落。他拚命挪動雙腳，勉強維持站姿，但我擲出的燃燒彈晚了一秒擊中他的側身，他往旁翻過一張扶手椅的椅背。趁著他雙腳朝天，不斷掙扎的當頭，奇普斯與荷莉朝著門口的四道人影展開攻勢，從雙方包夾，逼得裝備魚叉槍的那人按下扳機，大顆子彈射過洛克伍德和我中間，打碎我們背後的玻璃，夜風吹了進來。

情勢就此陷入混亂。

說真的，結社成員不該繼續堵著出口——不然我們還能放他們一馬。他們也不該在盛怒下捨棄保護藏書的理性，發射他們的武器。這對他們造成毀滅性的影響。

穿燈心絨外套的灰髮婦人舉起槍，匯聚在槍口的亮藍色電流與我腦袋旁的牆面連結在一塊。真的是一瞬間的事情。電流光束像是巨人小孩的塗鴉般橫越房間。我感覺得到它的力道，也聞到壁紙燒灼的氣味。火星滋滋落在我的外套上，刺痛我的臉頰。她轉動槍身，那道光束劈向我。我翻過放著石膏胸像的桌子，滾到扶手椅後方。背後有什麼東西炸開；胸像的碎片散落一地。

我探頭一看。兩名婦人都開了槍，藍色閃光太過明亮，周遭的一切變得莫名陰暗。四面八方都有動靜——劍刃閃爍，紛亂的腳步聲。又一顆鎂光彈炸開，在銀白光點中，我看到祕書總算爬了起來，黑色與銀色的燙痕在他臉上交疊。他的頭髮被燻黑了，一縷髮絲著了火。

骷髏頭從我肩上發出低沉的咯咯笑聲。「這些老傢伙完全瘋了！看得真開心。」

一個戴著頭套的人影——我猜是奇普斯——手持長劍，從我身旁跑過，對上大鬍子的喬福瑞。他背上的六角形氣囊像是風箱或手風琴，連接漏斗狀噴頭，管線固定在一邊腋下。他用手肘按下裝置，漏斗裡啪地噴出一個玻璃試管，差點打中奇普斯，在他背後的牆上碎掉。無色的液體滴落，空氣中瀰漫著熟悉的香味。

「你們只有這點本事嗎？」奇普斯高喊。「薰衣草水？窩囊！」

「同感。」骷髏頭說。「還沒見識過如此軟弱的武器。」

我抓住奇普斯運動衫的領子，把他用力拉到椅子後面。那個看似清水的液體滲入壁紙，冒出泡泡，浸濕的石膏碎片撒在地上。

「裡面可能還混了一點強酸。」我說。

「讚！他們的腦袋真的壞光光了！」

奇普斯和我抓著扶手椅往前推，狠狠撞上喬福瑞。他痛得倒抽一口氣，不慎觸發他的武器，一管酸液射向天花板，別處傳來某人的尖叫。希望不是荷莉。接著是那個滿臉皺紋的小老太婆，她完全不顧準頭胡亂開槍，藍色閃電刺穿椅子，我的手被電得發麻。我鬆開椅子，壓低上半身衝向婦人，把她攔腰撞倒。她握槍的手一鬆，槍枝飛離掌心。

我身旁人影浮動，抬起頭發現是魚叉男，他忙著重新填裝槍頭。還有終於恢復站姿的祕書，他朝我逼近。洛克伍德也在，他直接擋在祕書的衝刺途徑上，腳邊地板冒著煙。他手持長劍，祕書高喊一聲，銳利的爪子揮向洛克伍德的腦袋。洛克伍德踏著優雅的步伐閃開，以長劍架開爪子，再往離他最近的高蹺一踢，祕書踉蹌著撞上另一名男子。

被我壓住的嬌小婦人瘋狂掙扎，口水亂噴，尖聲控訴：「罪犯！」

「或許吧。」我往她的下頷揍了一拳。「但至少沒有你們這麼瘋。」

奧菲斯結社的成員抱持著奇妙的認知。他們脾氣有點火爆，再加上火力優勢，或許他們認為自己贏定了。然而無論他們有多瘋狂，還是比不上我們四個的狠勁。我以前沒揍過老太太，現在這麼做毫無障礙。

說起來算他們不走運，其實我們真正的敵人不是他們。但喬治受傷後這幾天累積的怨氣得要找個地方宣洩，這時候冒出這些披著鏈甲的老人家想宰了我們，對他們出手也算合理吧。

接下來的幾分鐘內，我們創下許多新紀錄。洛克伍德一一切斷祕書的鐵爪。奇普斯與喬福瑞扭打，扯住他的鬍鬚，把他扳倒在地，還在對方起身前，揮劍插入漏斗槍的馬達，讓它炸成一團光球。還有荷莉，她躲過燈心絨外套老太太的猛烈攻勢，奔向那顆木頭地球儀，將它推下桌，緊緊壓住對手。

我呢，我爬了起來，撿起丟在一旁的電擊槍，操作開關。披著銀鏈甲的小老太婆此時也翻身爬起，尖叫著衝向我。我按下扳機，槍口射出的電流帶著她撞上旁邊的牆面，磚塊和石膏碎屑飄落。喬福瑞躺在冒著煙的扭曲銅製裝置下，意識不清。魚叉男還有餘力準備射擊，槍口對準奇普斯。荷莉尖聲警告，奇普斯矮身閃避，電流從他頭頂上飛過。我又開了一次電擊槍，讓他連人帶椅撞上一座書櫃，櫃子斜斜翻倒，把他埋在下頭。

骷髏頭高聲喝采：「精彩。你們和他們一樣壞！更壞！他們不知道自己遇上什麼對手！」

局勢扭轉。燈心絨外套老太太脫離地球儀的壓制，她逃向門口。祕書拖著殘破的高蹺，晃著沒有爪子的鐵手套，和她做出同樣的舉動。兩人同時抵達門邊，彼此推擠，想要搶先一步。洛克伍德和我走在他們後面，他握著長劍，我抱著那把槍。我們來到走廊，走向樓梯口，跨過散落的牆板碎片與磚塊，以及有一半身體嵌在牆上、喪失意識的小老太婆。

兩名逃兵抵達樓梯口，婦人轉身要下樓，我用一束電流打得她飛過扶手，越過樓梯井，落在吊燈上搖搖晃晃，昏了過去，水晶和燈心絨布料碎片噴得到處都是。

祕書打算背水一戰。或許是因為高蹺不方便下樓；或許絕望到了極點，什麼都不顧了，總之他回頭與洛克伍德對峙。洛克伍德冷靜無情地逼近，長劍隨時都能出擊。

「你們死定了！」老人大叫。「她會讓你們付出代價！」

他盲目地揮出手臂。洛克伍德輕鬆閃開，長劍靈巧揮出，乾淨俐落地砍斷他右腿的高蹺。祕書翻過毀壞的扶手往後跌落。他錯過了吊燈（反正也已經客滿了）。過了一會，下方樓梯傳來沉重的撞擊聲。

奧菲斯結社的總部裡陷入寂靜。我手中的槍發出柔和的嗡嗡聲。我切掉開關，把它丟到地上。吊燈與上頭的乘客以穩定的節拍兜圈晃盪。

「喔，結束了嗎？」骷髏頭說。「我看得很開心呢。一點無情的暴力有助提升士氣。你們應該要每天晚上到哪裡打家劫舍一番。倫敦住了一堆老人，明天隨便挑一間吧。」

奇普斯和荷莉踩過走廊上的各種碎片，與我在樓梯口會合。洛克伍德下樓去查看摔成一團的祕書。喬福瑞背上的電力裝置不時噴出藍色火花。

我往下張望。「他死了嗎？」

「沒有。」

「我想他們都還活著。」奇普斯說。

洛克伍德緩緩站直，用腳推開祕書軟綿綿的手，沒多看他一眼，爬上樓梯。他臉色蒼白，身上沾滿塵土，大衣破了，長劍還握在手上，回到樓梯口才收回腰間。

「我們可以走了嗎？」荷莉小聲詢問。

洛克伍德點頭。「當然。不過我們得先繞去樓上那間儲藏室一趟。」

□

回到波特蘭街時剛過凌晨兩點。屋裡很安靜，沒聽到喬治或芙洛的聲音。

洛克伍德扛著我們從儲藏室搜刮來的一大袋戰利品，放到餐桌上，然後扯掉頭套。他臉上沾了點血。他抓抓頭髮。「荷莉，妳去前面看有沒有人在監視這裡。各位，頭套拿下來，手套也是。我們要處理掉這些東西。」

我們把頭套和手套堆在門邊。奇普斯脫了他幾乎全毀的外套丟上去。荷莉從起居室回到廚房。

「外頭看起來沒人。」她說。

洛克伍德點頭。「好極了。」

我們站在昏暗的廚房裡，破爛的衣服冒出煙味。我們面無表情，臉頰與雙手不是染血，就是瘀青。眾人心中浮現同樣的想法。

「所以說……你想他們有沒有認出我們？」最後是奇普斯開了口。

我們望向洛克伍德。他臉色很蒼白，臉頰被割出一道傷口。

「或許沒有。但他們──或是費茲，或是魯波．蓋爾爵士──恐怕很快就會摸透來龍去脈。我們的身分遲早要曝光，然後他們就得要行動。再過不久，就要──」

「就要怎樣？」我問。

洛克伍德對我笑了笑。「一切就要結束。但不會是今晚。也就是說我們該睡一下。這是每一間偵探社的第一條行事準則──趁能休息的時候好好休息。」

□

他說得很對，只是我睡得不深也不久，天剛亮就醒過來，在安靜的屋子裡走來走去。我以為洛克伍德會睡在起居室沙發上，可是房門開著，裡頭沒人。

我往書房裡探看，窗簾拉開，蒼白冷冽的陽光照進來。聞得到木頭焚燒的氣味，但壁爐裡的火已經熄滅，氣溫很低。洛克伍德坐在他最愛的椅子上，閱讀燈打在他肩頭，往他的膝蓋照出一個突兀的小光圈。我們從奧菲斯結社偷來的另一本冊子書頁朝下，蓋在他手上。他眼睛半開半閉，望向窗外。

我坐上他身旁的椅子扶手，關掉燈。「你沒睡？」

他搖搖頭。「我一直在看我父母最後一場演說的內容。」

我默默等待。如果他想說就會繼續說下去。

「〈新幾內亞與西蘇門答臘部落的鬼魂傳說〉。」他開口道。「〈瑟莉亞．洛克伍德和唐納．洛克伍德致奧菲斯結社的成員〉。露西，扉頁上寫了這句。一字不差。清清楚楚。可以視為他們的敲門磚。他們一直想加入結社。那位慈祥善良的祕書甚至在去年對我稱讚過他們的演說。」

我腦中浮現踩在高蹺上的白髮長者，面容猙獰，揮舞利爪。「或許他們沒有加入也是好事。」我說。「我不確定他們能適應那裡的氣氛。」

洛克伍德輕輕捧起冊子。「我該向妳道歉。向妳、荷莉、奎爾道歉，在那些笨蛋攻擊我們之前，我的表現讓你們失望了。非常抱歉。」

「別在意。你只是——」

「我愣住了。我完全無法反應。我是你們的領導者，這是很不妥當的表現。但這是有原因的。某件事情讓我非常驚訝。不對，說驚訝不太貼切。當時我突然理解了一切。來得太突然，我反應不過來。還有……好，我直接讓妳看看到底是什麼。」他攤開冊子，翻動泛黃的紙頁。「其實是兩件事。演講內容主要和標題有關，描述那些地區的居民是如何對付祖先的靈魂。比如說死者的骨骸儲存在遠離村子的靈魂小屋，不會給活人帶來困擾。還有薩滿或是巫醫披著我們樓上那些神靈斗篷，進入靈魂小屋向祖先問事。這些都是行之有年的儀式。他們在其他論文裡面也提過這些。但接下來我父母聚焦在他們認為靈魂小屋裡發生的事情……」

他很快就找到他要的段落；整篇講稿他早就記在腦中了。他翻到那一頁，對著清晨黯淡的日光，轉過來給我看：

這些智者強調與他們對話的確實是自己的祖先。不過還有一項重點，對現代人來說更加匪夷所思。他們深信進入靈魂小屋後，就不再身處凡間，而是穿越到另一個國度。這是屬於祖先的國度，亡者的領土，他們能直接見到鬼魂。「怎麼做到的？」我們問：「你們的肉身怎麼能抵擋那裡的極端環境（那裡並不是好待的地方），接近亡者為什麼不會傷害到你們的性命？」

「假如沒有這些斗篷與面具給予嚴密保護，我們確實可能遭遇不測。」他們如此回應。「斗篷的寶貴材質能守護我們的身體，不讓祖先觸碰我們。而骨頭面具（以過去薩滿的遺骨製成）幫助我們清楚看見靈體。」

在我們眼中，這些脆弱的物體怎麼看都沒有如此強大的能力，但部落的智者對它們的力量極有信心。就算有了這些道具，與祖先對話仍舊非同小可。年長的村民認為這是最危險的舉動，是危急之時的最終手段，因為他們的介入會帶給亡者極大的刺激，進而跟著他們回到凡間。因此靈魂小屋都蓋在遠離人煙的地方，通常要越過溪流。

「露西，有沒有看出他們是在迂迴地接近真相？他們的紀錄和此處發生的種種完全一致——活人涉足亡者的領域。他們觀察到一切：亡者受到刺激、將大量源頭集中起來打造出穿越界域的通道、在另一邊需要運用道具來自保。一模一樣。」

我慢條斯理地點頭。「骨頭面具那一段滿有意思的。這些面具是不是具備和奇普斯的護目鏡類似的功能？」

「我還沒想到這一層。有可能。我敢說護目鏡是抄襲薩滿的面具，就像是我們摸來的銀色長袍與原本的神靈斗篷沒有太大差別。接下來我父母詳細描述羽毛斗篷——它們的製造過程、用什麼樣的銀色紗網固定羽毛……小露，他們給奧菲斯那幫搶匪送上大禮。在那之前他們的技術根本不值得一提，就這樣大方借用了我父母的論述。」

「奧菲斯結社一直在利用他們的研究成果？」

「沒錯。我還確定了另一件事。或許薩滿的智慧結晶讓他們見獵心喜，不過他們並沒有就此打住，所以才有演說中的另一項重點。」洛克伍德往後翻了兩頁，來到演講的尾聲。「妳看這一段。」他的語氣聽起來怪怪的。

根據我們親身的見聞，無論是新幾內亞的山間，還是西蘇門答臘的叢林，我們相信那些薩滿確實接觸到了他們的祖先。不僅如此，我們更感覺到他們還想教導我們如何面對我們的祖先帶來的問題，來源就在我們身邊。各位都知道英國遭受的靈擾爆發與流行，不但神秘還不斷惡化，找不出顯著的解決手段。可是這項危機的主因會不會其實離我們很近，就在我們的眼皮子下？我們是不是莫名地打擾了這些鬼魂？是否存在著如前面描述的連接不同界域的通道？這個想法或許不合常理，卻又與證據相符。我們認為必須深入鑽研這個理論。是的，我們全心相信在世界另一端做的研究具備解開我們眼前龐大謎團的潛力。

「我們確實知道通往另一邊的出入口就在身旁。」洛克伍德說。「我們也很清楚是哪些人穿梭其間。我的雙親怎麼猜也猜不到。妳能想像他們在那棟受到詛咒的豪宅裡，發表這段演說，時鐘滴答作響，那些可怕的奧菲斯結社成員默默盯著他們嗎？」他打了個哆嗦。「我爸媽在意的是更宏觀的生死概念。各個文化間的相似之處。他們理所當然地認為這些想法可能在英國引起公眾關注。事實上，他們打算在幾天後到曼徹斯特對一般群眾講述同樣的主題。他們興高采烈，急著和結社那些出類拔萃的朋友分享這套理論的雛型，卻完全沒想到這個舉動等於是替自己簽下了死刑執行令。」

他疲憊的雙眼仰望著我，我們四目相接。

「那場車禍。」我說。

「奧菲斯結社包藏禍心，絕對不希望社會大眾得知我父母的研究成果。這就是我想通的第二件事。冊子前面印了演說的日期。是在我爸媽前往曼徹斯特的兩天前。換句話說，就是他們捲入詭異的車禍、遭到烈焰吞噬的兩天前。他們、這份講稿、他們礙事的理論永遠消失的兩天前。」

他把冊子丟到地上。

「那不是意外。」我說。

「他們是遭到謀殺，露西。沒錯。」

「你認為梅莉莎和奧菲斯結社——」

他迎上我的視線。「不是我認為。我知道。」

Lockwood & Co.

第四部

波特蘭街圍城

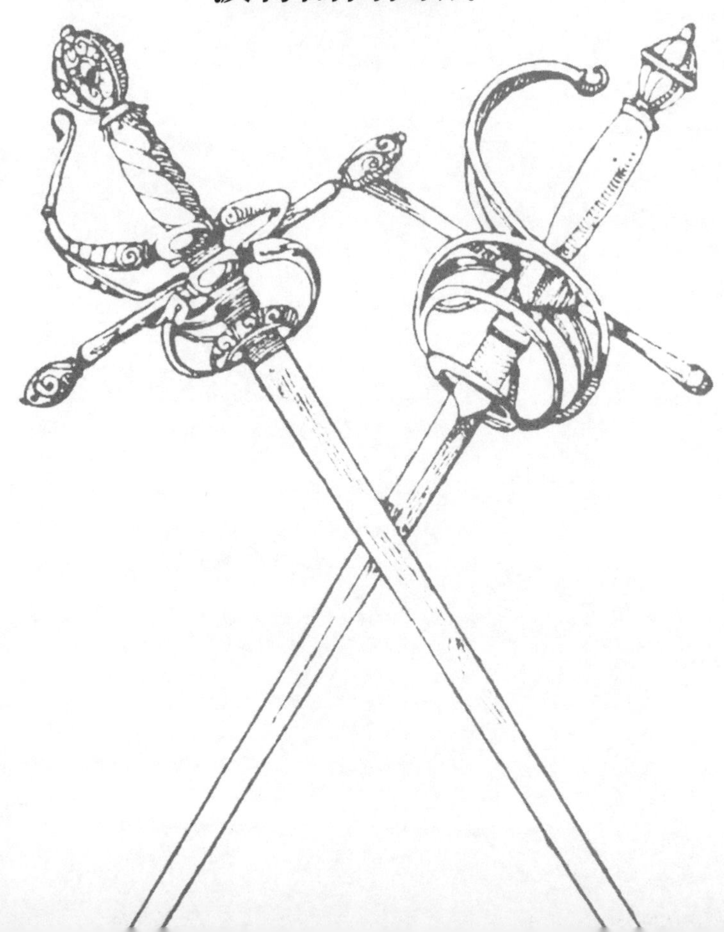

17

姑且不論芙洛．邦斯的看護技術有多笨拙——可以從洛克伍德臥室的狀態看出一點端倪，比如說她對於清潔與空氣品質的忽略，以及隨處亂丟的染血繃帶——無法否認她帶來不少正面影響。那天早上，喬治已經能起身，卡在一堆枕頭與客廳的抱枕間，肩上披著洛克伍德最高級的睡袍，膝上斜斜擱著滿滿一托盤的蛋糕。他的臉頰五彩斑斕，活像是過熟的李子，還有緊貼左眼的白色紗布。破掉的眼鏡在他腫脹鼻梁上保持微妙的平衡，使得他看起來像是最近剛和啄木鳥互毆的老貓頭鷹。不過他沒受傷的眼睛裡閃著睿智的光芒，光是這點就夠我笑得像個白痴。

「看看你！」我坐在床緣對他說。「你活著、醒著、坐著！真是太好了！」

「小聲點。」喬治的嗓音稍微有力了點，但還是嘶啞得像是拿砂紙給菸灰缸拋光似的。「別把可憐的芙洛吵醒了。她累壞啦。」他朝著房間一角歪歪腦袋，那裡有一團裹著鋪棉外套的東西蜷縮在巢穴似的散亂衣服間。芙洛縮起膝蓋，腦袋擱在雙手上。她沒戴帽子，糾結的枯草色頭髮四散，宛如畸形的海星。她閉著眼睛，呼吸悠長深沉。

洛克伍德一愣。「等等！那不是我的毛衣嗎？我最好的襯衫怎麼墊在她髒兮兮的靴子下？你們搬空了我的衣櫃抽屜！」

「她要睡在舒服的東西上面。」喬治說。「你一定不會拒絕的吧。」

「通風櫃裡面有兩條備用羽毛被！」

「是喔。完全沒想到。好啦，別大聲嚷嚷。她照顧我一整晚。說真的，有點過頭了……」喬治以僵硬的動作把托盤移到一邊。他完好的眼睛打量我們臉上的傷痕。「所以你們跑去幹嘛了？要來搶我鋒頭？」

「我們出門一趟，幫你拿個東西。」洛克伍德把那本《奧祕理論》放在被子上。「希望我們幹這一票沒有虧本。」

喬治青紫的下半張臉露出虛弱笑容。「提早的聖誕禮物！謝謝……」他虛弱地拍拍書封。

「是哪一本？費茲，還是奧菲斯？」

「奧菲斯。」洛克伍德說。「如果你已經脫離瀕死邊緣，要麻煩你趕快去讀。時間可能不多了。」

□

掠奪奧菲斯結社的行動是轉捩點。我們沒有說出口，但大家心知肚明。首先是喬治遇襲，接著是我們的報復行動——雙方都越界了，不可能退回幾天前那種戰戰兢兢的休戰狀態。衝突無法避免，問題是會以什麼形式登場。我個人預期他們很快就會報復。就算梅莉莎．費茲與靈異局人員在午餐前上門把我們銬走，我也不會多意外。

然而發展不如我所料。這天非常平靜，或者該說要不是洛克伍德決定盡早應變，我們原本可以過上安穩的一天。

即使嚴重缺乏睡眠，昨晚的種種讓他靜不下來，渾身散發出奇特的躁動能量——受影響的不只是他，我們也被捲入其中。敵人遲早會出手，現在我們得要做好準備，因此洛克伍德激勵我們把能力發揮到極致。他滿屋子到處跑，眼神燦亮，嗓音冷靜理智，發號司令，運籌帷幄。奇普斯在書房地上過了一夜（他斷然拒絕去睡喬治房間的提議），現在被派去市區，帶著和他手臂一樣長的購物清單。荷莉前往穆雷武器行。芙洛·邦斯起床後被我們硬從喬治床邊剝下來，她也有任務要執行。

「芙洛，我需要妳的耳目。」洛克伍德說。「我想知道盜墓者之間有什麼熱門話題。所有的謠言，所有大家聽到或看到的怪事，特別是和魯波·蓋爾爵士或是費茲那夥人有關的消息。罪犯的地下情報網很活絡，我認識的人裡面就屬妳的人脈最廣。」

看芙洛的表情，我以為她會依照慣例罵上一輪，但她只是默默點頭，從後門溜走。洛克伍德真正想要達成什麼目標的時候，誰都很難拒絕他的請託。

隨後，洛克伍德也出門了，留我盯著喬治。他沒有透露要去哪裡，我目送他大步踏上波特蘭街，只覺得渾身不對勁。解開雙親死因的驚天祕密後，洛克伍德看起來格外亢奮，似乎對這個重大轉折感到興高采烈。我在墓園見過同樣強硬的氣勢，只是現在又多了一層目的性。敵人近在眼前，而他雙親的死因不如過去所想的那樣毫無意義。我能理解他為何會如此愉悅。不過我們要與如此龐大的勢力抗衡，也不可能得到伯恩斯、靈異局，或是任何人的幫助，我對結局只有恐懼。

我鑽進洛克伍德的房間。喬治又睡著了。他還沒看那本書。我開窗讓空氣流通，放了些新鮮的薰衣草。即使是如此，芙洛的存在感依舊揮之不去。我放他慢慢睡。

波特蘭街三十五號幾乎整個上午都很安靜。午餐時間前，一輛巨大的貨車駛近，讓整棟屋子微微震動。奎爾．奇普斯坐在副駕駛座上。這輛車來自某個建材供應商的倉庫，聽從奇普斯的指示，幾名工人卸下大批合板、工具、繩子等材料，堆在玄關。貨車還沒開走，穆雷武器行的廂型車接踵而至，荷莉坐在副駕駛座，送來一大批鐵粉、鹽巴、鎂光彈，兩輛車卡在街上，場面混亂，想盡辦法開出去。

我接下這批貨，把叫嚷不休的壯漢與喇叭聲關在門外。荷莉和我整理偵探社要用的補給品，奇普斯則是負責那些木料與工具。過了中午，行蹤成謎的洛克伍德回來了，我們已經擺好所有物品。他像是將領般確認每一件貨品，愉快地對我們點點頭。

「太完美了。各位做得很好。接下來只要裝設防線就行了。不過還是先吃點三明治吧。」

我們圍繞在餐桌旁。「太奇怪了。我原本以為我們中午就會遭到逮捕。」我說。

洛克伍德搖頭。「不，他們不會逮捕我們的。那些人知道我們會吵鬧不休，引發宣然大波。我擔心他們會採取一勞永逸的手段。」

「你的意思是殺了我們。」奇普斯說。他剛才拆了一把全新弓鋸，放到餐桌上，接過三明治。

「這是他們偏愛的做法。」洛克伍德說。「從他們的角度來看，我們已經知道得太多。但也不能過度明目張膽。當街毆打喬治是一回事，想一口氣解決我們這夥人可就不同了。這樣要耗費極大心力，風險很高，因為他們知道這在我們預料之中。而且他們絕對不會明著來。就算是費茲也無法明目張膽地謀殺我們。所以肯定會耍一些陰招，在旁人看不到的地方。因此我預計他們會直擊波特蘭街，很可能在天黑後。」

眾人默默咀嚼這番話。「今晚嗎？」我問。

「祈禱不會來得這麼快。我們來不及準備好。若能再給我們一天時間，我會對我們的防禦工事更有信心。今晚我們只能盯著外頭的狀況，把一切交給命運。在那之前還有很多事情能做。趕快吃一吃，等一下要開工啦。」

□

讓波特蘭街三十五號武裝起來並非不可能，但我們得克服幾個決定性的弱點。一樓的正面沒有太大疑慮，在這裡駐守多年的黑色大門厚重結實，裝設好幾個門鎖與門鍊，要拿火箭筒才能轟開。書房與客廳的窗戶面向側邊院子，不太容易接近。我們比較擔心位於後側的廚房，這裡有一扇通往後院的門。合板就是要用在這裡。那天下午，奇普斯和洛克伍德在窗戶內側及門上的玻璃釘上克難的障礙物。洛克伍德還跑到外頭，花了點時間在後門台階上動了點手腳。「靈感來自梅莉莎的墓室。」他說。「最好這幾天別走這裡。」他沒再多解釋。

地下室一直都是我們的補強重點。屋子前側理論上沒那麼脆弱。辦公室的窗戶就在前門下方，正對院子。進了柵門就會看到一道陡峭階梯，雖然這個院子被大盆大盆的乾枯植物占滿，入侵者還是能輕易接近窗戶。不過呢，一、兩年前經歷過搶案，我們在窗上裝了鐵桿，想進來可不簡單。因此我們的心力全放在後側。

往後走，經過練劍室、儲藏室、洗衣房，就會看到辦公室的後門。那是一道玻璃門，直通後院的草坪。這扇門是整棟屋子最大的弱點。奇普斯釘上好幾塊木板，但我們很懷疑這道防線是否撐得住反覆攻擊。天色越來越暗，洛克伍德與奇普斯做了更多補強，花了不少時間在玻璃門內的地板下工夫。

夜幕低垂。荷莉和我儲備武器，監視街道。鄰居在各自的屋子裡活動。亞利夫打烊關店。波特蘭街安靜極了。我們的敵人毫無動靜。快到十二點的時候，喬治醒過來，要我們送上三明治與床頭燈。他開始看那本書，我們則是輪流守夜，一班兩小時，讓其他人睡一下。

換我輪班了。凌晨兩點，我坐在客廳的窗台眺望屋前街道。拘魂罐放在身旁。這麼晚了，我又累成這樣，需要找個伴來提神。

「有個鬼魂站在對街那戶的花園小徑上。」我說。「剛好月光穿透它的身影。非常微弱。戴圓頂帽的男人。站著不動，像是在想事情的樣子。」

今晚罐裡的鬼臉泛著銀白光芒，與灑在家家戶戶屋頂上的月色呼應。「喔，他啊。對，他在想事情，沒錯。大概再過二十分鐘，他就會接近屋子，然後消失。到了三點四十分再冒出來一下，肩上扛著髒兮兮的大包袱。我猜他把死掉的妻子包在毯子裡，不過只會在他走上馬路的時候瞄到毛茸茸的拖鞋，所以我的好奇心一直無法滿足。」

我瞪著對街。「每天晚上都會發生？我之前都沒看過啊。」

「對啊，眞好笑，大家常常沒看到在自己眼皮子下發生的事。」骷髏頭說。「要來聊什麼？我知道！洛克伍德！他現在狀況絕佳，對吧？敵軍逼近。決戰一觸即發。正是他大展身手的好機會！」

「胡說八道。他擔心得要命，和我們一樣。」

「是嗎？那他隱藏得眞好。我敢說他對現在的局勢動向滿意極了。完全符合他從爸媽掛掉後就開始擬定的戰略。喔，妳要擺臭臉都隨便妳，可是妳很清楚我說得沒錯。他要的正是轟轟烈烈大鬧一場，即使是毫無意義。再也不用面對那些無聊複雜的麻煩事——比如說繼續活下去，這妳也知道。」那張臉得意地對我咧嘴而笑。

一如往常，骷髏頭的言論完美呼應我自己的想法，這讓我的惱怒攀升到爆發邊緣。「才怪。」

「明明就是。」

「並沒有。」

「啊，如此機智的辯論，等妳死了，我一定會很懷念的。」骷髏頭說。「嘿……說不定他們會把妳的骷髏頭和我的一起裝進特大號的雙人拘魂罐！到時候我們就可以快樂地拌嘴直到天荒地老。妳覺得如何？」

我的氣還沒消；一整天下來，洛克伍德的好心情推動大家投入工作，而我也確實一直掛記著他，原因正如骷髏頭所說。我皺起眉頭。「你真噁心。」

「告我啊。不然讓我離開這個罐子。這樣我就不會再來煩妳了。」

「門都沒有。」

鬼魂沉著臉退入綠色鬼氣深處。「看吧，妳和洛克伍德一樣自私。他利用妳達成他的目的，然後妳就來利用我。」

我哼了聲。「才不是。說什麼鬼話。」

「當然是。要是沒有我的指導，妳連擤鼻涕都做不到。妳巴望著我能留在妳身邊，樂於剝削我的第一手情報及個人魅力，同時又怕我怕得要命，不敢放我離開這個殘酷的牢籠。來啊，妳能反駁哪句話嗎？」

我無法反駁。什麼都沒說。

「要是妳信任我，現在就可以直接打破我的罐子。妳看——我們旁邊就有一把鎚子！」奇普斯的工具堆在窗台上，封窗木板釘到一半。「妳手一揮，我就自由了！可是妳做不到吧？就算我付出這麼多，妳還是不信任我，而且妳會怕。」

「這個嘛，或許真是如此。但你應該也怕得瑟瑟發抖吧。」我慢條斯理地回應。

「我？」鬼魂的臉變了好幾個花樣，一個比一個還要匪夷所思。「胡扯！妳怎麼會這麼想？」

「骷髏頭，你在這裡幹嘛？你為什麼偏要困在這塊破舊骨頭上？我是這樣想的：你不敢放手，你不敢做你該做的事——放棄這個世界，進入另一個世界。你老是自誇說你和其他鬼魂有多不同，說你對生命的體悟渴望巴拉巴拉，但我認為你對死亡懷抱貨真價實的恐懼。不然為什麼不乖乖死掉？為什麼不離開？我敢說你做得到。我敢說你有辦法切斷與源頭的聯繫。」

我越說，那張臉就變得越蒼白，越模糊，表情無法解讀。「加入那些在另一邊飄盪的失落靈魂？」它輕聲說。「可是我和它們又不一樣。」

「喔，明明就一樣。別忘了，我曾在那裡看到你。」當洛克伍德和我走在那個黑暗又寒冷的領域裡，我瞥見了罐中鬼魂完整的形體。與眼前擺出詭異模樣的面容不同，那是一名表情譏誚的蒼白青年，頭髮亂翹，身形消瘦。除了離不開放置在我們世界的骷髏頭之外，他和另一邊的其他居民其實沒什麼差異。「你可以切斷聯繫。」我又說了一次。「沒有必要困在這裡。」

「對啦。」骷髏頭的語氣和我現在的心情一樣差。「只是時機還沒成熟。到時候我會先說一聲。」

我聳聳肩。「好啊。等我決定放你出來的時候我也會先說一聲。」

「要是妳能在橫死街頭前下定決心，比如說明天之類的，我會非常感激。」

「我才不會死。」

「這話我也說過。」

□

儘管鬼魂預見我們前途無亮，那晚過得相當平順。沒有人趁我們睡覺的時候偷襲，唯一的干擾是喬治在清晨五點大聲點菜說他要在烤吐司上放起司。天總算亮了，我們又在早餐桌上會合。壺裡的水剛滾，廚房後門傳來激烈的敲門聲，芙洛．邦斯的身影如同被鬼附身的稻草人般貼在窗外。她帶來不祥的情報和用皺巴巴紙盒裝著的巧克力，是要給喬治的。

「抱歉盒子外面有點髒髒的。」她用手指擦了擦棕色的污漬。「只是一點河岸的泥巴。我沒經過排水口，不然一定會在路上沖洗一下。喔，看來你們挺忙的嘛。台階中間的鐵絲是什麼鬼？」

洛克伍德關上門。「抱歉，芙洛。那是致命的陷阱。我應該先跟妳說一聲。」

芙洛的手指插進帽子下，抓抓頭皮。「不錯的構想，你們可能要再多設幾個才夠用。」她沒有多加解釋，冷靜地看著我們。

「為什麼？」荷莉問。「妳聽說了什麼？」

她搖搖頭。「我不知道該不該說，怕會把你們嚇爛。而且也沒經過確認，只是有些悄悄話沿著泰晤士河沖下來，被芙洛大小姐拿布袋撈到。總之呢……」她回頭看了一眼，交叉手指比出祈你們的名字。」

禱好運的手勢，壓低嗓音。「據說魯波．蓋爾爵士和朱里斯．溫克曼聊得天花亂墜，途中提到了

過去這幾天發生太多事了，我早把那位剛出獄的黑市商人忘得一乾二淨，愣了幾秒才聽懂她的言外之意。

洛克伍德的腦袋轉得比我快。「啊，原來如此。」他吐出氣音。「這是當然了……他們可是老交情啊，蓋爾靠溫克曼一家在黑市買源頭。抱歉，芙洛，我打岔了。請繼續。」

在他說話的空檔，芙洛逕自端起洛克伍德面前的熱茶。「對，朱里斯．溫克曼。他出獄後一直很低調，有人說他不想再看到遺品贓物之類的東西。」芙洛翻翻白眼。「這都是屁話，反正他的女人雅德萊與那個身材和蛋糕一樣的雷歐帕早就接管他那些見不得人的生意。老溫克曼表面上已經不管事了，不過有人說蓋爾跑去見他後，朱里斯又跑出來聯絡以前的同夥——那些做事不擇手段的傢伙。負責敲人腦袋、斷人手腳、拿刀拿繩子的體面男士。召集他們，把他們從旅店和碼頭找過來，給他們武器，準備做點壞事。」她的藍眼從帽沿陰影下盯著我們。「沒說目標是誰……但是跟你們有關。」

「所以他們才花了那麼久的時間準備。」洛克伍德說。「費茲與蓋爾找溫克曼一家收拾我們。梅莉莎不必動手就能封我們的嘴，朱里斯又能報我們害他因為肯薩綠地案子入獄的仇。真是天衣無縫，皆大歡喜。」

「除了我們。」荷莉說。「我們丟了小命。」

沒有人接得上話，我隔了好一會才開口：「找上門的不是其他調查員，或許這樣比較好。他們沒有受過像我們這樣的訓練，對吧？他們手邊又沒有長劍。」

「對，只有槍枝和刀子。萬歲。」奇普斯說。

「我們要被困在這裡了。」荷莉小聲說。「要是這些防禦工事都沒用的話怎麼辦？要是他們闖進來的話怎麼辦？我們根本無處可逃啊。」

我們面面相覷。我掌心一片冰涼，恐懼像蟲子般纏繞在我胃裡。從奎爾與荷莉的表情來看，他們的感受和我大同小異。但洛克伍德可不是這樣。他雙眼閃閃發亮，嘴角勾起笑意。看到他的笑容，肚子裡那條蟲纏得更緊了。

「說不定有個地方能去。」洛克伍德說。「溫克曼的手下絕對不會跟過來。」他笑得更燦爛了，甚至笑出聲來。「你們會覺得我瘋了。」

我們等他揭露謎底。「不管怎樣都比被一群臭哄哄的盜墓者剁成碎片還要好。」奇普斯說。「芙洛，我無意冒犯——妳和他們不一樣。好啦，洛克伍德，你有什麼妙計？」

即使到了這個節骨眼，他還是沒有馬上解答。他正在評估心中想法，考量要如何說明。最後他說：「我只是在想我們可以用用潔西卡的房間。」

眾人茫然注視他。「什麼？你是說把我們鎖在裡面？」我問。「門板用了鐵片加固，那是為了抵擋死亡光輝，裡面還有一堆靈異物品，我們可以——喔。」我的思路一震，頓時合不攏嘴。「你該不會打算——不行。不可能。」

「我們有那些道具。我們有大量鐵鍊。我們有那幾件神靈斗篷。」他對荷莉與奇普斯燦笑。他們也聽懂了他的暗示，知道他在盤算什麼。「我們可以做個緊急逃生出口。」他繼續說下去。「就算其他手段都失敗了，我們還是逃得了。當然可以。有何不可？我們手邊屯了一堆材料，有辦法做出通往另一邊的入口。」

他的宣告迎上徹底的沉默。就連芙洛也一時語塞。我們站在波特蘭街三十五號的小廚房裡死盯著他。

「你們是在守靈嗎？是否接受自由入場？」

通往走廊的門傳來招呼聲，大家轉過頭，是喬治。他穿著睡衣睡褲，面如死灰——至少沒有瘀血的地方是如此。他頭上的繃帶散掉了，看得出頭髮上還沾著結塊的血跡。他的袖子太短，露出手臂上的青紫。他的站姿也不太正常，四肢顫抖，得要扶著門框才站得穩。但是睽違數日，他真的站在我們面前。

「看看我！又爬起來了！」他說。「事情不會那麼糟啦。」他送上布滿瘀青的虛弱笑容。「嘿！這不就是最佳證據？那些巧克力都是我的嗎？」

18

即使芙洛的禮物可疑至極（我個人的推論是她看到這個盒子漂在泰晤士河面上，把巧克力一顆顆拿出來放到河畔石頭上晾乾然後重新包裝），看到喬治對它感興趣確實是好事，讓他能撐過隨後的漫長討論。

沒有人批評洛克伍德異想天開，或是說他的計畫有勇無謀。但背後的危險性幾乎與我們眼前的危機同樣可怕，他得要使盡個人魅力和魄力才能說服我們平心靜氣地討論。想到在自己的屋子裡打造靈魂之門使得大家腦袋頓時短路。

我們早就知道單獨的靈異物品或源頭——比如說拘魂罐裡的骷髏頭——能在世界間創造出小小的破綻，讓鬼魂能從另一邊來到這裡。靈魂之門的概念來自部落薩滿的靈魂小屋，羅特威偵探社和梅莉莎·費茲（後者是我們的猜測）根據這個理論，偷偷創造出類似的東西。只要把大量源頭聚集起來，綜合它們的力量，便能在世界之間的障壁上扯出更大的破洞。如果那個洞夠大——如果你做好充足的防護措施，比如說我們的神靈斗篷——就有機會進入另一個世界再安然返回。可是聚集在門外的大量鬼魂得用許多鋼鐵包圍，而且另一邊本身就是個危機四伏的世界，這點洛克伍德跟我心知肚明。

「首先呢，那裡冷得要命。」我說。「就算有那些斗篷，跨到另一個世界還是會耗費大量體力。你還想再承受一次嗎？」

「如果是為了求生，當然可以。」洛克伍德說。

「而且門周圍的鬼魂也是個大問題。我知道羅特威拿粗重的鐵鍊包圍它們……但如果它們逃離這裡的束縛呢？」

「它們逃不掉的。我們會圍出堅固的鐵鍊圈。」

「先別管門這邊的鬼魂了！」荷莉叫道。「另一邊的死者怎麼辦？那裡是它們的天下！」奇普斯高聲答腔：「沒錯！在這裡光是幾個遊蕩的鬼魂就夠我們煩了！特地跑過去和踩上黃蜂窩沒有兩樣。根據你跟露西轉述的經驗，它們會受到活人吸引，只能不斷逃竄。」

洛克伍德搖搖頭。「那是因為當時露西和我在那片鄉間土地上到處遊走。假如我們從這裡穿到另一邊，也只會進入另一個版本的波特蘭街三十五號。我們不會離開這個地方，只要待在原地就好。」

「我們手邊的源頭夠用嗎？」我問。

「想想我姊姊床鋪上空那團死亡光輝散發的能量。想必能帶來事半功倍的影響。而且潔西卡房間裡已經擺了一大堆靈異物品，再加上擺在屋裡各處的玩意兒。」他望向廚房外的走道，剛好能看到一架架的陶壺與葫蘆。「我父母幫我們收集了這些東西。」他低喃。「要讓我們好好利用。而且我相信我姊姊也會希望我們用她的房間。她也想幫我們逃難。」

又是一陣沉默。我們不太確定要如何回應。

「那喬治呢？」奇普斯繼續逼問。「他已經跟死人沒有兩樣了，在另一邊活得下去嗎？」

「我們不會在那裡待太久。想想奧菲斯結社那批老頭。他們成天在兩個世界間來來去去，到現在也還沒掛掉啊。」

「他們身上的裝備遠遠超出我們。」我忍不住插話。「比如說那些怪模怪樣的武器。肯定都是用來驅趕鬼魂的。」

「還有那套瘋狂的機械高蹺。」奇普斯說。「我們什麼都沒有。」

「誰要機械高蹺啊？」洛克伍德翻翻白眼。「或是那些愚蠢的武器？我們只要溜過去幾分鐘而已！聽好了，溫克曼的走狗看到靈魂之門就會逃得不見人影。而且我們確實有本錢做出這樣的裝置——喬治，你說對吧？」

喬治忙著攻占盒子裡的第二層巧克力，不動聲色地豎起耳朵聽我們討論，芙洛坐在他身旁。不知道是他平靜的態度，還是那張傷痕累累的臉，總之他身上透出一股威嚴。我們一同看著他把玩一顆胡桃巧克力，又小心翼翼地放回紙盒裡。「當然可以試試看。我們可以圍出鐵鍊圈，把源頭放進去，在天黑前完工。又不會少一塊肉。」他托了托破掉的眼鏡。「我個人是很想這麼幹。這可是窺看另一邊的大好機會。」

「就是這個氣勢！喬治，說得好。」洛克伍德說。

「這也是保命的必要措施。」喬治的語氣略帶遲疑。「這樣才能讓梅莉莎和她的朋友面對制裁。或許你們會對這個有興趣：昨晚我看完各位好心從奧菲斯結社帶回來的《奧祕理論》。跑這一趟絕對沒有白費工夫，相信這會讓你們開心一點。誰來幫忙燒個水，我這就替你們解惑。」

有人把水壺放到爐子上。芙洛遞出剩餘的巧克力，大家都很有禮貌地回絕了。

「這本書絕對是梅莉莎的作品。」喬治說。「不用懷疑。《回憶錄》和她的其他文章都是這個風格。可是內容相當奇特，肯定是她年紀還很輕時的作品，因為書中沒有提到她擔任調查員，或是靈異能量的偵測，或是任何實際的事物。都是些空泛的童話故事，關於生死的怪異理論。裡頭該注意的是她無比執著於構成靈魂的元素。她認為鬼魂是這種靈魂不朽的證據。肉體消失，靈魂將繼續存在。」

「所以又繞回鬼氣上頭了？」荷莉問。

「對。雖然她用了其他花稍的名詞，『靈魂』、『永恆元素』之類的。而且她不覺得這個東西有危險性，不像我們對鬼魂觸碰如此恐懼。她覺得在另一邊，鬼氣的純度更高；如果能用某種方法捕捉它、吸收它，它就能帶給肉體能量，讓你重獲青春。」

「原來是這樣！」我說。「我們稱為潘妮洛的女人其實就是梅莉莎——只是變回她年輕時的樣貌！難怪骷髏頭這麼堅持。」

「吸收？」奇普斯重複喬治的用詞。「怎麼可能？是怎樣？拿鬼氣來泡澡嗎？還是吃下去？到底是什麼？」

喬治搖搖頭。「這本書裡面她瞎扯什麼『回春靈藥』，但我不認為當時她真的知道什麼。全都是空談。不過她現在當然都知道啦。她和她的好夥伴肯定用了靈魂之門進入另一邊收集鬼氣。

我還注意到另一個細節……妙到忍不住全部抄下來，就塞在我睡褲後面的口袋，洛克伍德，可以麻煩你幫我拿一下嗎？我的手僵到動不了。」

「一定要我拿嗎？喔，好吧——來。」

「謝了。」喬治接過那張皺巴巴的紙。「記得我們之前猜測梅莉莎養了個第三型鬼魂當寵物來幫她嗎？嗯，她還真的這麼做了。聽聽這一段文字，寫得真美：『這項真理已超越了世間男女的智識範圍。有一個外型美好、充滿智慧的存在定期與我接觸。我從小就常與他交談。親愛的伊札奇爾對生與死知之甚詳，他通曉埋沒的祕密，洞悉世人心思。藉由他的協助，我們能夠超越世俗紛擾，讓我們純淨無瑕。』」喬治心滿意足地放下紙張。「夠清楚了吧？她身旁一直都有個鬼魂顧問。」

「小露，這個伊札奇爾感覺比妳的破舊骷髏頭懂得更多啊。」洛克伍德評論道。「謝了，喬治。」他坐回位置上，看著我們，看著他的團隊、他的同伴默默坐著，再次開口：「這是我個人對局勢的看法。只要我們進入費茲總部的核心地帶，肯定能找到充足的證據，證實喬治發現的這一切。我們能找到梅莉莎種種罪行的證據。也能找到她前往另一邊的門。可是我們進不去。那個地方守備太過森嚴，或許伯恩斯做得到，但他不可能冒險與梅莉莎作對。昨天我問過他了，他依然拒絕。」洛克伍德搖搖頭。「因此我們現在孤立無援，溫克曼那夥人很快就要上門拜訪。我就明說了，如果有人想離開的話請隨意。我會待在波特蘭街三十五號。這是我的家，我不會為了任何人拋棄這裡。可是你們——」

「洛克伍德，閉嘴。」荷莉說。「沒有人會在這個節骨眼棄守。」

奇普斯咕噥：「無論你的計畫有多瘋狂。」

洛克伍德高高勾起嘴角，他的笑容充滿感染性。「很好。那麼我只問一個非常簡單的問題。」他看著我們。「我們要如何獲勝？」

□

一小時後，荷莉和我陪著洛克伍德坐在他姊姊的臥室外。房門大開，床鋪上空死亡光輝冰冷地散發陣陣脈動，傳遍整個二樓樓面。地上積了一層緩衝用的木屑，我們才剛把最後一個海運木箱清空，正在拆開一包包不明物品。有木頭面具、雕刻精美的木杖、色彩鮮艷的陶壺（壺口用蠟封死），還有不透光的玻璃瓶。只要帶著一絲靈異力量，那樣物品就會被我們堆到一角；其餘的丟到一旁。之前整理其他木箱時用的是同樣的程序，只是現在我們加速兩倍。

罐子裡的骷髏頭也在我們身旁。它還是處於昨晚爭吵過後的惡劣脾氣。我也是。跟平常沒有太大差別。

「該不會又遇上什麼危機了吧？還是說鑽進成堆的鬧鬼物品裡面是白痴調查員的嶄新潮流？」它說：「你們要幹嘛？玩團康遊戲嗎？『音樂一停，源頭就會爆炸，鬼魂冒出來啃掉你的臉。』這已經退流行了吧。」

「如果你想稍微幫點忙的話，我們正在挑出力量最強的源頭。」我低吼。「有的可以確定，有的沒辦法。」我指著被我們歸為「待確認」的物品堆。「你覺得如何？」

鬼魂狐疑地吸吸鼻子。「有的滿危險的，可是也有一大堆垃圾。特別是荷莉．孟洛往頭上套的那個長條葫蘆——它的衛生問題比較棘手。」

「長條的那個？我以為是薩滿的面具。」

「他們確實會在部落儀式中佩戴。不過聽好了，他們並不是把它戴在臉上。」

「呃，荷莉……」

她的聲音隔著葫蘆，聽起來悶悶的。「什麼？」

「喔，沒事。我喜歡這個面具！妳戴起來真好看。繼續戴著吧！」我回頭向骷髏頭問道：「撇開它原本的用途，你的意思是它沒有用嗎？」

「上頭沒有困著什麼鬼魂。不過那些封住的陶罐——它們更有意思。上頭帶著一抹墳墓的氣味。還有那個竹柄的補夢網……」罐裡的鬼臉笑得好邪惡。「要不要全部打碎，看看裡面有什麼？」

「等我們準備好再說。」我望向潔西卡的房間，盯著那團侵蝕床鋪中央的黑色鬼氣灼燒痕跡。那是源自某個在錯誤時機被放出來的鬼魂。洛克伍德背對著那張床，拆開另一個小包裹。他外表無比平靜，卻洋溢著堅定的決心，讓人忍不住響應他的計畫。

越來越接近中午，我們檢查完那個木箱，清理了滿地狼藉。無人居住的臥室裡擺了一大堆源頭。荷莉和我跑到屋子各處，拆掉牆上、架上由瑟莉亞與唐納這對夫妻多年前帶回來的靈異古玩，搬到二樓。少了這些裝飾，前廳和客廳瀰漫著詭異冰冷的輕微回音，類似鬧鬼空屋裡的氣氛。屋裡也變暗了：奇普斯繼續架設防線，窗戶大多已經從內側封死。波特蘭街三十五號不再是以往的面貌，這使得每一個人感傷不已。

芙洛．邦斯在午餐前離開。她原本自願留下來幫忙，但顯然她在有屋頂的地方待太久會渾身不對勁。我猜即將來襲的敵人也影響到她的心情。在她離開前，洛克伍德帶她進書房，兩人談了好一會兒，然後芙洛就悄悄溜出屋子，只留下幾個髒腳印供我們懷念。

過了正午，太陽爬到頂點，慢慢西斜。波特蘭街三十五號屋內的影子越拉越長。

我們開始建構即將環繞靈魂之門的鐵鍊圈，由喬治負責監工。從書房搬來的安樂椅擱在二樓的幾扇房門間，他坐在椅子上，旁邊圍繞著幾個沾滿食物碎屑的盤子，他監督我們從地下室扛來大捲大捲的鐵鍊，大多是穆雷武器行的貨車昨天送來的。我們將幾條鐵鍊互相纏繞，圍著那張舊床，圈出一個極度厚實的鋼鐵屏障，把死亡光輝封在圈內。

老實說這個任務不太好玩。這間臥室待起來很不舒服。冰冷的能量從死亡光輝往外溢出，讓我們渾身發寒，牙齒打顫。但該做的事情還是要做。我們清掉房裡不必要的東西，騰出空間設置鐵鍊圈。洛克伍德清空後方那座五斗櫃，將內容物——舊照片、一盒盒被遺忘的珠寶——丟進塑膠袋，扛到門外。與此同時，當著喬治敏銳的熊貓眼，奇普斯開始搭建靈魂之門構造中最棘手的部分，架設橫跨圈子，讓我們順著走進另一個世界的鐵鍊。

「我們需要兩根金屬桿子，鎚進圈子兩側的地板。」喬治說：「然後在桿子間掛上一條粗鐵鍊，讓它橫越床鋪。不能碰到床，也不能碰到死亡光輝。它得要懸在半空中，這樣我們才能抓著走過去。鐵鍊能驅趕鬼魂，幫助我們安全進門。」

「前提是真的要過去。」奇普斯說。「我衷心期盼我們不用這麼做。喔不——」看到洛克伍德和我來到房門外，他驚呼：「這些東西看起來真不妙。」

我們扛著要給大家用的神靈斗篷。原本那件在另一邊測試過能耐的羽毛斗篷，還是那樣美麗斑斕。我們還有第二件羽毛款，是燦爛的粉紅色與橘色混搭，和第三件拼貼毛皮款。這些都是從洛克伍德雙親的包裹裡挖掘出的寶物。還有兩件從奧菲斯結社的倉庫摸來的現代款銀斗篷。

「現在要來分配斗篷。」洛克伍德說。「等一下可能就沒有時間了。露西，這件和我們混得很熟的神靈斗篷交給妳。奇普斯，另一件羽毛斗篷給你。荷莉，毛皮這件應該合妳的尺寸。喬治和我來測試一下奧菲斯套裝。我們還偷了夠大家用的奧菲斯手套。大家來試套一下。」

我知道神靈斗篷的觸感——它既溫暖又輕盈，鳥羽柔軟地保護著我——馬上就披到肩上。其他人就沒這麼乾脆了。喬治四肢僵硬，得要由人協助才穿得上。他與洛克伍德渾身散發銀光，斗篷表面看起來像是光滑的爬蟲類鱗片。奇普斯瞪著他那件五顏六色的羽毛斗篷，荷莉則是被毛皮的觸感嚇得瑟縮。

拘魂罐裡的鬼魂啞聲大笑。「簡直就是全世界最爛的動物園餵食時間。眞想丟沙丁魚給你們撿。」

「我身上到底有多少死掉的動物？」荷莉喃喃自語。「我看起來像是皮草獵人。糟透了。」

「我活像是填充鸚鵡玩偶。」奇普斯說。「難怪你會給我這件。」

「奎爾，你看起來有夠可愛。」喬治說。「非常鮮艷。粉紅色羽毛特別搶眼。那件特別長，肯定能在另一邊帶給你最極致的防護。」

「被你說得像是除臭劑。要是被我的哪個朋友看到……」

「朋友？奇普斯？」喬治忍著痛對他眨眨眼。

奇普斯哼了聲。「好啦，就算以前有過朋友，現在也交不到了。」他脫掉斗篷，臭著臉繼續把鐵桿鎚進地板。

□

接近傍晚，一半的室內空間籠罩在深藍色陰影中。夜色譜出序曲。洛克伍德派奇普斯上樓，拆掉閣樓窗戶的木板，好讓他監視前方路面。

潔西卡房裡一切就緒：鐵鍊圈、兩根鐵桿間的引路鍊條。該把源頭放進圈內，打造出我們的門了。必須拆開每一件靈異物品——切開蠟封、割開囊袋、刺穿木頭表面——好讓困在上頭的鬼魂逃逸。裝著源頭的容器全都被我們破壞，堆進鐵鍊圈。現在天還沒黑，這項任務理論上很安全。即便如此，我們毫不鬆懈。瓶罐、面具、補夢網——沒有漏掉任何一件。

在動手途中，臥室裡的超自然壓力緩緩上升。床鋪上的橢圓形死亡光輝已經夠有壓迫感了，它飄浮在引路鍊條旁邊。現在地上那堆骨頭與其他被鬼魂糾纏的碎片冒出穩定的嗡嗡聲，加入它的脈動。圈內的空氣變得凝滯詭異；洛克伍德和我看著窗外越來越昏暗的日光，加快作業速度。

「你想這樣夠嗎？」我用小鎚子在最後一個陶壺上敲出窟窿，露出兩根指節的骨頭。一碰到就指尖發麻。我連忙把骨頭連著陶壺丟進圈裡。

洛克伍德表情凝重；他剝開一根竹節末端的封蠟，將幾顆泛黃的牙齒倒進鐵鍊圈。「妳感覺不到嗎？現在天都還沒黑呢，圈子裡的光線已越來越朦朧。還記得嗎？羅特威的門也是如此。看不到引路鐵鍊的另一端。再過兩個小時，這裡就會多出一條通道——如果我們真有必要踏上這條路。」

「洛克伍德，你想我們會走進去嗎？」

他只是看著我。

我們完成手邊的工作，離開臥室，即使在下樓途中依然感受得到越開越大的靈魂之門傳出陣陣脈動。

□

雖然沒說出口，但我們莫名達成了協議：今晚波特蘭街三十五號需要好好吃一頓飯。無視被木板封死的窗戶，無視四處擱置的武器；更重要的是無視樓上房間的靈異震動。我們靜靜動手，合力完成晚餐。荷莉做了沙拉，洛克伍德煎了培根、蛋、香腸，奇普斯和我切麵包、布置餐桌。我們吃得很快，輪流到我的閣樓房間監視屋外動靜。接著我們洗好碗盤（莫名覺得這也很重要），收拾乾淨。幾乎不剩半點陽光了。大家在屋裡遊蕩，陷入自己的思緒中。能做的事情我們都做了。

我打開後門的釦鎖，避開洛克伍德設置在台階上的鐵絲陷阱。已經在屋裡關了一整天，我急需到外頭走走。院子一如往常雜亂。我們一直找不到時間除草，雜草幾乎長到膝蓋高。樹上的蘋果該摘了，果實被風吹了滿地。我眺望圍牆後的屋舍，其他人在那裡過著與我們不同的生活。

「小露，出來透氣嗎？」

我回過頭，看到洛克伍德。他跳下台階，走向我，夕陽餘暉照亮他穿得一身黑的修長身形。感覺他即將引爆。這幅景象冷不防地讓我好想哭。對於他、對於我們每一個人的恐懼油然而生，狠狠擊中我。

「嗨。對，只是來透透氣。」

他上下打量我，眼神柔和又嚴肅。「妳心情不好。」

「今天事情很多……」我撥開黏在臉上的頭髮，別開臉，低聲咒罵。「我在騙誰呢？洛克伍德，我怕死了。就像你前天晚上說的那樣，說不定我們就到此為止。」

「不會有事的。露西，絕對不會出事。妳要信任我。」

「我是啊。算是吧。」

他咧嘴一笑。「謝謝妳這麼賞臉。」

「我信任你的天賦和領導力。只是我不太能理解為什麼你看起來如此樂在其中。」

他站在我身旁。陽光依然打在他身上。此時此刻，他與我心中的理想極度接近；那是我入睡前腦海中想像出的形象。假如骷髏頭在場，它肯定會高聲嗤笑。但它不在這裡。

洛克伍德應道：「小露，我並沒有樂在其中。可是我分辨得出眼前這一切的是非對錯，這是不一樣的。妳還記得我在墓園和妳提過命運為何如此不講道理？萬事都沒有意義？我已經不再有那種感受了。是的，我的父母死了。現在我知道他們為何而死，我們有機會為他們復仇。我姊姊也死了。她的死亡光輝今晚或許能救我們一命。除此之外，我們還更接近靈擾的解決之道。妳知道的。等我們解開靈擾的祕密，這一切都會結束，我們再也不用做這種事。露西，一定會有好結果。」他拍拍我的手臂。「妳到時候就知道了。」

「希望真是如此。」我說。

「好吧。反正我來找妳不是要說這個。」洛克伍德往大衣口袋裡翻了一陣，掏出一個方方正正的小盒子，看起來曾被擠壓過。「我要給妳看看這個。是在潔西卡房間的五斗櫃找到的。別擔心，這不是源頭。」

「如果是的話就得要丟進鐵鍊圈裡啦。」我從他手中接過盒子，打開布滿摺痕的盒蓋。裡頭的物體在最後一絲陽光中閃耀。令人炫目的藍，如此清澈純粹，我忍不住倒抽一口氣。盒子內部塞了衛生紙，上頭是一條金項鍊，串著一顆閃耀的橢圓形藍色寶石，表面光滑。真是太美了。我捏起寶石，凝視它幽暗的半透明核心。感覺就像面對著一口澄澈的深潭。

「洛克伍德，這是什麼？我沒看過這麼漂亮的東西。」

「這個是藍寶石。我父親從東方某處得到這顆寶石，為我母親訂做了這條項鍊。這是她最愛的首飾。都是我姊姊很久以前對我說的。我一直到今天才想起它的存在。」

「所以你媽走的時候沒有……？」

「我不認為她會隨便戴這條項鍊出門。它在她心中太重要了。我爸和她認識後不久就送上這份禮物。象徵他永恆的忠誠。」

我對著光再看了藍寶石墜子一眼，放回盒裡，遞還給他。

「一定是的。」我說。

「沒錯。總之呢，小露……」洛克伍德清清喉嚨。「我想請妳——」

後門傳來尖銳的口哨聲。我們抬起頭，發現奇普斯從屋裡探出頭。「希望沒有打擾到你們。」他說。「或許你們會想知道溫克曼那夥人來了。」

19

奎爾說得對。亞利夫位於轉角的店鋪附近有些動靜。在打烊前，兩名男子從店內走出，移動到波特蘭街三十五號對街的兩側，披著濃濃暮色坐在圍牆上。他們體格結實，一言不發，幾乎與磚塊水泥融為一體，只有不時抽根菸，探頭望向對面的三十五號。他們一直坐到驅鬼街燈亮起，左鄰右舍拉上窗簾，退回抵擋鬼魂的防線內。街上的人越來越少，但那兩個香菸頭的紅色光點一直都在。

他們的目的是確認沒有人離開這棟屋子。確實我們不打算用那種方式離開。

洛克伍德在起居室進行最終簡報。和屋裡其他空間相同，牆上空蕩蕩，只留下曾經掛在此處多年的異國飾品的輪廓。我們點了一盞提燈，但房裡異常黑暗。堵住窗戶的木板也遮住了街燈。洛克伍德背對著我們，等到我們全數進房，他才轉身，微微一笑。是他的招牌笑容。

「你們都知道今晚將發生什麼事。」他說。「從現在起到天亮前，某些不速之客將試圖闖入這棟屋子。我們當然不會放任他們亂來。這裡是波特蘭街三十五號。我們在這裡一直都很安全。」

喬治以僵硬的姿勢舉手。「除了費爾法的刺客闖進來那次。」

「喔對。沒錯。」

「還有安妮．瓦德的鬼魂在這裡現身那次。」我補充。

「還有骷髏頭帶來的各種威脅。」荷莉補上一句。

喬治點點頭。「面對現實吧，這裡一直都是危機四伏，對吧？」

洛克伍德咬咬牙。「對，但這回是我設下的致命陷阱。他們進不來的。好啦——我們五個要守住這個地方。我們都知道屋子真正的弱點只有兩個：地下室後側與廚房。喬治受傷了，所以他和武器存貨待在二樓。只要苗頭不對，我們就退上去。潔西卡的房間是我們最後的手段。小露跟荷莉，妳們駐守在廚房。奎爾和我待在地下室。聽好了。遇上麻煩就吹口哨，其他人能幫的話就去支援。」他對我們笑了笑。「各自前往崗位吧。祝各位好運。」

□

進廚房前，我還有最後一件雜事要處理。骷髏頭整個下午吵吵鬧鬧地想跟我說話，我只好關上安全栓換得耳根清靜。不知道它是想出言污辱還是分享太過詳細的觀察結果，總之我沒空聽它說廢話。趁著荷莉不在場，我把拘魂罐帶到前廳，轉開安全栓。

「怎樣？」

「總算！現在時機正好。我看到妳腰帶上掛著鏈子。只要敲一下我就自由了。我答應妳不會殺庫賓斯。」

「真是慷慨的條件。我才不要。」

「反正他已經半死不活了，說不定比我還不像活人。奇普斯呢……他就不同了。沒有人會想念他。」

「我不會放你出來。這事我們討論過了。」

那張臉惡狠狠地盯著我。「可惜。這件事可能只有妳做得到，但是再過幾個小時妳就要死了。我得要在這裡多困幾十年。」

「不關我的事。如果你要說的話只有這些，我要去做正事了。」

「眞是高尚。你們的隊長肯定會以妳爲榮。」鬼魂瞇細雙眼，玻璃下凝結起綠色霧氣。「妳知道我能在這場混戰中幫上忙，對吧？我可以用鬼魂觸碰殺光溫克曼那夥人。說不定能拯救親愛的洛克伍德……」

「如果妳繼續關著我的話，我當然什麼都做不了。」心底輕微的贊同讓我更加憤怒。「別亂講。不可能讓你這麼做。」

「可憐的安東尼。妳從算命機拿到的紙條上寫了什麼？我一直沒有看清楚……」

我抱起罐子，走向廚房。「你永遠不會知道。現在給我閉嘴。」

「不如這樣吧，就把我放在這張桌子上，說不定會有哪顆流彈打破罐子。更棒的結果是妳倒下來，剛好把罐子撞個粉碎。總要抱持希望。」

「喂！你可不可以給我閉嘴？」我的腦袋已經滿到要爆炸，無法繼續忍受骷髏頭的面容或是聲音。我打開廚房裡某個櫃子，將罐子甩進去，關上安全栓，當著氣得瞪眼的鬼臉甩上櫃門。從此把它趕出腦海，前去檢查我的武器。

□

時間一分一秒過去，荷莉和我背靠著流理台，坐在地上，長劍與彈藥擱在手邊。我們在桌下放了盞提燈，黯淡的火光在幾根椅腳間閃爍，像是從遠處看到森林裡的食人妖的篝火。後門用木板封死，還加上鐵棒和鍊子。流理台上空無一物，在奎爾的努力之下，窗戶全都掩蓋起來了。我們在木板上鑿了兩個窺孔，每隔一會就起身查看院子裡的動靜。只看得到蘋果樹、院子圍牆、其他幾棟屋子的輪廓與燈光。夜色寧靜。冰箱和平常一樣嗡嗡低鳴。門邊被我丟了拘魂罐的櫃子裡傳出微弱的靈異雜訊，骷髏頭大概還在抱怨個沒完。

「水龍頭在漏水。」過了一會，荷莉開口：「總有一天一定要修好。」

「爛透了。洛克伍德怎麼都不處理這件事。」

「下禮拜。露西，我們下禮拜找水管工來。靠我們自己解決。」

「這個計畫真不錯，荷莉。」

荷莉後腦勺靠著流理台，仰望天花板。她的頭髮鬆鬆地垂在肩頭，雙腿往前伸直，雙手擱在大腿上。她的神色和平時一樣淡漠冷靜，但不太優雅的姿勢讓我聯想到年紀很小的女孩子。

「妳還好嗎？」

「當然了。」

「妳想我們可以平安無事嗎？妳想我們有辦法撐過去嗎？」

荷莉笑著看我。「妳又是怎麼想的？」

「我們每次都能度過危機。」

我沒有等她回應，逕自起身，靠著水槽，透過最近的窺孔往外看。幾乎要把眼睛貼在木板上才看得到外頭，還得花幾秒時間對焦。院子另一頭的蘋果樹枝椏晃動。我默默看著。只是被風吹動罷了。

「外頭沒事。」我說。

「說不定他們還要過幾個小時才會來。」荷莉站到我身旁。

「荷莉，對不起，妳第一次來我們偵探社的時候，我對妳不太……友善。我明明可以對妳更好一點。」

「喔，別想那麼多。我們之前已經談過了。」她把頭髮往後撥。「相信我也讓妳坐立不安。看到我突然冒出來，妳一定覺得很怪。」

「是有點怪，不過——」

「別擔心。」她對我笑了笑。「這樣說可能很好笑，其實洛克伍德不是我的菜。」

我尷尬極了，不知道該擺出什麼表情，反正廚房裡詭異的紅光絕對不是最能襯托出個人魅力的背景。光是這樣就惹得荷莉笑出聲來。她就著窗戶另一頭的窺孔往院子另一邊看去。「用不著嚇成這樣，露西。我知道妳對他的感情。而且啊，我已經看上別人了。」

「老天，不會是喬治吧？」

荷莉又笑了幾聲；她斜眼看我，雙眼閃閃發亮。「妳也知道世界上還有其他的可能性。」她收起笑容，渾身緊繃。「等等——有人要來陪我們了。」

我貼上最近的窺孔。沒錯——院子裡有動靜。迅速移動的形體，一團團柔軟的黑色塊狀物從夜色中竄出，悄悄翻過圍牆，湧向屋子，經過蘋果樹，往左右散開。

我狠狠跺腳示警。與此同時，樓下有人——我猜是洛克伍德——尖聲叫嚷。荷莉和我從窗邊移向餐桌，背靠著背。我們抽出長劍，空著的手握住對方。

非常安靜。

安靜……這是最可怕的狀況。讓人幾乎不敢呼吸。我緊盯後門。對著走道的門開著，可以看到前廳的提燈光芒；這是唯一的動靜——微小的橘紅火光。整棟波特蘭街三十五號裡沒有半點聲響。荷莉的掌心一片濕滑。

後院台階飄來窸窣聲。荷莉的驚呼憋在喉嚨裡。

樓下傳來砸碎玻璃的聲音。

我看了荷莉一眼，不知道她有沒有聽見——

巨響炸開，震動了整間廚房；堵住後門的木板邊緣閃過明亮白光。鎂粉爆炸的強光漸漸暗下。洛克伍德的陷阱奏效了。有什麼東西崩塌，狠狠撞上牆壁，接著是男人的呼喊。

荷莉緊緊握住我的手。「露西……！」

我對著牆壁皺眉。「不行，荷莉。木板釘得很牢，說不定他們累了就會放棄。」

可惜沒有。我們背後的玻璃破了，他們砸壞木板外的廚房窗戶。

「荷莉，守住後門。」我說。

我跳向那扇窗戶，長劍戳進窺孔，換得一聲痛呼，有人從窗邊摔進下面的灌木叢，撞斷一堆細枝。

樓下傳來瘋狂的哨聲──洛克伍德的警報──荷莉和我隔著廚房互看一眼。

「妳去。」她說。「這裡我擋著。」

「馬上回來……」話還沒說完，我已經沿著螺旋樓梯往下狂奔，踏出吵雜的腳步聲，每走一步就感到氣溫降了一點。抵達地下一樓時，我已經被突如其來的氣凍得皮膚刺痛，牙齒痠疼。一縷縷淡綠色的霧氣拍打我的靴子。

鬼魂霧氣……

左手邊的拱門對著屋子後側，從深處傳來金屬敲擊聲及超自然震盪，還有並非來自活人的尖叫。我衝了過去，看到洛克伍德與奇普斯從一道散發微光的巨大形體旁退開。它外形大致像顆球，表面長出一顆顆疙瘩，輪廓模糊。有一塊寬寬扁扁的節點，可能是腦袋吧，下面接著類似肩膀的構造，末端沒有長出手臂，只看到軟骨般的突起──除此之外空無一物，只是個不成形的發光團塊。它稍稍浮起，微微鼓動，飄向我們。洛克伍德拿長劍刺穿它，創口周圍的鬼氣散開又迅速重新融合。

「嗨，小露。」洛克伍德回頭看了我一眼，其實他沒有必要這麼冷靜。「謝謝妳下來支援。這位是無肢怪。他們把門炸開一個洞，丟進它的源頭，結果它滾到洗衣房去了。能不能幫忙找一下？奎爾和我暫時走不開。」

「可以拿燃燒彈炸它。」我一邊說著，讓到一旁，尋找竄過幻影身邊的時機。絕對不能接近無肢怪，它會把你吸進去。

「如果有必要的話。只是我不想讓鬼氣在這個封閉空間裡噴得到處都是。麻煩妳去看一眼囉。別踩到門邊的地板。」

我衝上前，矮身鑽過整片寒氣，進入地下室後側的洗衣房。碎木片散落一地，我們的防護措施被拆了一半。外頭是幾道瘋狂往內闖的漆黑人影。

我丟了一顆鎂光彈警告他們，就著明亮的銀光趴在地上尋找，撥開木片、瓦礫，還有之前洗衣服時落單的襪子和緊身褲。

看不出任何長得像源頭的東西。上空飄過白色煙霧，堵門的木板邊緣燃起白色火焰，某個拿斧頭的人正在猛烈攻擊我們的防線。

「小露，進度如何？」洛克伍德的呼喚現在少了點從容。無肢怪發出駭人的咯咯聲，奇普斯則是嚇得大叫。

我沒有回話。打開手電筒，叼在口中。我打開腰帶上的一個小皮包，準備抽出摺在裡頭的銀鍊網。那個白痴源頭在哪？斧頭在門上砍出捷徑。我跪在地磚上，伸長脖子往洗衣機底下看去，在那堆毛屑與鈕釦之間……

有了！接近圓形的骨頭碎片——可能是一小塊頸椎，就卡在洗衣機下面。我伸手要拿，釘在門框上的最後一片木板裂開，鎂粉燃燒的煙霧翻捲，一名矮小結實的男子爬了過來。我有好一陣子沒見過朱里斯．溫克曼了。他出庭受審那天穿著全新的藍色套裝，當時我坐在旁聽席上。今天他穿了一身黑，扛著長長的金屬水管，而我趴在地上，一手插進洗衣機底下。風水輪流轉。我們一眼就認出彼此。

牢獄生活沒讓他消瘦半分。他的手臂肌肉依然結實得像繫船的鋼纜，胸口與脖子粗得和馬匹沒有兩樣。他看到我，笑得露出滿口牙齒，踏進地下室，體重壓上洛克伍德與奇普斯動過手腳的樓板。他一腳往下陷，樓板另一端翻起，砸中他的臉，使得他摔向他背後的同夥。

與此同時，我從地板縫裡摸出那塊骨頭，用銀鍊網包起。飄浮在地下室另一頭的龐大形體宛如被戳破的氣球般往內萎縮。我耳邊啪地一聲，無肢怪消失了。

院子裡傳來怒吼，不知道是誰在哪裡開了槍；我感覺到子彈嵌入我後方的牆面。我丟下包好的源頭，搖搖晃晃地起身。一雙手緊緊抓住我；洛克伍德從後頭拖著我往另一邊走。「不能再拖下去了。」他說。「門被攻破了，小露。奎爾已經上樓幫荷莉。妳跟我來。」

我們跑過另一個拱門，鑽進練劍室。四周都是煙霧，伴隨著幾縷殘存的鬼魂霧氣，以及鎂粉燃燒的火花。艾美拉妲和漂浮老喬靜靜掛在半空中。一條細鐵線繫住艾美拉妲的左腳，牽到遠處角落的一大堆鹽袋。

洛克伍德抓住鐵線，拉著我躲到那堆鹽袋後方。

我們默默等待。

拱門彼端吵吵鬧鬧。一名手持長刀的男子映入眼簾。他雖然身材高大，卻能在煙霧間無聲潛行。他抬頭看了鐵樓梯一眼，視線投向練劍室，突然停下腳步。在朦朧的黑暗中，假人畸形的身軀用鐵鍊吊著，肯定讓他背脊一涼。手電筒光束迅速掃過，照亮它們用稻草捆出的手掌、拿筆畫上的面容。原來是假人……男子將手電筒插回腰帶，緩緩走進來，刀子擋在面前。他輕輕地橫越練劍室，接近儲藏室的門，也就是我們躲藏的布袋堆旁。當他走到房間中央，洛克伍德拉扯鐵線，艾美拉妲像是飄浮的鬼魂般盪向他。他低聲咒罵，一刀捅入她塞滿稻草的腹部，觸發我們藏在裡頭的鎂光彈。灼熱的白色火焰從假人的軀幹爆出，往外擴散，撕裂它的同時也吞噬了它面前的男子。他跟著一大團著火的稻草倒地，接著爬起來，高聲慘叫，他的頭髮被銀色鎂粉火焰籠罩，他瘋狂拍打頭臉，轉過身，撞上牆壁，然後才轉身衝向辦公室。

我們從布袋堆後起身。房間中央掀起銀灰色煙霧，假人的腦袋兀自掛在鐵鍊上搖晃。它的身體已經燒光了。

「感謝親愛的艾美拉妲。」洛克伍德說。「感謝她壯烈犧牲。我們該上樓了。」

我們沿著螺旋樓梯往上跑，一顆子彈擊中我腳下的金屬踏板，炸出炫目火星。我們衝進廚房。荷莉與奇普斯並肩踏在後門的殘骸間。兩名黑衣男子正打算進屋，他們手持短棍，瘋狂左右甩動。奇普斯跟荷莉的長劍劃出繁複的光弧，逼退那兩人，在短棍上砍出凹槽，毫不退讓。

黑衣男子背後冒出一張熟悉的面容。我瞥見那人泛紅的臉頰、瞪大的藍眼。「白痴，給我讓開。」魯波．蓋爾爵士說。「我來對付他們。」

洛克伍德立刻趕到奇普斯跟荷莉身旁。「退下！」他大喊。「上樓！」我們背後的鐵樓梯傳來砰砰腳步聲。我掏出最後一顆燃燒彈，丟向後門，魯波爵士往後跳回院子。爆炸聲才剛響起，我們已經跑出廚房，轉身爬樓梯。

來到二樓樓梯口，臥室內的靈魂之門透出清晰的脈動。喬治平靜地坐在椅子上。他先前拿了掃把和拖把的木柄加上廚房刀子做出克難的長矛。我們擠在他身旁，他對我們點點頭。「聽起來樓下挺熱鬧的嘛。」

「確實。」洛克伍德的外套一角燻黑了，正在冒煙，應該是和無肢怪搏鬥時的損害。他蒼白的臉頰興奮地泛紅。「喬治，你還行嗎？武器都準備好了？」

「嗯。」

「地毯準備好了？」

「嗯。」

「很好。魯波．蓋爾爵士來了。」

喬治點頭。「就知道他會想親自出馬。」

樓下傳來響亮的碰撞聲，有人踏著沉重的腳步上樓，有人在屋子深處高聲下令。最大聲的還是來自廚房的怒吼。

荷莉嚇得跳起來。「怎麼了？」

喬治緩緩起身。「看來魯波爵士找到我畫在餐桌上的他的肖像畫了。喔，我可是把整張思考布填滿了呢。沒想到整張桌面竟然可以剛好畫出彎腰露屁股的圖。差點找不到空位寫留言給他。」

「內容是……？」洛克伍德握住一支長矛，擋在樓梯口。

他向我們透露留言內容。

「天啊。難怪他不怎麼開心。」荷莉說。

「更棒的是溫克曼那夥人也會看到那張圖。」喬治說。「這就叫作心理戰，攻擊魯波爵士的精神，讓他氣到亂了方寸。」

「看起來挺有效的嘛。」

一張漲紅的臉龐出現在一樓樓梯口。洛克伍德擲出長矛，那張臉在千鈞一髮之際閃過，矛尖刺入地板。

「沒錯。」喬治說。「當心點，他們又來了。」

一名溫克曼的手下從樓梯口邊緣往上瞄了一眼，竄向書房。過了一會，樓梯轉角處冒出槍管，射出三發子彈。我們往後閃避，天花板的石膏碎片撒了我們一身。就在這個時候，一道敏捷矯健的身影趁機跳上半截樓梯，熟悉的嗓音聲聲呼喚：「喔，洛克伍德……你在哪？」

洛克伍德迅速對我們說：「我來幫大家爭取時間。你們進潔西卡的房間，穿上斗篷。露西，妳也是。」他不用回頭也知道我打算抗命。他抽出長劍，走向樓梯口。

他們打開我背後那扇房門，超自然的喧囂瞬間撞進我的腦海。我聽見鐵鍊圈內鬼魂的尖叫聲，突然想到被我關在廚房櫃子裡的骷髏頭，但馬上甩開這個念頭。其他人鑽進房裡，奇普斯扶著行動緩慢的喬治。但我沒有離開，眼睜睜看著魯波．蓋爾爵士進入視野。除了沾上些許混著鎂粉的鹽巴，他完全避開我剛才那顆燃燒彈。他穿著平時那件綠色斜紋套裝和櫻桃色襯衫，笑容中帶著躁動。

洛克伍德在樓梯口等待，劉海垂到眼前，長劍隨時都能出擊。他想裝出從容的態度，但我看得出他呼吸沉重。

「安東尼．約翰．洛克伍德！」魯波爵士說：「你知道你已經放倒溫克曼跟他的四個手下了嗎？這是什麼待客之道？你的友善跑哪去了？」

洛克伍德撥開擋住視線的頭髮。「來啊，來嚐嚐我的友善。」

魯波爵士輕笑一聲。「跟你說，我這幾個月一直在思考我們的決鬥究竟會在哪裡展開。我可是抱著極大的期待。或許是在哪座城堡的垛牆上。還是宮殿的花園裡……」他嘴上說著，往前一躍，低頭閃過洛克伍德的第一擊，旋轉劍身輕鬆化解了第二擊。「可是這座寒酸的小樓梯？這棟狹窄髒亂的小房子？我實在是有點失望。」

洛克伍德歪歪腦袋。他再次出擊、閃避，格檔衝著他雙腿兩側而來的反覆刺擊。「你這在污辱我家？」

魯波爵士雙眼閃亮。「這個嘛……那組品味差勁的沙發、那些民族風抱枕、去不掉的烤吐司味……溫馨到令人髮指。我只希望能換個更迷人的地點。」

他又往上踏了一階。洛克伍德一點一點退離樓梯口。他們的手臂速度快到我完全看不清；劍刃模糊閃爍，在空中不分彼此；交鋒的鏗鏘聲不絕於耳。魯波爵士臉頰上浮現一道紅痕，洛克伍德一手突然滲血。

「寒舍讓你如此失望，真是遺憾。」洛克伍德瞄了我一眼，我站在潔西卡的臥室門口，打了個手勢告訴他其他人都準備好了，催促他快來。「你對家具的評論沒錯。確實有些破舊。可惜地毯也沒有好到哪裡去。」

他跳到一旁，彎腰狠狠拉扯樓梯口的地毯。喬治稍早拆掉了固定地毯的釘子，樓梯上的地毯一掀就起，往上形成陡峭的斜面。魯波爵士雙腳騰空，整個人往後摔。他扯著嗓子大叫，往後翻了好幾圈，伴隨著複雜的碰撞聲從樓梯上消失。

下一秒，洛克伍德拉我進房，我們甩上門，扣上所有的釦鎖。靈魂之門的冰冷力量從背後陣陣拍打我們的皮膚。鬼魂尖叫呼喚我們的名字。

洛克伍德轉身面對我們。他用受傷的手撥開頭髮，在臉頰留下一抹血跡。「好啦，暫時告一段落。」他笑了笑。「現在該過下一關了。」

20

用厚實的門板把自己鎖在房裡或許能帶來短暫的喘息時間，但實情並非如此。是的，擠滿殺手的屋子的確很糟。可惜附贈靈魂之門的小房間也不是值得推薦的去處。

好消息是我們搭建的門沒出紕漏，一切都照著計畫運作。超牢固鐵鍊圈毫無動搖，完全抵擋住圈內洶湧的超自然能量。正如洛克伍德的預料，隨著夜幕低垂，鬼魂一個接著一個從源頭內冒出。它們逃不出圈子，只能瘋狂打轉，散發駭人寒意和靈異恐慌。我忍不住瑟縮，腦中迴盪著它們的呼號。

大量鬼魂困在這個小小的鐵鍊圈裡，完全分不出誰是誰。圈子上空的空氣因為它們的動態變得濃稠：淡淡的影子掙扎衝撞，噴出黑煙的形體聚散不定；尖叫的面容緊貼禁錮它們的無形屏障。圓柱般空間內的光線朦朧微弱，無法看清中央的床鋪，看不見滿地的物品，房間另一側被混沌遮掩。用柱子懸在圈上的鐵鍊結起瑩亮薄冰，末端消失在霧靄中。鬼魂刻意避開它，對鋼鐵展現出強烈反感。這條鍊子是我們前往另一邊的道路。

洛克伍德從地上拎起他的銀斗篷，我則是披上兩度穿越靈魂之門的羽毛斗篷。其他人準備好了，就等我們兩個。奇普斯套著他的天堂鳥斗篷和可靠的護目鏡；喬治的斗篷表面是細細的銀鏈。荷莉繫好她的動物毛皮上的腰帶。他們也都套上從奧菲斯結社帶回來的銀手套。這些奇裝異服現在輪到我們使用，實在是笑不出來。靈魂之門的致命性重重壓在我們頭上。大家都怕得表情僵硬。

背後傳來門把轉動聲，一顆子彈射入門板，被房間這一側的鐵片擋住，沒有穿過來。

「露西，別忘了妳的手套。」洛克伍德說著，套上他的裝備。

「喬治，你還好嗎？」我問。「撐得住嗎？」

他點點頭，對我擠出虛弱的笑容。

「好了，大家聽好。」洛克伍德說：「蓋爾的存在稍微改變了情勢。或許他不會像溫克曼的手下那樣畏懼這個圈子……可是我想不出我們還有別的選擇，若是留在這裡，只會被他們砍成碎片。走過去才是活路。」

圈裡的鬼魂迴旋咆哮。有什麼東西撞上房門，木片噴飛，鐵片出現裂縫。

洛克伍德皺眉。「又是斧頭。我們該走了。這是我的主意，我得要第一個過去。然後是喬治。荷莉，妳可以跟著喬治，確認他的狀況嗎？再來是奎爾。露西，妳是最後一個——可以嗎？」

「當然沒問題。」我說。

斧頭沒有為了我們停頓；它不斷劈入門板。

「記住露西跟我說過的話。」洛克伍德繼續說。「緊緊抓住鐵鍊，直接走過去。鍊子和斗篷可以抵擋鬼魂。它們會氣得大叫，但絕對碰不到你們。不要管它們就行了。」

「說的倒容易。」奇普斯隔著羽毛兜帽邊緣凝視鐵鍊圈。

「等我們抵達另一邊，那裡看起來和這個房間一樣，但是完全不同。比較暗。很安靜。沒有敵人。不用擔心自己的安危。」他笑了笑，握住鐵鍊。「只有幾碼距離。晚點見。」

房間外發生了重大轉折。可以聽見木頭一點一點裂開，有人徒手撕扯鐵片，發出刺耳的磨擦聲。突然間我們的時間嚴重不足。洛克伍德猶豫地回頭。

荷莉站了出來。「不，你得要幫我們斷後，洛克伍德。讓我先走。喬治——你跟著我。」她向喬治伸出手；他一拐一拐地跟著走向鐵鍊。洛克伍德後退幾步，點頭表示感激。他抽出長劍，面對房門。

我對喬治豎起大拇指。「開心點，這是你死都想體驗的事情。」老實說我的用詞不太妥當。「等會見。」我衷心地補上一句。他似乎嚇傻了，沒有回話。

喬治與荷莉沿著鐵鍊踏出腳步，一手換過一手，穩穩地向前。兩道裹著斗篷的身影越來越接近鐵鍊圈，鍊子通往圈內的朦朧幽光，消失不見。

門外傳來最響亮的碰撞聲，門板已經殘破不堪，兩、三名男子忙著移開擋路的碎片。他們看到靈魂之門時臉上的恐慌和猶豫清楚明白，但魯波爵士也在場。他臉上染血、齜牙咧嘴，逼他們繼續。我也抽出長劍，站到洛克伍德身旁。

鬼魂的尖叫突然放大，我回頭望向門。荷莉與喬治不見了。空中的鐵鍊隨著乾脆的規律微微晃動，彷彿圈子裡有人依然繼續抓著鐵鍊前進。困在霧靄中的形體不斷打轉，看起來既急切又失望——希望它們是真的失望。鐵鍊不再晃動，停滯在半空中。

「成功了！」我說。「他們過去了！奎爾，下一個是你。」

奇普斯點頭，兜帽上的長羽毛瘋狂擺盪。他擠出全身上下的意志力，活像是即將沿著木板走向熱鍋的悲傷雞隻。他握住鐵鍊，有些遲疑地走向圈子。

有什麼東西刨抓門上的窟窿，魯波．蓋爾爵士硬是跳了進來，以笨拙的姿勢著地，避開我的攻擊，揮拳把我打得撞上洛克伍德，我們腳步踉蹌。魯波爵士收回長劍，疾衝上前。

一道宛如凶狠公雞的身影掠過我身旁，以長劍從左右展開攻勢。魯波爵士被逼退到門邊，一臉震驚，只能勉強擋下。或許是被奇普斯的怪樣嚇到了——巨大的護目鏡、頂在頭上的天堂鳥羽毛、隨著每一次攻擊瘋狂搖擺的粉紅色羽毛。這怪不得他，任何人都無法習慣這幅景象。

魯波爵士仍舊技高一籌。他開始發威。奇普斯的氣燄消了，連連後退……但洛克伍德和我上前助陣。一瞬間，局勢轉為三對一，劍刃交錯的聲響震盪空氣。有人從門外對洛克伍德揮刀。他轉身閃過，攻向魯波爵士的腦袋。魯波爵士矮身閃躲，朝奇普斯的腹部突刺。奇普斯痛得叫出聲。我一劍往下劈，劃過魯波爵士的手腕。他高聲咒罵，抱著手臂往後跳。

這是我們離開此地的最後時機。奇普斯、洛克伍德、我躍離戰局，橫越房間，抓住引路鍊條，慌亂地側身移動。奇普斯先走，接著是我，最後是洛克伍德。我們走得很急，差點撞上前面的人，穿過冰冷狂風，走向那團打轉的超自然能量。心裡只想著往前走，拋下恐懼與思考，一步也不停地跨過鐵鍊圈，踏入圍繞靈魂之門的混沌。

□

我們踩在那堆源頭上，寄宿其中的鬼魂近在咫尺。可怕的尖叫和低語掃過我的耳膜，我完全聽不懂它們的語言。左右兩側站滿激動的形體，遠遠避開橫越床鋪、通往幽暗空間的鐵鍊。它們看著我們，盡可能地聚集過來。

冰霜凍住鍊子的鐵環，寒冷空氣撲向我的臉。前面的奇普斯絆了一下，腳步慢下來。這很合理，畢竟他是第一次走這條路。「別管它們！」我大叫：「繼續走！順著鐵鍊，不要放手！」

我們走到床邊，包覆床架的薄冰被我們壓碎。不只是冰層——凍結的床墊也劈啪作響。背脊斷裂的奇怪物體在床下爬來爬去，像是對著玻璃底船隻虎視眈眈的鯊魚。等我們從床鋪另一邊跳下時，它們從晃動的斗篷旁彈開，在我們背後起身，呼喚我們的名字。

我們馬不停蹄，再走個兩步，跨過鐵鍊圈，迎上房間另一頭的寂靜。

突然間變得安靜極了，而且冷得要命。

不只是那些超自然騷動頓時停滯，其他的聲響也完全聽不見——沒有魯波爵士或溫克曼手下的呼喊，也沒有拆門的噪音。空氣停滯，毫無流動，微弱的灰暗光芒使得一切看起來平板單調。我們還在原本的臥室裡，但卻是另一邊的臥室，這裡和原本的世界截然不同。我們身旁的牆面處處是裂痕，坑坑巴巴。腳邊淨是閃爍的冰霜。可以看到窗外漆黑的天空。

「離開鐵鍊。」在停滯不動的空氣中，洛克伍德的嗓音聽起來微弱又空洞。奇普斯和我緩緩退開。我們身旁的鐵柱包上冰層。懸掛的鐵鍊一動也不動，另一端通往鐵鍊圈內的朦朧霧氣。鬼魂依然不斷打轉，但現在它們沒有發出半點聲音。洛克伍德和我握住長劍，轉身面向來路。

我們緊盯著門。沒有人跟過來。

「謝天謝地。」我小聲說。「還以為他會跟上來。」

「沒有斗篷的話他就死定了。」洛克伍德說。「不過我不排除這個可能性。」

我們緩緩移動，小心地繞過鐵鍊圈外圍，回到房間另一邊。荷莉與喬治在那裡等我們，兩道戴著兜帽、縮成一團的身影，他們呼吸很快，吐出一片片白煙。兩人背後通往房外的門是一個黑色開口，被霧氣填滿。沒有人站在門邊。沒有魯波爵士，沒有溫克曼的手下。這裡是另一個版本的波特蘭街三十五號，只有我們在。

「怎麼了？」喬治的低語在虛空中迴盪。「我們等了一輩子。還以為你們被抓住了。」

「沒事，我們這麼厲害。」洛克伍德說。「成功了，各位做得好。」他放下長劍，呼出一口白花花的霧氣。「喬治，你還好嗎？感覺如何？」

「被人揍得滿身傷，嚇得屁滾尿流，而且到了另一邊，我們基本上算是死了。除此之外好得很。」

「很好。很高興聽你這麼說。奎爾，你呢？」

罩著護目鏡和羽毛披風，奇普斯的臉色蒼白，但聲音還算強勁。「沒事。」

「剛才你好像中了蓋爾的最後一擊。」

「對。沒事。有點痛而已，沒問題。我還行。」

「很好。」

「是側腹嗎？」荷莉問。「要不要我幫你看看？」

奇普斯朝他那身頗有重量的斗篷比畫。「隔著這套怪東西？妳應該找不到我的傷處。」他搖搖頭。「謝了，荷莉。只是小擦傷，沒什麼大不了。」

「總之我們最好把自己包好。」洛克伍德說。「感覺得到外頭有多冷嗎？斗篷的力量很強，但範圍不大，一脫掉就完了。」

我望向通往房間外漆黑空間的窟窿。「那現在呢？你想我們要在這裡等多久？」

「希望不會太久。」荷莉說。

「不知道……」洛克伍德在兜帽的陰影中皺眉。「魯波爵士的登場增加了變數。他和梅莉莎很熟，假如他也知道靈魂之門的底細，就能看破我們的手腳，採取行動阻撓我們。或許他會逗留在屋裡。換作是我，我會——」他沒把話講完。「還是別說的好。」

「你會怎樣？」喬治問。

我們背後的鐵鍊圈彼端傳來悶悶的撞擊聲。困在圈內的鬼魂無聲地打轉。

洛克伍德看著我們，咬咬嘴唇。他緩緩走回靈魂之門的另一側，我們一一跟上。大家都看到引路鍊條從鐵桿上垂落，虛軟地散在地上，不再是與我們胸口同高、筆直橫越鐵鍊圈的狀態。

「我會砍斷這條鐵鍊。這樣我們就回不去了。」

我們看了看斷掉的鐵鍊，接著視線轉向他。

「所以說我們現在困在這裡了？」奇普斯問。「困在另一邊？這也在你的偉大計畫中嗎？」

洛克伍德搖搖頭。「別這麼大聲。不要生氣。它們感應得到情緒。不知道有什麼東西在聽。」

「喔，現在又會有什麼東西聽我們說話？」奇普斯氣得吁了一大口氣。「好極了！比先前還要更上一層樓！你說過我們在這裡很安全！你說不會有事！現在我們困在死人的領域，一大群飢渴的鬼魂隨時都會撲向我們，然後我們還得穿著這套蠢斗篷！恭喜！洛克伍德，還真是妙計啊！你說——」

「我知道我說過什麼。對不起。我不知道他們會砍斷鐵鍊。」

「帶我們過來送死前你應該要想到這個可能性！」

洛克伍德忍不住咒罵。「要是我以外的哪個人願意動動腦袋——」

「閉嘴。」我說。「你們都給我閉嘴。現在不是拌嘴的好時機。我們要團結起來，好好思考。肯定有什麼事情能做。」

我們默默站在小房間裡。根據我前一次造訪另一邊的記憶，這裡的建築物尺寸大致與原本的世界一致，只是微妙地失真。牆壁看起來軟綿綿的，彷彿隨時都會融化。地板和我們斗篷表面的碎冰閃閃發亮。奇異又平面的冰冷光線無情地照亮我們駝著背的身影和徬徨臉龐。

一時之間沒有人說話，直到荷莉開口：「確實還有其他選擇。只是我不確定可行性多高。」

「總比洛克伍德前一個驚世駭俗的計畫好。」奇普斯說。

荷莉微微一笑。「這我就不知道了。是這樣的，我們不能從這扇門回去對吧？所以待在這裡也沒用。唯一的機會是找到另一扇門，從那裡回到原本的世界。我們很清楚倫敦還有另一個這樣的門，也知道它的位置。」

她環視我們，表情平穩從容，就像在原本的波特蘭街三十五號，宣布我們的當週案件排程。喬治發出類似被戳破的氣球的聲音。

「費茲總部……」我說。「我們只能去那裡了。」

奇普斯咕噥。「撤回前言。妳的計畫跟洛克伍德的一樣糟。更糟。」

但洛克伍德臉上泛開笑意。「荷莉，妳是天才……沒錯，就是這個。就該這麼做。」他興奮得嗓子有點啞。「看不出來嗎？另一邊的配置跟我們所知的世界差不多。所以我們只要走出這扇門，下樓，離開屋子，來到另一條波特蘭街。當然是比我們待的波特蘭街還要黑暗的版本。然後橫越倫敦——應該說是另一個倫敦。我們去費茲總部，門肯定就在那裡。穿過那扇門，回到原本的世界！」他輕笑一聲。「最妙的在這裡：我們還能趁親愛的梅莉莎毫無防備的時候逮到她。跳過她所有的防線，把她逮個正著！我們可以取得終結這一切的證據，在絕境中展開奇襲。」洛克伍德的雙眼在兜帽深處閃耀。「荷莉，這招太高明了。做得好。」

她點點頭。「謝了——雖然我個人只是想活著離開。」

奇普斯揉揉後頸。「等等。根據你和露西上回的見聞，『另一個倫敦』也有居民。」他吞了口口水。「和先前死了幾個人的偏遠村子不一樣。肯定擠得不得了……還有喬治怎麼辦？他走得到嗎？我們的斗篷能撐多久——？」

「我沒事。」喬治突然開口。「再怎樣也得要走到。還有其他選擇嗎？」

「露西？妳怎麼想？」

我內心千頭萬緒，基本上都是為了壓抑被困在另一個世界的恐慌。這種恐慌會讓人智商降低，雙腳無法動彈。這是源自上回的可怕記憶，以及感覺這個房間越來越小的懼怕。我瞬間被說服了，要是我們不開始行動，就永遠找不到脫離此地的路。

「我認為荷莉說得對。」我說。「我們要想辦法找到另一扇門。能順便解決梅莉莎當然更好。不過現在呢……拜託，我們不走不行。」

□

和臥室一樣，整個二樓樓面是生者世界的複製品，只是抽去了一切溫暖柔和的細節與不完美之處。這裡好空洞，到處結著冰。牆面光禿禿的，家飾都不見了；地上冒出如同血管的彎曲細長裂縫。霧氣填滿樓梯，沉默敲打我們的耳朵。

樓梯沒鋪地毯，只剩一片片木板。我們緩緩下樓，踏出虛無的腳步聲。

接近一樓樓梯口時，霧氣瞬間開始打轉，一道陰暗的身影橫過我們面前。高大粗壯——看起來是個壯漢。它靜悄悄地從廚房衝向前門，輪廓浮現在玄關，接著加速離開我們的視線範圍。走在最前面的洛克伍德嚇得停下腳步。他回頭看我，眼睛瞪得老大。「那是誰？」他悄聲詢問。

我想不出答案。洛克伍德加快腳步，我們來到前廳，大門洞開，看得到空蕩蕩的黑色天空。波特蘭街籠罩在薄霧中，路面結起白霜。冷硬的黯淡光線照亮一切。驅鬼街燈沒亮，連燈柱都不存在，人行道兩側的鐵柵門與柵欄也消失了。屋舍全是灰沉沉的石板。

隱約看得見方才的壯漢在路中間奔馳，它沒有回頭。霧氣將它吞噬；周圍再次陷入凝滯。

「那個到底是誰？」洛克伍德又問了一次。「我們屋裡還有誰在？」

我突然想到一件事。我知道還有個誰在我們屋裡。我回頭望向漆黑的屋內。

「在這裡等我一下。」我說。

我走回屋裡。樓梯下的牆面布滿裂痕，有的寬到連手指都放得進去。廚房的門被寒冰凍結在地上，我費了點力氣才擠進去。房裡非常暗，但還看得出餐桌不見了，櫥櫃與流理台也是。用眼角餘光能瞥見它們的輪廓，可是只要正眼看過去就會消失。

正如我所料，頂著亂髮的消瘦青年站在牆邊。正是我丟下拘魂罐的位置。骷髏頭的鬼魂灰暗微弱，但形體清清楚楚——手長腳長，骨瘦如柴，年紀稍微大我一些。他的臉頰凹陷，一雙大大的黑眼漠然盯著我。

「啊。」青年說：「還在想妳會不會想到我呢。所以說妳穿過門了。」

「對。我們穿過樓上的門。」

「感謝妳特地通知。」

他的身影和聲音同樣模糊，或許是囚禁他的銀玻璃罐子的影響。我第一次真正注視他，注視他真實的樣貌。他身穿白襯衫、灰長褲，褲腳露出一小截枯瘦的小腿。他光著腳。他死掉的時候還很年輕。

「他們把門關上了。」我說。

青年挑起一邊眉毛，露出譏諷又愉快的表情。「是嗎？真可惜。被困在不舒服的地方感覺如何？相信妳會希望有人能放妳自由。」

我低頭看了看腰帶，先前用來破壞源頭的鏈子還掛在上頭。我說：「我們要試著橫越倫敦，找到梅莉莎的門。只是來跟你說一聲。」

「眞是貼心。」青年勾起嘴角。「橫越黑暗倫敦嗎？祝你們好運。跟妳說一聲，就算他們沒有封閉你們的門，最好暫時別回這棟屋子。」

「為什麼？發生什麼事？」

「簡單說呢，他們正在搞破壞。魯波．蓋爾爵士用了一些極度尖酸的詞彙。我到這把年紀了，竟然還能學到幾個新字。不過他也不容易，還得控制那批打手——溫克曼的手下猜不透你們幹了什麼好事，全都嚇得要命。有人提到巫術和惡魔。」青年翻翻白眼，這表情與罐子裡的鬼臉極度相像。「說眞的，中世紀的農奴都比他們聰明。跟妳說個好消息，他們大多受了傷——刀傷之類的，不然就是被你們的燃燒彈炸到。他們的眉毛都燒掉啦。」

「很好啊。」我沉著臉應道。

「喔對，溫克曼剛才掛了。」

「什麼？」我用力吸入一大口冰冷的空氣。「什麼？怎麼會？」

「我看到的部分是你們那塊地板打中他的臉。他往後摔，撞上某個小嘍囉的刀尖。拿著尖銳的東西跑來跑去就是有這種風險。」青年冷笑，我再次認出熟悉的鬼臉。「他們把他扛進廚房，但他還是嗝屁了。眞意外，你們竟然沒有和他撞個正著。」

我想到方才那道蹣跚衝過走道，奔入黑暗的壯碩身影，忍不住揚手想抹抹臉，但掌心結了一層薄冰，只能匆匆收手。要挪動雙腳還得掙脫黏在鞋底的冰層。恐慌再次襲上心頭。感覺牆面往我靠近，阻斷我的去路。「我該走了。我一定會回來的。等我們回到家——」

「我就不會在這裡了。」青年的黑眼直盯著我。「他們剛打開櫃子，找到了我。現在蓋爾要把我帶走了。永別囉。」

「什麼？帶去哪裡？」痛楚刺穿我的心。「不、不行，他們不能……」

灰暗的臉龐閃爍崩解，彷彿鬼魂與世界的連結受到干擾。「當然可以。露西，都是妳的錯。我三番兩次請妳放我走，可是現在已經太遲了。」

強烈的悲傷湧現，孤單感出其不意地降臨。「骷髏頭，對不起……早知道……」

身影散去，只有嗓音多留了一會。「我們都來不及了。我被困住，而妳已經死了。」

我凝視青年原本的位置。「可是……我又沒死……」

「妳跟死了沒有兩樣，露西。妳人在另一邊……」

□

我踉蹌回到玄關，從牆上裂縫擠出的巨大冰塊差點把我卡住。前門開著，其他人在漆黑天空下等我。他們的斗篷表面結起閃亮冰珠。除了我尖銳的呼吸和踩破小徑冰層的腳步聲，周圍一片寂靜。我以平靜的語氣轉述和骷髏頭的對話內容及溫克曼的下場。

「好吧，我得承認他的死亡沒讓我良心太過不安。」洛克伍德說著，望向街尾。

「幸好他和某些慘死的傢伙一樣逗留在你們的地下室。」奇普斯說：「不然每次下樓洗內褲的時候他都會在你們背後虎視眈眈，永遠趕不走。」

「可是他到底要去哪裡啊？」荷莉問。

沒有人回答。我們眺望周圍沉默的霧氣。

「好啦，我們沒空愣在這裡瞎猜。」我果斷地說道。「還有地方要去。誰知道去河岸街怎麼走最快？」

21

黑暗冰凍的倫敦依照無情惡夢的邏輯運作，而我們再怎麼努力也無法從這場夢中醒來。從霧氣與沉默開始，結束在紛湧的恐懼之中，每一步都在與扭曲與恐懼對抗。我們走在活人永遠不該涉足的道路上；我們見識到活人永遠不該看到的景象。一切的常理都遭到顛覆，畢竟這不是我們的街道。不是我們的倫敦。我們入侵死者的城市，一切技能與天賦都不管用。

我們走的第一條路是波特蘭街。但這裡不是波特蘭街——我的波特蘭街沒有如此無邊無際的猛烈沉默，沒有滿地冰霜，屋頂和煙囪上方也不是這樣漆黑無星的黯淡天空。房子看起來很熟悉——但是不知從何而來的死板光線讓它們變得死氣沉沉，像是畫在大片紙板上的布景。

建築物全都欠缺真實感，彷彿一拳打下去整面牆就會崩塌。門板不是消失就是沒有關牢，是街道兩側扯出的一個個破洞。窗戶也沒有窗簾，死板空洞，冷冷地注視我們。讓人相信有什麼東西從空蕩蕩的房間裡監視著你。

不過我們一開始沒看到任何人。

我們走在路中間，眼前的冰霜上留了一排模糊痕跡——某個獨行者的腳印。我們沿著腳印走到亞利夫店鋪的空殼外，寬大的櫥窗洞開，霧氣在屋內深處翻騰。那道腳印轉入小巷，消失不見。我們沒有跟著轉彎。如果剛才看到的真是溫克曼，他有自己想去的地方。

「應該要左轉。」喬治小聲說。一片片冰花爬上他的眼鏡鏡片。稀薄的空氣不利聲音傳導。「這樣走最快。」

「很好。」和我一樣，洛克伍德冷到臉皺成一團。「我們得要盡快趕過去。雖然斗篷力量強大，不知道還能撐多久。」

我們繼續走下去。空氣刺骨乾燥，從肺裡吸乾你的生命力，從血液中抽走你的行動力。死亡氣息攀附在斗篷外側，包上一層薄冰，隨著我們的動作發出輕柔的劈啪聲。但這股寒氣無法穿透我們的防線。我們處於脆弱的溫暖泡泡裡，支撐我們快步前進。即便如此，沉默鑽入我們的顱骨，街道兩側無數的窗戶像是一顆顆窺看的眼珠，使得我們心中的恐懼不斷滋長。

這座城市沒有驅鬼街燈。沒有嵌在地上的鐵線，沒有車輛——任何含鐵的物質都不存在——沒有流動的水。排水管、水溝都是乾的，小渠裡空空如也。街上的路牌不見蹤影，店家門上的招牌沒有半個看得懂的字。路線很熟悉，但鋪天漫地的沉滯令整座城市奇異陌生。前一次造訪的另一邊位於開闊的鄉村地帶，而這裡是倫敦市中心，純粹的寂靜更加異樣，把一排排房子變成岩壁，路面成了黑暗深邃的峽谷和谿壑。

經過其中一個峽谷出口時，遠處浮現一道人影。它戴著寬邊帽，一拐一拐地緩緩走來。我們快步閃到街上半倒塌的建築物瓦礫堆後。再往前就是十字路口，洛克伍德卻帶著我們鑽進小巷，遠離大馬路。

「你在幹嘛？」奇普斯壓低嗓音詢問。他斗篷上的羽毛尖端結冰下垂，彎到他面前，活像是亂長的觸角。「這樣是繞路吧。」

「那條路上的玩意兒看起來不太妙。」洛克伍德說：「前方霧中還有更多——你們沒看到嗎？兩大一小。我們得要盡力迴避任何接觸。晚點再繞回去。」

他說得倒容易。每次平安走過一條街，下一條就會出現在霧氣間徘徊的東西。黑暗形體站在空殼屋子的二樓窗邊仰望天空。小小人影坐在公園邊緣的結凍沙坑裡。成年人在人行道上排隊，或許是在等待永遠不會來的公車。穿著套裝領帶的男子與彼此擦肩而過；女性平舉雙手往前走，推動不存在的嬰兒車。它們沉默、灰暗、飄浮著——衣物的色彩褪去，臉龐白得像骨頭。骷髏頭稱呼它們為「失落靈魂」，它說得對。它們茫然若失，重複早已失去意義的行為。

我們逃離黑暗城市裡的每一個居民，拐彎抹角，很快就累了。就算隔著斗篷，無情的寒冷與張力仍舊不斷侵蝕我們的能量。洛克伍德的腳步慢下來。喬治走得更是艱辛，畢竟他穿過靈魂之門前已經相當虛弱。我扶著他的手臂，一路撐著他。

過了一會，他小聲說：「小露，我不喜歡我們留下的痕跡。」

「你是說我們的腳印？」地面不時浮現淡淡的光腳腳印，在街上來回穿梭。我們沉重的鞋印格外顯眼，深深印在結霜的路面上。

「對——還有拖在後面的煙霧。」喬治說。確實。我們斗篷在超自然的寒氣襲擊下悄悄燃起銀色火焰，飄出淡淡的灰煙，浮在我們後方。「妳想它們是不是感覺得到——還是聞得到？」

我點頭。「應該可以。」

「我們身上還有武器。」奇普斯說。他看起來狀況最好，每到一個路口就自告奮勇上前探查，確認狀況。「我還有一顆燃燒彈。我們都佩著長劍……」

我搖搖頭。四肢沉重，冷空氣刮過鼻腔深處。「奎爾，我不確定這些有沒有用。這裡的規則不一樣。之前洛克伍德和我丟過燃燒彈──毫無反應。就連長劍也未必擋得住它們。聽好了，要是被它們察覺到我們的存在，我們只能逃走。」

如果是在原本的世界，現在我們已經抵達寬廣的牛津路。建築物更加高大，霧氣像是潟湖般積在低處。商家飯店的牆面布滿大條裂痕，有的延伸到路面，結凍的柏油翻起，猶如在霧裡遊走的鯊魚鰭。四周的亡者更加活躍，他們走得更快，似乎更有目的性或幹勁。我們幾度躲進空蕩蕩的店鋪，看著灰色人影飄過。就算它們察覺到我們的腳印或是拖在背後的灰煙，也沒有任何反應：別的事物對它們更有吸引力。

後來我們發現那股吸引力的來源。接近一片開闊的廣場，沒有葉子的漆黑樹木矗立在一片結霜的地面上，四周圍著高聳的辦公大樓。遠處集結了一大群亡者。它們背對著我們，周遭霧氣濃厚，但還是看得出其中男女老少都有，衣著風格各異。它們沒有呆呆站著，而是躁動地遊走，注意力聚焦在前方某個閃耀黑光的物體。

我們很想繼續前進──才走了將近一半的路程，體力已經嚴重衰退──卻還是忍不住停下來眺望它們的目光焦點。

事後仔細思考，才意識到那是一扇門，但和我見過的任何一扇門都不太一樣。它懸在半空中，和地面有一點距離，就飄在廣場正中央。那是一塊漆黑的板子，沒有明確輪廓。從某個角度看接近橢圓形，換個角度又薄得像紙。不管怎麼看，它的邊緣都很模糊，彷彿要化在空氣中。門上什麼都沒有，只看得到疑似星星的閃爍光點。即使滿心恐懼，我們依舊看得入迷，待在廣場邊緣，被特異的情景迷惑心神。

「那個是源頭嗎？」奇普斯小聲問。「還是回我們世界的路？」他舔舔冰冷的嘴唇。「感覺它正在呼喚我……」

「不是源頭。」荷莉說。「是別的東西。」

洛克伍德發出接近企盼的嘆息。「我想那是通往下一個階段的途徑。你們看——它們想進去。可是做不到。」

那批亡者確實不斷努力接近半空中的門扉，卻被豎立在它周圍的東西擋住。那是一圈醜陋的銀色網柵，閃閃發亮，顯然是人工製造的物體。看起來有點像我們收在腰帶上的銀鍊網，只是更大片，用幾根桿子支撐著。網子的主體是細小的倒勾，上頭掛著飄動的白色碎片。就在我們眼前，廣場上一名男性亡者無法抵擋衝動，衝了出來，撞上網柵，發出輕柔的碰撞聲，強光閃過；男子往後倒下抽搐。新的雪白碎片掛在網柵上，不斷抽動，群眾間掀起一陣騷動。

「梅莉莎的傑作。」喬治啞聲道。「之前一直在想她的鬼氣從哪來的，現在總算知道啦。」

「它們被困在這裡。」我說。「真可憐。它們被擋住了，逃不出來……」

針對這些不幸存在的憐憫湧上心頭，然後是接近那扇黑亮門扉的衝動。我知道這樣只會害死自己——繼續往前就要被亡者包圍——但我忍不住緩緩邁步。奎爾與荷莉的反應和我一樣。

「等等！」洛克伍德以強大的意志力逼自己別過頭。他沮喪地叫了一聲：「看看我們後面！」

他急促的語氣打破魔咒。我們轉過頭，從我們走過來的方向浮現一道戴著寬邊帽的身影，一拐一拐地穿過霧氣。它和我們的距離近到足以看見它死白的臉龐，以及從袖口伸出的修長手指。

「不可能是之前看到的那個傢伙。」奇普斯說。「我們都走了這麼久了，它不可能一路跟過來。」

「我可沒打算留在這裡親口問它。」洛克伍德氣喘吁吁。「快走！」

我們催促雙腿動起來，再次踏上旅程，廣場、廣場裡的事物、那道跛行的身影很快被我們拋下。我們以最快的速度繼續往前走；穿過亡者的城市，斗篷散發的灰煙如影隨形。現在來到蘇活區，道路狹窄許多，兩側的屋舍擠向我們。在半路上，我們看到另一扇飄在半空中的門扉，同樣以網柵包圍，四周聚集大批亡者。幸好我們的目的地方向不同。我不想再次體驗剛才凝視那片奇異虛空時浮現的欲望。那會引誘人踏上搖搖欲墜的懸崖，不斷接近邊緣，傾身往下看。

奇普斯又走到最前面領路，靴子踩散寒霜。他精神高昂，但我們四個已經衰弱不已。

「奎爾，你狀況不錯嘛。」我好不容易追上他，小聲詢問。

奇普斯點點頭。「我覺得還不錯。一定是這件斗篷的影響。」

「你腰上的傷口呢？不痛嗎？」

他聳聳肩，望向下一條街，雙眼明亮，急著邁開腳步。「一開始確實有點痛，現在好多了。完全感覺不到。」

這時喬治一個踉蹌，差點摔倒。他本來就是我們之中最虛弱的一個，但我也感覺得到在這片黑色天空下，體力消耗的速度加快許多。太過勉強也無濟於事。洛克伍德下令休息一會。

我們躲進某間商店的空殼裡，透過少了玻璃的櫥窗盯著左右道路的動靜。大家癱坐在地，氣喘吁吁。我們垂下腦袋，把腿縮進冒著煙的斗篷裡。

洛克伍德來到我身旁坐下。「露西，妳還好嗎？」

我們隔著結冰的兜帽凝視彼此。

「我現在感覺得到。」我說。「越來越難熬了。」

他的嘴唇上結了一層霜，嗓音帶著猶豫。「我們做得很好。快到特拉法加廣場了。再過去就是河岸街。」

「洛克伍德，我不知道我們能不能成功。」

「一定會的。」

我很想相信他。只是寒冷與疲憊讓我元氣大傷，心頭沉甸甸。我搖搖頭。「我不知道……」

「露西，看著我。」

我照他的指示凝目。他的黑眼還是一樣溫暖。他說：「我來說件事幫妳打氣。是我以前的事蹟。還記得我提到奇普斯和我一開始交惡的原因嗎？幾年前的靈異局劍術大賽？我打倒奇普斯，晉級決賽，卻輸給了劍術比我高明許多的對手。」他看著我。「記得嗎？」

「嗯，我記得。」我木然回應。「雖然你從沒說過打倒你的人是誰。」

「現在我要告訴妳，是芙洛。」

「什麼？」純然的訝異劃破我腦中的迷霧。我猛然抬頭，抖落兜帽上的碎冰。「什麼？你少騙人。」

「是芙洛。」洛克伍德又說了一次。「她真的很厲害。」

「等等，是我們認識的那個芙洛．邦斯？穿著雨靴、鋪棉外套，某些身體部位從沒照過太陽的芙洛？那個芙洛．邦斯？喂！你別對我挑眉！」

「妳好像比我還了解她嘛。」洛克伍德微微一笑。「總之呢，當年她可不是這副模樣。她不是從一開始就穿著雨靴。小露，我總不會連穿雨靴的女孩子都比不過吧。少來了。」

「別管雨靴了！快解釋。我認識芙洛好幾年了，你竟然從沒告訴我這件事！」

「嗯，她當時判若兩人。重點是她那時候還不是芙洛．邦斯。她是辛克萊與索尼斯偵探社的芙洛倫絲．邦納德。前途無量的年輕調查員。」他搖搖頭。「她的招式真是凶狠，把我打得體無完膚。」

我努力統合腦中的兩組影像——我認識的芙洛，蹲在排水管下面，拿棍子戳爛泥——還有洛克伍德口中的那個人。不行。差距太大了。「我沒聽過辛克萊與索尼斯偵探社。」

「因為它早就不存在了。那間偵探社規模很小，只有兩個正式成員，蘇珊．辛克萊和哈利．

索尼斯。芙洛．邦納德是他們的學徒。某天晚上他們三個在杜維治荒原的一間禮拜堂遭到兩個無肢怪偷襲。辛克萊與索尼斯瞬間慘死。芙洛扯下祭壇上的十字架，躲在角落硬是擋住鬼魂。她在那裡過了一夜，就在同伴的屍體旁邊，阻擋訪客持續不斷的攻擊。妳也知道無肢怪長什麼樣子，光看就讓人起雞皮疙瘩。獨自一人撐過整晚……嗯。芙洛是活下來了，但也不再是原本的那個人。」

「這是當然。」我說。「她的腦袋壞掉了。」

「妳知道不是這樣的。」洛克伍德僵硬地起身，望向屋外的霧氣。「我幫了她幾個月，想幫她重新找工作，但那晚的折磨讓她崩潰了；她不要回來當調查員。過了一陣子，她踏入盜墓界。從某些角度來說滿感傷的，不過其實沒那麼糟。露西，她是鬥士。她是我們的朋友。這就是芙洛的故事……」

我安靜了好一會。「為什麼要告訴我這件事？」

「我說過啦，要為妳打氣。還有提醒妳：我們也都是為了性命奮戰的鬥士。喬治、奎爾、荷莉——該走了。只剩幾分鐘路程，再撐一下。」

我們離開店舖時，戴著寬邊帽的跛腳男子從小巷鑽出來，轉向我們。

荷莉的嗓音嘶啞尖銳。「怎麼辦？」

「繼續走下去。」洛克伍德說。「在下個路口轉彎。」

我們面前的霧氣翻騰分開。在前方十字路口站了一小群亡者。男女老少都有，擋住了整條路。

洛克伍德罵了一聲。「快！走這裡！」他衝向我們左邊的牆面，那裡有一道細縫般的窄巷。我們跟著他硬擠進去。兩側磚牆擦過我的斗篷，我好怕它會破掉，就像我穿過的第一件神靈斗篷一樣；我縮起肩膀。巷子越來越窄，我快被夾扁了。突然一個右轉，我們來到一處小小的院子。

三面磚牆聳立在我們面前。其中一面牆上開了個長方形的洞，大約和我們的腦袋一樣高——在我們的世界這是一扇門，或許原本能踩著鐵樓梯上去。沒有其他門了，也沒有其他穿牆的途徑。

「可惡，是死巷。」洛克伍德邊喘邊說。

「現在怎麼辦？」奇普斯的呼吸一樣平穩。「上面有扇門。或許有辦法穿過這棟屋子。」

「最好不要。天知道裡面有什麼？說不定那傢伙沒發現我們。等他走遠了，我們再換一條路走。」

一片沉默。

「覺得它沒看到我們的人舉手。」奇普斯說。

沒有人舉手。我們站在院子裡，被黑色磚牆包圍，過了一會，前方窄巷傳來微弱的聲響，像是有人拖著瘸腿磨擦堅硬地面。

「那扇門。」奇普斯說。「它是我們唯一的機會。我讓你們踏腳。」

「好——」洛克伍德已經和他一起貼在牆邊，雙手交握。「快，荷莉。小露，妳也是。」

荷莉和我都沒有遲疑。我助跑幾步——把凍僵的肢體逼到極致——踏上奇普斯的手，他托著我往上搆到門前的平台。洛克伍德把荷莉拋到半空中。我們手忙腳亂，不斷撞上彼此，但還是爬進了這扇門。喬治更重也更僵硬，難度上升不少；奇普斯跟洛克伍德聯手把他舉到平台上，荷莉和我拖著他進門。洛克伍德後退幾步，藉由奇普斯的一臂之力高高跳起。然後洛克伍德、荷莉、我伸手抓住奇普斯，一口氣拉上來。

他才剛與我們會合，那名頭戴寬邊帽的亡者就拖著腳步踩進院子。

「它上得來嗎？」我問。

我們站在門邊俯視男子。它抬起頭，幽暗雙眼一眨也不眨地仰望我們。

它走向我們所處的這面牆。

「就假設它上得來吧。快走——這些蘇活區老公寓和迷宮沒有兩樣，連來連去的。我們穿過這間房子，一下就能跑到另一條接上。跟我來。」

他抽出長劍，看了看眼前的走廊，衝進建築物深處。我們在原地猶豫不決。走在波特蘭街三十五號的黑暗廳堂間已經夠讓人不愉快，這裡卻更加可怕。走廊的比例很不對勁，天花板凝結一根根冰柱。空氣中帶著一股酸味。

指尖搔抓我們背後的牆壁……

你知道嗎，這條走廊好極了。我們以最快的速度跟上奇普斯。

接下來的記憶混亂又破碎。我們沿著走廊前進，上樓梯，踏進沒有其他去路的房間，繞回原路，不斷擔心會撞見追逐我們的玩意兒。我們穿過無數道門，有的還算普通，有的結上厚厚冰層，扭曲成詭異的形體。到處都是敞開的——在這個冰冷黑暗的世界，沒有門上著鎖。可以進入任何地方，但無論走到哪裡都不會比較好，我們找不到離開這棟屋子的方式。就算經過窗邊，那些窗戶不是太高就是太窄，或是結起白霜，無法確認外頭是否安全。只剩下鞋底磨擦木頭地板的窸窣聲，還有像是故障活塞的呼吸聲，還有前方奇普斯兜帽上的羽毛飛舞彈跳。以及背後某處無法擺脫的緩慢腳步聲。

奇普斯說得對：這些老房子就是迷宮。我們走過幾個閣樓，瀰漫各處的陰影依稀看得到娃娃屋和木馬；房裡的床架彷彿陷入了磁磚地板；廚房天花板垂落的鉤子上掛著難以辨識的黑色物體；搖搖晃晃的樓梯一下變寬，一下變窄，充滿轉折；途中曾經來到連接兩棟建築物的通道，下面是蒼白的街道，碎冰無聲地從我們打滑的鞋底撒落。街道讓我們寒毛豎立，但原因不是驚人的高度，是街上站了一群灰色身影、仰頭看我們如同老鼠般跑向對面的屋子。

周遭的房間開始發出聲響，彷彿牆後其他的物體也追著我們移動。奇普斯口中不停暗罵，加快腳步，閃過開闊的走廊，擠過一條條裂縫，從冰霜和瓦礫構成的斜坡滑落；荷莉和我撐著腳步不穩的喬治，洛克伍德殿後，手持長劍，側身回頭盯著我們走過的方向。

接著，我們抵達一段階梯，下方接著長廊。長廊盡頭是一道拱門，似乎看得到屋外的景色。我們氣喘吁吁地下樓梯，踏出吵雜的腳步聲，片片冰塊從斗篷飄落。

奇普斯煞住腳步。「等等！外頭有狀況！」

「別停！」洛克伍德在後頭大喊。「後面至少跟了四個！」

我們束手無策，身上不剩半絲力氣，沿著長廊踉蹌前行，聽見有人光腳踏上樓梯。荷莉和我幾乎是拖著喬治，奇普斯罵個沒完。我們衝出拱門，迎上灰暗的光線——然後一同停住。

沒辦法前進了。追逐已經結束。

這是特拉法加廣場邊緣的某條街，街上擠滿倫敦的亡者。

22

是我救了大家。這回我的反應最快。門口兩側都有大堆從牆上掉落的冰塊和石頭。我抓住奇普斯跟喬治的手臂，拉著他們躲到離我最近的瓦礫堆後。下一秒，荷莉和洛克伍德也躲到另一邊。我們努力壓低腦袋。

「別說話。」奇普斯以氣音指示。「別動。」

不用他說我們也知道，但實際上可沒那麼容易。我們連呼吸都不太敢，更別說是動彈了。心跳在我耳邊敲著低音鼓。我用力貼住那堆石塊，又怕用力過頭會將它推倒。

蒼白的身影從門內衝出，彈跳躍動，展現出匪夷所思的動態。其中一個就是戴著寬邊帽的瘸腿男子。它們衝過我們的躲藏處，繼續往街上奔馳。

或許這些徘徊的亡者大多喪失意志力，單憑沉默的衝動在行動，但它們應該早就看到我們了。我們其實沒有躲得很好。光是斗篷冒出的灰煙就像煙囪般醒目，奇普斯那頭結冰羽毛如同瘋狂的潛望鏡般從瓦礫堆頂上探出。不過追逐我們的人影不再注意到我們，路上推擠的大群鬼魂連頭也沒轉。前面有它們更想要的東西。

幾名渾身包裹著銀色的男女緩緩遠離特拉法加廣場。總共有六人，我們一看就知道他們還活著。比起周遭盲目走動的人影，他們更加紮實，舉止也更有目的性、更集中。冰冷的空氣中飄來金屬鏗鏘聲。這是我們幾個小時以來首度聽到的聲響，帶來龐大的衝擊。

這六人頭戴輕便的頭盔及和奇普斯臉上那副很接近的護目鏡。他們穿的不是斗篷，而是遮住褲子的寬鬆長上衣。這些裝備的材質看起來和我們從奧菲斯結社帶回來的斗篷一樣。他們背上結起薄冰，燃著沉默冰冷的火焰。

其中兩人走在中間，肩上掛著一堆小巧的玻璃管，另外四人（我猜都是女性）腳踏銀高蹺，類似奧菲斯結社祕書的那套。她們負責保護直接踏在地上的男子，手持尖端鑲銀的長杖，用來驅趕亡者。

約有二十到三十道灰色身影圍繞著他們，嗅聞他們衣襬逸出的灰煙，伸出結霜蒼白的細長手指。亡者的接近對那六個人沒有任何影響。踩著高蹺的女性穿過如同及腰水域的亡者群眾，它們像漣漪般退離可怕的銀器。她們不時彷彿是在攪拌燉湯般往周遭揮舞長杖。灼燒的氣味飄來。與此同時，揹著玻璃管的兩名男子持續前進，他們在騷動中無動於衷，甚至顯得有點厭煩。

我盯著那些表面結冰的玻璃管，其中幾根散發鮮艷光芒。想到方才的銀網柵、掛在上頭的鬼氣碎片。我知道這支隊伍的任務就是從那些地方收集鬼氣，帶回費茲總部交給那個女人。突然間，在疲憊與絕望之下，在凍僵手腳的酷寒之下，龐大的憤怒在我心中燃起——那是想要伸張正義的欲望。

等到可怕的群眾消失在遠處，我們從躲藏處鑽出來往反方向走，步伐緩慢僵硬。沒有人提得起勁來討論方才見識的光景。大家都知道那是什麼。

特拉法加廣場霧氣滿溢，矗立在中央的柱子活像是火箭升空的軌跡，一道灰線筆直地衝向漆黑天空。我們盡可能緊貼廣場外緣；中途一度躲進結霜發黑的教堂空殼裡，避開另一個擁有銀色腿腳的物體。除此之外沒受到任何干擾。不久後，我們抵達宛如烏黑運河的河岸街，峭壁般的建築物從兩旁包夾。這裡氣氛荒涼，霧氣與陰影相融——右手邊就是通往費茲總部的階梯。

我們知道就是這裡。階梯上的冰霜被許多人踩出一條路，一大片銀鍊網掛在門前阻擋遊蕩的亡者，猶如城堡的吊門，像是一排參差的牙齒。我們躲在對街大樓的陰影中，沒看到穿得一身銀的工作人員。空氣平靜無波。

「總要冒險一試。」洛克伍德啞聲道。「不能繼續等下去了。」

「我想我的斗篷快失效了。」喬治說。「我們就——等等，那是什麼？」

一道金光從遠處往這裡接近，照亮河岸街中央的迷霧和周圍建築。光芒中央有兩道人影並肩而行。我們緊緊靠著牆壁，凝目注視。走得比較前面的是一名女性，高䠷貌美。她的銀斗篷直蓋到腳背，隨著步伐翻捲掃動，霧氣化為金色浮沫。她的長髮梳到後頭，幾乎全被兜帽遮住，不過她臉頰優雅的輪廓已經夠我們認出她的身分。在我們的倫敦，大家都知道她是潘妮洛．費茲——但我們知道她真正的名字。

她身旁的形體絕對不是人類。它擁有類似男性的外形，高大瘦削，綻放炫目光芒。它不是用雙腳行走，而是飄在半空中。可以看到兩隻金色眼睛，它的頭頂上浮著一頂純白火焰構成的王冠。其餘細節都被強光蓋住了。籠罩女子、照亮街道的美麗光華全都源自於它。我們盯著他們走上階梯，進入費茲總部。門的周圍泛起光圈，接著被大門吞噬。黑暗再次降臨。

我們愣了許久，面面相覷。

「梅莉莎……」荷莉說：「她旁邊的……」

洛克伍德點頭。「我想這位就是伊札奇爾。」

□

進入另一個版本的費茲總部感覺很怪，處處與我們熟知的那棟建築物對比強烈。在我們的世界，總部的大廳無論何時都是人聲鼎沸，大批冷淡的接待人員面對一排排客戶；來訪的客人坐在舒適沙發上看雜誌；梅莉莎的塑像以空洞眼神盯著這一切。但這裡的大廳又暗又空，像是礦坑裡的洞窟，屋頂低矮，滿地都是濕答答的冰層。幾個破裂的玻璃管和塑膠油罐隨意丟在陰影中。

一排閃爍幽光的油燈標出安全的路徑，領著我們深入這棟建築物。這是必要的措施，有幾處地板完全消失，或是天花板被大量冰柱拉扯崩落。牆面往內彎曲，地面傾斜。先前在波特蘭街三十五號感受到的幽閉恐懼再次襲來。

我們緩緩前進，握住長劍以防情勢生變，順著燈光走，很快就來到聚會廳——只是這個版本更黑暗、更慘淡。這裡站九個困在此處的鬼魂，讓人不安的形體模糊得像是風中殘燭，如同波特蘭街三十五號的骷髏頭。它們飢渴地注視我們通過，轉身面對我們。它們空洞的眼中燃著針尖般的微光。最早被梅莉莎和湯姆．羅特威捕捉的大盜修．韓瑞提的亡魂歪嘴獰笑，脖子折向一邊。克萊姆屠夫少年拿鬼氣構成的刀子對我們狠狠揮舞。幸好原本世界的銀玻璃柱把它們牢牢困在原地。

即使無法說話，這些鬼魂還是不斷呼喚我們，發出貓頭鷹般的嗚嗚叫聲。身負聽覺天賦的我早已習慣這種干擾，只是在另一邊的沉默環境裡，這些雜音顯得很突兀。其他人受到的影響比我大。他們沒想到自己也能聽見鬼魂的聲音。

我們匆匆離開這個房間，踏入殞落英雄的長廊，這裡有通往其他樓層的電梯。在我們的世界，殉職調查員的祭壇旁總是在焚燒薰衣草。這個空間一片漆黑，六座電梯只剩六個窟窿，裡頭填滿霧氣。油燈帶著我們走過電梯門前，來到一座往下的樓梯。

「門肯定就在地下室。」洛克伍德擠出結凍的笑容。「最後一段路了，各位。撐住。我們快到啦。」

我們走過一段段樓梯，深入地底。現在我們走得很慢，經過幾扇通往未知樓層的門洞，依然什麼都沒看見。喬治兩次差點摔倒，他的雙腿已經不聽使喚，奇普斯跟洛克伍德得要撐著他的腋下，拖著他前進。荷莉和我也要互相扶持。就這樣，跌跌撞撞、狼狽不堪，差點丟了小命的我們終於抵達費茲總部最深處的地下室。剩餘的氣力只夠我們繼續前進。

油燈引導我們穿過黑暗的空房間，接近一道拱門。走到這裡，我終於聽見企盼已久的聲響：靈魂之門散發出的靈異脈動和喧囂。

洛克伍德也感受到了。他發出呼聲，如果是在平時應該會是勝利的呼喊吧。我們硬撐著雙腿搖搖晃晃地前進。

「你們說現在幾點了啊？」一道嗓音響起。

我們停下腳步，一同稍稍掀起兜帽，東張西望。

「早知道你們這麼慢，我應該要趁機上髮捲才對。」瘦巴巴的青年開口。他站在黑暗冰冷的房間另一角。要不是那頭亂髮閃爍著異界光芒，他的身影和平時一樣朦朧不清。

「骷髏頭！」一股情緒流遍我全身。安慰？在可怕的地方看到熟悉事物的喜悅？管他是什麼，總之我心頭一暖。「看到你真是太好了。」我一拐一拐地接近他。「你怎麼會在這裡？」

「說真的，我並沒有來到這裡，對吧？」鬼魂說：「我還在那個寶貝罐子裡，待在費茲總部地底下燈火通明的實驗器材儲藏室，旁邊擺著一管管偷來的鬼氣，一兩個膽小科學家在這裡摸魚。其實呢……等等……沒錯，我剛才靠著快樂農工這招把其中一個嚇得半死。就在跟你們閒聊的同時。是不是很高明啊？」青年咧嘴一笑。「我給自己打滿分。」

「可是你怎麼——？」

「露西。」洛克伍德拖著腳步來到我身旁，其他人也緩緩跟上。他們困惑地看著眼前的青年。起先我無法理解他們為何如此不解，接著我想通了：他們現在聽得到他。

「他就是骷髏頭。」我說。

洛克伍德的嘴巴一時闔不攏。「骷髏頭的……鬼魂？他……他看起來不太一樣。」

青年皺眉。「是嗎？你們看起來倒是沒有變化。我還以為你們會凍掉幾根手指頭，甚至是鼻子之類的。說不定你們身上缺了什麼我不知道的東西。不然我會失望到不行。」

洛克伍德瞪著他看。「他說話都是這副德性嗎？」

「並沒有。平常他更惡劣。終於知道我都在忍受什麼了嗎？」

「喔，她就喜歡這個調調。」青年說。「聽再多也不膩。我總能讓她精神百倍。」

「說點讓我振奮的事情吧。給我簡單說明你怎麼會在這裡——還有門另一邊的狀況。我們打算現在穿過去……如果可以的話。」

「應該沒問題吧。」鬼魂說。「實驗室的技術人員剛剛去喝咖啡了。我想他們已經看膩我的各種表情。最近一組進另一邊的巡邏人員還要一小時才會回來。喔，我說沒問題的前提是你們還撐得過穿越的折騰。」他掃了我們一眼。「我看看——鬼鬼祟祟、無精打采，顯然你們都是行屍走肉了。特別是喬治，只要脫掉斗篷，我看他馬上會變成一堆屍塊。」

喬治撐起身體。「喂，我還沒少掉哪個身體部位。只是有點僵硬而已。」

「對啦。最接近臨終的狀態。」

「別拿我瞎扯。」奇普斯說。

「奇普斯……那你感覺如何？」瘦巴巴的青年上下打量他。

奇普斯一愣。「我？好極了。怎樣？」

「沒事。」鬼魂的身影消失又浮現，若有所思地看著空蕩蕩的房間。「我就長話短說了，魯波．蓋爾爵士帶我來費茲總部接受『評估』或是『處理』或是丟進熔爐，不知道他們打算幹嘛。他把我帶到地下室，在那之後我就一直待在這間實驗室裡，看著一批又一批神經病穿上愚蠢的裝備，進進出出另一邊。梅莉莎本人才剛回來。她脫掉斗篷，搭電梯到頂樓。她走得很匆忙，沒有停下來打招呼。」

「梅莉莎經過你那邊？」洛克伍德問。「只有她一個人？」

「嘿，一直都是露西負責問問題。」青年說。「你不能隨便插嘴，一副自己是老大還是什麼東西的樣子。你知道尊重怎麼寫嗎？」

我清清喉嚨。「骷髏頭，請問梅莉莎是自己一個人嗎？」

「就是這樣。這才是標準流程。」鬼魂對洛克伍德笑得燦爛。「是的，露西，她身旁沒跟著其他人。怎麼了？」

「這不重要。我們得要追上她。」我突然想到一件事。「在活人的世界現在幾點了？天亮了嗎？」想見到太陽的渴望襲來。

「還沒。牆上的時鐘顯示剛過半夜十二點。還要幾個小時太陽才會出來。」

洛克伍德乾裂的嘴唇擠出聲音：「等等！不可能！溫克曼和蓋爾在十二點初頭闖進波特蘭街三十五號。現在肯定更晚了。」

「沒錯。晚了二十四個小時。他們在清早送我來這裡，就這樣過了漫長的一天。」青年對我們露出充滿邪氣的笑容，和罐子裡的鬼臉完美重合。「就說你們有夠慢。」

我們的臉垮下來。「不可能。」荷莉低喃。「我們明明……」

「死掉就是這麼一回事。」鬼魂說。「讓人失去一切時間概念。」

不能再拖了。沒有人想多待一秒。其他人走向拱門。只有我遲遲無法邁步。

「謝了，骷髏頭。很高興可以找到你。」我遲疑了下。「跟你說——看到你有臉有身體的模樣，繼續叫你『骷髏頭』實在有點怪。就不能透露你的名字嗎？」

「不行，妳別痴心妄想了。」青年聳聳肩，黑暗的雙眼閃閃發亮。「更何況報上名字是需要信任的。」

我看著他。「好吧。算了。總之我回去以後會去接你。」

「隨便妳。喔對，還有一件事。」在我轉身時，骷髏頭補上一句。「奇普斯。」

「他怎麼了？」

「最近他出了什麼事嗎？」

「沒有。」

「妳確定眞的沒有？」

我還來不及回答就聽到荷莉的呼喚。我以最快的速度一拐一拐地橫越房間，穿過拱門——看到靈魂之門。

□

稱呼它為門其實不太貼切。它不只是門。它是橋梁，是崗哨，是給活人走的高速公路。喬治說得對。洛克伍德的雙親想得沒錯。多年來，在倫敦中心的費茲總部地底下，真的藏了一條連接我們的世界和另一邊的永久途徑。

油燈照亮這個大房間，中央有個又圓又大的坑洞，周圍搭了一片矮牆，高度大約到我膝蓋，材質是結實的鋼鐵。所以費茲偵探社已經淘汰了不牢靠的鐵鍊。儘管看不見坑裡放了什麼，我知道裡頭塞滿源頭——熟悉的朦朧光柱從坑裡升起，大量形體困在裡面打轉。

設計這個坑洞的人才不屑用鐵鍊這種小家子氣的東西來橫跨兩個世界。鋼鐵矮牆上搭了一條鋼鐵走道，或者該說是鐵橋——窄窄的，但非常紮實——貫穿坑洞中央，末端消失在迴旋的霧靄中。我看不到另一端，但心裡知道只要走過去，就能回到屬於活人的世界。

其他人在橋頭等我。披著結冰又冒煙的斗篷，我差點認不出他們的樣貌。先別管坑裡打轉的鬼魂了，我們就像五個喪失形體的惡魔，被這趟旅程折磨得不成人樣。

「那邊可能碰巧有人。」洛克伍德說著，以僵硬遲疑的動作抽出長劍。「我先走。荷莉，妳扶喬治過去。奇普斯——你跟著喬治，露西走最後。和之前一樣。低下頭，忽視那些鬼魂。無論遇到任何事情都別停。」

他沒有力氣多說什麼，轉身踏上鐵橋。我們看著他接近超自然奔流時忍不住瑟縮，但他沒有停下腳步。霧靄在他背後合攏，吞沒他的身影。

荷莉跟著他上橋，站在橋邊等喬治。

喬治爬上鐵橋時腳一滑，差點摔倒。奇普斯伸手抓住他。就在這個瞬間，他那身冰凍的羽毛斗篷飄開，我看到破了個大洞的針織衫，魯波．蓋爾爵士的長劍劃破了這件衣物。從破洞可以瞥見下面猙獰的傷口。

斗篷重新蓋下來。奇普斯扶喬治站好，荷莉伸手讓他牽著，兩人緩緩往前走去，縮著肩膀垂著頭，結冰冒煙的斗篷像是龜殼般壓在他們身上。左右兩側的鬼魂呻吟呢喃，伸長蒼白的手臂想觸摸他們，但只要接近鐵橋就會四分五裂。不久，兩人度過坑洞中央，消失無蹤。

奇普斯準備跟上。

「奎爾，等等。」我叫住他。

他回頭看我。「什麼？快走！我們不就是為了這一刻嗎？我們可以逮到梅莉莎，把她扳倒！」他雙眼發亮，露出得意又期待的笑容。我從沒看過奇普斯如此興奮。

「等一下。」我的嗓音混濁。「別過去。」

他皺起眉頭。在這一秒，以前的奇普斯回來了。「為什麼？露西，別說蠢話了。」開口很不容易，不只是因為這裡氣溫太低。「你想你為什麼在這裡狀況這麼好？這麼……自在？」

他愣愣看著我。「什麼？妳少胡說八道。」

「我只是……只是……奎爾，你的傷勢……」

他發出吠叫似的笑聲。「露西，妳說自在，好像把我當成——」隔著結冰的護目鏡，他對上我的視線，然後他懂了。他眼中的光彩緩緩黯淡下來，像是合上花瓣的花朵般。他的臉龐蒼白木然。接著他掀起斗篷，無視冒煙碎裂的冰塊，查看陰影中的身軀。他維持這個姿勢好一會才鬆手，整片羽毛飄落。他自顧自地緩緩點頭，沒有看向我。

「好吧。挺糟的。」

「喔，奎爾……」

「果然。難怪我這麼有精神。」

我用力吞下恐慌。這裡只剩下我陪著他，我不知道該說什麼、該做什麼。「聽好，你留在這裡可能比較妥當。」

聽到我這句話，他這才看著我。「什麼？我自己一個嗎？看著你們走過去，把我拋在這裡？讓我一個人待在這裡，像個傻子嗎？我才不要。」

「可是，奎爾，你的傷……到了那邊——」

奇普斯沉默一會。「我知道。有可能。就算真的會那樣，也得要回歸常理，讓我回到該去的地方。總之呢，我才不想留在這裡。還穿著這套醜東西。好啦——我們該走了。」

我依舊滿心躊躇。「奎爾，你真的幫了我們大忙。」

「對啊。」

「要是沒有你——」

他對我咧嘴一笑。「妳和東尼和其他人絕對到不了這裡，對吧？很高興我能有所貢獻。」

「喔，天。」

「沒事的。露西，握住我的手，該走了。」

他說得很對。無論結果如何，都該回歸常理。沒什麼好說的了。我緩緩握住他的手。我們一同橫越鐵橋。周遭的鬼魂喧鬧不休，我們全沒放在眼裡。我們穿過這座靈異漩渦，世界之間的破綻。明亮的日光燈在我們頭頂上照耀，我感覺到生命力湧回體內。我想奎爾也感覺到了；他把我的手抓得更緊，手指突然多了溫度與力道。這沒有持續太久。我們過了鐵橋，離開門，回到我們的世界。這是我們該去的地方。奇普斯在走下鐵橋前頹然倒下。

Lockwood & Co.

第五部
費茲總部

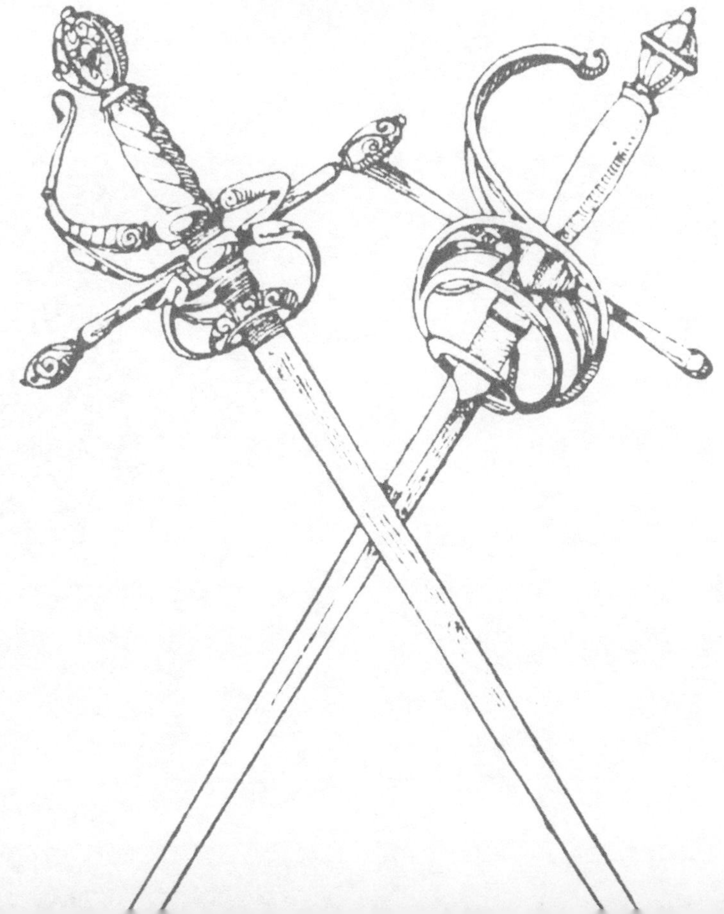

23

別叫我仔細說明在那之後發生了什麼事。我給不出合理的解釋。原因是當你從另一邊回到原本的世界（我有過同樣的經驗，很清楚是怎麼一回事），一定會渾身無力、腦袋混亂。沒辦法好好看東西；突如其來的光線和聲音，還有溫暖的空氣包覆皮膚、進入肺裡，你的感官會受到強烈刺激；身體暫時關機，肌肉不聽使喚。若是和我們一樣在另一邊待得太久，這些症狀就更加顯著。在這種狀態下，實在是難以關注身邊發生的事物。

恐慌是如此熟悉。同時也遠遠超出預料。因此我不太能拼湊出完整的時序：洛克伍德把奇普斯和我拖離圈子；地上有血；洛克伍德彎腰查看奇普斯的狀況；喬治握住他的手；大家都湊在他身旁，剝掉他的羽毛斗篷；更多血——到處都是；有人弄來白布；荷莉將白布按在他身側止血。其間洛克伍德不斷跟奇普斯說話、開玩笑，無數激勵的字句從他口中湧出。奇普斯躺得很僵。他臉色蒼白，頭髮沾著正在融化的碎冰，眼睛周圍留下被護目鏡壓出的淡淡痕跡。

「露西、喬治。」荷莉說：「我要乾淨的毛巾還有繃帶。這裡一定找得到。」

我顫抖著起身，視線掃過我們所處的房間。這裡擺設整齊乾淨。好吧，中間有一團巨大的鬼魂風暴，不過那團混亂全都好好收在圈內。我們順著鐵橋回來，踏進燈光明亮的房間，牆壁漆得雪白，像手術室一般潔淨。牆邊架子上擺了一組組護目鏡跟銀色裝束，全都標上名字和編號；幾個推車和附輪子的塑膠桶裡丟了幾件防護裝；一組高蹺擱在角落，如同倚牆站立的酒鬼；門上甚至貼了幾張安全須知。

等喬治跟我搜索完畢，房裡就沒那麼整潔了。我們翻箱倒櫃、硬扯開櫃門、拉出抽屜。喬治找到一櫃醫療用品，拖著櫃子橫越房間。我穿過一道拱門，發現裡面是鋪設磁磚的盥洗室，工作人員結束辛苦的值班後，會來淋浴間好好刷洗一番。這裡有大量毛巾，我抓了一大堆，拿幾條墊在奇普斯腦袋下，荷莉則是拚命運用繃帶和敷料。她還穿著那套毛皮斗篷。凝結在上頭的薄冰已經融光，獸毛可憐兮兮地黏成一片。她身旁積了一灘棕色的髒水。我拿毛巾努力擦拭。

荷莉總算放慢速度，停了下來。她往後跪倒，沾滿鮮血的雙手攤在膝上。奇普斯雙眼緊閉，一動也不動。

洛克伍德閉上嘴，垂著頭，筋疲力盡地默默坐著。喬治和我頹然坐倒。我們隔著奇普斯的身軀互看，四個可憐兮兮的身影，披著羽毛、獸皮、鼻涕、融冰。我們的眼皮泛紅腫脹，臉色發青，溫暖的血液才剛流過結凍的皮膚。另一邊的箝制漸漸放鬆，但是一股冰冷的麻木感依然掐著我的心臟。我凝視躺在地上的奇普斯。

「對不起。」我好不容易擠出聲音。「我……我看著他受傷。早該知道他傷得這麼重。可是……可是發生了那麼多事……我就是沒想到要看一眼。」

沒有人答腔。

「他在那裡是那麼勇敢。那麼有力，生氣蓬勃……」我用力吸吸鼻子。「太有力氣了。一直到最後我才發現他快死了。」

奇普斯睜開一隻眼睛。「妳說我快死了是什麼意思？少開玩笑了。」

「奎爾！」我嚇得往後彈。洛克伍德和其他人挺起上身，瞠目結舌。

「誰說我要死了？你們沒有看到我費了吃奶的力氣逃離亡者的國度？我現在還不想回去！」

「奎爾！」我又驚又喜，湊過去以笨拙的姿勢抱住他。

「哎喲！」他大叫。「輕一點！我身上還有一個洞。看看這些羽毛，我相信我對它們過敏。」我們圍到他身旁，七嘴八舌地同時開口，悲慘的情緒如同我們斗篷上的碎冰般崩落。「要是被庫賓斯親到，我發誓我馬上就會跑到另一邊去……現在我需要喝點水。」

我們馬上端水過來。奇普斯試著起身，可是傷口痛得太厲害，荷莉包上的層層繃帶敷料下滲出紅漬。

她搖搖頭。「奎爾，我們一定要送你去醫院。另一邊的環境可能讓你暫停失血，可是現在回到這裡，血液循環恢復正常。感覺就像你在五分鐘前被捅出這個洞。一秒鐘都不能浪費。」她站起來，丟下毛皮斗篷，雙手抱胸。「洛克伍德，你有什麼計畫？」

奇普斯虛弱地咕噥。「別再聽他的計畫了！拜託，直接殺了我吧。」

洛克伍德跟著站直，脫掉銀斗篷，一手按住劍柄。他低頭對奎爾微笑，瞬間我心中湧入猛烈的喜悅，我相信一切都會有好的結果。沒錯，我們傷痕累累，累得要命，身處費茲總部地底深處的禁忌地下室，出口跟我們之間危機四伏，可是我們一同穿過另一邊，活著回來了。在那趟可怕的旅程中，我一直懸著一顆心——沒有時間或是經歷思考自己的情緒。現在，突然間，一切宛如脫韁野馬，我對洛克伍德跟所有的朋友感到滿滿的愛與感激——我們贏了這一場戰役。

「很簡單啊，奎爾。」洛克伍德語氣輕快。「我們想辦法離開這裡，幫你找個醫生。無論我有多想搭上銀電梯，跑去找梅莉莎對質，還是要等到辦完這件事再說。你是我們現在的第一要務。我們要送你到一樓，從正門走出去。要是有人礙事——」他沉著臉拍拍長劍，「就讓他們知道我們有多禮貌。最大的問題在於要如何移動你。你狀況很糟。」

「我可以走。」奇普斯咬牙回應。「只要扶我站起來就好。」

「你連坐都坐不起來了。而且你還會把血噴得到處都是。我們需要運輸工具。」

喬治抓抓鼻子。「可以把他丟進那個有輪子的桶子。」

「我才不要進垃圾桶。」

「那推車呢？」我問。「也有輪子。可以推他上樓。」

洛克伍德咧嘴而笑。「露西，妳還真有一套。」

我們扶奇普斯站起，他虛弱到無法單獨站立，傷口大量出血。洛克伍德脫掉自己的風衣，拿長劍割下一長條布料，綁在奇普斯腰間，牢牢固定住紗布繃帶。接著我們讓他躺上推車。還挺合適的，只是他的腿沒辦法擠上檯面。

「太屈辱了。」奇普斯呻吟道。「感覺你們把我當甜點一樣運送。喔！喂！地板不平的地方小心點！」

我們推著他穿過另一側的拱門。這道拱門和我們在另一邊走過的那扇一模一樣。在拱門彼端不是我們曾經看到的空虛坑洞，而是燈火通明的大型實驗室。就與靈魂之門所在的房間一樣，此處整整齊齊擺滿實驗桌、技術人員的椅子、離心機、天平、嗡嗡叫的發電機，還有一大堆我連名字都叫不出來的實驗器材。塑膠架子上插著大量玻璃管，就是另一邊的工作人員扛在肩上的玩意兒。有的沒裝東西，有的管子裡幽幽浮著閃亮的物質。這裡瀰漫化學藥物的氣味。一排排燈管照亮一切，刺痛我的眼睛。老實說我全身上下沒有一個地方不痛，但我一點都不在乎。我的心情飛揚。我們從另一邊活著回來了。這肯定是個好兆頭。

房間末端有三座電梯，一銀二銅。洛克伍德與荷莉推著奇普斯的推車上前，我繞到房間另一側。拘魂罐的位置正如我所想，就在另一邊骷髏頭的鬼魂站著的地方。我瞥見罐裡的鬼臉正在用舌頭和鼻孔做出匪夷所思的事情。當它看到我踉蹌接近，瑟縮了下，擠眉弄眼，佯裝害怕。

「妳看起來眞可怕。」它說。「像是被貓拖進門的東西。沒想到會有這麼一天，我能比妳還體面。」

我捧起罐子。「我很抱歉。」

「哪裡抱歉了？妳的外表？妳的個性？等等——我猜是妳身上的味道。二十四小時的恐懼、暴力、追逐、和死亡擦肩而過，會讓人的腋下超可怕。今晚別讓洛克伍德站到妳的下風處，這是我唯一的忠告。」

「不是的。抱歉把你丟下。」我說。「不該把你留在波特蘭街。」

那張臉對我挑眉，這個表情頗有那個黑眼小伙子的神韻；那團鬼氣很快又拼回平時噁心的位置。「是喔，不過我承認這樣的安排也不錯啦。就憑你們也沒辦法帶我到這裡。喔，看來奇普斯掛了。眞可憐。」

我們和電梯前的眾人會合。洛克伍德與荷莉站在推車左右，奇普斯憤怒地躺在車上。喬治停在擺了大量金屬物品的架子前仔細查看。

「奇普斯還活著。」我說。「看，他在動。」

「妳確定？可能是他體內的氣體跑出來了。妳知道的，這是屍體常有的變化。」

「這個鬼魂又提到我了嗎？」奇普斯低喃。「它說什麼？」

「不重要。喬治，你找到了什麼？」

奎爾在另一邊的表現遠遠超越我們。或許是因為他的傷口，或許是因為他確實比我們都還接近死亡，展現出不尋常的精力。相較之下，喬治在整天整夜的艱辛旅途中差點喪命；但現在他的能量迅速恢復。即使渾身是傷，他和我一樣在重返這個世界時情緒高昂。他破裂的眼鏡後閃過睽違數日的光芒。他指著背後的架子。

「這裡有好幾排槍。」他語氣愉悅。「上面有日出公司的商標，看起來和你們提到的放電槍枝很類似——就是奧菲斯那夥人手上的玩意兒。看看這些可愛的寶寶……」他拍拍幾顆巨大的蛋形金屬物體。「我認為這是工業級的燃燒彈——費茲偵探社有時候會拿這個來清除大量群聚的鬼魂。洛克伍德，我在想能不能摸走一些，要是晚點遇上麻煩還有個保險。」

洛克伍德笑得像頭野狼。「喬治，我覺得你這個想法很好。」

□

可惜沒辦法搭上銀電梯。銀色電梯門上刻著費茲的象徵圖樣：高貴的獨角獸抬起前腿，提著一盞燈。牆上有個玳瑁色的按鈕，門上標示出樓層位置，半圓形的周圍印著負四到七的數字。現在以圓心為轉軸的指針指著七，也就是頂樓。這是我們應該要去的地方，但洛克伍德說得對，現在最重要的是送奇普斯到安全地帶。

我們操作銅電梯門邊的按鈕，電梯廂靜靜抵達，裡面容納得下我們五個人。洛克伍德按下一樓的按鈕，我們站在電梯裡，聽著順暢的嗡嗡運作聲。沒有人開口。我調整長劍的位置。就算現在是凌晨時分，肯定還有許多費茲調查員在忙；踏入費茲總部前，想必會遇上一些阻礙。

操控面板發出悅耳的叮，運轉聲停了下來；一樓電梯門敞開。洛克伍德偵探社一行人踏出電梯，走進殞落英雄的長廊。我們都脫了斗篷，也努力表現得神色自若——腰間佩劍，雙手輕鬆垂落，掛上堅毅表情。我一手攬著拘魂罐。奇普斯靜靜躺在推車上。洛克伍德拿風衣蓋住他，幫他保暖。

在這條長廊上，台座上燃著火焰，紀念多年來殉職的年輕調查員，每幅肖像畫下擺著花圈和老舊的細刃長劍。牆上掛滿一張張油畫，畫中的少年少女神情嚴肅——他們早已死去，成為傳說，受到眾人崇拜。他們都是在與靈擾對抗的途中英年早逝，而靈擾的始作俑者極有可能就是那名住在頂樓的女性。

我們的外套下襬飄盪，靴子在大理石地磚上踩出輕響，排成一列穿過這一區，拘魂罐裡的鬼魂笑得好邪惡。除了載著奇普斯的推車輪子吱嘎作響，我們算是挺低調的。在路上遇到的人都會讓路，負責紙本作業的職員隔著堆積如山的文件偷看我們；費茲調查員看得目瞪口呆。一名成年監督員尖聲叫住我們，但我們毫不理會，逕自向前。

長廊盡頭是接待廳——最華麗的神殿，每一個細節都是為了讚揚梅莉莎的成就——九個惡名昭彰的鬼魂禁錮在遺品柱裡。在這個時段廳裡很暗，吊燈的亮度調低，天花板上的壁畫在陰影中反射燈光，圖案失焦，宛如夢境裡的片段場景。柱子內的鬼魂無聲轉動，以異界光芒描繪出扭曲的虹彩。地上布滿藍色綠色光斑，輪廓不斷變化。

這個區域空無一人，再往前就是大廳，以及通往街道的正門。我們繼續前進，耳中只有腳步聲與輪子的吱嘎聲。離我最近的柱子裡，大盜修．韓瑞提的半透明身影對我們獰笑，身上的破衣飄起來半遮住他的臉。周圍是一幕幕駭人景象：飄在小小的法蘭克街棺材上的黑暗惡靈、昆布蘭大宅的浴血少女、莫登區騷靈、瘋狂發明家戈達爾的幽影永遠都在尋找他遺失的手臂。

我們走到接待廳中央，洛克伍德放慢腳步，推車停住。他往空氣中嗅了嗅。

「哈囉，魯波爵士。」他說。

一道修長的身影從浴血少女的柱子後跺出，帶來傲慢及刺鼻鬚後水的氣味。魯波．蓋爾爵士被鬼魂深藍色的異界光芒包圍。他一彈手指，幾名壯漢從其他柱子後冒出來，堵在我們四周。外圍的陰影中出現更多打手，將我們團團圍住。他們穿著費茲偵探社的灰色外套，手持棍棒和長劍。

喬治、荷莉、我默默站在洛克伍德身旁。奇普斯癱軟地躺在推車上。

「喔！總算又見到洛克伍德和他的朋友了！」魯波爵士說。「你們總是出現在最出其不意的地方呢。」他的嗓音還是一樣彬彬有禮，打扮也相當講究；今晚他穿著黑色領片的深綠色外套、黑長褲，繫上刺眼的黃領帶。但他一笑就露出缺牙的齒列，臉上帶著幾塊瘀青，前額留下被洛克伍德的劍尖劃出的紅色傷痕。他活動右手的時候，我看到他手腕上的繃帶，那是我超過二十四小時前的傑作。他眼中閃著粗野的光芒。

「在這裡見到你，我們倒是不怎麼意外，魯波爵士。」洛克伍德笑道。「其實我還滿期待的。我們還有沒算完的帳呢。」

魯波．蓋爾爵士緩緩點頭。「你穿過那個圈子，害我以為這股氣永遠要憋在心裡了。幸好你讓我有機會雪恥。」他對著四周比畫。「這回我可沒找愚蠢的罪犯助陣。」

廳裡至少埋伏了二十個人，全都肌肉發達，剃光的腦袋活像是被畫上潦草五官的石塊。就是這批惡棍殺了邦喬屈，痛揍喬治。我用力咬牙，右手越來越接近劍柄。

「你們的人大概是我們的五倍。」洛克伍德說。「你確定不要再多找幾個幫手？」

魯波爵士哈哈大笑。「你們這支雜牌軍，活像是流浪樂團，破破爛爛，可憐兮兮。洛克伍德少了他的招牌風衣，荷莉．孟洛渾身是血，庫賓斯幾乎站不住。先別提卡萊爾和那罐可怕的鬼魂了。看看是誰躺在那裡？該不會是奎爾．奇普斯？老天。他應該還沒死吧？」

我感覺到荷莉與喬治在我身旁挪動腳步。洛克伍德沒有回答，視線掃過挑高的天花板、像是蒼白死魚般飄在銀玻璃牢籠裡的鬼魂。「魯波爵士，你對於上回我們決鬥的地點不太滿意。」他柔聲道。「希望這個接待廳還合你的意？」

魯波爵士咧嘴一笑。「沒什麼好挑剔的。」

「這次也是一對一？」

「我是很想這麼做，但這位暴力嗜血的卡萊爾小姐昨晚狠狠傷了我。」他舉起負傷的手腕。「可能不太公平吧。」

「我現在也不是最佳狀況。沒關係，我會對你手下留情的。」

魯波爵士的嘴角勾得更高了。「你人真好。我打算為你我省點麻煩。明天的報紙頭條會是這樣的：你們闖進費茲總部，我的人馬試圖阻止，而你們頑強抵抗，大打一場，傷亡慘重。」他收起笑容，向手下彈手指。「宰了他們。」

高舉的劍刃反射異界光芒，打手步步進逼。

「奎爾，可以了。」洛克伍德說。

躺在推車上的身影舉起一手，僵硬地掀開風衣，露出塞在他身旁的大批武器。有我們嚴格挑選的蛋形燃燒彈和電擊槍，漆黑光滑的外殼映射微光。喬治握起一把槍，撥開安全扣，射出一道閃電形光束，擊中魯波．蓋爾爵士胸口，他瞬間往後彈飛。與此同時，我們各自握起燃燒彈，轉身，瞄準，擲出。我們瞄準的對象不是任何一名壯漢，而是他們背後的柱子。三顆燃燒彈同時炸開，成果超越我們的預期。

大家都知道為了困住窮凶極惡的訪客，這些柱子用了特厚的銀玻璃；不過為了掃蕩整群低等鬼魂的蛋形燃燒彈還是把它們炸得粉碎。

大量碎玻璃往外噴飛，柱子宛如浮冰般崩塌。第一波炫目的鎂粉火焰之後是陣陣白煙，冒出小小的蕈狀雲；在玻璃碎片與煙霧間，重獲自由的鬼魂朝我們衝來。

這裡是修．韓瑞提的結實身影，它少了雙腳，只能用腿骨挪動上身。那裡是浴血少女，穿著染血睡袍盲目爬行。還有駭人的莫登區騷靈。它逃離困住它的破茶壺，儘管沒有實際形體，卻能驅使柱子的碎片飛起來打轉，化為一道龍捲風，將離它最近的打手捲向天花板，留下一串慘叫。大盜修．韓瑞提的惡靈一跳一跳地往側邊移動，詭異的動向像是棋盤上的騎士，直接穿過兩個人，以冰冷的鬼氣讓他們的心臟停止跳動，要不是喬治的電擊槍把它逼退，它差點也要跳到我身上。

洛克伍德低頭全力猛推奇普斯的推車，穿過破損的柱子、奔騰的鬼魂、慘叫的打手之間。「往外跑！」他大叫。「不要停！別被困住了！」

我們拔腿狂奔，努力跟上。魯波爵士的打手有的嚇得驚慌失措，四散逃命；有的依然執意追趕我們。我用長劍掃向其中一人，他往旁一跳，落入修．韓瑞提枯瘦的雙臂間。

「啊，就是這樣。」骷髏頭說道——我還空出一手抱著罐子。「經典的大屠殺場面。長眼睛就是為了見識這一幕。」

我沒有回話。腦中填滿打手的叫嚷聲、鬼魂的呼喊尖號、燃燒彈爆炸時的巨響和衝擊。荷莉又炸掉一根柱子。喬治瘋狂舞動，發射出一道又一道光束。

「天啊。」我邊跑邊喘。「真吵……」

「這些鬼魂有點愛現。」骷髏頭說。「嗚嗚亂叫什麼的。我可沒做過這種事。眞想知道大家的風度都到哪去了。」

莫登區騷靈呼嘯而過，將吊燈從天花板扯落，直擊另一根柱子，像是早餐的煎蛋般散了一地，擋住我們的去路。洛克伍德扭轉推車，我們變換方向，繼續逃命。

魯波．蓋爾爵士從我們前方翻騰的陰影中踉蹌走出，他的臉和身上沾著黑色污漬，頭髮翹得亂七八糟，宛如某種異國水果的外皮。他手中長劍直直往前伸。

「停下來！」他大吼。「跟我打一場！」

我們減速停下。並不是我們打算和他一較高下，而是看到他背後擴散的淡藍色異界光芒，以及貼得更近的死白臉孔。昆布蘭大宅的浴血少女比其他鬼魂還要緩慢安靜；她悄悄接近，以鮮血淋漓的纖細手臂悄悄環上魯波爵士的頸子，將他扯進懷裡。她張嘴迎上，那口利齒如同深海魚般吞噬她的獵物。在她的懷抱裡，藍色寒冰迅速擴散到魯波爵士全身，他四肢抽搐拍打，開口想說話，卻只能發出咯咯喉音，最終還是不敵鬼魂，被拖進黑暗中。

「看吧？」骷髏頭語氣感傷。「我一直想這麼做。公平競爭。爲什麼不讓我享受這種樂趣？」

「快走。」洛克伍德再次邁開腳步。「快到——」他大叫示警。遭到莫登區騷靈破壞的柱子傾斜，倒向我們；在我眼中彷彿是以慢動作播放。我跳向一邊，洛克伍德他們躲向另一邊。柱子碰地砸在我們之間，在我背後粉碎。藍色的異界光芒逸出，像是飄浮在半空中的液體。我東張西望，在滿天煙霧間看不見其他人。附近傳來爆炸聲。鬼魂尖叫高歌。

破損的柱子殘骸中冒出白色蒸汽，聚在一起，構成一道又矮又壯的身影，少了眼珠的眼窩怵目驚心。它厚實的手掌握住切肉刀。克萊姆屠夫少年轉動它的大頭，直視著我。

「喔，露西，妳該逃了。」骷髏頭說。「別忘了——他對妳可是迷到不行。」

不需要它提醒。鬼魂吃吃竊笑，朝我靠過來，但我已經轉身，驚慌失措地跑過混亂的接待廳。我不斷轉向，踩過冒著煙的碎玻璃，跳過遭到鬼魂觸碰的費茲調查員，有人已經腫脹發青。在我背後，一道朦朧的白色形體持刀飄近。

四周煙霧瀰漫，光線詭譎，根本看不清我跑到什麼地方。我完全喪失方向感。找不到我的朋友，找不到出口。我在一根倒塌的柱子旁絆了一下，柱子另一側出現淺綠色惡靈，外型是眼神狂亂的男子，身上纏著鎖鏈，它像是游泳般潛入地板，又從我身旁冒出來，伸手猛抓。我揮舞長劍猛砍，往旁邊跳開——眼前突然出現一道拱門。我毫不停頓，衝了過去，跑過一條文件撒了一地的走道。這裡沒人，大家都逃了。

我突然煞住腳步。我知道這裡是哪裡。裝在一個個大瓶子裡的長劍和花圈，上頭是焚燒火焰的台座。牆上神情肅穆的肖像畫盯著我看，另一端是六組電梯門——五銅一銀。這裡不是通往河岸街的出口。我在慌亂中走了回頭路，進入費茲總部深處。我回到殞落英雄的長廊。回到了電梯前。

我回頭望向背後的走道。克萊姆屠夫少年不知去向，但遠處傳來可怕的顛狂笑聲。我努力緩過氣，等待思考能力恢復。

「看來妳走錯路了。」骷髏頭說。「選得眞好。想必妳的同伴現在正在享用熱茶和奶油麵包，而妳被困在死胡同裡。如果妳想找到出口，至少要打倒七個大聯盟等級的第二型鬼魂。」遠處再次響起爆炸聲。「八個。又倒了一根柱子。」

我一言不發。是的，洛克伍德跟其他人逃得出去。這點我很篤定。他們馬上就能送奇普斯進醫院。我們的運氣還沒用完。

「那個屠夫少年，他肯定埋伏在某處等妳。打算跟他正面對決嗎？」

「才不要。」冰冷生硬的決意填滿我的腦海，這是滿腔怒火濃縮萃取出的產物。「我才不要。」

「聰明。那妳要坐在這裡號啕大哭嗎？」

「可惜我也不打算這麼做。」我走向那座銀電梯。「還有更好的選擇。」

24

電梯來得很快，發出微弱的嗡嗡聲，從頂層下降至此。遠處的機械裝置咻咻運轉，我看著門上標示樓層的指針轉過一個個數字。叮，嗡嗡聲停了。電梯門滑開，梯廂用了深色的內裝，鑲嵌金線和玳瑁板，牆上裝設大片鏡子。

我走進電梯，面對前方，調整夾在手臂下的拘魂罐，按下七樓的按鈕。

電梯門關起，雖然幾乎沒有感覺，梯廂已經開始上升。

「電梯上樓。」骷髏頭說。「二樓是餐具、調味料、內衣褲賣場。」

我們盯著電梯門，這面也貼了鏡子。多虧天花板灑落的暖色系柔和燈光，鏡中倒影清楚映出我看起來有多疲憊。臉頰浮腫蠟黃，頭髮翹出匪夷所思的角度，衣服破爛骯髒。這些我全都不放在心上。我眼中燃著烈火。

這電梯很美，奢華又復古；專屬於某位貴客的私人電梯。空氣中瀰漫熟悉的濃郁香水味。

「梅莉莎的氣味。我們已經很接近了。」骷髏頭哼著輕快小調，對鏡子擺出無數放肆怪相。

我掀起外套下襬，檢查腰帶上還剩什麼。有長劍、鎚子、兩包鐵粉，某個小袋子裡塞了一片銀鍊網。就這樣。手邊沒有燃燒彈，剛才沒空從推車上拿電擊槍或是炸彈……沒關係。長劍還在就好。

電梯經過三樓時，骷髏頭說：「好啦，趁現在還有點時間，跟我說說到時候遇上大魔頭要怎麼做？」

我沒有回答，只是看著指針轉動。

「我是這樣想的：妳打算攻她個出其不意，對吧？要讓她大吃一驚的話，妳現在就脫個精光，往臉上抹煤灰——要抹其他地方我也不反對啦——衝出電梯，像神經病一樣亂叫亂跳。她一定會嚇到站不起來，妳就趁機撲上去一劍砍下她的腦袋。還能讓我看場好戲。如何？」

「很好啊。真是吸引人。」指針轉向五樓。

鬼臉盯著我看。「我想妳一定有什麼計畫吧？」

「我要即興發揮。」雖然這麼說很怪，但此時此刻，我心中沒有絲毫恐懼、疑慮、後悔。事情就該這樣結束。我的朋友離開這棟建築物了——我非常篤定，彷彿是親眼看到似的。洛克伍德平安無事。我相信他會想回頭救我，只是得先打點好奇普斯，等到他處理完那些事，我已經解決一切。只有我和梅莉莎，這是命中註定的結局。

電梯經過六樓，接下來就是七樓了……可以聽見機械運轉聲緩了下來。

我低頭看看被寒霜凍壞的靴子、裙子與破裂的緊身褲、舊外套側邊沾上鬼魂的掌印。我再照了一下鏡子，稍微撥順頭髮。經歷了這一切，我很慶幸能好好凝視自己。藉由鏡影提醒我自己是誰。我是露西．卡萊爾。

叮！愉快的鈴聲顯示我們已經抵達終點。電梯停止的過程中幾乎沒有晃動。

電梯門緩緩開啟，我抽出長劍。

□

要是一踏出電梯就看見鋪著紅地毯的邪惡房間，中間放著王座，大批男僕恭敬地在兩旁列隊鞠躬，那就太適合這個情境了。但現實世界的我面對的是小小的等候室，擺了兩張椅子，牆上掛著難以形容的現代藝術畫作。正前方矗立著一組雙開門扉。其中一邊微微開啟，屋裡透出明亮舒適的光線。這裡同樣充滿衝鼻的花香味。我把長劍握得更緊，推開門，走了進去。

然後呢？沒有王座。沒有男僕。就是個普通的企業總裁辦公室——寬廣的長方形空間，鋪設米白色地毯，牆邊靠著低背沙發（方方正正的現代時尚風格，看起來不太好坐）。每張沙發旁擱了一張玻璃咖啡桌，桌上隨意放置書本雜誌。這裡有更多現代藝術品——畫作、小台座上的醜陋雕塑——以及兩面鏡牆，讓房間看起來更大。

另一端是俯視泰晤士河的大片窗戶。現在是深夜，河道像是深黑色的絲帶，蜿蜒在璀璨如寶石的河岸間。從高處俯視，這座城市是多麼美，廣闊無邊的黑暗與光亮。驅鬼街燈成了美觀的照明，是點點閃爍的星光。一切的不完美都被抹勻。看不到身處其中的人們，無論是死是活。

辦公區位於窗邊，一張龐大的橡木辦公桌上堆了高高的書本和文件，旁邊有書櫃、兩張沙發，一組和衣櫃差不多高的大型木頭櫥櫃靠牆放置。我一眼掃過，沒投注太多注意力。

我的焦點只有坐在辦公桌後的人物。兩道人影。

一名黑髮女子對我微笑。以及飄浮在她肩頭的鬼魂。

費茲女士坐在黑皮辦公椅上。她神色自若，我的唐突造訪對她來說彷彿在街上偶遇老友。沒看到她在另一邊穿的銀色兜帽斗篷；她穿著深綠色連身裙，腳蹬高跟鞋，一手擱在辦公桌上，另一手隨意落在膝頭。若是沒看到她身周綻放的金光，這會是經典的時髦優雅女強人形象。那道金光來自她身旁的形體。

就算拉近了距離，伊札奇爾的鬼魂外形還是差不多模糊。和稍早一樣，這道明亮的身影頂著一團皇冠似的火焰，炫目得難以直視。如果以眼角餘光觀察，會看到類似成年男子的形體，身材修長，優雅地站在半空中。它沒有發出半點聲音，但我感覺得到從它身上散發的冰冷力量。一縷縷光束從它身側伸出，像是烏賊的觸手般環繞著椅子上的女性不斷扭動。

我感覺到罐裡的鬼魂不安地蠢動，耳中傳來幾乎聽不見的低語：「當心……」

椅子上的女子從容地揮揮手。「露西，歡迎！請進，別杵在門邊啊。」

她的嗓音低沉有韻，平靜又充滿自信。我緩緩上前，髒兮兮的靴子擦過地毯。兩側的鏡子映照出我衣衫襤褸的身影、手中的長劍，還有我宛如街頭混混的凶惡神態。

「過來啊。」費茲女士再次呼喚。「這裡是客人的位子。」她手指一晃，指著辦公桌旁的帆布扶手椅。「來吧。我想和妳聊聊。」

「好極了。我也想和妳聊聊。」我說。

我沒有聽話坐下，停在女子和那個沉默鬼魂跟前幾呎處。鬼魂散發的寒意比亮度還要強烈。我不想靠得太近。

梅莉莎．費茲那雙大眼盯著我看。她的黑髮依然豐沛光潤，一絲不亂。我突然領悟到美貌對她來說有多重要。兩旁的鏡子也是為此而設置。窗戶對著倫敦，但這整層樓反映了她的內心。

「就憑那支劍？」她話鋒一轉。「露西，妳真讓我意外。」她的視線飄向我抱著的罐子。「還有——那個畸形標本罐是什麼？哪裡抓來的潛行者寵物？封在罐子裡的白臭鬼？」

拘魂罐在我手臂下劇烈震動。「喂！少裝傻！妳明明知道我是誰！」

或許女子聽得見骷髏頭的聲音，但是從她的表情完全看不出來。「親愛的，妳看起來好累。」她臉上笑容不變。「不過呢，妳的主動性令人驚艷。妳怎麼上來的？搭電梯？前門的保全呢？」

「是的，我搭電梯上來。老實說我不確定現在還剩多少保全在。樓下有點混亂。不過呢，我沒走正門，而是從妳的地下室進入這裡。」

費茲女士停頓幾秒，雙眼細細打量我。「啊，原來如此。這樣說來，妳可是走了不少路呢。魯波爵士口口聲聲保證你們絕對過不了另一邊。他有時候實在是蠢得可以。我要為你們鼓掌。」

我稍稍勾起嘴角。「別擔心，魯波爵士不會再讓妳失望了。梅莉莎，都結束了。我們已經看穿妳的身分和妳的本質。」

我觀察她對這個名字的反應。她的眼睛可能稍微瞪得大了一點。「梅莉莎？」她笑得慵懶。「為什麼要如此稱呼我？」

「因為我們知道妳不是潘妮洛。我們讀過妳的書了——《奧祕理論》。好吧，其實只有喬治讀過。除了他，我們不太習慣鑽研瘋子的胡言亂語。喬治來者不拒。要是剛好在早餐穀片盒子旁邊看到，他連廁所清潔工的回憶錄都看得下去。他向我們介紹了妳對永生不朽的見解，從另一邊採集到的鬼氣能讓肉體恢復活力。」

「喔，他看了嗎？」女子的指尖輕輕敲打膝頭。

我點頭。「妳的『回春靈藥』，梅莉莎。我們知道妳讓自己的肉體恢復年輕時的狀態。我們知道妳捏造出潘妮洛．費茲這個人，以便重新登場。我們也看到妳在另一邊用來收集鬼氣的網子、妳儲藏鬼氣的管子……唯一還沒搞清楚的是妳拿鬼氣做了什麼。妳是喝下去、吸進去，還是像藥膏一樣塗在背上？」

「我用喝的。」女子說。「理論上是這樣。」

「噁心死了。」我舉劍指著飄在她身旁的鬼魂。除了輕撫梅莉莎後背的金光，它沒有半點反應。嵌在光芒中央的深金色雙眼直盯著我。「喬治也提過妳的顧問。他和我們說了伊札奇爾的事情。」

聽到這個名字，鬼魂微微晃動；光束增亮，微微屈伸。強勁的氣流往外吹，橫掃整個房間。桌上的文件邊緣和遠處桌上的雜誌一角翻起。輕柔滑順的嗓音從那道形體傳出，莫名帶著和光芒一樣的金色意象。它說：「就是這個女孩？」

女子抬眼看著她的同伴；她面露愛慕之情，同時也帶著謹慎，甚至是恐懼。「是的，伊札奇爾。」

「她很固執。難以駕馭。」

「她擁有天賦。」

「也許。可是她用得如何？看看她和什麼樣的鬼魂廝混。」一道金光射出，戳向我懷裡的拘魂罐。「這個怪物，這個粗野可憎的玩意兒……」

骷髏頭大叫：「什麼？進罐子和我一較高下啊！我會拿你的鬼氣擦腳。我會把你扯爛當衛生紙用！粗野？你好大的膽子！」

女子挺直上身，陷入沉思，不斷把玩鑲著綠色寶石的手鐲。「她擁有天賦。」她又說了一次。

「那就讓她配合，快點。樓下還有事情要忙。」

我往前踏了一步。「我不接受妳的任何條件。」

「就算是這樣，我還是要提。」梅莉莎．費茲突然起身。她比我高，面貌極美。在金色的異界光芒下，她宛如童話故事裡的女王。她對我微笑，打在她頭髮上的絢麗光芒燦亮如鑽石。「露西，我們兩個是如此相像。」

「我可不這麼想。」

「我們都能和鬼魂交談。我們同樣探尋亡者的祕密。我們都曾走過另一邊，看見凡人不該看的事物。妳的天賦跟我一樣強大。我們共享這份能力——除此之外還能共享更多。」她笑得更加燦爛。「永恆的生命，露西，只要加入我，這也會是妳的。」

我發覺即使她離開椅子走向我，離開飄在半空中的同伴，她仍舊與它的光芒相連。光束像鎖鏈般糾纏著她。我瞬間想到查理．巴德。我說：「真是誘人的條件，但我不喜歡妳身旁那個發亮的玩意兒。」

女子依然笑容可掬，手指捲起一縷髮絲。「妳獲得妳的第三型鬼魂引導，我也有我的。看吧？我們這麼像。」

「只差在露西的品味夠好。」骷髏頭插話。「女士，雖然妳早就忘了，我幾年前跟妳說過話。我提出智慧的箴言，與妳展開文雅的對談。然後呢？我被困在這個罐子裡，而妳和那個發亮的傢伙你儂我儂。不管妳把它當什麼，總之妳錯得太離譜了。」

「安靜，鬼火！」鬼魂綻放強光。「不准打斷梅莉莎——」

「不好意思，我還眞愛打岔。喔，眞是的！我又來了。」

一陣惱怒的低吼。「要不是你在那個罐子裡，我肯定會把你的鬼氣磨成粉。」

「是喔？你有什麼本事？」

梅莉莎瞇細雙眼，第一次正眼看著拘魂罐。「我對你確實有印象，卑賤的鬼魂。我對你的評價是閃爍其詞、油腔滑調、智能低劣。」

罐裡的鬼臉皺眉。「眞的？妳該不會是和其他骷髏頭搞混了？」

「沒有，她絕對沒認錯。」我說。

「好喔。」

「露西，這個無禮的骷髏頭對我沒有興趣。」梅莉莎說。「撇開它的諸多缺陷，我早已經有了親愛的伊札奇爾。自從我小時候找到他的那一刻起，他不斷讓我見識到絕妙的事物。他在各種方面給予我引導。他帶領我和湯姆．羅特威拿源頭來實驗；有了他的洞見，我們才獲得初探另一邊的契機。」

她舉起戴著玉石手鐲的手，伊札奇爾的光束像在玩耍似地與之交纏。梅莉莎發出狂野的笑聲。我以不引起他們注意的速度接近，估測我與她的距離，盤算要跳多遠才能一擊得手。我必須跟她靠得夠近，卻被她惹得惶然不安。那雙帶笑的眼中潛藏著黑暗，彷彿有什麼東西在深處湧動，浮上表面注視我。籠罩她頭髮的靈異光彩有如無情妖女的后冠。

她身上還有其他特質讓我聯想到無情妖女。

「湯姆腦袋轉得太慢，總是扯我後腿。」梅莉莎繼續說。「他聽不見伊札奇爾的聲音，無法理解更深刻的真相。但是妳可以，露西。妳可以的。多年以來，從來沒有人能和我平起平坐、共享榮耀。」

「露西，就說了她滿口胡言亂語，對吧？」骷髏頭說。「要是與她糾纏不清，妳一定會無聊到哭出來。」

「真的。」說完，我往前一躍，全力朝女子身側揮劍。然而效果不如我所料。劍勢越來越慢，停在她頸子側邊兩呎處。我加了把勁，但空氣彷彿灌了黏膠，劍刃紋風不動。

「我們幫妳擺脫誘惑吧。」梅莉莎說。「伊札奇爾？」

金色的身影抬起手臂，強勁氣流把我狠狠往後推。我撞上牆邊那座木櫃子的側邊，力道大到我難以呼吸，頹然倒地，拘魂罐和長劍脫手。另一道氣流捲住長劍，它高速滑離我身邊。

我氣喘吁吁、罵聲連連，掙扎著起身。全身痛得要命。女子站在原處注視我。

「露西，妳今晚為什麼會來到這裡？」她柔聲道。「為什麼獨自上來找我？不——」地板上傳來一陣憤怒的噴氣聲，「那個潛行者不算。為什麼沒帶著妳的朋友一起來？怎麼沒找可愛的洛克伍德？要是妳下定決心要摧毀我，妳不會這麼做。妳別有目的。妳很孤獨，露西——妳需要陪伴。妳需要有人理解妳，與妳擁有同樣的渴望。以普通人的標準來說，妳的朋友當然都很了不起。這點我不否認。但光有他們還不夠。他們不能理解妳對死亡的恐懼。甚至還讓它惡化！妳很清楚洛克伍德的魯莽行為簡直是在自殺——他空虛的情緒將驅動他走向那座墳墓。可是啊，露西，假如妳擁有拯救他性命的能力——把他永遠留在妳身邊——妳會怎麼做？和我一樣，讓他——也讓妳自己——永保青春？」

我抹掉嘴唇上滲出的血；方才的衝擊依然讓我渾身顫抖。背後的櫃門被我撞得微微敞開。現在那道金色形體飄了過來，女子也往我走近。她身上的香氣幾乎將我包圍。

「我們得要做個了結，無論用什麼方法。」鬼魂說。

「露西，如何？」梅莉莎再次勾起嘴角。「這是我的提案。妳覺得如何？」

我尋找長劍的下落；不行，太遠了。拘魂罐落在地上，骷髏頭上下顛倒，對我翻白眼。我沒有其他武器。怎麼辦？說不定櫃子裡藏了什麼東西——槍枝、炸彈、前往另一邊的防護裝備……我想不到其他選項。

我說：「所以妳要給我回春靈藥？也會給洛克伍德？」

黑髮女子聳聳肩。「你們現在還不需要。過幾年再說。不過我會和妳分享它的祕密。妳將住在這裡，我們一起統治倫敦。」

「奧菲斯結社呢？受妳差遣進入另一邊的那些人呢？」

她搖搖頭。「他們都是傻子，就像瞎子摸象。他們都不知道完整的真相。妳將通曉一切。伊札奇爾會以他的光擁抱妳。露西，妳的答案是什麼？」

我忍痛硬是挺直（將近）五呎六吋的身子，撥開遮住臉的雪白髮絲。「梅莉莎，感謝妳的好意。可是就算妳把它包成禮盒，附上和我一樣重的珠寶，這樣還是不夠。」

女子臉一沉，鬼魂的金光包上如同閃電尖端分岔的黑線。

「我說過了。」伊札奇爾說。「她很固執。那麼……」

「完全不夠。」我說。「再怎樣都抵不過遭到靈擾摧毀的無數生命，抵不過和鬼魂對抗時遇害的調查員。也抵不過妳在另一邊收集鬼氣，帶給那些鬼魂的痛苦。難怪那麼多鬼魂被逼著回到這個世界！我全都看在眼裡；我看到我的朋友受傷，看到他們差點喪命！謝了，梅莉莎，恕我無法接受。世界上沒有任何力量能逼我跟妳聯手，即使要付出我的性命，我也樂意接受這樣的處分。」

說完，我轉身拉開櫃門。

槍枝？長劍？隨便哪種武器？

沒有。

但櫃裡確實放了東西，眼前的景象讓我放聲尖叫。

25

櫃裡放了一具屍體。

別說我大驚小怪。我看過的屍體可多了，形形色色，處於各種階段。這是我的工作常態，沒什麼好怕的。尖叫？這絕對不是我的作風。那我現在是在叫什麼？我被嚇到一部分是因為完全沒料到它的存在，一部分是因為它太過駭人，還有一部分是它打破了我所認定的一切。

這具屍體直挺挺地固定在櫃子裡的金色架子上，由許多根金色桿子和夾子固定，不讓發黑萎縮的肉塊掉落。即便如此，它的狀態還是不堪入目。從頭部開始，有些部位不見了——比如說它的左眼，還有大部分的臉頰、下巴、側邊的顱骨。橡皮般的黑色皮膚勉強維持住臉部輪廓。我看到大把大把的黑色長髮，以及如同拔了毛的火雞般的枯瘦頸子。繼續往下，軀幹也是不忍卒睹，外皮又乾又薄，扭曲得像是荷莉說是健康脆片的乾燥蔬菜。表面堅硬發黑，宛如冷卻的岩漿，幾根肋骨刺穿皮膚。手腳幾乎只剩皮包骨，外殼與內層分離，薄得像紙。幾處鑽入螺絲釘，把屍體擺成固定姿勢。這個東西被各種金屬穿透、懸掛、夾住。這是人體的劣質版本。泛黃的牙齒對我微笑，眼窩黯淡無光。

然而最讓我震撼的不是這些。

重點在於，它是梅莉莎。

它就是梅莉莎．費茲。即便少了半個腦袋，我還是一眼就認出她。鷹勾鼻、下巴和額頭的線條、那頭黑髮——這是雕像、書本、郵票上的那張臉。老實說我原本預期會在紀念館的地下墓室看到這樣的景象——只要一切順其自然；只要死人與活人都各自待在該待的地方。

「喔。」骷髏頭發出驚嘆。鬼魂在我腳邊的罐子裡緊貼罐身，想要看得更清楚。我沒聽過它的語氣如此猶豫。「還真是……出乎意料。」

「很驚訝嗎？」背後的女子發出沙啞的笑聲。「可憐的露西。妳掌握了那些線索，幾乎要猜對了。回頭看看我。」

我轉身抽離櫃子裡的驚駭畫面，面對這間時髦的頂層公寓裡另外兩個惡煞。鬼魂伊札奇爾飄得更近了，它收起大半金光，呈現出成年男性的樣貌。原本纏繞在金光上的黑色細線往外蔓延，繞著女子的身體打轉，往她的臉龐投下陰影。但她依然微笑。

「露西，當我寫下《奧祕理論》的時候還很年輕。和妳差不多。在親愛的伊札奇爾的教導下，我學到死者的精華有辦法用來維持生命。我以為這能給予我的肉體能量，讓我永保青春美麗——因此我去了另一邊好幾次。妳已經看過我用來收集鬼氣的部分裝置。不久，我發現伊札奇爾說得對——吸收那些精華後，我的力量確實恢復了。我的靈魂也變得更加強大。」她的黑眼往我眼中探尋。「可是實情沒這麼理想！」

「這是當然了。」我說。「因為妳的所作所為既錯誤又瘋狂。話說這個伊札奇爾到底是什麼東西？它是什麼鬼？妳在哪撿到它的？」

女子抬起手臂，輕敲玉石手鐲。「我在一座古墓附近的地下找到的。他非常古老，露西，也比妳想像的還要睿智。他見識過王朝的興亡。他逃離死亡的箝制。他拒絕了死亡。我也是。」

金色的人影往我這裡飄得更近，從它身上滲出的寒意灼痛我的皮膚。「夠了。」它低沉的嗓音響起。「這個女孩和我們不一樣。她否認一切奧義。她想要死亡。她都已經承認了。我們就順了她的意吧。」

「不行。我想先讓她真正理解。露西，聽好了，儘管我的靈魂越發強大，我的肉體因為多次往返另一邊而日漸虛弱，未老先衰。我需要其他人幫我跨越世界。首先是我在奧菲斯結社的朋友，多年來他們總是無比可靠。他們受到和我一樣的夢想啟發，在樓下進行諸多實驗。」她的笑容變淡。「他們有理由這麼做。畢竟靈擾帶給他們事業源源不絕的財富。可是他們都老了，越來越絕望。他們也像過去的我一樣追求永生，想維持肉體不滅。他們不懂這並不是答案。」

「不然是什麼？」金光閃閃的鬼魂已經靠得很近，我感覺得到它的力量陣陣傳來，把我定在原處。不過在女子滔滔不絕的同時，我努力讓心智脫離鬼魂禁錮，腦袋迅速運轉，評估目前的位置，思考攻擊與逃脫的對策。「答案是什麼？」

「聽我的，肯定不是什麼光明磊落的勾當。」骷髏頭說。

梅莉莎湊了過來。「我領悟了真相：凡人的肉體終究會辜負你，不讓你如願以償。不過只要靈魂夠強大……」她冰冷的手掌貼上我的臉，然後轉身退開。「還有其他選擇。」

在我的眼前，她身上起了奇異的變化；彷彿看著陶偶的臉被巨大拇指推得挪向一邊。她的鼻子、嘴巴、眼睛、顴骨——所有的五官——在一瞬間模糊扭曲，又在莫名的力量抽離時重組，第二張臉出現在另一張臉旁邊。她擁有兩張臉——一張具備實體，另一張卻是模糊的半透明狀！這兩張臉先是幾乎交疊，接著慢慢分開；最後冒出一顆透明的頭顱，宛如破蛹而出的夜行性昆蟲，獨立掛在蛹殼旁。很難分辨哪邊比較可怕：充滿惡意與靈識光芒的靈魂之眼，還是肉體突然失去神采的雙眼。

世人所知的潘妮洛·費茲的臉龐呆滯地垂落，呼吸聲沉重參差。至於從旁邊長出的那張臉呢？可以確定雙方具備血緣關係。上下頷的形狀、額頭上的髮際線如出一轍……只差在梅莉莎·費茲的靈魂擁有她的招牌鷹勾鼻、滿臉皺紋，以及倨傲蠻橫的表情，正如紀念館裡的胸像，或是《費茲教戰守則》封面上的燙金圖案。保存在我背後櫃子裡那具殘破乾屍長得就是這副模樣。

「哇塞。」骷髏頭從地上的罐子裡發言。「我還眞沒料到。」

我低聲咒罵，和許多面對噁心的超自然現象的人一樣，反射性地退了一步。

「我早就知道她是梅莉莎。」骷髏頭繼續說。「但我是藉由內在本質分辨她的身分。我說過了吧？我一看就知道了。既然看到了梅莉莎的靈魂，那我當然會認定身體也是她的！我沒想到原來她占據了別人的外殼。」

靈魂的頸子與肩膀以下模糊不清，融入潘妮洛·費茲毫無動靜的身體。梅莉莎的嘴唇動了動，發出斷斷續續的微弱聲音，像是線路有問題的電話。「占據？這可是更加親近、更完美的聯繫！你們看，我想舉手，」潘妮洛揚起左臂，對我們歡快地揮手。「就能如願。我想挪動我的腳，」長腿更換站姿，那隻手撫平裙子上的縐褶。「也沒問題。我住在親愛的潘妮洛身上，沒有比這個更緊密的距離了。我們是同一個人。」虛幻的面容對我們咧嘴而笑。旁邊具備實體的腦袋則像是遭到遺棄的人偶般往旁垂落。

「所以……所以說潘妮洛真有其人？」我問。

「沒錯，潘妮洛是我的外孫女。」

「我們以為妳捏造出她的存在。」

「怎麼可能。」

我厲聲指責：「她原本活著，妳殺了她。」

梅莉莎的頭對我咋舌。「嘖嘖。我只有趕走她的靈魂。身體還活得好好的，這點妳也看得一清二楚。想解決我的問題，這是最實際的做法，還能讓我撐上好幾年。請稍等，我該回去了。」靈魂的頭部猛蹭她借來的肉體的側臉，瞬間消失得無影無蹤。潘妮洛的腦袋一抽，流下口水，眼中閃現神智的光芒。女子揚手抹抹嘴角。

「太殘忍了。妳真是罪大惡極。」

「別這麼說。看起來確實不太尋常，但利益遠遠超過損失。更何況還有其他選擇嗎？我自己的肉體早已不堪使用──妳也看到櫃子裡的東西。最後我瀕臨死亡，只靠著意志力苦撐。照顧我的醫生是個蠢貨。他要把我裝進棺材下葬！不過我的靈魂渴求生命，與其接受死亡，它寧可進入另一個活著的容器，也就是我親愛的外孫女潘妮洛，當時她還是個小女孩。我得要等上幾年，讓這副身體成長——這段期間不得不讓我女兒瑪格莉特打理我的偵探社。」那張臉不悅地皺起。「瑪格莉特的身心都很軟弱，無法好好擔任這個偉大組織的代理人。幸好我不久就能……排除她，重掌大權。」

「梅莉莎……」鬼魂再次發聲。金色光束警告似地飄動。

女子點點頭。「伊札奇爾的耐性快用完了。他想解決妳。沒什麼好說的了。妳可以當個明白鬼。我已經告訴妳一切了。」

「還沒。」骷髏頭說：「露西，還有一個問題。既然梅莉莎不需要她那副噁心的老皮囊，幹嘛還要好好收在這裡？」

這也是我的疑問，在絕望中帶給我一線希望。金色的鬼魂準備要殺我。一道光束像觸手般朝我彎曲。我矮身閃過，同時伸手往後探向櫃子，抓住支撐那具扭曲發黑的屍體的架子，用力一轉，把整團東西往外扯。它從櫃裡翻出來，飛過我的頭頂，狠狠倒地。一條腿脫落了。梅莉莎發出疼痛憤怒的叫聲，撲過來抱住那具屍體，金色光束迅速退縮，把空間讓給她。

我呢？我撿起拘魂罐，朝電梯全速衝刺。

可惜我沒有跑得太遠。

氣流掃過整間公寓，沙發和咖啡桌移位，報紙和雜誌飛上天。拘魂罐和我在地毯上摔成一團。

我撐起上身，回頭一看，發現屍體已經擺回櫃子裡，兩道身影——綻放光芒的鬼魂與穿著深綠色連身裙的女子——穿過滿天飛舞的紙張走過來。

鬼魂揮揮手。我背後的鏡牆碎裂，玻璃碎片沒有落下，而是往外旋轉，像是要掙脫束縛似地震動。尖銳的大片玻璃宛如平行地面的冰雹般射向我。

「喔，別再用這招了。」我跳起來尋找掩護。「我超討厭騷靈的把戲！」碎片劃破我周圍的空氣。我翻過最近的沙發椅背，趴在後頭的地面上，把自己塞在沙發與牆面之間，如雨般的尖銳碎片刺入另一側的襯墊。一塊特別細長的碎玻璃貫穿椅背，停在我耳朵上方。風暴停歇，碎片紛紛落地。我聽見梅莉莎的鞋跟踩在上頭的聲響。

拘魂罐剛才從我懷裡飛出，側躺在我旁邊，鬼臉直視著我。若要我說它看起來比平時和善，這肯定是違心之言，不過它的怪表情或許和笑容有幾分相似。

「露西，妳知道現在正是時候。」它說。

我瞪著它。「我想得到別的方法。」

「妳做不到的。再過三十秒妳就要死了。」

我貼在地上，從沙發底部偷偷往外看：對，梅莉莎的高跟鞋正踏過撒滿玻璃碎片的地毯，伊札奇爾的金光隨侍在側。鬼魂飄過的地毯結起細細冰渣。金色觸手正往我躲藏的地方摸索爬行。沒時間了。

「鏈子就在妳的腰帶上。快拿來用。」

我臉上有血，後腰也在流血。所以我真的被碎玻璃刺中了。身側怪怪的，一片冰冷，感覺不像自己身體的一部分。我勾起嘴角。「我在等真正的緊要關頭。」

「好吧，既然妳要等的話，不如就直接死在這張醜沙發後面，旁邊還有一堆灰塵和剪刀蟲和掉在地上的硬幣。妳要這樣嗎？」

「不要。」

第一根觸手滑入沙發底下，散發金光與刺骨酷寒。

「妳要讓那個老巫婆贏嗎？」

「不要。」

「妳信任我嗎？」骷髏頭問。

我看著它，眼中浮現的不是這張醜惡扭曲的臉龐，而是想到站在另一邊的那個神情譏誚、頂著亂髮的青年。

「嗯，算吧。」

「那就打破這個該死的玻璃罐。」

我往腰間摸索小鎚子，手指沾滿鮮血，鎚柄滑來滑去。我緊緊握住，抽了出來。

幾乎已經太遲了。

面前的沙發挪動，一開始動得很慢，接著劇烈的超自然力量將它一口氣甩開。我毫無遮蔽，背靠牆面，拘魂罐擱在大腿上，鎚子握在手中。

我的敵人步步進逼。

從某些角度來看，實在是難以分辨哪個是活人，哪個是亡者。他們靠得很近。梅莉莎．費茲身旁那道形體的異界光芒灑在深綠色連身裙表面，也使得她的臉龐無比詭譎。一道道金色觸手包圍著她，讓她的輪廓欠缺現實感。相較之下，她旁邊的鬼魂綻放金光，面露笑容，彷彿有了實體，渾身洋溢能量。

「可憐的露西。」梅莉莎說。

我想我當下看起來確實可憐極了。我倒在自己的血泊中，頭髮遮住眼睛，衣服破爛骯髒……這些大家都很清楚。我瞇細雙眼狠狠瞪著他們。

「妳不打算求饒嗎？」鬼魂問。

「她不會的。動手吧。」

那道身影飄過來。我舉起罐子，看到伊札奇爾遲疑的模樣，不由得一陣得意。

「你該不會是在顧忌那個可悲的鬼魂？」梅莉莎問。「它不比幽影強上多少。」

「他比妳想得還要強大。不過沒關係，他被困住了。」

「並沒有。」我說。

說完，我舉起鎚子，全力敲上罐身。

這個廢物竟然彈開。罐身除了表層崩了一小塊之外毫無變化。

罐裡的鬼魂原本閉眼等待強大的衝擊，它睜開一隻眼睛仰望我。「妳在幹嘛？別跟我說妳打不破這個罐子！」

「等等。」我又敲了一下，鎚子再次彈開。

「喔，妳眞的有夠廢。」

恐慌越來越龐大，我再次努力，卻連先前的力道都使不出來。它難以置信地瞪大雙眼。「廢物！連小嬰兒都敲得開！」

「怪我囉！」我大吼。「是你提議用這個爛鎚子！」

「我沒想到妳這麼沒力！妳怎麼不早講？」

「我以前又沒有敲過銀玻璃罐子！我怎麼會知道硬成這樣？」

「乾脆交給那邊那隻死蟑螂算了！他的成功機率比妳高。」

「你可不可以閉嘴？」

「喔，你們真是一對寶。」梅莉莎說。「可惜一切美好的事物都有終點。露西，永別了。等妳死後，我會找出妳的同伴，看伊札奇爾吸乾他們的血肉。想想妳親愛的安東尼的下場。」

「或者我們可以省下一些麻煩，在這裡做個了結。」一道嗓音響起。

梅莉莎猛然迴身。鬼魂轉動的速度慢了一些，怒氣讓它的光束染上黑斑。我抬起頭，但不用看就知道是誰。那是我發自內心深處的希望，是我最深的恐懼。

通往等候室的門開著。洛克伍德就站在門口。

26

眼前這個人看起來不太像洛克伍德。不像洛克伍德希望呈現的形象——優雅時髦，長風衣搭配稍微太合身的套裝。眼前的他少了風衣，剩餘的衣物簡直是世界奇觀，破得亂七八糟，鬼氣燒灼的痕跡散布各處。他襯衫上的破洞多到媲美抽繩袋，無情妖女某幾套暴露戲服上的布料可能還比較多。他的一邊肩膀冒著煙，另一條袖子上有幾條長長的爪痕。他的頭髮被鹽粒與鎂粉染成灰色，劉海蓋住割傷的眼角，整張臉腫了起來，第一次看到他臉上有這麼多青紫傷痕。簡單說是一塌糊塗。一點都不像洛克伍德。

然而，與此同時，他又比任何時刻還要更像他自己，像到讓人難以置信。比如說他持劍的手勢，他站在門板間的從容站姿；他嘴角的淡淡笑意，閃耀光采的黑眼掃過整個房間，種種駭人的景象完全沒嚇到他。更重要的是他那股強大又輕盈的衝突氣質——他渾身上下散發能量與光亮（比飄浮鬼魂身上溢出的金色煙霧更加純粹），同時也看起來比周遭的一切還要輕巧，彷彿可以飄在空中。和我們相比，他總是不太受到事物的重量影響，少了點生命中的包袱。這是他的招牌特質，就像紙張上的浮水印，而現在更加顯著，蓋過了他破爛的衣服、那些擦傷和割傷，也凌駕在他衰弱的身軀上。

他光是存在於此就像在否定梅莉莎的一切。她為了永保青春，以醜惡的手段替換身體，偷走離她最近、最漂亮的軀殼，而他的存在把她這份畸形心態狠狠踩在腳底。這才是讓靈魂強大的正道，面對死亡，對它嗤之以鼻。為了救我，洛克伍德一路殺上來，不顧盤據在一樓的凶狠鬼魂，在最完美的時機登場。我靠著牆，渾身染血，毫無抵禦能力，很清楚他付出了多少。我就愛這樣的他。我的心為此高歌。

同時我也真心不希望他出現在這裡。

「嗨，露西。」他迎上我的視線，咧嘴而笑。「好玩嗎？」

「好玩得要命。」

「了解。」他小心翼翼地踩過滿地碎玻璃和散落的雜誌走向我們。我看到他的左手握住一把短管電擊槍，雙眼直視梅莉莎與飄浮的鬼魂。不知道是槍還是洛克伍德本人讓他們心生戒備，雙方一動也不動。

「需要同伴嗎？」洛克伍德問我。

我對他微笑。「歡迎。」

我大腿上的罐子裡傳來隱約的嘔吐聲。「你們兩個有夠噁心。不過他真會抓時機。值得讚賞。」

時機。沒錯，洛克伍德來得正巧，而我就沒那麼帥氣了。

我連手邊的任務都完成不了。

梅莉莎曾說我獨自踏上七樓是別有目的，她說我其實是想和她聯手。好吧，她說對了一半。

我的確別有用心，現在我總算理解了自己的動機。我想要一個人解決這一切；我想趁洛克伍德不在場時達成目標。但現在他來了，即便他帶來喜悅與寬慰，過往的恐懼沉甸甸地壓上我的肩頭。這份恐懼受到特尼爾劇場的算命機器給出的預言滋養；這份恐懼攀附著那片等待著他的空白墓地的回憶；這份恐懼源自那個披著洛克伍德外皮的鬼魂，它說洛克伍德將為我而死。

因此我的內心飛揚又絕望，每次接近洛克伍德，我就會生起這樣的感受。但他人在這裡，我只能接受事實。我才不要繼續賴在地上，奮力起身，身側被玻璃碎片劃出的傷口直淌血。

決定行動的不只我一個。鬼魂伊札奇爾的金光明顯減弱不少，頭上的火焰王冠和纏繞全身的光束幾乎陷入黑暗。現在光束往外伸展，射向正舉槍發射的洛克伍德。與地面平行的雷霆直接穿透鬼魂身軀，在它胸口燒出個窟窿。伊札奇爾淒厲尖叫，彈向後方，幾乎飛到辦公桌旁。它跟梅莉莎之間的紐帶瞬間被拉得細長。她高聲痛呼，匆忙追上，高跟鞋踩上碎玻璃，腳步一陣踉蹌。

洛克伍德走向我，右手撫摸我的臉。「妳受傷了。」

「沒事。」

「奇普斯也是這麼說。」

「奇普斯！他有沒有——？」

「我們幫他叫了救護車。小露，我不知道……變數太多了。救護車開走的時候他還是唸個沒完，或許他真的沒事。」他望向那兩道退卻的身影。「他們在這裡……我需要知道什麼嗎？」

「只有幾件事。那個鬼魂可以像騷靈一樣移動物體，它的源頭是梅莉莎的手鐲。她的靈魂占據了潘妮洛的身體，可是她把原本的身體關在那個櫃子裡，我猜她還需要那個空殼。大概就這樣。」

「感謝妳的簡報。妳在這裡等著。」洛克伍德對我咧嘴一笑。「別氣！總要讓我說這句話嘛！我很清楚妳根本不會聽。」

我也笑了。「不好意思，確實是如此。當心伊札奇爾。」

「我有這把槍，而且我的準頭比喬治好。他剛才在樓下差點轟掉伯恩斯的腦袋。」

「伯恩斯？伯恩斯來了？」

「對，還有芙洛。是芙洛把他帶來這裡的。晚點再跟妳說。」

他邁開腳步，發射電擊槍，梅莉莎慘叫著躲到巨大盆栽後面。電流讓植物枝葉發亮，一小片地毯悶燒。伊札奇爾在辦公桌邊忙著重振鬼氣，超自然的氣流往外噴射，風勢比稍早攻擊我的兩波還要弱，但依舊強勁。洛克伍德勉強站穩，又開了一槍。

我看到我的長劍落在房間中央，想上前撿起——然後又停下腳步，低頭望向地上的拘魂罐。罐裡的鬼臉看起來對現在的發展深感不滿。

「好啦，沒必要把我弄出來了。多虧了洛克伍德，在千鈞一髮之際登場。看來一切都在他的掌握中啦。」

「看來是這樣。」我撿起罐子，帶往最近的咖啡桌。

「別再和我這種敗類廝混了。去追著他的屁股跑吧。」

「晚點就去。」桌上的雜誌都被吹走，只剩一座小型石頭雕像——可怕的抽象金字塔，表面帶著顆粒感，活像是一坨馬糞。我把拘魂罐放上桌面，讓它側躺著，然後握起雕像。銀玻璃後的鬼魂正擺出一連串嘲諷表情，突然定格在狐疑的神色上。「妳要幹嘛？拿它來丟梅莉莎？」

我把雕像高舉過頭。

「被馬糞化石砸中腦袋對她來說——」骷髏頭閉上嘴，那張臉突然定格。

我閉上眼，擠出剩餘力氣把沉重的雕像往下砸中罐身。玻璃出現裂縫，飄出刺鼻臭味及咻咻排氣聲。我再次舉起雕像，再次使勁——「喂！小心點！妳這樣可是會連骷髏頭一起砸碎！」這嗓音離我很近。我不是孤單一人。灰暗消瘦的青年鬼魂站在我身旁。他半透明的身影朦朦朧朧，不過已經比我在另一邊看到的還要清晰許多。我低下頭，發現拘魂罐側邊完全被我打穿，淡淡的綠色靈液從裂縫中逸出，像霧氣般往上飄起，融入青年的身體。

破罐子底部的棕色骷髏頭對我咧嘴獰笑。

我丟開雕像。「好啦。你出來了。」

鬼魂愣愣看著我。「還眞的……妳眞的幹了。即使已經沒這個必要……」

「對。我要去忙了……」洛克伍德又對伊札奇爾開了一槍，但那道發光的形體扭動軀幹閃過這一擊，看來它的力量正漸漸恢復，一根根黑色觸手探向洛克伍德，但被他一劍斬斷。我找不到梅莉莎，小跑步上前撿我的長劍。

「露西，妳知道妳做了什麼嗎？」骷髏頭在我背後高喊。「現在妳已經無法阻止我了！我自由了！我可以殺妳——可以在一瞬間殺掉洛克伍德……」

「可以啊！」我沒有回頭。「隨便你！」

我不再理會骷髏頭，一把撈起長劍。

洛克伍德的劍刃行雲流水地砍下一根根襲來的觸手，我也小有戰果。電擊槍口冒出黑煙。

「電量快用光了。」他說。「剛才在屠夫少年那邊花掉太多電力。小露，要是能解決這個伊札奇爾，一定很痛快。妳要不要試著從梅莉莎那邊搶下源頭？」

我沉著臉點點頭。「沒問題。」

我避開憤怒鬼魂的攻擊範圍，尋找梅莉莎的下落，發現她四肢著地，爬到辦公桌後方，黑髮蓋住臉。桌子下肯定有某種夾層或是祕密抽屜，她起身時手中握著一把長劍。

梅莉莎．費茲踢掉高跟鞋，朝我走來。那張美麗的臉龐已經沒那麼好看了；五官莫名地移位，顴骨看起來太高，下巴太過突出——我幾乎看見了住在裡頭的老婦人的靈魂。

我不顧身側的痛楚，毅然迎向她。

「嗨，梅莉莎。差點忘記了，有件事要轉告妳。還記得妳那位老醫生嗎？就是代替妳下葬的那位？是不是叫尼爾．克拉克來著？我們前幾天遇到他的鬼魂。他問起妳的事情。」我修改用詞：「說得更準確一點，他正在找妳。他超想和妳團聚。」

一瞬間，女子的表情變得和我們以前掛在牆上的舊面具一樣呆滯。她的手微微抽搐，手腕上的綠色寶石敲出清脆的聲響。然後又恢復原樣。「天啊，可憐的尼爾。他還在下面嗎？還在生氣嗎？真是太可憐了。」

「或許妳等會就能親自確認。」我說。

梅莉莎皺眉。「妳受傷了。看看妳身上的血。我覺得妳快死了。」

「看來妳是這方面的專家。」

「妳會失血過多而死。」

「這可難說。」我舉起長劍，僵硬地擺出迎戰的步伐。「來吧。」

女子也舉起手中的武器。「露西，帶傷戰鬥可不容易啊。肌肉一動就會把傷口扯得更大。這點我很清楚，畢竟我是劍術大師。最開始拿劍對付鬼魂的就是我。我發明了這項技藝。是我制服泥巷幻影，是我——」

「喔，閉嘴。」我說。「都五十年前的事情了，而且當時妳用的是另一副身體。梅莉莎，妳有多久沒在盛怒之下舉起長劍了？我想妳可能有點生疏啦。」

她撥開遮住臉頰的髮絲。「那就來試試看吧。」她說。

說完，她一個箭步向前，劍刃如閃電般劈落。我擋住她的攻擊，扭轉劍身搭配迴旋步法——一連串複雜的虛實招式從左右兩側襲向她。她大口喘氣，閃躲格檔，沒讓我近身。

頂層公寓裡接近寂靜，只聽得到劍刃敲擊的鏗鏘聲。辦公桌的一側，飄浮的鬼魂伸出第四批鬼氣觸手想困住洛克伍德。另一側的梅莉莎撲向我。洛克伍德和我稍稍退後，站穩腳步。我們並肩而戰好一會，他砍斷飛旋的觸手，我格檔梅莉莎的出擊。我們的身影映在破裂的鏡牆上，時而放大，時而縮小，在參差的碎玻璃邊緣扭曲變形。我們的靴子在地上滑動急煞，踩過玻璃碎片。我們不斷變換位置，像是捲入水流般打轉。在旁人看來肯定是不得了的景象。

確實有個觀眾注視我們的一舉一動。途中我瞥見骷髏頭的鬼魂在房間另一端看著我們。

從洛克伍德流暢輕盈的步伐完全看不出剛才他連路都快走不動了。他的動作還是無比優雅，閃過最迅速的鬼氣攻擊，使出最不費力的招式，就像在家裡對著漂浮老喬和艾美拉妲練習時一樣。我沒他那麼熟練——永遠比不上他——但見招拆招，一一化解她的招式，沒過多久，她的表情變了，自信漸漸換成懷疑。

「伊札奇爾！」她突然大叫：「幫我！」

洛克伍德一開始的幾槍已經讓鬼魂負傷，使得它難以施展全力。不過強大的鬼魂就是麻煩在這裡——無論它原本是哪種黑暗靈魂，伊札奇爾的確實力堅強——就算陷入劣勢，它們也能在短時間內重振旗鼓。彷彿是受到梅莉莎的叫聲刺激，它縮回所有的觸手，把力量吸回體內，舉起散發金光的雙臂。

一陣超自然暴風掃過整個房間。洛克伍德和我同時踉蹌後退——不過我們不是這波攻勢的目標。牆邊一張沙發從地上拔起。鬼魂變換手勢，沙發破空而來，直擊洛克伍德和我的位置。沙發瞄準我們的腦袋。我們無法反應，什麼都做不了。我閉上眼睛。

然後睜開來。

我沒被沙發砸死。什麼事情都沒發生。那張沙發懸在我面前幾呎處，在半空中顫動。辦公桌旁的伊札奇爾再次比手畫腳；沙發一震，往我們這裡挪動一點，然後又往後彈去，受到另一股力量拉扯。我轉頭一看……

看到骷髏頭的鬼魂站在那裡。

這名尖臉青年掛著接近厭煩的表情，一副若無其事的模樣。他正在打量自己的指甲，似乎是看到甲縫卡了點污垢。但它的另一隻手高高舉起，輕輕比出拉扯的動作，沙發同時飛往反方向，遠離我們，遠離伊札奇爾的控制。青年垂下手臂，沙發隨著這個動作搖擺，旋轉著砸上牆壁。

伊札奇爾高聲怒喝：「低賤的鬼魂！你竟敢違抗我？」

「這是哪個年代的台詞？」骷髏頭的鬼魂說。「說眞的，妳能想像和他相處起來是什麼感覺嗎？他的表情肌肉死透了嗎？幽默跑哪去了？諷刺跑哪去了？怎麼能少了那些不用錢的屁股笑話？和他共度永恆的時光肯定無聊得要命。」

伊札奇爾再次比畫。辦公桌後的檔案櫃浮起來，朝我們飛射。青年毫不在乎地擺擺手，櫃子瞬間反轉，往回飛過伊札奇爾身旁，破窗而出。

鬼魂氣得全身發黑。它又變了一次戲法。暴風襲捲而來——感覺像是盛怒騷靈的傑作——卻迎上骷髏頭激起的強風，雙方勁力彼此抵銷。

在兩個鬼魂對壘的同時，梅莉莎．費茲就和我們一樣目瞪口呆。她好不容易回過神，一聲怒喝，揮劍朝我捅來。骷髏頭的鬼魂豎起一根指頭。超自然氣流將梅莉莎吹倒，狠狠撞上辦公桌側邊。她趴在桌上，連連呻吟。

「喔。」骷髏頭說。「一定很痛吧！」

「露西！」洛克伍德高喊：「源頭！」

我已經邁開腳步，撲到梅莉莎身旁，從她無力的手中扯掉長劍，拋到遠處。接著剝下她手腕上的玉石手鐲。摸起來冷得像冰塊，我差點叫出聲。我往腰間袋子裡摸索僅存的銀鍊網。

伊札奇爾發出難聽的慘叫。它的光環暗下。散發金光的形體萎縮變硬，成為一團野獸似的黑色身影，只剩瑩亮眼睛和窟窿般的嘴巴，它翻過桌面跳向我。

但我已經抽出銀鍊網，包住手鐲。鬼魂在半空中崩解，碎片如同燃燒的紙片般飄落，最後只剩那雙眼繼續往前飛——然後漸漸黯淡，化為一縷縷清煙，被窗外吹來的夜風吹散。

伊札奇爾離開了。

「不知道他是何方神聖，但跟他在一起對心靈健康真的不好。小露，明天就把這個手鐲送去熔爐吧。」他一跛一跛地走向牆邊的櫃子，拉開櫃門，燈光照亮那具扭曲的駭人屍體。他搖搖頭，語氣中帶著驚嘆：「看看他讓梅莉莎成了什麼樣子。從某些角度來看，她的靈魂依然與原本的身體相連。既然她拒絕死亡，既然她還活著……這個東西肯定也還活著。」他皺起臉。「光想就讓人受不了吧？」

他離開櫃子，來到我身旁，面對頂著一頭亂髮的青年幻影。骷髏頭的鬼魂再次擺出滿不在乎的態度，假裝研究某本雜誌的封面。

洛克伍德凝視消瘦灰暗的鬼魂。「謝謝。」他說。

骷髏頭的鬼魂沒有答話。洛克伍德停頓幾秒，回頭走向梅莉莎，她還躺在辦公桌上。

我待在鬼魂旁邊。「我也想謝謝你。」我說。

青年聳聳肩。「僅只一次。就當作是意外。我已經很久沒有伸展筋骨了……這只是一點暖身運動。如果剛好幫上你們的忙，那也只是巧合罷了。」

「了解。」

「不會有下一次。」

「這是當然。所以說……接下來呢？」我望向咖啡桌上破損的拘魂罐。「你依然束縛在你的骷髏頭上面，但我不認為你有必要接受束縛。我之前也說過了，你可以切斷這份牽繫，前往另一邊。」鬼魂一言不發。我笨拙地清清喉嚨。「還是說，如果你還沒準備好的話，可以在我身邊多待一陣子。」

那雙黑眼凝視著我，一邊的眉毛緩緩挑起，傳達出濃濃的挖苦。「怎樣？跟著妳到處閒晃？成爲洛克伍德偵探社的夥伴？太尷尬了吧。」

「我想也是。」一時之間我想不出還能說什麼。

我轉身走向辦公桌，洛克伍德正凝視著痛苦地站起來的黑髮女子。梅莉莎頭髮亂了，口紅糊了，雙眼凹陷，唇邊甚至帶著一點血絲。看起來和我平常起床時的模樣差不多。我突然心頭一暖，看到洛克伍德平安無事，我連身體都暖起來了。我們真的成功了。總算走到最後一步。

他對我笑了笑。「我剛才跟梅莉莎說我們要搭電梯下樓。伯恩斯和他的靈異局團隊現在應該已經控制住場面。希望他們會去樓下看看，逮捕幾個人。荷莉與喬治打算幫他們導覽。我們該去和他們會合了。梅莉莎，妳準備好的話就走吧。」

女子慢條斯理地點了頭，她站在桌邊，腦袋歪向一側，雙臂宛如壞掉的人偶般垂落。「你知道嗎？安東尼，你跟你雙親非常相像。」她說。

我皺眉，向前一步。「洛克伍德，別聽她說話。」

「你長得很像你父親，但你那股衝勁其實是來自你母親。他們在奧菲斯結社進行最後一次演講時我也在場。講得非常好。」梅莉莎對他笑了笑。「講得太好了。所以那才會是他們的最後一場演講。」

洛克伍德的呼吸亂了一拍，然後他哈哈大笑。「這些話留著對伯恩斯說吧。我們走。」

他伸手要領著她離開。女子緩緩挪動，又突然彎腰撲向辦公桌。某個機關啟動，桌子的暗格彈開。等她回頭面對我們時，她手上多了根小小的金屬管。看到她扭曲的身體輪廓、她痀僂的姿勢、她凶狠的臉部線條與灼灼目光，梅莉莎的靈魂彷彿又曝露在我們面前。

「你們真的以為我會束手就擒嗎？」她啐道。「就憑你們兩個小笨蛋？不可能。這裡是我的事業。我的倫敦。全由我一手打造出來。既然我沒辦法繼續享受這個世界，我要讓你們也得不到好處。」她用力按壓管子側邊的裝置。紅色指示燈亮起，冒出油與燃燒的氣味。「集束炸彈。可以炸掉整個街區。二十秒。好好道別吧。我要帶你們上路。」

說完，她把金屬管按在胸口，衝向我。相信這是她最後的瘋狂之舉，想緊緊抓住我，確保我逃不過這一劫。但洛克伍德的反應還是那麼快，他從旁邊擒抱住她，試著奪走管子，但她拚命抵抗，又咬又抓，讓他無法如願。

他扭頭大喊：「露西！快跑！我抓著她！快跑——妳跑得到電梯那裡！」

「不！洛克伍德！」

「露西，去吧！就聽我這一次！」他絕望的黑眼對上我的視線。「拜託！為了我活下去。」

「不……」我僵在原處。「我不能……」

我真的做不到。我不能拋下他。我為什麼要逃？要逃到哪裡？邪惡鬼魂發言成真的世界，黑暗預言實現的世界。在那裡有一座遭到世人遺忘的墓園，第三塊墓碑立在剛整理好的墳頭上。在那裡，我一切的恐懼化為真實，所有的光明都將消失。

沒有他的世界。我不能逃去那裡。

「不行。」我小聲說。「我要待在你身邊。」

「喔，拜託你們行行好。」

這時，青年的鬼魂來到洛克伍德和梅莉莎旁邊。看不見的力道把兩人分開。梅莉莎被甩到一旁。骷髏頭的鬼魂轉向我們，對我咧嘴露出熟悉的笑容。「準備起飛囉。」

他高舉雙臂。超自然氣流擊中洛克伍德和我，撞得我們無法呼吸，把我們吹向房間另一側。

在我們往後飛的同時，金屬管爆炸了。我看到沸騰的黑色紅色煙霧往外吞噬了整層公寓。

炸開了窗戶，融化的玻璃碎片噴向泰晤士河。炸爛天花板、沙發、櫃子、椅子。青年看著我們飛離，暴風吹散他的身影。火球高速擴散，但洛克伍德和我還是快了一步。我們飛過敞開的門，來到等候室，在地板上滑行，重重撞上電梯門。

我們兩個撞成一團，烈焰燒過等候室。我感覺到高溫拂上我的皮膚——然後縮了回去。我聽見烈火焚燒的聲音，聽見天花板砸落的巨響。黑煙在四周瀰漫，讓人難以呼吸。我的意識往下沉，最後感到鬆了一大口氣，因為洛克伍德還能動彈。而我最後想到的是我把骷髏頭的拘魂罐留在桌上了。

Lockwood & Co.

第六部
開始

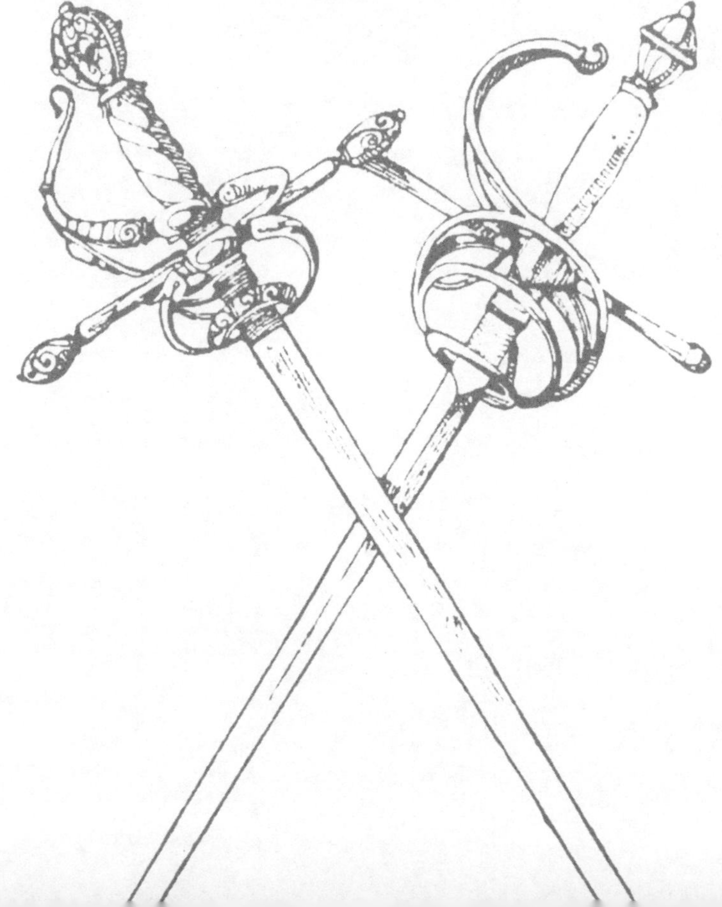

27

炸毀梅莉莎住所的爆炸威力極大，然而這並不是費茲總部當晚最嚴重的衝擊。天還沒亮，靈異局的緊急應變小組在接待廳和週邊區域引爆小型炸彈，他們在幾個小時前抵達，行動經過精密計算，費了一番工夫才解決了那九個在屋內亂竄的凶惡鬼魂。在驅趕浴血少女、莫登區騷靈等鬼魂的過程中，幾名靈異局職員和諸多費茲偵探社人員喪命或重傷。最後指揮官蒙特古．伯恩斯督察下令動用炸藥，淨空幾個樓層，按下引爆按鈕。炸彈炸掉了部分正面屋牆，瓦礫撒在河岸街上。刻了獨角獸圖案的玻璃大門全毀。一、兩面牆往內倒塌，接待廳的天花板也坍了。那九根銀玻璃柱，固定在柱子裡的遺品，以及附著其上的鬼魂全都一掃而空。

幸好這些炸藥沒有造成額外傷亡。伯恩斯在清晨五點引爆炸彈，周圍街道幾乎空無一人。煙霧散去，倖存的靈異局職員和疏散到外頭的費茲員工聚集在河岸街上。倫敦鬧區上空飄著濃濃黑煙，好事民眾漸漸擁入特拉法加廣場。

伯恩斯督察脫掉被鬼氣侵蝕得不成樣子的風衣，向現場民眾徵收了一件皮夾克。接下來的幾個小時，他到處奔走，叫來救護車和醫療廂型車，從蘇格蘭警場召集後援警力，命令驚魂未定的費茲調查員協助控制群眾。聽了臨時助手喬治．庫賓斯與荷莉．孟洛的建議，他也要求對街的兩間咖啡廳持續供應食物和飲料給每一個人。

濃煙散了，建築物內降至常溫。搜救小組進入現場。他們在一樓找到好幾名穿著實驗衣的科學家，他們從地下室鑽出來，嚇得雙眼圓睜。這批人很快就交由靈異局拘留。四名魯波．蓋爾爵士的手下僥倖生還，其中兩人遭到鬼魂觸碰，在警力戒備下送醫急救。

在喬治與荷莉的聲聲催促下，搜救小組立刻前往七樓，從街上就能看到黑煙由樓頂竄出。電梯無法使用，他們得要爬樓梯上來，不過他們還沒走到二樓，就聽到下樓的腳步聲。是洛克伍德跟我，勾著彼此的手臂互相扶持，緩緩往下走。我們的衣服和臉龐都被濃煙燻黑。我一手抱著用燒焦破布包裹的圓形物體。

□

上午十點左右，靈異局已封鎖了河岸街末端，現場狀況全在掌控中。清查倖存者身分，謹慎地列出死亡和失蹤名單。屍體運離費茲總部，潘妮洛和魯波．蓋爾爵士也在其中。另一具遺骸在七樓的斷垣殘壁間的櫃子裡尋獲，被蓋上白布扛下樓，送上靈異局的廂型車，高速離開現場。

洛克伍德偵探社的成員坐在事發現場對街的銀獨角獸咖啡廳窗邊的位置，目睹這一切忙碌景象。急救人員替我們做好應急處理，傷口清洗乾淨，包紮妥當；注射胰島素來抵銷近距離接觸鬼氣的影響。他們說要送我們去醫院，但我們婉拒了。我得要強烈抗議才能迴避送醫的命運，畢竟我側腰的穿刺傷比其他人的大小傷勢都還要嚴重，他們建議我住院一天。可是我不想離開其他人。最後他們幫我縫合，發了顆止痛藥給我，要我保證明天一定去醫院報到，這才勉強放我一馬，允許我跟其他人窩進咖啡廳。

沒有必要描述我們的外表。和六個小時前沒有太大差異，只是多了繃帶與小片灼傷。洛克伍德的鞋底融化了一半。荷莉的側臉貼上紗布——其中一次爆炸震破了一邊耳膜。喬治還裹著急救人員提供的銀色保暖毯；看起來很像他之前穿過的銀斗篷，只是我們都不想多提。至於我呢，捆在腰上的敷料和繃帶緊到我幾乎動不了。我們捧著熱茶、吐司——店裡擠滿了人，忙亂的咖啡廳老闆只能端出這些餐點。我們隔著面對河岸街的窗戶往外眺望。

「我很不想多嘴，可是你們真的該好好整理一下外表。」一道嗓音在我們背後響起。

芙洛·邦斯憑空出現在我們桌邊。從鋪棉外套上熟悉的污漬到沾滿泥巴的雨靴，她看起來和平常沒有兩樣。她的草帽歪歪戴在頭上，從保麗龍盤子上鏟起熱呼呼的美味食物送進嘴裡。

「看看你們這副模樣！」她搖搖頭。「再這樣下去，我可不敢被人看到跟你們走在一起啦。我們也是有品味的。」

「芙洛！」洛克伍德起身迅速抱了她一下。「很高興看妳這麼有精神。」

「沒錯，我儀容整潔。還能享用美味的餡餅配馬鈴薯泥。」

喬治一驚。「餡餅配馬鈴薯泥？妳從哪弄來的？」

「隔壁。你們走錯店了。那裡東西可多了，連太妃糖漿布丁都有。」

喬治對著茶杯咕噥。「這裡最多只有魚醬三明治！已經來不及換地方了，我的肌肉全都鎖死啦。」

洛克伍德咧嘴一笑。「芙洛，妳昨晚的表現太精彩了。伯恩斯說妳用巧妙的話術說動他來這裡。妳是如何說服他帶上大批人馬殺來費茲總部？」

芙洛的藍眼望向街道。「還真是不容易——他固執得像頭老牛。總之呢，昨天我先帶他到波特蘭街，讓他見識一下屋況——你們消失不見、屋裡砸得亂七八糟、樓上有個靈魂之門、溫克曼的幾個手下還在現場翻箱倒櫃。他嚇傻了。等他把溫克曼的手下拎回蘇格蘭警場，他們的證詞把他嚇得更上一層樓。於是他找了一批人，準備找魯波．蓋爾談談。可是他動作不夠快，等我們抵達這裡，你們的械鬥打得正火熱。在那之後，伯恩斯也沒辦法繼續低調。他不得不插手。」她用湯匙猛刮盤子。「就是這樣。沒別的了。」

「等等——伯恩斯提到妳幫忙逮住其中一個試圖脫逃的蓋爾的打手。」荷莉語氣熱切。「他說那傢伙拿劍對著妳，可是妳只用菸灰缸大的螺帽就在六招內打飛他的武器！芙洛，太不可思議了！要是能親眼看到就好了！」

「這部分我可沒什麼印象。」芙洛用手指刮起最後一點馬鈴薯泥，把盤子丟到桌上。她望向店門，伯恩斯督察剛好鑽進咖啡廳。他正對著隨行的職員高聲下令。「看來我該走啦。」她說。「靈異局的人和我不會打上照面。除了在特殊狀況下。有機會再去找你們。拜託好好整理一下外表！」

喬治拉下罩著頭的毯子，托托眼鏡。「芙洛——過幾天，等到事情平靜下來，我可不可以——」

她對他露齒一笑。「好啊，來找我。我會在哪座橋下面。」

「我幫妳帶甘草糖。」喬治還沒說完，芙洛已經遁入人群中。

伯恩斯粗聲粗氣地連連道歉，擠過領熱茶的隊伍，來到我們桌邊。他一手綁著吊帶，從皮夾克下探出。

「哈囉，伯恩斯先生。」洛克伍德花了不少力氣擠出最耀眼的笑容。「這件夾克真好看，很適合你。」

督察低頭打量自己的穿著。「老實說我也是這麼想。乾脆留著繼續穿算了。好啦，你們都吃飽喝足了，還需要什麼？」

「既然你都問了，能有餡餅配馬鈴薯泥會更好。」喬治說。「還有太妃糖漿布丁。」

「干我屁事。而且隔壁也在缺貨，剛才我有個手下問過了。我只是要跟你們說一樓以上的搜救行動接近尾聲，你們馬上陪我去地下室，說明一下到底是怎麼一回事。」

「抱歉，督察，請問有奇普斯的消息嗎？」我問。

伯恩斯揉揉鬍鬚。「我想他正在動手術。院方表示情況算是樂觀。」他揚起手，要我們閉嘴。「不行，你們不能去看他。別添亂了。庫賓斯腳一滑，一劍戳穿他，不然就是洛克伍德用笑容把他氣得半死。讓他清靜一下吧。總之這裡需要你們協助。」他皺眉。「盤問那批在地下室鬼鬼祟祟的傢伙之前，我要先親眼看看裡頭的狀況。」

「費茲的員工大多和地下室的勾當無關。」洛克伍德說。「只有極少數的核心人員經手那些祕密計畫。可是奧菲斯結社的成員就不是如此了，而且他們位高權重。你打算如何料理他們？」

「還不知道！」督察狠狠瞪著我們。「別問我！接下來要作出一堆重大決策，該做的事可多了。」他嘆了口氣，揉揉眼睛。「幸好那些柱子裡的遺品已全數摧毀。我要多多益善。靈異局一定會破壞那棟受詛咒的建築物裡的每一件靈異物品。」

「真是明智的決定。」說完，我往桌下瞄了一眼，那團用破布包裹的東西塞在我兩腳之間。

「督察，有件事或許你會想優先處理。」洛克伍德壓低嗓音。「之前談過了。潘妮洛與梅莉莎的遺體……」

伯恩斯皺起臉，焦慮地望向店裡其他客人。「別這麼大聲！這事可不能聲張……」他湊過來，悄聲道：「它們怎樣？」

「你自然會想盡快擺脫那些……物品。」洛克伍德說。「我可以提個建議嗎？直接送去費茲紀念館如何？那是梅莉莎該去的地方。」

「那裡有人很想見她一面。」荷莉說完，以完美的姿勢喝了一口茶。

伯恩斯挺直背脊，他注意到門邊有個部下對他比手勢。「晚點再來看看能如何安排。好啦，現在先放過你們。來了一大票記者吵著要我們給個交待。現在你們休息一下，別離開，也別跟任何人交談。」

「至少靈擾的真相即將公諸於世。」洛克伍德眺望人口密度越來越高的廣場。

伯恩斯拍拍他的肩膀。「是啊。關於這件事……你跟我真的該好好談一談。」

□

我們在費茲總部的任務持續到中午，接著到蘇格蘭警場來場深談，耗掉整個下午。靈異局的專車把我們丟在波特蘭街街尾的時候已經過了五點。空氣中瀰漫著夜晚的氣息，但天空還很藍，生鏽的驅鬼街燈還沒上工。倫敦市中心的重大事件餘波尚未蔓延至此。好幾戶人家開著門窗，小孩子在人行道和院子裡玩耍。緊貼鐵柵欄種植的一叢叢藍紫色薰衣草使得整條街聞起來像大型花園。在柵門邊，在門廊上，在閃爍的銀製護符下，街坊鄰居討論這天的瑣事。老亞利夫站在店外，倒掉鐵盆裡昨晚留下來的薰衣草灰燼，準備再生一盆火。他哼著歌，小孩子歡笑奔跑，大人閒聊，這些聲音在我耳邊完美地交融。

我們拖著身軀緩緩向前走。

波特蘭街三十五號的門面看起來還好。撒開噴在門前小徑的鎂粉、靈異局胡亂捆在柵門上的鮮豔封鎖膠帶、黏在黑色門板上的污染區域警告標語，這裡看起來什麼事情都沒有發生。

洛克伍德扯掉膠帶，揉成一團丟開。他一手按住門閂，但沒有使力推開。

我們站在街上，仰望屋子。

只有一扇窗戶明顯破損，可以看到木板殘骸落在屋內。所有的窗戶看起來黑暗又空洞。小徑上還撒了鹽巴與鐵粉，應該是伯恩斯人馬的傑作。

在調查員生涯中，我們有多少次像這樣站在鬧鬼的屋子外，等著解決多年前可怕的事件或創傷造成的靈異傷痕？我們有多少次乾脆地拎起裝備，大步進屋？我們從不遲疑。在門口逗留不是我們的作風。

在河岸街及蘇格蘭警場飽受折騰後，我們已經恢復平靜，重拾能量。現在龐大的疲憊感突然襲來。我們僵在慘遭破壞的自家門外。

最先振作起來的是荷莉，她一把推開柵門，以輕快的語氣說：「來吧，總要做個了結。」

28

信任蕩然無存

倫敦市中心的邪教實驗

潘妮洛・費茲爲非作歹多年

今日焦點：M. U. 伯恩斯與A. J. 洛克伍德揭露內幕

震撼倫敦市中心的爆炸事件後過了整整一週，昨日費茲總部的醜聞持續出現驚人發展。偵探社社長潘妮洛・費茲及多名人員當場死亡，同時也炸出顛覆整個靈異防禦產業的內幕消息。警方持續封鎖費茲總部，許多遭到拘留的職員尚未交保，靈異局卻遲遲不肯提供案情細節，包括隱藏在總部地下的實驗室或是搜查行動內容。倫敦泰晤士報獨家採訪搜查行動的兩位關鍵人物：靈異局的蒙特古・伯恩斯先生與知名的洛克伍德偵探社的安東尼・洛克伍德先生，他們出面為社會大眾釋疑。

「我們在費茲總部的地下樓層發現了超自然邪教實驗的證據，那裡存放了禁忌的靈異遺品，以及大量非法爆裂物，其中有部分在我們的搜查行動中引爆。」洛克伍德先生表示。「襲擊我們的不只是駭人鬼魂，還有危險的罪犯，潘妮洛・費茲就是其中之一。」

葬禮在昨日倉促完成，費茲女士的遺體送入費茲紀念館的地下墓穴。與此同時，日出公司及其他大型企業中與她交情匪淺者紛紛遭到逮捕。不過靈異局鄭重呼籲社會大眾不須擔憂靈異事件防線因此出現破口。費茲與羅特威兩間偵探社將重整為聯合靈異應變偵探社，暫時由伯恩斯先生掌管。「請放心，儘管這次的醜聞事關重大，全國上下各種規模的偵探社將持續為各位抵禦靈擾的侵襲。」他說。

根據洛克伍德先生的說法，費茲總部的邪教行徑規模龐大，足以威脅全倫敦。「我知道靈異局正在調查這些邪惡實驗的本質。」他說。「毋庸置疑，潘妮洛・費茲就是幕後黑手，而且已經持續多年。這對於她外祖母代表的一切可說是重大的背叛。棺材裡的梅莉莎・費茲肯定無法安息。」

完整的伯恩斯與洛克伍德訪談內容：見三至六版

「衰退與殞落」——費茲王朝的故事：見七至十一版

安東尼・洛克伍德——「我的風格」：見時尚版的中央摺頁

□

「洛克伍德，我很訝異你在訪談中說了那麼多，卻透露那麼少。」我隔著報紙望向他。「現在你跟伯恩斯簡直是同流合污。你怎麼還沒長出跟他同款的鬍鬚啊？」

洛克伍德對我咧嘴一笑，他提著油漆桶，站在我們新的客房窗戶旁，往牆壁刷上面漆。一塊陽光包圍著他，牆壁漆成白色，他穿著嶄新的白襯衫，今天早上又特別晴朗，眼前的場景亮到讓人睜不開眼。「小露，我懂妳的意思。不過別跟他們過不去。內容大多還算正確。」

我把報紙整齊摺好（喬治之後要貼進案件紀錄本），回頭面對我負責上漆的範圍。「對啦，你們說得都沒錯，只是神奇地避開真相。」我說。「潘妮洛是壞人！表面上確實是如此。但完全沒有提到梅莉莎還有她邪惡的靈魂是如何操縱一切。超自然實驗！這也是真的。但對於地下室的靈魂之門還有我們在另一邊的冒險隻字未提。」

「露西，我們已經講好了。」洛克伍德說。「伯恩斯說得有道理。我們都知道背後的原因。嘿，最後這面牆差不多好啦。喬治，你外面進度如何？」

他的呼喚在空蕩蕩的牆壁間敲出回音。新裝上去的門敞開，喬治探頭進來。他臉上的瘀青開始消退，但某些傷口還在，而且——和每一個走過靈魂之門的人一樣——他的動作比過去還要緩慢。他戴著這個禮拜買的新眼鏡，鏡框比前一副小了一點，也沒那麼圓。就連我也得要承認這眼鏡和時髦沾得上一點邊。不過呢，眼鏡的美化效果被他滴滿油漆的吊帶褲抵銷不少。這條褲子寬大到令人髮指，每當喬治彎腰或是轉身時就會露出不可言說的部位。他握著油漆刷，正在為外側的門框打底。

「很順利啊。只是如果能來點早餐就好了。」他說。「喔，裡面看起來真不錯。清新的現代感，完全看不到通往亡者國度的地獄之門。客房就該長這樣。」

與先前相比，這裡的改變確實令人刮目相看。潔西卡的臥室經過徹底改裝。費茲總部驚天動地的事件隔天，伯恩斯督察派了一組靈異局的清掃人員上門。他們費了點工夫拆除靈魂之門，運走所有的源頭。他們提議把這張舊床一起收走，洛克伍德只遲疑幾秒就點頭答應。他早就發現懸在床上的死亡光輝已經消失了。現在房間裡氣氛平靜，除去一切超自然悲劇的痕跡。潔西卡的存在不再壓在這棟房子或洛克伍德心上。該重新開始了。

「我還是覺得應該要處理一下這塊污漬。」喬治指著地板中央的一大圈鬼氣灼痕。「就算把牆壁漆得雪白也無法讓人不注意到它。仔細看還看得到鐵鍊的痕跡。」

「可愛的奶油色地毯明天就送來了。」我說。「可以全部蓋過去。全套家具會在星期五上門。到時候這個房間就煥然一新，隨時都能住人。」

「你們覺得荷莉會想搬進來嗎？」喬治問。我們聽見她在廚房叫我們。「洛克伍德，我知道你問過她了。」

洛克伍德把刷子架在油漆桶上；我們走向房門。「她應該沒這個意思。她說她喜歡有自己的空間。你們知道她有個樓友嗎？在靈異局上班的女生。我還是第一次聽說呢。」

我們緩緩下樓，鞋底踏響木頭階梯。這裡的地毯也沒了，牆上少了各色異國飾品，多了彈孔和刀痕，還有鎂粉燒出來的黑色斑塊。之後得要重貼壁紙，從零開始。這是個大工程，但我們還做得來。窗戶開著，吐司與培根的香味飄上來。我們總能趕上進度。

廚房裡的烤吐司機剛跳起，鍋子上煎著蛋。荷莉從新的收納櫃裡取出麥片盒。櫃子現在還沒有門，她只要伸手就能拿到，回頭傳給坐在餐桌旁的奎爾·奇普斯。他的行動緩慢僵硬——身側的縫線讓他的左臂無法動彈——看起來和重新加熱的屍體一樣消瘦蒼白，不過這也不是什麼新聞了。基本上他狀況不錯，在去過另一邊的人之中，只有他沒長出白頭髮。現在他對我們嶄新的思考布皺眉，上頭擺滿了早餐的碗盤餐具。

「荷莉說我必須給這塊新布來個洗禮。」他說。「寫或畫點東西上去。這個儀式感覺真怪。」

「如果想跟我們一起吃早餐就得這麼做。」我說。「這是規矩。」

「就畫個沒禮貌的插圖啊。」喬治說。「這是我的例行公事。」

洛克伍德點頭。「對，每次都害我吃不下煎蛋。」

「說到這個……」荷莉走向烤吐司機。「露西，可以麻煩妳挪開餐桌中央那個噁心的骷髏頭嗎？我不想碰它。現在要吃飯了。」

「抱歉。」

「真不知道妳為什麼堅持要它陪我們吃每頓飯。現在是美妙的大晴天，它不可能在這裡現身。」

「我想也是。可是萬事沒有絕對。喬治，你要坐哪？」

「這裡，奎爾隔壁。」

奇普斯小心翼翼地盯著喬治的吊帶褲。「你坐下來的時候動作不要太大。」

我從荷莉手中接過沉甸甸的吐司架，回到我的位子。洛克伍德已經坐上主位，開始幫大家倒茶。

「我看看……」喬治心滿意足地坐定。「茶、吐司、蛋、果醬、巧克力醬、各種含糖穀片……是洛克伍德偵探社的經典早餐。等等！那是什麼？」

荷莉沉著臉點點頭。「那是露西堅持隨身攜帶的焦黑骷髏頭。要是它裝在罐子裡的話我就不會這麼反感了。」

「我說的不是骷髏頭。那幾碗葵花子和可笑的健康堅果。噁，連鹽巴都沒加。我們哪來這種東西？」

「儲藏室。」我說。「荷莉在那裡屯了一堆。」

喬治對荷莉投以譴責眼神。「妳偷偷溜到地下室吃堅果和種子？讓我失望的不是妳那些善待身體的技倆，而是偷偷摸摸的行徑。就沒有蛋糕嗎？」

「我們的早餐桌上不會有蛋糕。」洛克伍德說。「接受事實吧。」

喬治只能勉強接受。他說得對：這確實是洛克伍德偵探社的經典早餐，感覺真不錯，即使周遭環境不太普通。廚房是屋裡受損最厲害的區域之一，門窗都被拆成碎片，大半家具全毀，鋪地的油氈上布滿血跡與焦痕。我們只能剝掉油氈，拆掉破損的櫥櫃。窗戶已經換新了。還沒上漆的嶄新後門等待我們關照。我們的第一要務是把餐桌和思考布擺好，如此一來，整間廚房就有辦法重新運作。這棟屋子能夠重振旗鼓。和我們一樣，得花點時間療傷。

這是個適合療傷的美麗早晨。外頭院子裡的蘋果樹上結實累累。地下室門外一圈圈燒焦的草皮幾乎被蔓生的雜草蓋住。再過幾天就要去撿蘋果——今年我會騰出時間的——並給草皮撒種子。我們要重新粉刷窗戶，修理辦公室。我們要重綁一組草人，掛到練劍室天花板上。我們要用書本和便宜古董重新擺滿架子。找來新的家飾替代先前取下的那些，還要買新家具。我們從伯恩斯督察那裡收到豐厚的修繕津貼。更重要的是，我們要決定洛克伍德偵探社該如何重新開張。

這是開始的時刻，也是結束的時刻。

「小露，我們的朋友今天狀況如何？」喬治突然提問。我已經把骷髏頭從餐桌中央挪開了，但它還是座落在我的盤子旁。它燒得焦黑，一條粗大的裂縫從一邊眼窩幾乎延伸到頭頂。我懂荷莉為什麼對它反感，但我不在乎。

「很安靜。」

「也就是沒有變化囉？」

對，它沒有半點變化。從爆炸那天，從我把它從七樓還冒著煙的瓦礫中、從破爛的拘魂罐殘骸中挖出來的那一刻起，它都是這副德性。我把它包起來帶回家，一直帶在身旁，就怕有個萬一。可是它毫無反應。用摸的也感應不到半點靈異力量。只是顆乾枯冰冷的骷髏頭。

「嗯，他還是沒說話。」我說。

洛克伍德視線掃過眾人。「小露，當時的爆炸威力強大。」他說。「就和靈異局在一樓放的那些炸彈一樣。所有的鬼魂都不見了。」

「我知道。但那是因為它們的源頭毀到一點都不剩。這是他的源頭。」我說。「我保留下來了。這樣他的靈魂就不會被摧毀，對吧？」

「不知道。可能吧。」

「絕對是。我相信一定是這樣。」我想到火球吞噬鬼魂的景象。

「爆炸可能擾亂了他和骷髏頭的連結。」奇普斯說。

「不對。這樣說不通。我猜他確實沒辦法在白天回來。現在沒有銀玻璃幫他擋太陽了。可是到了晚上……他應該要回來。」

我不斷這麼對自己說，但其實我不信這套理論。已經過了一個禮拜，他一直沒回來。

「小露，或許他只是……離開了。」荷莉對我微笑。「妳把他從罐子裡放出來。他救了你們作為回報。或許這件事鼓勵他做了一百年前就該做的事——前往下一個階段。」

或許她說得對。我們開始吃早餐。

過了一會，奇普斯放下叉子。「說到源頭和下一個階段。有件事一直在我腦中打轉。我知道他們把潘妮洛埋進紀念館地底下，用了特製的銀棺材什麼的，可是梅莉莎本人的遺體呢？洛克伍德，根據你與露西的說詞，她的靈魂依然以某種方式連在上頭。既然年輕的身體死了，她不會溜回自己的老巢嗎？要是它還擺在靈異局的停屍間……」

洛克伍德笑了笑。「別擔心，不會有這個機會。我一直想跟你們提這件事。昨天他們打開地下墓穴的時候，伯恩斯和他的手下趁機處理好這件事。小露，妳還記得梅莉莎自己的屍體有多乾痛吧？所以他們就把它塞回原本的棺材裡面，和我們的老朋友，那位醫生的骨頭放在一塊。他們可以好好相處啦。我認為他的鬼魂會很高興。」洛克伍德停頓一下，又拿了一片吐司。「假如梅莉莎的靈魂還困在上頭，我不確定她會欣然接受這樣的安排。」

陽光照在我們身上；我們吃完早餐，愉快地癱在椅子上。

「好啦，今天有件要緊事必須處理。」洛克伍德說。「昨天伯恩斯給了我這份靈異局官方文件，我們都得簽名。你們知道的，就是叫我們承諾不公開在費茲總部看到的景象、另一邊的事情——那些上不了檯面的玩意兒。」

「我不喜歡被逼著簽這種東西。」我說。

「小露，我知道。沒有人對這個安排感到舒坦，但我們知道為什麼要這麼做。要是大家知道靈擾的成因可能就是最初的靈異現象調查員，要是他們發現許多頂尖企業的老闆與梅莉莎共謀，一定會掀起暴動，社會動盪不安。這有什麼好處？靈擾還是擺在那裡啊。」

我搖搖頭。「重點是誠信。靈異局需要把一切攤在太陽下。」

「他們得先補好一些破洞。別忘了，伯恩斯也得達成我們開出的條件。他答應不會拆除費茲總部的靈魂之門。從現在起，靈異局必須收拾梅莉莎留下的殘局，也就是除去那些……放置在另一邊的障礙物。」

「那些銀網柵。」荷莉說。

「對，還有他們用來阻撓亡者前往下一個階段的各種措施。問題在於我們還不太清楚他們的行動內容，或是他們以多過分的手段來收集靈魂的精華。我們甚至不知道還有沒有其他的門。既然靈擾遍及全國，這個可能性很高。」

「我們在奧菲斯結社的朋友們或許可以幫點忙。」喬治說。「還有費茲總部的科學家。只要靈異局稍微對他們施壓。」

「相信他們會的。就算是這樣，也要花好一段時間才能清除乾淨。至於靈擾是否能因此緩解，沒有人知道效果有多快，甚至也可能完全沒用。」

「在徹底解決之前，鬼魂將繼續來訪。」我說。

「差點忘記說了，伯恩斯問過我們要不要協助靈異局的清除計畫。他說我們的經驗格外豐富，我們的技術對他們來說很有用。我們能說明另一邊是如何——」

「我才不要再過去一次。」喬治打岔道。「不可能。」

荷莉點頭。「一次就夠了。太夠了。」

「我個人認為黑暗倫敦有點像喬治的吊帶褲。」奇普斯。「我覺得我已經看到太多了。」

「我也是如此回覆伯恩斯。」洛克伍德說。「除了吊帶褲的部分。你們說得都很有道理。我們已經完成該做的事，從現在起負責處理簡單的鬧鬼案件就好，別再想起另一邊或是它的祕密。」

餐桌邊浮起贊同的低喃。

在短暫沉默後，喬治開口道：「對了，你們知道我是怎麼想的嗎？黑暗倫敦只是過渡階段。在那裡逗留一會就前往下一站。那些黑色的隧道……」

「隧道？我看到的是門。」奇普斯說。

「黑色的池子。」洛克伍德說。「垂直懸在半空中，閃著水光，可是沒有半滴水。」

「有的不是更像簾幕嗎？」

「我覺得是。」

「回到我的理論吧。」喬治接著說。「我認為亡魂穿過那些門——無論你們覺得是什麼——再進入另一個倫敦，只是那個倫敦光明璀璨……」

「你有什麼證據？」我問。

「還沒。只是感覺。」

「真不像你會說的話。」

喬治聳肩。「有時候科學研究無法解答一切。」

「你一定要用這個題材寫書。」洛克伍德說。「如果寫得夠快，能在靈擾解決的時候出版，一定會大賣特賣，幫我們賺點錢。」

「我們也沒有窮到哪裡去啦。」荷莉說。「有數百通電話等著我們回。某些案子真的很有意思。現在費茲和羅特威的名聲一敗塗地，我們成了倫敦最有名氣的偵探社，應該要逮住這個機會，甚至再請一位助理。露西，新人可以住進妳的閣樓，妳換到樓下那間漂亮的新房間……」

我對她露齒一笑。「沒關係，荷莉，我喜歡睡閣樓。」我仰頭對上溫暖的陽光。「有什麼好玩的案子？」

「喔，小露，一定很合妳胃口。教堂祭衣室裡的尖叫怪、冒出含糊說話聲的井、發出低沉人聲的鬧鬼紫杉。還有斯坦斯鎮某間購物中心的死靈——來信者不確定那是修女還是戴著兜帽的小孩子——採石場的淌血石塊、駁船上的骨骸……」

她說得滔滔不絕。洛克伍德也默默聽著，不時隔著餐桌看我一眼。喬治摸了支原子筆，畫了個不三不四的圖案，害奇普斯被吐司嗆到。我喝了點茶，舒舒服服地坐在陽光普照的廚房裡。盤子旁擱著破裂燒焦的骷髏頭，眼窩望向虛無。

□

我沒騙荷莉。我真的很喜歡閣樓這個小房間。在我們逃到另一邊之後，只有這裡躲過敵人的魔掌，維持原本的樣貌。在事情結束後的頭幾天晚間，我常常窩在這裡休息，在傾斜的屋頂下想事情。

那天傍晚也不例外。窗台沐浴在最後一絲白晝的暖意中。在薄薄的灰塵間可以看出拘魂罐曾在哪放置過。我把熏黑的骷髏頭放上它的老位置，光是意識到它的存在就讓我心滿意足。如果他想回來，他就會回來。如果不想的話——嗯，那也是好事一樁。

我站在窗邊，俯視波特蘭街。

天空灰粉交錯，夕陽打在對街屋頂上，營造出閃耀的生氣。潔白的窗簾反射光線，窗外的驅鬼護符閃閃發亮。小孩子在路旁玩耍。

有人敲門。我轉身回應，洛克伍德往房裡探頭。他穿上新買的長風衣，似乎是準備要出門。他把一疊文件按在胸前。

「嗨，露西。抱歉打擾了。」

「沒事。進來吧。」

我們隔著小小的房間對彼此微笑。自從費茲總部爆炸後，我們還沒有兩人獨處過。最主要的原因是我們累壞了，情緒彷彿全被抽光。而且這個禮拜忙得要命，在整理環境的同時還得和伯恩斯周旋。和團隊裡的其他人一樣，除了吃飯睡覺，享受活著的單純機制以外，都不想多做什麼。可是現在他來了。他朝我走了幾步，停下來。他散發出的溫度填滿我們之間的距離。「抱歉打擾了。」他又說了一次。「我有東西要給妳，樓下亂成一團。喬治像是被附身似地瘋狂刷油漆，奇普斯和荷莉忙著修櫃子的門……」

我用力吸氣。「嗯，好。我有看到你手上的東西。靈異局該死的聲明。好吧，我會簽，但不是現在。隨便找個地方擱著。」

他猶豫幾秒。「那就放在床上囉？」

「好。」

我轉身眺望窗外的鐵柵欄與閃爍的驅鬼護符。有個小小孩手持塑膠做的長劍，在對街追逐他的兩個朋友。洛克伍德站到我身旁。他一手扶著窗框，離我的手不遠。

「靈擾還在。」過了一會，我再次開口。「再過半小時，大家又要躲回屋裡。」

「少了那些蠢貨在另一邊胡來，說不定會慢慢好轉。」洛克伍德說。「應該會的吧？更多靈魂可以自由前往該去的地方，不再回來這裡。」

我默默點頭。但其實這事沒有人說得準。

洛克伍德張嘴像是要說些什麼，卻又閉了起來。我們的手擱在窗框上，彷彿被強力膠黏住了。他突然退開。「目前我們還是要抵擋鬼魂，拯救民眾的性命。不過呢，現在外頭很舒服，我打算出門走走。這是我的另一個目的——問看看妳想不想和我一起去。」他拉拉領子。「這是我這件新大衣第一次出門。妳覺得如何？」

「要添上幾道爪痕才會像你的衣服，除此之外還不錯。」

「妳不覺得我該弄件和伯恩斯一樣的帥氣皮夾克？」

「不用。」

「好吧。小露，如果妳真的想和我一起出門，我在門口等妳。」他走到門邊，停下腳步，回頭對我咧嘴一笑。「不要忘記簽名！」說完，他輕快地走下樓。

一如往常，等我回過神來，我發現自己也跟著露出笑容。一如往常，他離開後房間顯得黯淡了些。對，我要和他去散步。我走向床鋪拿外套。就在此時，我好像聽到背後傳來細微的雜音。我回過頭——就在這一瞬間——看到窗台上閃過淡淡的綠光。

我一愣，凝目注視，心跳加速。

八成只是最後一絲陽光的反射。我的小閣樓裡填滿暮色。窗台上的骷髏頭只是一團陰影。裂開的眼窩一片黑。我聽見喬治吹著口哨，他正在二樓漆門。

八成只是我眼花……

現在又還沒天黑。

我盯著安靜的窗框看了好幾秒，笑意緩緩擴散到整張臉。然後我轉身拿丟在床上的外套。

洛克伍德把靈異局的文件放在我的外套旁邊。紙張在床罩上框出工整的長方形，在陰影中泛白，同時閃耀金光。

金光……？

我皺起眉，彎下腰，這才看見那個捲在文件上的美麗金項鍊，中央的藍寶石熠熠生輝。洛克伍德把這個東西從他母親使用的舊紙盒裡拿出來。即使房裡光線昏暗，依然看得出寶石是多麼耀眼，光彩從未褪色。彷彿它在過去集結的光與愛全都照向我。

我站在原處凝視它好一會。

然後，緩慢而謹慎地拎起項鍊，套上自己的頸子，穿好外套，奔向樓梯。

《洛克伍德靈異偵探社5　空蕩的墳墓》．完

《洛克伍德靈異偵探社》系列完

Lockwood & Co. 名詞表

*代表第一型鬼魂、**代表第二型鬼魂

Agency, Psychical Investigation　靈異事件調查事務所／偵探社

專門調查鬼魂造成的污染、損害的行業。倫敦市內有十多間偵探社，最大的兩間（費茲和羅特威爾）旗下有數百名調查員；最小的（洛克伍德）則只有三名員工。偵探社大多由成年監督員營運，但調查的重責大任幾乎都落在擁有強大超自然天賦的少年孩童肩上。

Apparition　幻影

鬼魂顯現的形體。幻影通常會模仿死者的外貌，不過也有是動物或物體的案例。有的幻影可能是極罕見的形貌。最近的萊姆豪斯碼頭一案中，惡靈變成發出綠光的眼鏡王蛇，惡名昭彰的貝爾街恐怖事件的鬼魂則是以拼布娃娃的外形現身。無論強弱，大部分的鬼魂不會（或是無法）改變外表。但變形鬼是例外。

Aura　靈光

許多幻影周圍會散發出光芒或氣息。靈光大多相當微弱，以眼角餘光看得最清楚。強烈明亮的靈光稱為異界光芒。少數幾種鬼魂，像是黑暗惡靈散發出的黑色靈光，比它們周遭的夜色更黑暗。

Bone Man*　皮包骨*

某種特定變種的第一型鬼魂，可能是虛影的亞型。皮包骨消瘦光禿，顱骨和肋骨上包著皮。會發出明亮蒼白的異界光芒。雖然外表與有些死靈很像，但皮包骨總是消極被動，通常有點沉悶。

Chain net　鍊網

銀鍊細織而成的網子；用途多樣廣泛的封印。

Chill　惡寒

鬼魂在近處時，氣溫驟降的現象。這是即將顯現的四種徵兆之一，另外三種是無力、瘴氣、潛行恐懼。惡寒可能會擴散得很廣，也可能集中在某些特定的「冰點」。

Cluster　群聚

一群鬼魂占據一個小區域

Creeping fear　潛行恐懼

一種無法說明的恐慌，通常會在鬼魂逐漸顯現時體驗到，會伴隨惡寒、瘴氣、無力出現。

Curfew　宵禁

英國政府為了對付靈擾爆發，在幾個人口眾多的地區強制設立宵禁。在宵禁期間（從太陽剛下山到黎明），普通人得盡量待在屋內，受房屋障蔽保護。許多城鎮以警鐘來提示宵禁開始與結束。

Dark Spectre　黑暗惡靈****

一種恐怖的第二型鬼魂，形成一片會移動的黑暗。有時稍微看得見那片黑暗的中央幻影，有時那片黑影沒有形體，帶著流動感，可能會縮小成跳動心臟的尺寸，或是迅速擴展，吞噬整個房間。

Death-glow　死亡光輝

死亡地點殘留的能量。死得越悽慘，光芒就越旺盛。強大的能量可存留好幾年。

Defences against ghost　對抗鬼魂的障蔽

三個主要的防禦措施依照效用強弱來排序，分別是銀、鐵、鹽。薰衣草也能提供些許保護，亮光和流動的水亦同。

DEPRAC　靈異局

靈異現象研究與控制局（The Department of Psychical Research and Control）的簡寫。這個政府機關致力於與靈擾爆發有關的事務，調查鬼魂的本質，尋求摧毀最危險的鬼魂的方式，並監控那些互相競爭的偵探社。

Ectoplasm　靈氣

構成鬼魂的奇異物質，極不穩定。高濃度靈氣對生者極度危險。

Fetch **　學人鬼**

令人發惶的罕見鬼魂，以活人樣貌現形，通常是目擊者的熟人。不太具攻擊性，但會造成極大恐慌和迷惑，因此多數專家將其分類為第二型鬼魂，處理時必須高度警戒。

Fittes furnaces　費茲熔爐

倫敦大都會靈異物品銷毀熔爐的泛稱，位於克拉肯維爾，危險的超自然源頭將在此焚燒摧毀。

***Fittes Manual*　《費茲教戰守則》**

英國第一間靈異事件偵探社創辦人梅莉莎．費茲撰寫的名作，是調查員的指導手冊。

Ghost　鬼魂

死者的亡魂。從古至今，鬼魂一直存在，但是受某些不明原因的影響，它們越來越普遍。鬼魂分成許多型態，大致有三種類型，詳見

「Type One　第一型」、「Type Two　第二型」、「Type Three　第三型」。鬼魂總是盤據在源頭附近，那裡通常是它們死去的地點。鬼魂在天黑後力量最強，特別是子夜到凌晨兩點之間。大部分的鬼魂不會留意生者的存在，或是不感興趣。少數鬼魂極具敵意。

Ghost-bomb　鬼魂炸彈

禁錮在銀玻璃容器中的鬼魂所製成的武器。當容器破裂，釋出的魂體會朝活人施放恐懼和鬼魂觸碰。

Ghost-cult　拜鬼邪教

因各種原因對鬼魂懷有病態興趣的一群人。

Ghost-fog　鬼魂霧氣

帶著綠色光澤的蒼白薄霧，有時會伴隨著顯現冒出。可能是由靈氣構成，冰冷、讓人不舒服，不過本身並沒有危險性。

Ghost-jar　拘魂罐

以銀玻璃製作，用來禁錮源頭的容器。

Ghost-lamp　驅鬼街燈

射出明亮白光的電力街燈，可以驅趕鬼魂。大部分的驅鬼街燈都加裝了遮罩，會整夜定時開啟與關閉。

Ghost-lock　鬼魂禁錮

第二型鬼魂展現的危險力量，可能是無力的延伸。受害者的意識會慢慢消退，被龐大的絕望擊倒。他們的肌肉變得無比沉重，再也無法自由思考移動。大部分的案例中，他們只能僵在原地，無助地等待飢餓的鬼魂接近……參見「Psychic Enchainment　超自然鏈結」。

Ghost-touch　鬼魂觸碰

與幻影直接接觸，這是具攻擊性鬼魂最致命的力量。一開始是尖銳龐大的寒意，冰冷的麻痺感會傳遍全身。人體器官一一衰竭；肉體很快就會發紫腫脹。若是沒有即刻接受醫療（通常會施打腎上腺素刺激心臟），患者性命難保。

Glamour　魅惑

有些鬼魂能夠展現出與真面目截然不同，漂亮美好的模樣。目擊者時常需要極大意志力才能看穿此幻象。

Glimmer*　微光鬼*

極其微弱難察的第一型鬼魂。微光鬼的顯現只有光斑狀的異界光芒在空中掠過。觸碰和穿行都很無害。

Greek Fire　希臘之火

鎂光彈的別稱。在千年前拜占庭（或希臘）帝國時期，顯然就已使用這類早期武器來對付鬼魂。

Haunting　鬧鬼

詳見「Manifestation　顯現」。

Ichor　靈液

靈氣在極其濃厚集中下呈現的形態。能燃燒許多物質，只有銀玻璃能安全禁錮。

Iron　鐵

抵擋各種鬼魂的重要障蔽，歷史悠久。一般人會以鐵製飾品保護家園，並隨身攜帶鐵製護符。調查員會攜帶鐵製細刃長劍和鐵鍊，作為攻擊與防禦的道具。

Lavender　薰衣草

人們相信這種植物的濃郁甜香可以驅趕邪靈。因此，不少人佩戴乾燥的薰衣草束，或是將之燒出刺鼻的煙霧。調查員有時會攜帶薰衣草花水或薰衣草手榴彈，用來對付脆弱的第一型鬼魂。

Limbless　**無肢怪**

浮腫畸形的第二型鬼魂，通常具有人頭和軀幹，但缺少足以辨識的四肢。與死靈和骨骸一樣，幻影形態令人不快。顯現時常伴隨著有強烈的瘴氣和潛行恐懼。

Listening　聽覺

三種超自然天賦中的一種。有這項能力的靈感者能夠聽見死者的聲音、過去事件的回音、其他與顯現有關的超自然聲音。

Lurker*　潛行者*

某種第一型鬼魂，盤據在陰影之中，幾乎不動，絕不接近生者，但會散發出強烈的焦慮與潛行恐懼。

Magnesium flare　鎂光彈

裝了鎂、鐵粉、鹽、火藥的金屬小瓶子，瓶口用玻璃封住，還加裝點火裝置。調查員用來對付敵對鬼魂的重要武器。

Malaise　無力

當鬼魂接近時，人們往往會感到憂鬱倦怠。在某些極端的案例中，無力感會擴大為危險的鬼魂禁錮。

Manifestation　顯現

鬼魂出現。涵蓋各種超自然現象，像是聲音、氣味、異樣感、物體移動、氣溫下降，瞥見幻影。

Miasma　瘴氣

一種令人不快的氣息，通常涵蓋討人厭的滋味與氣味，在鬼魂顯現時出現。常會伴隨著潛行恐懼、無力、惡寒。

Night watch　守夜員

一整群小孩在太陽下山後看守工廠、辦公處、公共區域，多半是受大公司和地方議會的雇用。雖然這些孩子不能使用細刃長劍，不過會手持鑲著鐵製尖端的守夜杖抵擋幻影。

Operative　調查員

偵探社調查員的別名。

Other-light　異界光芒

某些幻影散發出的詭異光芒。

Pale Stench *　白臭鬼*

第一型鬼魂，散布難聞腐味的可怕瘴氣。最好用燃燒的薰衣草束來對付。

Phatasm　幽影****

任何維持半透明、輕盈形象的第二型鬼魂都稱為幽影。除了朦朧輪廓和少數面部五官細節，幾乎看不見幽影。儘管外型虛幻，它們不比更有存在感的惡靈安全，反而因為難以捉摸而更加危險。

Phantom　幽靈
鬼魂的另一種泛稱。

Plasm　鬼氣
詳見「靈氣　Ectoplasm」。

Poltergeist　騷靈****
具備破壞力的強大第二型鬼魂。釋放爆發性的強大超自然能量，甚至能讓沉重的物體飄到半空中。它們不會構成幻影。

Problem, the　靈擾爆發
目前影響英國的傳染性鬧鬼現象。

Psychic Enchainment　超自然鏈結
大多第二型鬼魂使用鬼魂禁錮來耗乾人的意志力，但有些鬼魂還能對目擊者施展超自然連結將人誘困。一般來說，受害者會被幻影迷惑，就算付出生命也要追隨。這種鬼魂通常看起來魅力誘人或令人共情；施展魅惑來達成目的。

Rapier　細刃長劍
靈異現象調查員的正式武器。鐵製劍刃的尖端有時會鍍上銀。

Raw-bones　骨骸****
一種令人不快的罕見鬼魂，外表是鮮血淋漓、沒有皮膚的屍骸，圓滾滾的眼睛，外露獰笑的牙齒。不受調查員歡迎。許多專家認為它是死靈的變體。

Relic-man/relic-woman　盜墓者

探找源頭和其他超自然人工製品，然後在黑市裡販售的人。

Revenant　亡魂****

很罕見的第二型鬼魂變種，幻影能短時間驅動自身屍體擺脫墳墓拘束。雖然亡魂會引發強力的鬼魂禁錮和陣陣巨大的潛行恐懼，卻很好對付，因為屍體本身就是源頭，所以調查員有很多機會可以用銀來包圍。而且，要是屍身年代久遠，還沒造成太大傷害就已潰不成形。

Salt　鹽

常用來抵擋第一型鬼魂的障蔽。效用比鐵和銀弱，但便宜許多，能用在許多居家環境中。

Salt bomb　鹽彈

裝滿鹽巴的投擲用小型塑膠袋，打中目標時會炸開，鹽巴四散。調查員會用此逼退比較弱的鬼魂。面對較強的對手用處不大。

Salt gun　鹽水槍

大範圍噴撒鹽巴的器具。此種武器對付第一型鬼魂十分有效。在大型偵探社應用日廣。

Screaming Spirit　尖叫怪****

一種嚇人的第二型鬼魂，不一定會形成看得見的幻影。尖叫怪會發出恐怖的超自然尖叫，有時足以讓聽者嚇到無法動彈，導致鬼魂禁錮。

Seal　封印

一項物品，材質通常是銀或鐵，能夠用來包裹或是覆蓋源頭，阻止鬼魂逃逸。

Sensitive, a　靈感者

擁有卓越超自然天賦的人。靈感者通常會加入偵探社或守夜員行列；也有人從事不需與訪客實際接觸的超自然業務。

Shade*　虛影*

標準的第一型鬼魂，或許是最常見的訪客。虛影看起來可能會像惡靈一般真實，或是虛幻如幽影，不過它們完全沒有那兩類鬼魂的危險智能。虛影似乎對生者的存在渾然不覺，通常會展現出固定的行為模式。它們投射出悲傷與失落的情感，不過鮮少展現憤怒或是任何更強大的情緒。它們幾乎都是人類的形貌。

Sight　視覺

能看到幻影和其他鬼魂現象（像是死亡光輝）的超自然能力。三種超自然天賦中的一種。

Silver　銀

抵擋鬼魂的重要障蔽。很多人佩戴銀製首飾當作護符。調查員會在佩劍上鍍銀，這也是封印的關鍵材質。

Silver-glass　銀玻璃

特製的「防鬼」玻璃，能夠關住源頭。

Snuff-light　燭燈

偵探社用來標記超自然存在的一種小蠟燭。有鬼魂接近時，燭火會閃動、搖曳，最後熄滅。

Solitary 獨行者****

一種少見的第二型鬼魂，通常只會在偏遠危險的地方（基本上是戶外）現身。往往會披上消瘦孩童的偽裝，身處峽谷或是湖泊對面。它絕對不會接近活人，但會散發出極端的鬼魂禁錮，能打倒附近的每個人。獨行者的受害者為了解除這份恐怖的體驗，常會跳下山崖或是投入深水中。

Source 源頭

鬼魂進入現世的物體或是場所。

Spectre 惡靈****

最常遇到的第二型鬼魂。惡靈一定會形成清晰精細的幻影，有時幾乎與實體無異。它通常會重現死者生前或是剛死時的模樣。惡靈比幽影實在，不像死靈那樣恐怖，行為模式也與它們不同。許多惡靈不會輕易傷害人類，僅執著於它們與生者間的交易——可能是揭露某個祕密，或是導正過去犯下的錯誤。然而，有些惡靈極具攻擊性，很想接觸人類。應當要極力避開這些鬼魂。

Stone Knocker* 投石怪*

超級無聊的第一型鬼魂，除了發出輕敲聲，幾乎什麼都不會做。

Talent 天賦

看到、聽到，或是以其他方式偵測鬼魂的能力。很多小孩生下來就擁有某種程度的超自然天賦。這種技能往往會在成長期間漸漸消退，不過少數的成人依舊保留這份力量。如果擁有一般水準以上的天賦，孩童可以加入守夜員行列。能力格外強大的孩子通常會加入偵探社。天賦的三個主要類別是視覺、聽覺、觸覺。

Touch　觸覺

從物體上感應超自然震盪的能力，那些物體得與死亡或是鬧鬼事件有緊密連結。這類震盪會化作視覺影像、聲音，或是其他的感官印象。這是三種主要天賦中的一種。

Type one　第一型

最弱、最常見、最不危險的鬼魂等級。第一型鬼魂極少察覺到它們的周遭環境，多半會重複某個單調的行為模式。常遇到的案例包括：虛影、潛行者、隨行者。參見「Bone Man　皮包骨」、「Glimmer　微光鬼」、「Stone Knocker　投石怪」與「Wisp　鬼火」。

Type two　第二型

最危險、最常鬧事的鬼魂等級。第二型鬼魂比第一型強大，殘留著某種程度的智能。它們清楚意識到生者的存在，可能會想造成傷害。最常見的第二型鬼魂依序是惡靈、幽影、死靈。參見「Dark Spectre　黑暗惡靈」、「Fetch　學人鬼」、「Limbless　無肢怪」、「Poltergeist　騷靈」、「Raw-bones　骨骸」、「Revenant　亡靈」、「Screaming Spirits　尖叫怪」與「Solitary　獨行者」。

Type Three　第三型

極度罕見的鬼魂，僅有梅莉莎·費茲通報過，爭議不斷。據聞它能與生者進行完整的溝通。

Vanishing Point　消失點

鬼魂在顯現後，消失蹤影的確切地點。通常是尋找源頭下落的絕佳線索。

Visitor　訪客

鬼魂。

Ward　護符

某種用來驅趕鬼魂的物體，材質通常是鐵或銀。小型護符可當成首飾佩戴；大型護符則是掛在屋子周圍，通常同樣具備裝飾性。

Water, running　流動的水域

古時候便有人觀察出鬼魂不喜歡橫渡流動的水域。到了現代，英國人有時會利用這個常識來對付它們。倫敦市中心擁有交錯的人工運河或是渠道，來保護主要的商圈。有些店主會在前門挖出小水溝，引入雨水。

Wisp*　鬼火*

微弱且通常無害的第一型鬼魂，以蒼白閃爍的焰火顯現。有些學者推斷，所有鬼魂隨著時間都會弱化成鬼火，然後變成微光鬼，最終完全消散。

Wraith　死靈**

一種危險的第二型鬼魂。與惡靈的力量和行為模式雷同，但外表更加駭人。它們的幻影是死者死亡時的模樣：憔悴、凹陷、瘦得驚人，有時候還腐敗生蟲。死靈通常以骸骨的形貌現身，散發出強大的鬼魂禁錮。參見「Raw-bones　骨骸」。

洛克伍德靈異偵探社5 空蕩的墳墓／喬納森．史特勞
（Jonathan Stroud）著；楊佳蓉 譯. -- 初版. --
臺北市：蓋亞文化, 2025. 02
面； 公分
譯自：*The Empty Grave*
ISBN 978-626-384-173-4（第5冊：平裝）

873.59 113020796

Light 034

洛克伍德靈異偵探社 5 空蕩的墳墓（完）

作　　者　喬納森．史特勞（Jonathan Stroud）
譯　　者　楊佳蓉
封面裝幀　莊謹銘
編　　輯　章芳群
總 編 輯　沈育如
發 行 人　陳常智
出 版 社　蓋亞文化有限公司
地址：台北市 103 承德路二段 75 巷 35 號 1 樓
電話：02-2558-5438　傳真：02-2558-5439
電子信箱：gaea@gaeabooks.com.tw
投稿信箱：editor@gaeabooks.com.tw
郵撥帳號 19769541　戶名：蓋亞文化有限公司
法律顧問　宇達經貿法律事務所
總 經 銷　聯合發行股份有限公司
地址：新北市新店區寶橋路二三五巷六弄六號二樓
電話：02-2917-8022　傳真：02-2915-6275
港澳地區　一代匯集
地址：九龍旺角塘尾道 64 號龍駒企業大廈 10 樓 B&D 室
電話：+852-2783-8102　傳真：+852-2396-0050
初版一刷　2025年02月
定　　價　新台幣 490 元
Published and Printed in Taiwan

ISBN 978-626-384-173-4